DU MÊME AUTEUR

Aux Éditions Gallimard

LE VIEIL HOMME ET LA MORT, 1996 (Folio n° 2972).

MORT D'UN BERGER, 2002 (Folio n° 3978).

L'ABATTEUR, 2003 (« La Noire » ; Folio policier n° 410).

L'AMÉRICAIN, 2004 (Folio n° 4343).

LE HUITIÈME PROPHÈTE ou Les aventures extraordinaires d'Amros le Celte, 2008 (Folio n° 4985).

UN TRÈS GRAND AMOUR, 2010 (Folio n° 5221).

DIEU, MA MÈRE ET MOI, 2012 (Folio n° 5624).

LA CUISINIÈRE D'HIMMLER, 2013. Prix Épicure (Folio n° 5854).

L'ARRACHEUSE DE DENTS, 2016.

Aux Éditions Grasset

L'AFFREUX, 1992. Grand Prix du roman de l'Académie française (Folio n° 4753).

LA SOUILLE, 1995. Prix Interallié (Folio n° 4682).

LE SIEUR DIEU, 1998 (Folio n° 4527).

Aux Éditions du Seuil

MONSIEUR ADRIEN, 1982.

JACQUES CHIRAC, 1987.

LE PRÉSIDENT, 1990.

LA FIN D'UNE ÉPOQUE, 1993 (Fayard-Seuil).

FRANÇOIS MITTERRAND, UNE VIE, 1996.

FRANÇOIS MITTERRAND OU LA TENTATION DE L'HISTOIRE, 1997.

Aux Éditions Flammarion

LA TRAGÉDIE DU PRÉSIDENT, 2006.

L'IMMORTEL, 22 balles pour un seul homme, 2007. Grand Prix littéraire de Provence.

Suite des œuvres de Franz-Olivier Giesbert en fin de volume

L'ARRACHEUSE DE DENTS

FRANZ-OLIVIER GIESBERT

L'ARRACHEUSE
DE DENTS

roman

GALLIMARD

La meilleure façon de ne pas rater sa vie, c'est de la refaire tout le temps. Après la mort de mon père, j'ai quitté la France pour m'installer aux États-Unis. Je ressentais sa disparition comme une sorte de libération, j'allais dire de renaissance ; après qu'il eut si longtemps bouché mon avenir, il me semblait, soudain, que le monde était à moi.

Écrivain à succès, papa était un personnage égocentrique et prométhéen, qui apportait de la joie partout, dans sa famille comme dans sa vie sociale. Un agent d'ambiance des soirées parisiennes. Je haïssais cette tyrannie de la félicité qu'il prétendait imposer à tout le monde, surtout à ses enfants, au nom de Nietzsche ou d'Épicure, ses deux héros : en réalité, ses armes du bonheur étaient le vin et la cuisine qui, au soir de sa vie, devinrent ses principaux sujets de conversation avec les pensions alimentaires. De là vient, d'après mon psychanalyste, mon inaptitude au bien-être.

Débarrassé enfin de cette ombre envahissante, je décidai de démissionner du groupe de presse et d'édition où je végétais, pour changer de vie et devenir professeur à l'université Harvard, à côté de Boston où mon père était né. Un retour aux sources familiales. C'est ainsi que je récupérai la petite maison de Nantucket, sur Main Street, qu'occupa ma grand-mère paternelle jusqu'à sa mort et que papa m'avait léguée à la sienne. Il me fallut plusieurs mois pour faire déguerpir les locataires, deux fins de race septuagénaires et infantiles, aux visages ascétiques. De grands fumeurs de cannabis au coin du feu.

À Harvard, j'enseignais l'histoire de l'Europe, des origines à nos jours, et préparais mes cours comme un forçat. Un des amis universitaires de mon père, le politologue Ezra Suleiman, m'avait prévenu : « Il faudra t'accrocher, mon gars. Chez nous, quand les professeurs ne bossent pas assez, ils sont virés comme des malpropres. » À l'instar de tous mes collègues, j'étais noté par les étudiants qui avaient ma reconduction, donc ma vie, entre leurs mains d'enfants gâtés. Autant dire que je ne lésinais ni sur la démagogie ni sur ma disponibilité. Au grand désespoir de ma femme, je passais mes nuits à répondre à leurs mails qui n'avaient souvent aucun rapport avec ma discipline. J'étais à la fois leur boniche, leur sexologue, leur conseiller psychologique et leur paternel de substitution.

Une fois la maison récupérée, mon travail m'empêcha de me rendre à Nantucket aussi souvent que je l'aurais souhaité. Mais à la fin de ma deuxième année universitaire, après que ma femme m'eut annoncé qu'elle me plaquait pour un gynécologue de Boston, célébrité télévisuelle de sa spécialité, je décidai d'aller passer toutes les vacances d'été sur mon île. Mes deux enfants, qui avaient prévu de me rejoindre afin de me soutenir moralement, se décommandèrent quand leur mère décida de traverser l'Atlantique pour leur présenter son nouveau compagnon.

Je fus d'autant plus blessé par cette séparation que je ne l'avais pas vue venir. J'avais bien noté que, depuis quelque temps, ma femme n'arrivait plus à me regarder dans les yeux ou qu'à plusieurs reprises elle m'avait dit : « Il faut qu'on se parle. » Mais je ne m'étais pas inquiété : quand je lui demandais le sujet qu'elle souhaitait aborder, elle se dérobait toujours. Jusqu'au jour où, en mon absence, elle a déménagé toutes ses affaires avant de m'annoncer par texto qu'elle demandait le divorce.

Même si je préfère l'île toute proche de Martha's Vineyard, tellement plus verdoyante, j'aime Nantucket : j'ai toujours le sentiment de marcher sur les pas d'Herman Melville, du capitaine Achab, de ses matelots et de ma grand-mère, la reine de la tarte aux pommes, chez qui j'ai passé, pendant ma jeunesse, des vacances de rêve.

Une originale. Avec ça, drôle et cultivée. Ma grand-mère prétendait que sa maison était dans notre famille depuis le XIXᵉ siècle, ce que j'ai pu vérifier, et que certains de nos ancêtres étaient des protestants britanniques débarqués du *Mayflower* sur les côtes proches de cap Cod dans les années 1620, ce qui restait à prouver.

Pour me changer les idées, j'entrepris d'écrire un récit sur ma grand-mère, dans le style du livre que mon père avait consacré à ses deux parents. Mais ça n'avançait pas. Il faut dire que mon régime, à base de whisky et de beurre de cacahuètes, ne favorisait guère l'inspiration. Je finis par déclarer forfait avant de me reconvertir dans des travaux de peinture et de bricolage.

Il y a les maisons vivantes et les maisons mortes. Même si elle avait toujours été habitée après le décès de ma grand-mère, ma bicoque avait rendu l'âme depuis long-temps lorsque j'y emménageai. Pas un bruit ne venait troubler le silence qui y régnait la nuit, un silence de tombeau. L'agence immobilière qui la gérait et les loca-taires qui s'y étaient succédé ne lui avaient pas donné cet amour dont les pierres et les murs ont besoin pour vivre. Je la sentais maintenant ressusciter sous mes coups de marteau ou de pinceau.

Un jour, derrière les lambris au pied de l'escalier, je découvris un débarras qui avait servi de nid à des généra-tions de souris. La mort dans l'âme, je jetai à la poubelle presque tous les exemplaires d'une collection de *The Old Farmer's Almanac*, fondé en 1792 par Robert B. Thomas : ils étaient réduits à l'état de grignotis maculés de pisse et de crotte. Plusieurs vieilles éditions de classiques de la littérature avaient subi le même traitement. Notamment un exemplaire du premier tirage d'un de mes romans préférés, *Huckleberry Finn* de Mark Twain, avec une dédi-cace de l'auteur. C'est l'une des rares choses que je sau-vai de mon grand nettoyage d'été avec plusieurs petites sculptures d'art africain en bois et un gros manuscrit noué par une ficelle, conservé dans une boîte en fer ron-gée par la rouille.

Sur la première page, il y avait un titre en lettres capi-tales :

HISTOIRE DE MA VIE POUR L'ÉDIFICATION DE MON
PETIT-FILS ET DES GÉNÉRATIONS FUTURES

Je ne crois pas que je me serais plongé dans la lecture d'un manuscrit affublé d'un titre de ce genre si je n'étais tombé, à la page suivante, sur le nom de l'auteur auquel mon dogmatisme orthographique refuse d'accoler un *e*, contrairement à ce que nous ordonne la maréchaussée du bien-penser :

Par Lucile Bradsock

N'ayant jamais donné dans le culte des mânes familiales, je n'avais jamais entendu parler de cette femme qui portait mon nom mais, après une petite recherche généalogique sur Google, je compris que c'était mon aïeule : la mère de l'arrière-grand-mère de mon arrière-grand-mère. Une pionnière qui avait franchi l'Atlantique pour fonder cette lignée de polichinelles fantasques dont mon père fut l'un des ébouriffants avatars.

Les pages du manuscrit n'étaient pas numérotées ni même dans l'ordre et il en manquait pas mal. Le texte était, de surcroît, truffé d'anglicismes et de mots de vieux français auxquels j'ai dû trouver des synonymes. Plusieurs chapitres concernant l'Amérique étaient rédigés en anglais et il m'a fallu les traduire. C'est dire le travail auquel je me suis livré, sans craindre les anachronismes, pour vous présenter, sous un nouveau titre, les mémoires de ma truculente ancêtre. Même si, en vérifiant les dates et les lieux, je n'ai pas trouvé d'erreurs, je ne sais trop quel crédit historique il faut donner à ses exploits. La parole est à vous : comme tout le monde le sait, sauf les écrivains, ce sont les lecteurs qui écrivent les livres.

Frédéric Bradsock
Nantucket, 2015

INTRODUCTION

En cet an de grâce 1876, j'ai quatre-vingt-dix-neuf ans, autrement dit l'âge où les roses sont devenues des gratte-cul qui passent leur temps à raconter leur vie. Mais je me maintiens.

Certes, mon visage me ferait peur si je ne m'y étais pas habituée. Une tête de vieille pomme cuite. J'évite d'ouvrir la bouche : il reste trop peu de chaises dans ma salle à manger.

Mais ma carcasse fait encore de la résistance. Je ne me laisse pas marcher dessus. Si j'ai un pied dans la fosse, l'autre ne se résigne pas à l'y rejoindre. Ce qui m'a maintenue si longtemps debout, c'est l'envie d'embêter le monde et de réparer les injustices : je ne les supporte pas, je suis une redresseuse de torts.

Une arracheuse de dents aussi. Mon métier de dentiste m'a ouvert toutes les portes et je remercie tous les jours le Seigneur de m'avoir si bien orientée. Quand, pour soulager d'atroces douleurs, vos doigts ont pénétré dans les bouches malodorantes d'augustes personnages, vous gardez, si j'ose dire, une main sur eux. D'où mon incroyable carnet d'adresses.

Mon entregent et, sans fausse modestie, ma beauté

ont fait le reste. Il y a très longtemps, j'étais un joli brin de fille et je savais jouer de mes charmes. J'avais de la dent, comme on dit. De taille moyenne, les bras fins, la fesse ferme, la poitrine ample, les cheveux châtains bouclés et une bouche conçue exprès pour les baisers, je peux dire sans me vanter que j'ai rendu fous des tripotées d'hommes qu'excitait aussi mon visage ovale de Vierge Marie.

Il y a deux façons de vieillir. Soit en pourrissant. Soit en s'asséchant. Moi, j'ai emprunté la seconde voie jusqu'à ressembler depuis quelques décennies à ces vieux arbres du désert que le soleil a noircis et tortus. J'ai des bras et des jambes étiques comme leurs branches. Ils n'ont l'air de rien mais, jusqu'à ce jour, ils m'ont permis de déguerpir, de me défendre ou de me venger.

Je suis née avant la Révolution française et j'en ai entendu, des hurlements de l'autre monde. Après ce que j'ai vécu, je n'ai plus peur de rien. Il y a belle lurette, par exemple, que je ne suis plus terrorisée par la lecture du Livre du Deutéronome où Moïse égrène son chapelet de malédictions contre les violateurs de la loi de Dieu qu'il entend frapper « d'une gale et d'une démangeaison incurable de la partie du corps par laquelle la nature rejette ce qui lui est resté de nourriture » tout en les vouant à une misère qui les amènera à « manger en cachette leurs propres enfants ».

Je comprends Moïse : c'est ainsi qu'il faut traiter nos ennemis. Si j'ai écrit mes mémoires, c'est pour vous convaincre de quitter sans attendre le grand troupeau humain qui, houspillé par des hordes de scélérats, avance, la tête basse, le pas traînant, comme le bétail de boucherie. Résistez ! Révoltez-vous ! N'ayez pas peur ! Quand on

16

vous donne un coup de bâton, ne tendez plus l'autre flanc comme la moutonnaille de notre espèce : vous avez vu où ça l'a menée.

Je vis avec Dieu, c'est-à-dire le cosmos. Il m'accompagne et je l'ai souvent vu, en levant les yeux vers le ciel étoilé ou en les baissant pour observer la feuille d'herbe s'étirer vers le soleil qui la gonfle de vie. Mais j'ai appris à me méfier. Le Diable aussi est partout et, parfois, là où on ne l'aurait jamais imaginé : tapi dans l'ombre de Dieu.

Sans doute ai-je perdu beaucoup de temps en passant ma vie à faire la guerre au Mal qui, tel le chiendent, repousse sitôt qu'on l'a coupé. Je ne le regrette pas comme je ne regrette pas d'avoir aimé l'amour, la seule activité humaine qui ne nous fait pas courir le risque de nous retrouver un jour nez à nez avec le Diable.

Un livre, c'est comme une bouteille à la mer. Il appartient à tout le monde, chacun se l'approprie. C'est tout ce que je me souhaite pour celui-là. Je ne l'ai pas écrit pour édifier une de ces légendes ridicules qui encombrent les bibliothèques mais pour partager avec vous des idées ou des émotions avant d'entrer dans mon cercueil.

Dédiant ce livre au cosmos, aux hommes et aux perruches qui, chacun à leur façon, m'ont comblée de bonheur, j'ai décidé de le commencer par ce que je considère comme le plus grand de mes actes de gloire, quand fut donné aux États-Unis d'Amérique un coup de semonce dont ils n'ont pas fini de parler.

I

LE JOUR OÙ J'AI VU LES SIOUX HUMILIER L'ARMÉE AMÉRICAINE

1876

1

Une perruche dans ma poche

Territoire du Dakota, 1876.

Heureux ceux qui savent s'ils sont un homme ou une femme. Moi, je l'ignore et je m'en contrefiche. Je pisse debout comme un mâle, j'adore la gnôle et je m'énerve vite, au point que, l'an dernier, j'ai tué un malheureux qui, à la sortie d'un bar, m'avait traitée de « vieux fou ».

Je lui étais rentrée dedans, ce sont des choses qui arrivent. Après que je me fus excusée, il m'a regardée avec un air pas commode, puis il a répété : « Vieux fou, fils de pute, morceau de merde. » Il ne m'a pas donné le choix. J'ai sorti mon flingue et tiré dans le tas, c'était le cas de le dire, vu son bedon.

L'homme a chancelé et s'est adossé au mur du bar avec une expression que j'ai détestée. Un mélange de haine, de mépris et de menace. Il a gargouillé des mots humides que je n'ai pas compris mais qui n'étaient sans doute pas sympathiques à mon endroit. Alors, j'ai visé la poitrine et il est tombé à la renverse dans une flaque de boue.

« Connard », ai-je dit en tournant les talons.

J'ai regretté mon geste. Si ce tocard m'avait simplement traitée de « vieille peau », je lui aurais sans doute laissé la vie. Dès lors qu'elles sont au féminin, les insultes me semblent moins infamantes. Même si je ne corresponds pas tout le temps à cette définition, j'aime l'idée d'être ce que je suis : une femme.

Une femme aimante. J'ai connu toutes sortes d'hommes dans ma vie. Des beaux, des riches, des rêveurs, des puissants, des crétins. Je n'ai jamais essayé de les garder. Je comprends que les mâles de la Création aient du mal à suivre leur engin, qui a toujours la bougeotte et réfléchit à leur place. Je fus pareille. Si vous prenez tous les jours le même dessert, vous en aurez vite assez. Même si c'est du riz au lait, mon préféré, popularisé par Saint Louis, un homme qui avait du nez dans tous les domaines.

L'amour, c'est comme le riz au lait. Pour ne jamais s'en lasser, il faut changer tout le temps de parfum. Caramel, fraise fraîche, jus d'airelles, confiture de mûres ou sirop d'érable, on a l'embarras du choix. Rien ne sert d'avaler toujours les mêmes plats. C'est cette volonté de renouvellement qui a fait de moi une femme à hommes jusqu'à ce que mon corps commence à horrifier mes amants qui n'acceptèrent alors de me chevaucher qu'à condition de n'en rien voir, toutes lumières fermées.

Quand on ramène un homme à la maison et qu'il vous demande d'éteindre les bougies dès qu'on commence à se déshabiller, c'est qu'on a franchi un cap : la poésie a déserté l'amour qui est devenu quelque chose de trivial, une sorte de sport triste. Il y a longtemps qu'on ne m'a pas dit : « Tu es belle. » Ou même : « Je t'aime. »

Malgré les apparences, je suis une grande sentimentale. Je vis avec de beaux souvenirs dans la tête et une perruche ondulée verte à reflets jaunes, enfouie dans la poche intérieure de ma veste à franges en peau de chèvre des montagnes Rocheuses. Depuis que je travaille dans l'armée, je ne sors mon oiseau que le matin et le soir, à l'insu de mes camarades de régiment, pour lui donner son eau et ses graines. Je ne prends aucun risque avec elle : le général Custer, notre chef, n'aime pas les bêtes. Le jour maudit où nous sommes partis pour l'expédition punitive contre les Indiens, il a même ordonné à un sergent de tuer le chiot abandonné qu'un soldat avait trouvé sur un chemin et emporté avec lui, dans un sac de toile. Une boule de poils blancs avec deux yeux noirs au milieu. Tous les soldats l'adoraient. « Pas de ça ici, a hurlé Custer, on est une armée, pas un cirque ! »

Ma perruche a compris qu'il ne faut rien dire quand elle est dans ma poche mais elle se rattrape chaque fois que je peux m'éloigner du campement pour la sortir à l'air libre. J'adore écouter ses vaticinations, même si elles ne sont jamais passionnantes : « C'est une belle journée, les cloches sonnent, je boirais bien un coup mais il faut que je me coupe les cheveux. Si on s'en va, petite coquine, qui c'est qui va s'occuper du chat ? »

Ses obsessions : mon chapeau (« Qui peut me dire où qu'est mon chapeau ? ») et les pommes, ses fruits préférés (« Quelqu'un peut m'apporter une pomme ? »). Elle me prévient aussi quand j'ai de la visite en imitant le bruit d'une clochette.

En hommage à feu la reine de France, sainte et martyre, je lui ai donné le nom de Marie-Antoinette mais sans doute est-ce trop difficile à prononcer : ma perruche a décidé qu'elle s'appellerait Kiki, un surnom de boniche, qui ne rend pas compte de sa distinction naturelle. Car, dans son genre, c'est une aristocrate. J'ai rarement rencontré un être au maintien aussi élégant. Même quand elle est en bas, j'ai l'impression qu'elle me regarde de haut. J'adore qu'elle m'embrasse. Il suffit que je le lui demande et sa petite langue rouge vient chercher la mienne derrière mes lèvres.

Un spécialiste des oiseaux m'a déclaré que Marie-Antoinette avait treize ans, ce qui est très vieux pour une perruche. Moi, je suis comme elle : j'ai toujours fait plus jeune que mon état civil. C'est l'amour qui veut ça. L'amour du monde, de Marie-Antoinette et des autres. L'amour, au propre et au figuré.

C'est aussi grâce à mon mauvais esprit. Parfois, j'en ai mal aux commissures des lèvres, tellement rire les étire. Je suis sûre que je riais déjà dans le ventre de ma mère. Un jour, elle m'a dit que je me secouais tout le temps quand j'étais fœtus. Je sais que ce n'était pas sous l'effet de la peur, mais de la bonne humeur.

Contrairement à la légende, la vieillesse est le plus bel âge de la vie. Dommage qu'elle se termine mal.

*

Si j'ai voulu que mes Mémoires débutent le 25 juin 1876, ce n'est pas parce que c'est la date d'une catastrophe pour les États-Unis d'Amérique. C'est parce que je suis très fière de ce que j'ai fait ce jour-là.

C'était le matin et l'air était déjà plein de mouches. Je chevauchais les Black Hills, dans l'ouest du Dakota, au sud du Canada, avec une bande de soudards à tuniques et chapeaux bleus. Le rythme était trop soutenu pour moi. Ma colonne vertébrale me semblait un château de sable sur le point de s'effondrer et je ne parle pas de mes genoux.

Il fallait que je m'arrête. J'ai prévenu mon capitaine que je devais descendre de cheval et faire une petite pause ; je les rejoindrais plus tard.

« J'ai trop mal au dos.

— C'est la preuve que tu n'es pas morte. »

Il y a des péteux du même genre qui sont morts pour moins que ça mais j'ai une règle : je ne m'attaque jamais aux représentants de la loi ou de l'autorité publique. N'ayant pas fermé l'œil de la nuit, je ne me sentais pas, de surcroît, en état d'entamer une discussion avec ce minus.

Dans ma tête, j'ai toujours vingt ans. Mais quand je me vois dans un miroir, je suis horrifiée. Même si l'âge est venu et m'a couverte de rides et de verrues, je reste, à près de cent ans, une insulte vivante à la médecine. Quand on me demande le secret de ma longévité, je réponds :

« L'amour de la vie, des fruits et des légumes. Jamais de viande ni de mélancolie. »

En dehors des articulations, des vertèbres et des genoux, j'ai tout qui va. Le moral, les hanches, les bras, les intestins, même les dents et les cheveux qui se font cependant rares. Tout, y compris cette chose qui frémit encore un peu entre mes cuisses et qui m'a donné jadis de si grands plaisirs. Elle ne s'est pas rappelée à moi, ces derniers jours. Le cheval ne lui réussit pas et, ensuite, même en pleine force de l'âge, je n'aurais été tentée par aucun des six cent quarante-sept hommes du 7e régiment de cavalerie de l'armée américaine, emmenés par le général Custer. Des morts-vivants.

Ils avaient tous les regards las des bouchers après une tuerie de bovins, ce qui va de soi quand on est sous les ordres d'un personnage comme George Armstrong Custer. Si charismatique fût-il, notre chef avait quelque chose d'inquiétant, avec son visage en lame de couteau. Même si sa coiffure d'angelot aurait incité à lui donner le bon Dieu sans confession, il sentait la mort qu'il semait et récoltait sans discontinuer. C'était un héros de la guerre de Sécession : à la tête de la brigade de cavalerie du Michigan, il fut l'artisan de plusieurs victoires décisives contre les Sudistes. Avec ça, aussi subtil qu'un grizzli qui a les crocs. Un démocrate. Je déteste les démocrates.

*

Si vous avez le sentiment que je m'égare, ne craignez rien. Je retomberai bientôt sur mes pattes et vous raconterai ma sieste dans les Black Hills, le 25 juin 1876, avant le grand fiasco de l'U.S. Army. En attendant, il faut que je vous explique comment je me suis retrouvée sous les ordres du général Custer.

Quelques jours auparavant, alors que je m'arsouillais à la bière chez Otto's, un bar de la ville de Bismarck, au bord du Missouri, dans le territoire du Dakota, à deux pas de mon domicile, Custer s'est assis au comptoir à côté de moi et a demandé un whisky. Je me souviens qu'il semblait très fatigué, comme quelqu'un qui n'a pas dormi depuis sa naissance. Il portait une veste en peau de daim et un chapeau à large bord sur des cheveux assez longs. Il m'observa un moment en buvotant, puis laissa tomber :

« Vous avez quelque chose à vous reprocher, vous ? »

C'était si bien vu que je me suis mise à trembler. Je ne savais pas qui était ce type. Mais j'avais tout de suite compris qu'il s'agissait d'un haut gradé dans deux domaines :

l'armée et l'alcool. Après que j'eus secoué la tête avec un sourire innocent, il a poussé un gros soupir.

«Allez, insista-t-il, je suis sûr que vous avez fait des tas de choses pas bien dans votre vie.»

J'hésitai, puis laissai tomber :

«Plein.

— Ah, vous le reconnaissez...

— Vivre, c'est déjà tuer...»

Je levai mon index comme un enfant qui pose une question :

«Comment dois-je vous appeler? Général ou colonel?

— Comme vous voulez, répondit-il avec modestie. Je suis lieutenant-colonel dans l'armée régulière, mais général chez les volontaires.»

Je savais désormais qui c'était. Les Sioux l'appelaient Long Hair Custer.

«Je serais fière de serrer la main du général Custer», dis-je.

Il me tendit la sienne avec un grand sourire et secoua énergiquement la mienne, démontant mes osselets du poignet. Impressionnée, je me présentai :

«Lucile Bradsock. La meilleure spécialiste des Sioux de la région. Je parle couramment leur langue et connais toutes leurs habitudes. Si un jour vous avez besoin de mes services, sachez que je tiens le magasin d'à côté.

— C'est noté.»

Après quoi, Custer enfonça son regard dans le mien :

«Je vois dans vos yeux que vous êtes une dure à cuire et que vous avez tué beaucoup de gens. Je me trompe?

— Vous vous trompez. À moins que vous ne vouliez parler des massacres que l'on perpètre en marchant. De toutes les petites bêtes et des feuilles d'herbe qu'on écrabouille avec nos pieds sans le faire exprès.

— Sans oublier un gredin de temps en temps, hein… Je sens une espèce de culpabilité en vous.

— Quand on a mon âge, on se sent toujours coupable, vous verrez, si un jour vous arrivez jusque-là : on a laissé tellement de monde sur les bas-côtés. »

Custer sembla réfléchir un moment, puis plongea son regard dans son verre de whisky. C'est à peine s'il leva les yeux quand je pris congé.

2

L'homme à la tache de vin

Manfred était arrivé, comme on dit des dindes quand elles ont bien profité. Avec son ventre royal et son derrière dodu, je dois reconnaître qu'il me mettait l'eau à la bouche. J'avais même envie de l'embrasser partout.

Devenue maigrelette avec l'âge, j'ai souvent été attirée par les gros à condition qu'ils fussent beaucoup plus jeunes que moi. C'était son cas. La soixantaine et les cheveux blancs, il était de trente-huit ans mon cadet et n'avait ni femme ni enfant.

C'était le postier de la ville de Bismarck. Un blond quasi imberbe avec des grands yeux bleu ciel, toujours parfumé à l'eau de Cologne. Chaque fois que je recevais une lettre, Manfred venait me l'apporter en main propre avec ce mélange germanique de rudesse et de délicatesse qui me réconciliait avec les hommes.

Quand je rêvais de faire l'amour une dernière fois, c'était toujours avec mon postier. Autant le général Custer m'avait hérissé tous les poils, le jour où je l'avais rencontré, autant je devenais une petite fille énamourée chaque fois que je voyais Manfred, comme ce matin-là quand, la bouche en cœur, il vint apporter une lettre qui allait changer ma vie.

Chaque fois que je sentais son souffle près de moi, je lui faisais des yeux de serpent bouilli en rêvant qu'il daignât bien me piétiner et me cabosser. Pardonnez-moi, mais la vieillesse donne tous les droits dont le moindre n'est pas celui de tout dire.

Manfred, c'était tout ce qui me retenait à Bismarck. Une ville de quelques milliers d'habitants, qui se développait très vite depuis que la première locomotive était arrivée jusqu'à nous sur les chemins de fer transcontinentaux, alors en construction, amenant de nouvelles populations comme les chercheurs d'or, reconnaissables à leur air exalté et abruti. Plusieurs fois par mois, des familles s'installaient. Parfois, des Scandinaves. Souvent, des Allemands, comme mon postier. Très bien élevés, ça changeait des Irlandais. Ils ne passaient cependant pas inaperçus avec leurs éclats de voix pendant les repas : ces gens-là mangent gras et bruyant.

J'aime beaucoup les Allemands. Ils savent où sont les choses. Ils nous apportaient leur bière, leurs saucisses et leur pain au seigle en même temps que leur sens de l'organisation : à peine fondée, notre cité disposait déjà d'une école, d'une église presbytérienne et d'une feuille de chou, le *Bismarck Tribune*. Sans oublier un élevage de cochons.

Je ne buvais plus seulement du vin coupé d'eau mais aussi beaucoup de bière. Chez nous, tout était germanisé : lors de sa fondation en 1872, la ville s'appelait Edwinton en référence au prénom de l'ingénieur en chef de la compagnie Northern Pacific Railway ; l'année suivante, elle fut rebaptisée Bismarck en hommage au chancelier allemand, alors au pouvoir, avec l'idée d'attirer ses compatriotes qui avaient la réputation d'être moins flemmards que les autres.

*

La lettre provenait de Nantucket, dans le Massachusetts. Je reconnus tout de suite l'écriture : c'était celle de ma vieille amie Élisabeth Lamourette :

« Chère Lucile,
Tu m'avais demandé de te prévenir s'il arrivait un jour quelque chose de ce genre. Cela s'est produit hier soir : l'homme a frappé à ma porte alors que j'allais dîner. Un type fort et rougeaud avec des grosses moustaches. Il se dit commissaire et prétend s'appeler Théodore Lambrune. Il lui manque le petit doigt de la main droite et il a une tache de vin sur le front. Il portait un panier en toile à la main et, après avoir retiré le torchon qui le recouvrait, il m'a proposé de partager son contenu avec lui. Il y avait du jambon, des fromages et, surtout, deux bouteilles d'un grand cru de Pauillac selon la classification officielle des vins de Bordeaux établie à la demande de Napoléon III : ça ne se refuse pas. Inutile de te dire qu'on a descendu les bouteilles en un temps record avant de finir le repas avec ma mauvaise piquette. Il a commencé à me prendre pour une idiote en prétendant qu'il te recherchait pour le compte d'un notaire de Caen : tu serais la seule et dernière héritière d'une grosse succession. Je me méfiais et je lui ai répondu que je ne te connaissais pas. Alors, il a sorti de sa poche trois lettres que je t'avais adressées rue du Mail à Paris, il y a longtemps, quand tu étais retournée en Europe. Sur

quoi, il a changé de version et s'est mis à faire ton procès. Il m'a affirmé qu'il était envoyé par le ministère de l'Intérieur pour te ramener en France afin d'être jugée pour plusieurs assassinats. Il m'a donné la liste de tes victimes avant de m'annoncer que tu étais l'une des personnes les plus recherchées de France et que j'aurais droit à une forte récompense si je lui donnais des informations permettant de te "loger", selon son expression. Il m'a demandé aussi si j'étais au courant d'une lettre importante, écrite par un personnage historique, qui serait en ta possession : elle contiendrait des secrets d'État.

Sans vouloir te commander, ma chérie, je crois que tu devrais t'enfuir.

Avec mon éternelle affection,

Ta dévouée Élisabeth. »

Il y avait une deuxième feuille avec quelques lignes griffonnées à la hâte :

« En me rendant à la poste, j'ai aperçu l'homme à la tache de vin dans un renfoncement de la rue. J'imagine qu'il avait prévu que je t'écrirais et qu'il m'attendait pour intercepter la lettre. J'ai fait volte-face avant qu'il me voie et je l'ai donnée à une amie coiffeuse pour qu'elle la poste à ma place. Prends garde à toi, ma chérie. Ce type me fait peur. »

Qu'avait fait le commissaire Lambrune à Élisabeth Lamourette ? Était-elle toujours vivante ? J'ai jeté à Manfred un regard si étrange qu'il a filé en douce.

3

Ces criminels avaient été des héros

À Bismarck, j'ai la réputation d'être une casse-couilles. À juste titre. Je sais bien que c'est péché de le dire, mais j'ai beaucoup de haine en moi et je la cultive avec soin : elle est très bonne pour la santé.

C'est la haine qui me tient encore debout. Sans elle, il y a longtemps que j'aurais rendu les armes et mon dernier soupir.

Je ne serai jamais une victime, je suis trop orgueilleuse pour ça. Si j'écris ce livre, ce n'est pas pour me tresser des louanges mais pour régler leur compte à tous les gredins que j'ai croisés et, pour commencer, aux « héros » de la guerre de Sécession, engeance composée, en tout cas aux sommets, de fieffés salauds.

Couverts d'éloges et de lauriers, les petites frappes qui ont gagné cette guerre ont au-dessus de leur tête l'auréole des grands saints. Ils sont donnés en modèle aux enfants. En libérant les Noirs de l'esclavage, ils auraient rendu sa dignité à l'Amérique qui pouvait désormais se regarder dans le miroir. Foutaises !

La première chose qu'on devrait apprendre à l'école, ça ferait gagner du temps, c'est qu'il faut toujours se méfier des héros : dès lors qu'il a gagné, le parti du Bien se transforme en parti du Mal. C'est une règle historique, aucune bonne cause n'y résiste.

Après la guerre de Sécession, les généraux qui avaient vaincu le Sud esclavagiste se reconvertirent dans la chasse aux Indiens des Grandes Plaines. Les Sioux, notamment, mettaient à rude épreuve la patience des autorités fédérales. Ils ne supportaient pas que leurs terres sacrées des Black Hills fussent sans cesse traversées, fouillées ou meurtries par des hordes de colons, de chercheurs d'or et de constructeurs de lignes de chemin de fer. Ils étaient furieux que les Blancs ne tinssent pas leur parole de les laisser vivre chez eux « aussi longtemps que les arbres croîtraient et que les eaux couleraient ». Ils demandaient simplement le respect du traité de Fort Laramie qui, depuis 1868, leur garantissait le droit de disposer d'eux-mêmes dans leurs réserves.

Assassinant à tout-va les contrevenants, les Indiens devinrent un obstacle à la ruée vers l'Ouest. Un caillou dans la chaussure du progrès en marche. Il fallait le retirer et en finir avec ces agités du tomahawk. Trois criminels s'en sont chargés : Sheridan, Sherman et Grant. Les trois grandes figures de la guerre de Sécession que l'Histoire officielle américaine a quasiment canonisées.

Le général Sheridan, ami et supérieur hiérarchique du général Custer, avait mis au point une technique d'éradication totale des Sioux et des Cheyennes. Il détruisait tout, leurs tentes, leurs provisions, leurs enfants, leurs vieillards. Y compris les bisons, leur principale source de nourriture, qui furent plus de dix millions à payer le tribut de ses opérations de « pacification ». En 1865, à la fin de la guerre de Sécession, les Grandes Plaines en regorgeaient[1]. Onze ans plus tard, au moment où j'écris ces lignes, il n'en reste guère plus d'un millier.

Il y avait toutes sortes de bonnes raisons d'exterminer les bisons. Pour leur chair, supposée succulente, ou pour leur peau, le cuir des cuirs. Pour le plaisir, depuis les trains, afin d'épater la galerie. Pour les compagnies de chemins de fer qui ne supportaient pas que les troupeaux bloquassent souvent le trafic. Ou encore pour l'armée et la nation conquérante, qui coupaient ainsi les vivres des Indiens.

Massacrer les bisons pour affamer les humains : tel était le mot d'ordre des généraux Sherman et Sheridan, les deux maîtres d'œuvre du grand populicide[2] indien. Leurs tueurs professionnels laissaient les carcasses des bêtes aux mouches et aux charognards, transformant les Grandes Plaines en pourrissoirs. Parmi eux figurait William Cody dit Buffalo Bill, un as de la gâchette, capable d'abattre soixante-neuf bisons en une seule journée. Une fripouille.

Après que ces viandards eurent tué quatre millions de bisons dans la seule année 1874, le général Sheridan jubila : à l'en croire, ils avaient plus fait pour régler la question indienne que « l'entière armée régulière pendant les trente dernières années ». Et d'ajouter : « Laissez-les tuer, écorcher et vendre jusqu'à ce que les bisons soient exterminés. »

---

1. La population de bisons s'élevait à soixante millions de têtes au XIVe siècle, à l'arrivée des premiers Européens sur le sol américain. (*Note de l'Éditeur.*)
2. Cette dénomination est apparue pour la première fois en 1794 sous la plume de Gracchus Babeuf à propos des guerres de Vendée. (*Note de l'Éditeur.*)

Au chef comanche Towasi qui, en 1869, s'était présenté à lui comme un bon Indien, le même général Sheridan aurait répondu : « Les seuls bons Indiens que j'ai vus étaient morts. » Plus tard, il nia avoir prononcé cette phrase mais son interlocuteur confirma l'avoir bien entendue.

Souvent pompette, Philip Sheridan n'était qu'une brute épaisse, faite pour le néant d'où elle n'aurait jamais dû sortir. Je ne peux entendre prononcer son nom sans trembler de haine. Tout autre fut William T. Sherman, signataire parjure du traité de Fort Laramie, qui avait des lettres et citait volontiers Shakespeare. Il a même écrit des Mémoires de qualité où il dénonce, le farceur, la « cruauté » de la guerre. Mais avec sa gueule de fanatique, aucune mère, pas même moi, ne lui aurait confié ses enfants. « Plus on pourra tuer d'Indiens cette année, disait-il, moins on aura besoin d'en tuer l'an prochain. »

Ce stratège sans pitié, spécialiste de la guerre de mouvement et bourreau de la Géorgie, obtint la capitulation des armées confédérées en 1865 au prix de pertes bien plus importantes chez les Nordistes que chez les Sudistes – il est vrai que les derniers, moins nombreux, veillaient à économiser les vies humaines. Après avoir mis le Sud en déroute, le général Sherman se reconvertit dans les guerres indiennes où il fut encore plus implacable, prônant l'« extermination » de tous les Sioux, « hommes, femmes et enfants ».

Dans la foulée de la victoire des Nordistes, le troisième larron, Ulysses Grant, leur chef d'état-major, devint tout naturellement président des États-Unis. Mais à la différence des deux autres, cette baderne mélancolique n'avait rien d'un fanatique, du moins en apparence.

Contrairement à Custer, j'ai voté républicain à la dernière élection présidentielle. Autrement dit pour Grant qui incarnait l'héritage de Lincoln. À la tête d'une administration corrompue, le général s'ingénia à faire voter le 15e amendement de la Constitution garantissant les droits civiques des Afro-Américains. Il lutta aussi avec succès contre le Ku Klux Klan et tendit même, en début de mandat, la main aux Indiens qui la saisirent. Tout aurait pu bien se passer. Mais que peuvent les fruits de l'harmonie face au ver de la cupidité ?

Après qu'une expédition menée par Custer eut découvert des gisements d'or dans les Black Hills, le président Grant ravala ses paroles de paix. Il pensait avoir trouvé là un moyen de relancer l'économie américaine, alors en vrille. En 1875, il reçut à Washington une délégation de chefs sioux comme Red Cloud et Spotted Tail, et les somma de vendre à « un prix raisonnable », c'est-à-dire vil, les terres dévolues aux Indiens.

Aux yeux d'Ulysses Grant, le peuple indien n'aurait pas su quoi faire de l'or. C'était une affaire de Blancs. Pour que les mines fussent exploitées, il fallait donc que les Sioux vidassent leurs terres sans tarder. Sinon, c'en serait fini des distributions gratuites de rations de nourriture et ils seraient tous déportés dans le territoire de l'Oklahoma, subissant le même sort que les Cherokees qui, en 1839, périrent de faim et de froid sur la Piste des Larmes. La bourse ou la mort : tel était le choix que laissait le président américain à ses folkloriques invités.

Après s'être assis sur le traité de Fort Laramie, signé sept ans plus tôt par le même Red Cloud, voilà qu'Ulysses Grant prétendait le remplacer par un nouveau texte qui dépouillait le peuple indien de tout. Refusant de signer, les chefs sioux, abasourdis par tant d'arrogance, commencèrent à ergoter avant d'annoncer qu'ils s'en remettraient à leur peuple et aux « Sept Feux » du conseil tribal, qui trancherait.

Quand ils revinrent sur leurs terres, tout dérapa très vite. À la tête de la résistance indienne, Sitting Bull, qui avait déjà refusé de signer le traité de Fort Laramie, se déchaîna comme jamais contre l'envahisseur blanc. Ses cavaliers multiplièrent les actions, tuant et scalpant à tour de bras, brûlant les maisons et enlevant les enfants.

Le président des États-Unis détestait le général Custer qui, devant une commission d'enquête sénatoriale, avait dénoncé la concussion des siens à la tête du Bureau des Affaires indiennes, accusant même de filouterie son propre frère, Orville Grant.

Mais qui mieux que ce « héros » de la guerre de Sécession pouvait en finir avec les hordes de sauvages ? Ça tombait bien : Custer en rêvait et faisait le siège de ses chefs pour qu'ils lui pardonnent ses propos contre le président : l'extermination des Sioux et des Cheyennes était le combat de sa vie.

Alors, va pour Custer. C'est ainsi que le général fut embringué dans ce qu'on appela les guerres indiennes.

*

À Bismarck, je pensais à ces quatre généraux chaque fois que je croisais, assis par terre dans la rue, mon ami Black Bull. Un Sioux Oglala qui ressemblait à un ramas de serpillières noires de saleté avec deux grands yeux jaunes au milieu d'un visage brûlé.

Quelques bons citoyens de Bismarck s'étaient plaints

des odeurs de Black Bull mais nous étions plusieurs à le soutenir, à le nourrir et même à lui fournir des bouteilles de whisky qu'il sifflait comme de l'eau de fontaine.

Un jour de grande pluie, je lui avais proposé de dormir dans ma buanderie. Il m'avait répondu :

«Je ne veux pas de ta pitié. »

L'hiver, il passait des semaines sous terre, dans une sorte de grotte, au bord du Missouri, comme un ours qui hiberne. De temps en temps, il sortait quelques heures avant de retourner dans son antre pour dîner d'un rat, une tortue, un chien de prairie ou un rebut de poubelle. Il paraît qu'il lui arrivait de manger de l'herbe.

Black Bull disait que ne rien faire prend beaucoup de temps et il est vrai qu'il semblait toujours fatigué. Il détestait rendre service et ne savait pas dire merci, mais si nous passions sans le voir, il nous morigénait gentiment dans un anglais parfait :

« Si j'en suis là, c'est de votre faute. Vous m'avez chassé de chez moi et vous avez tué les miens. »

C'était notre mauvaise conscience.

4

Ma vie de cocue

Pour fuir le commissaire Lambrune venu me traquer jusqu'à Bismarck, je me suis engagée dans l'armée. Éclaireuse était une fonction qui m'allait bien. J'ai toujours été la reine du mensonge et du camouflage. Une sorte de serpent à sonnette. On ne m'entend jamais venir et quand on me voit, c'est toujours trop tard.

Pour rejoindre le 7e régiment de cavalerie du général Custer, la prétendue crème de l'armée américaine, j'avais tout laissé derrière moi. Sauf mes économies que j'emportai dans ma petite culotte et une partie de mon matériel de dentisterie, mon métier d'origine, qui restait sous bonne garde chez Manfred, le postier.

Le 25 juin 1876, j'allai à la guerre la tête légère. C'était une de ces journées où le ciel, le soleil et la terre formaient la même matière en fusion. Ils faisaient l'amour, comme disaient les Indiens. Je me sentais trop bien pour penser et me contentais du plaisir de respirer avec, parfois, de subites montées de nostalgie.

En entrant dans les Black Hills, je regrettais les bords du Missouri, les vols en rond des aigles royaux, les passages de grues du Canada et ma petite boutique de Bismarck, à l'enseigne de « Lucile's », une sorte de caverne d'Ali Baba ouverte jour et nuit : je dormais sur place.

Je n'avais plus la main assez sûre ni le bras assez puissant pour la dentisterie : j'ai arraché les dents aussi longtemps que je pouvais mais je n'avais plus la même force, les molaires ne venaient pas toujours, l'extraction se transformait souvent en carnage et il y eut des plaintes. Je m'étais finalement repliée sur le soin des caries où j'excellais.

En plus de la dentisterie et de l'exercice illégal de la médecine, j'assurais d'autres métiers dans mon échoppe : vétérinaire, coiffeuse, barbière, quincaillière et vendeuse de vestes à franges, une invention des Indiens qui leur permet d'attacher le petit gibier aux lanières de cuir en gardant l'usage des deux mains. Je vendais aussi des herbes et des plantes médicinales.

Il y avait du passage dans la boutique mais les affaires ne marchaient pas trop. Je crois que je faisais peur à la clientèle avec mon air de vieille chouette, mon pas traînant et mes toux agoniques. Je songeais de plus en plus souvent à ranger mon fusil, comme on disait ici, et à m'en aller finir mes jours sur mon île, dans l'océan Atlantique.

Il était temps que je parte. D'autant que mon dernier compagnon en date, de quarante ans mon cadet, passait son temps à courir les filles et les bars en perdant des fortunes aux cartes. Je ne pleurerais pas cet olibrius. Après le commissaire Lambrune, mon autre raison de partir s'appelait James Navigato, un beau métis italo-indien avec un sourire américain, plein de grandes dents blanches. Un sucre d'orge.

Moi, j'étais mal assortie avec ma peau de vieille chaussure, brûlée par le soleil, striée de crevasses, et il me le faisait bien payer. Certes, il m'avait emmenée au ciel le jour de notre rencontre, trois ans auparavant, mais j'étais depuis lors l'une des rares femmes de Bismarck qu'il ne désossait jamais.

Mon homme me rendait visite seulement pour apporter son linge sale ou quand il avait besoin d'argent, c'est-à-dire le vendredi et le lundi, avant et après le week-end où tout le monde lui faisait les poches. Ce qui me choquait le plus, c'est qu'il n'éprouvait aucun remords et s'amusait même de notre situation. Un jour que je le sermonnais, il m'avait répondu :

« Il faut me comprendre, Lucile, ce n'est pas drôle de vivre avec une cocue.

— Encore moins de vivre avec un gigolo.

— Tu n'as qu'à m'épouser.

— Il n'en est pas question. Tu me piquerais tout ce que j'ai pour le jouer au poker. »

Alors, il s'était approché de moi et m'avait caressé les cheveux :

« Si tu n'étais pas cocue, ma chérie, crois-tu vraiment que je te tromperais ? »

Même si j'avais détesté le rire de James Navigato après sa blague à deux balles, je lui laissai le dernier mot. Il avait trop de charme. Jamais je ne trouvais la force ni le courage de le rabrouer, encore moins de le foutre dehors. Il fallait que je déguerpisse de Bismarck, c'était la seule façon de m'en sortir.

En somme, j'avais mille raisons de dire oui le jour où un sergent recruteur m'a invitée à rejoindre le régiment du général Custer. Le hasard a voulu qu'il me fasse la proposition le lendemain du jour où j'avais reçu la lettre de mon amie Élisabeth Lamourette.

C'était un type sans menton avec les yeux enfoncés.

Même s'il a refusé de le confirmer, je ne doutais pas que le sergent avait été envoyé par le général Custer qui se souvenait de notre conversation chez Otto's et voulait attacher à sa petite troupe une Blanche connaissant bien les Sioux.

« C'est fou ce que vous avez l'air d'une Indienne, observa le sergent.

— Une très vieille Indienne, corrigeai-je.

— L'armée a besoin des lumières de gens qui comprennent les Indiens. »

Il ajouta que Custer se méfiait des éclaireurs indiens qui ont parfois des montées de sang, pour ne pas dire de race. De plus, le général aimait toujours avoir une femme dans son régiment. Pour lui, c'était plus qu'une mascotte : un porte-bonheur. Or, son éclaireuse fétiche, Calamity Jane, de son vrai nom Martha Jane Cannary, était restée bloquée à Fort Laramie où elle se remettait d'une virulente infection de la gorge et des poumons.

« En quelque sorte, vous me proposez un remplacement, ai-je soupiré.

— Je vous propose de servir l'Amérique. »

Il a dit ça sur un ton qui aurait pu me donner des frissons, si j'avais cru que la patrie était menacée par le péril indien. Recruteur efficace, le sergent joua aussi sur la flatterie. Il se réjouissait du forfait de Martha Jane Cannary : à ses yeux, elle n'était qu'une faiseuse d'embrouilles, juste bonne à boire son whisky et à fumer ses cigares dans les tripots, alors que, moi, je pouvais être utile à plein de choses, notamment sur le plan médical ou dentaire.

« Cette fille ne nous a jamais servi à rien, dit-il. C'est une fabrication des journalistes. »

À vingt-quatre ans, Calamity Jane jouissait en effet d'une certaine renommée, elle faisait même les titres des journaux[1], mais au royaume des affabulatrices, elle portait à coup sûr la couronne. Même si je ne l'avais jamais rencontrée, je n'aimais pas cette femme de réputation querelleuse et d'apparence hommasse, qui avait appelé son cheval Satan.

Je posai quelques questions sur ce qu'on attendait de moi, puis feignis de réfléchir, pour la forme. Mais ma décision était prise depuis longtemps, quand je laissai tomber :

« D'accord pour travailler avec vous, mais à condition que vous ne fassiez pas de mal aux Indiens.

— Comment pouvez-vous penser que ce soit notre intention, madame ? Enfin, voyons, nous ne sommes pas les ennemis des Indiens, nous sommes même fascinés par ce grand peuple. On veut simplement l'empêcher de faire des bêtises. Le convaincre de notre bonne foi. Lui faire entendre raison. »

Cette aventure n'était plus de mon âge, mais c'était en effet la meilleure façon d'échapper à l'homme à la tache de vin. Après avoir rassemblé en hâte quelques effets, je fermai ma boutique, demandai à Manfred de la vendre pour moi, puis suivis le sergent recruteur.

Chargée à la fois de l'infirmerie, de la dentisterie et des renseignements, je fus intégrée avec ma perruche clandestine dans le groupe des trente-quatre éclaireurs indiens du régiment, mais je n'étais sans doute pas une pièce assez importante pour être présentée aussitôt à George Armstrong Custer.

---

1. J'ai vérifié : à l'époque, Calamity Jane était déjà le surnom de Martha Jane Cannary. Il apparut ainsi dans le titre d'un article du quotidien de Deadwood, *The Black Hills Pionner*, daté du 15 juillet 1876. (*Frédéric Bradsock.*)

Je ne l'ai vu qu'au bout de trois jours. Me reconnaissant, il se dirigea vers moi avec un grand sourire :

« Alors, vous venez expier vos fautes à l'armée ?

— Ce n'est pas le meilleur endroit pour les expier. »

Il fronça les sourcils, comme s'il n'avait pas tout de suite compris ma vacherie. Puis, pour me la faire payer :

« Voulez-vous que je vous dise, vous n'êtes pas encore assez sale pour être une vraie Sioux.

— Mais je n'ai jamais prétendu être une vraie Sioux.

— Ce n'est pas ce qu'on m'a dit. Enfin, sachez quand même que vous êtes sur le bon chemin... »

Il émit un rire de chèvre et tourna les talons. J'étais tellement en colère que je n'ai pas su quoi répondre. Jadis, mon père prétendait qu'il y avait trois catégories de personnes : les vivants qui font avancer le monde, les fantômes qui ralentissent sa marche et les nuisibles que l'on doit éradiquer. Pour moi, Custer était un nuisible.

Des personnes comme lui, il y en a partout. À la Maison-Blanche, dans la pègre, l'armée ou le monde des affaires. Il y en a même chez les humiliés, les offensés ou les anciens esclaves dont on a souvent du mal à soutenir le regard douloureux. Puissants ou faibles, ils nous dominent tous, plus ou moins.

Tout au long de ma vie, j'ai pu observer que les autres catégories de la population sont toujours trop complaisantes avec les nuisibles. Elles en ont souvent très peur, ce qui n'a jamais été mon cas. C'est pourquoi je n'arrêtais pas de ruminer contre Custer.

Longtemps après, alors que la nuit commençait à tomber, j'ai revu le général. Il parlait avec ses officiers, le visage exalté, l'épaule sauteuse, en faisant de grands moulinets en direction de l'horizon qui se remplissait de nuages sanglants. J'ai tout de suite compris ce qui se tramait. Le capitaine, un brave type avec des yeux comme des bougies éteintes, nous l'a confirmé plus tard : « Préparez-vous, les gars. Demain, on est de corvée. »

Des éclaireurs venaient de repérer un camp d'Indiens, dans une vallée proche. Ils estimaient le nombre de Sioux et de Cheyennes à huit cents. Custer était pressé de se rendre sur place et, de toute évidence, ce n'était pas pour y fumer le calumet de la paix.

Qu'étais-je venue faire dans cette guerre ? Un mélange de fatigue et de poisse a commencé à couler en moi. Je me disais que je ne serais pas à la hauteur de la mission que je m'étais assignée, mais il était trop tard pour reculer. Quelque chose m'appelait vers le peuple sioux. La force du passé, de la vengeance et du devoir.

*

Ce matin-là, jour de la tragédie – j'allais dire : de la punition de Dieu –, alors que les soldats de Custer allaient à la mort, mon capitaine m'a jeté avec une expression menaçante, après que je lui eus demandé l'autorisation de me reposer :

« Tu es tellement vieille que je ne peux pas refuser.

— Je ne m'arrêterai que vingt minutes. Après, je vous rejoindrai.

— Tu as intérêt. Tu sais ce qui t'attend si tu profites de l'occasion pour déserter ?

— À mon âge, on ne déserte plus. Quand la vie ne tient qu'à un fil, on n'a rien envie de faire qui pourrait la raccourcir. »

J'avais pris le bon ton, il semblait ému.

« Si tu descends, dit-il, es-tu sûre de pouvoir remonter sur ton canasson ?

— Tu as vu comme il est court sur pattes. On dirait un basset ! »

Il cracha du jus de chique, puis donna un coup de cravache sur le cul de son cheval qui partit au galop avant de disparaître derrière une colline pendant que le mien me conduisait au pas en direction de la rivière.

Après avoir sorti la perruche de la poche de ma veste, je suis descendue de selle avec précaution : j'avais mal partout et j'étais impatiente de m'allonger, ce que je fis aussitôt, sur l'herbe à bison.

Depuis, je me suis souvent demandé si ce mal de dos n'était pas un message de mon corps à la tête, la seconde étant, contrairement à la légende, bien moins intelligente que le premier. La chair parle et il vaut toujours mieux l'écouter que la cervelle. Si, ce matin-là, je n'avais pas suivi mon instinct et que je fusse restée avec le 7e régiment, je ne serais pas là pour vous raconter ce qui s'est vraiment passé à la bataille de Little Big Horn.

Je n'ai pas de mérite. Le général Custer ne m'inspirait pas confiance. Trop toqué. Trop fébrile. Je détestais sa hâte enfantine à aller casser du Sioux. C'était, comme les généraux Sherman et Sheridan, un adepte de la guerre totale. Pendant les combats, il hurlait des ordres affreux à ses soldats : « Tuez-les tous ! Achevez les blessés ! Je ne veux pas de survivant ! »

Très en verve, ma perruche s'est posée sur mon épaule et a commencé à m'embrasser avant de réclamer, comme ça lui arrivait souvent, un morceau de pomme.

« Mais, Marie-Antoinette, ce n'est pas encore la saison des pommes ! »

Après lui avoir dit que je voulais faire un petit somme, je lui ai ouvert mon aisselle pour qu'elle s'y love. Ma montre à gousset indiquait dix heures du matin quand je me suis allongée aux pieds de mon cheval, sous une haie de trembles. Ils longeaient la rivière, la Little Bighorn qui serpentait au milieu des mamelons verts et dodus des Black Hills. Avec la montée de l'été, les vallées commençaient à perdre leurs couleurs vertes : les sommets vireraient bientôt au jaune, sous les coups de pioche du soleil.

J'ai dormi longtemps. Ce sont des coups de feu qui m'ont réveillée. Ils provenaient de derrière les collines que veillaient, au loin, les pics des Big Horn Mountains. Mon cœur a fait des bonds dans sa cage de côtes et j'ai vidé par terre le contenu du sac que j'avais laissé sur le cheval. J'avais tout ce qu'il fallait pour passer inaperçue en pays indien. J'ai mis le collier en canines de puma et les deux bracelets de griffes d'ours, rapportés naguère de mon séjour chez les Sioux. J'ai accroché deux grands anneaux de cuivre à mes oreilles percées et, après avoir jeté mon chapeau de l'armée, planté une grande plume d'aigle dans mes cheveux noirs de jais – vous avez compris que je me les teins.

Pour compléter mon déguisement, j'ai enlevé mon pantalon et enfilé à la place des jambières en peau de daim. Puis j'ai recouvert mon visage de terre et dessiné deux grands cercles jaunes autour des yeux.

Après avoir enfoui ma perruque parleuse dans la poche de ma veste en peau de chèvre, je suis remontée sur mon petit cheval pour aller au galop, le long de la rivière, où le devoir m'attendait.

5

Le poumon sanglant de Little Big Horn

Où que je sois, il me semble toujours que je respire l'air du plus beau pays du monde. J'ai éprouvé ça en Normandie, en Vendée, en Afrique, en Virginie et dans beaucoup d'autres contrées, mais ce jour-là, dans les Black Hills, je le ressentis comme jamais : un vent vivant et chaud m'emmenait très haut, là où les oiseaux ne montent jamais, et j'étais saisie d'un vertige.

C'était l'une de ces journées où l'on sent la main de Dieu. Elle passait entre les cheveux des mélèzes et les troncs tortus des pins à écorce blanche. Elle se posait sur les pointes des herbes de prairies qui, à perte de vue, frémissaient de plaisir. Elle s'insinuait à l'intérieur des pétales rouges des « pinceaux d'Indiens » qui dansaient de bonheur. Elle charriait tant d'odeurs de sucs, de foins, de résines : il me semblait que mes poumons volaient au-dessus de moi.

Je plains ceux qui n'ont jamais connu cette sensation ; elle est la preuve de l'existence de Dieu. Je ne comprenais pas bien ce qu'il me disait depuis son ciel mais ça n'avait pas d'importance : j'aimais sa voix douce et enveloppante qui gonflait mes veines d'un amour à ressusciter les morts. Quand elle me parlait, je n'avais plus d'âge

49

ni mal nulle part. J'ai inventé un mot pour exprimer ce que je ressentais alors : je m'enciélais.

Chemin faisant, je me suis signée à plusieurs reprises avec un sourire qui n'en finissait pas. Il me paraît impossible, à moins d'être aveugle, de rester incroyante devant des paysages comme ceux des Black Hills. Je comprenais les Sioux qui refusaient de les voir saccager au nom de ce que nous appelons la chrétienté ou la civilisation.

Leur grand chef Sitting Bull a prétendu un jour que les Blancs n'avaient pas d'oreilles. Comment lui donner tort ? Ils restaient sourds aux plaintes et aux supplications des Indiens qui ne demandaient rien que le respect du traité de Fort Laramie. Ils les abusaient, toute honte bue, en les parquant dans des réserves qui devenaient de plus en plus petites. Ils avaient décidé, ça crevait les yeux, de les faire mourir à petit feu. Tous, jusqu'au dernier.

C'est pourquoi Sitting Bull, lancé dans une guerre sans pitié contre les visages pâles, avait maintenu l'alliance des Indiens, mise sur pied naguère par un autre chef, Red Cloud, en perte de vitesse après sa négociation avortée avec le président Grant. Une alliance que symbolisait la « Danse du soleil » à laquelle il avait convié, cette année-là, les Sioux, les Cheyennes et les Arapahos.

Sous ses auspices, les tribus de la grande coalition indienne s'étaient retrouvées quelques jours plus tôt dans le camp vers lequel je me dirigeais. Elles étaient venues faire la fête jusqu'à plus d'heure, avant de commencer leur chasse annuelle aux bisons, avec ses orgies de chairs mortes et sanglantes.

Maintenant que l'Histoire a roulé sa meule sur le

peuple indien, on peut dire que Sitting Bull[1] est, en dépit de ses échecs, une figure qui restera. Pas en tant que guerrier, chef spirituel ou spécialiste des plantes médicinales, mais parce qu'il est l'auteur de plusieurs formules, poétiques ou philosophiques, à graver sur les stèles des siècles futurs :

« La Terre n'appartient pas à l'homme, c'est l'homme qui appartient à la Terre. »

« On n'a pas besoin de beaucoup de mots pour dire la vérité. »

« Regardez ! Le printemps est arrivé. La terre a reçu les baisers du soleil et nous verrons bientôt les fruits de cet amour. »

« J'ai deux chiens en moi. L'un est méchant et diabolique, l'autre bon, et ils se battent tout le temps. Quand on me demande lequel a gagné, je réponds : celui que j'ai le plus nourri. »

Ou encore, à propos de l'Amérique qu'il accusait de « défigurer » la terre avec ses ordures et ses constructions :

« Cette nation est comme un rapide au printemps ; il déborde de son lit et détruit tous ceux qui sont sur son passage. »

Je me faisais une joie de rencontrer Sitting Bull mais je

1. À la fin de sa vie, après deux ans d'emprisonnement, Sitting Bull participa aux tournées du *Wild West Show* de Buffalo Bill, mascarade qu'il interrompit rapidement pour revenir auprès de son peuple. « Je préfère mourir avec un Indien que vivre avec un homme blanc », expliqua-t-il. Alors que son influence grandissait dans la communauté indienne, il fut tué, en 1890, à près de soixante ans, d'une balle dans la nuque, lors d'une tentative d'arrestation dans la réserve de Standing Rock, dans le Dakota du Sud. *(F.B.)*

savais que ce n'était pas joué : il était à peu près aussi difficile à attraper qu'une poignée d'eau.

*

Une fois sur le champ de bataille de Little Big Horn, il m'a fallu du temps pour comprendre ce qui se passait mais j'ai tout de suite su que j'étais en Enfer : ça sentait le brûlé, la poudre et la mort. J'avais souvent fréquenté la guerre dans le passé et c'était toujours les mêmes odeurs et les mêmes bruits. Les coups de feu qui trouent les têtes. Les mugissements d'agonie. Les aboiements de haine. Les criailleries qui s'étouffent dans le sang.

La guerre, c'est comme une bête en colère qui a besoin de son content de morts. Un grand poumon sanglant qui avale tout ce qu'il respire, à grandes goulées, au rythme des offensives. Il inspirait puis expirait, tandis que les Indiens à cheval partaient et revenaient en piaillant, un casse-tête ou une hache à la main.

Les civilisations se jugent à leur art de la guerre. Regarde comment tu te bats, tu sauras qui tu es. La stratégie des Indiens était exactement l'inverse de celle des généraux nordistes qui, pendant la guerre de Sécession, utilisaient leurs troupes comme de la chair à pâté qu'ils déversaient sur leurs ennemis jusqu'à les étouffer.

Les Indiens évitaient les corps-à-corps, ils ne restaient pas sur place, ils fuyaient le contact. Si vaillants qu'ils fussent, ils respectaient la vie, en tout cas leur vie, tout en expulsant leur propre peur par des cris de l'autre monde. Pendant leurs assauts, le boucan était tel qu'on n'aurait pas entendu Dieu tonner.

Ma perruche avait peur, je le sentais, et je la rassurai

d'une caresse avant de descendre de cheval. Après quoi, je suis restée, sous les pins, à regarder la bataille qui faisait rage. Je ne sais trop si c'était à cause de la fascination qu'exerçait sur moi ce spectacle ou bien parce que j'hésitais encore et voulais me donner le temps de choisir mon camp, mais plusieurs minutes se sont écoulées avant que je me décide à bouger.

*

Il y a eu toutes sortes de recensions, plus ou moins fantaisistes, de la bataille de Little Big Horn où les Indiens ridiculisèrent l'armée des États-Unis, à quelques jours du premier centenaire de leur fondation. En règle générale, qu'ils soient vainqueurs ou vaincus, les belligérants prennent au moins soin de rendre leur récit crédible mais, en l'espèce, les adulateurs de Custer ne se donnèrent même pas cette peine : ils prétendirent que leur petit génie avait un plan pacifique.

Tout scalpeur qu'il soit, le guerrier indien ne supporte pas que l'on touche un seul cheveu des membres de sa famille ; il est même prêt à toutes les bassesses pour qu'il ne leur arrive pas malheur. Le matin du jour maudit, le camp paraissant vide, Custer aurait simplement décidé de prendre en otage les femmes et les enfants comme il avait pu le faire dans le passé, pour négocier paisiblement la reddition des guerriers sioux et cheyennes qu'il croyait partis en vadrouille. Sornettes !

La vérité, la voici[1]. Même si je suis arrivée en retard,

1. J'ai retrouvé, à quelques détails près, une version semblable qui corrobore celle de mon aïeule, dans *The Killing of Crazy Horse*, remarquable

je peux la raconter, j'y étais, contrairement aux scribouillards stipendiés qui, depuis, ont pissé leur copie sur la base d'informations de troisième main. Le général Custer n'a pas cherché à évaluer l'ennemi, ce qui eût été la moindre des choses, avant de lancer son offensive. C'était certes un soldat de haute volée mais il raisonnait comme une baïonnette. Ce jour-là, il a fait ce qui lui avait si bien réussi pendant la guerre contre les Sudistes : son bras a réfléchi à la place de la tête. Sinon, il n'aurait pas agi avec un tel aveuglement.

Après que ses éclaireurs eurent découvert du crottin de cheval frais, il décida d'accélérer les recherches et quand fut découvert le camp au bord de la rivière, Custer décida d'attaquer sans attendre. Il craignait d'avoir été repéré et que les Indiens ne détalent comme des lapins, ainsi qu'ils le faisaient toujours. Des vicieux et des pétochards n'écoutant que leur courage qui leur disait toujours de fuir. Sauf, bien sûr, quand ils avaient affaire à quelques Blancs sans défense.

Si les Indiens disparaissaient dans la nature, comme d'habitude, le boucher des Black Hills se retrouverait Gros-Jean comme devant : il n'aurait pas sa ration de sang sauvage à offrir aux généraux Sheridan et Sherman qui en étaient si avides. Custer divisa donc les douze compagnies du 7e régiment en trois bataillons qui devaient attaquer en triangle, technique imparable qui permet d'encercler l'ennemi pour mieux l'exterminer.

Quand il comprit que le camp indien ne comptait pas

somme de Thomas Powers qui raconte notamment la bataille de Little Big Horn en utilisant les témoignages archivés des Indiens qui y participèrent. (F.B.)

huit cents personnes, comme il le lui avait été dit, mais au moins six mille, peut-être dix mille, Custer ne songea même pas à faire demi-tour, ce qu'aurait fait n'importe quel officier digne de ce nom. Il était en transe ; il n'avait plus sa tête.

Cherchez à retirer la viande de la gueule d'un chien d'attaque : c'est impossible. Ses crocs prennent racine dedans. C'était la même chose pour Custer : il ne pouvait plus lâcher prise. Après que ses éclaireurs indiens lui eurent annoncé, effrayés, que c'était le plus grand camp qu'ils avaient jamais vu, il leur donna congé. Il était sûr de son affaire : la pacification était en marche ; rien ne pourrait l'arrêter.

6

Deux balles pour Custer

À une heure de l'après-midi, ce 25 juin 1876, peu avant l'assaut du 7e de cavalerie, beaucoup de guerriers indiens dormaient encore dans leur tente. Ayant dansé toute la nuit, ils ne s'étaient couchés qu'au petit matin. Les Indiens sont des fêtards qui vivent à la petite semaine, en se contentant d'un rien, sans se préoccuper du lendemain.

Au temps où j'étais l'une des leurs, j'avais peur pour eux. Ils ne sont pas faits pour notre monde. Je me souviens que je leur disais : « Mais que faites-vous de vos vies ? » Ils passent trop de temps à regarder le ciel ou l'eau des rivières. Ils fument aussi trop de substances qui leur font des trous dans la tête, ce qui les rend philosophes et contemplatifs comme les bisons des Grandes Prairies. Mais quand on les embête, ils ont tôt fait de se transformer en guêpes.

C'était le cas : divisant ses forces pour coincer l'ennemi, Custer était tombé ventre à terre dans un guêpier. Je n'étais pas encore arrivée sur place quand les guerriers sortirent de leurs tipis pour se mettre en branle, mais je sais qu'avant d'enfourcher leur monture pour partir au combat, beaucoup s'étaient peinturluré la figure en invoquant les esprits, tandis que les femmes ululaient un chant qu'on appelait le « trémolo ». Chez les Indiens, la guerre ne s'improvisait pas. Il fallait s'armer aussi la tête.

Sitôt l'alerte donnée, la première réaction de Sitting Bull fut de demander de l'aide à ses guerriers pour mettre les femmes et les enfants à l'abri, à l'autre bout du campement. Il y a eu des récalcitrants. « Un oiseau déploie ses ailes pour défendre son nid », avait tonné le grand chef dans son style inimitable. La légende prétend qu'ensuite il s'en serait allé. Elle est fausse. Je l'ai vu de mes yeux tuer des soldats avec ses neveux.

Lorsqu'il entendit les premiers coups de feu, il paraît que Crazy Horse, l'un des chefs sioux, était en train de se baigner dans les eaux glacées de la rivière. Il mit du temps à se préparer et à se refaire une beauté : ça en valait la peine. Il m'a semblé que la tournure des combats changea soudain quand il apparut sur son cheval, entouré de ses lieutenants.

J'ai su que c'était lui parce que les Indiens crièrent son nom avant que monte le cri de la charge des cavaliers : « Kokahey ! »

Dans la vie de tous les jours, Crazy Horse[1] était un jeune homme de près de trente-six ans, cheveux clairs et bouclés, maintien noble, regard fataliste, avec une grosse cicatrice sur le visage. Sa bravoure imposait le respect à tout son peuple, celui des Sioux Oglalas : à la guerre, c'était un trompe-la-mort comme on en a peu vu dans

1. Crazy Horse a été tué l'année suivante, après sa reddition, lors d'une tentative d'arrestation, dans des circonstances aussi troubles que celles de la mort de Sitting Bull. *(F.B.)*

l'histoire de l'humanité. Son art tenait à la fois du miracle et du numéro de prestidigitation.

Ce jour-là, par exemple, Crazy Horse fonçait sur les soldats de Custer et passait puis repassait devant leur feu nourri en les raillant. Il méprisait la mort qui, apparemment, avait peur de lui : aucune balle ne l'atteignait jamais.

Je sais que c'était ridicule et que je n'avais plus l'âge d'aller aux fraises, mais j'ai craqué pour Crazy Horse. Il y avait chez lui une grâce qui me rappelait celle de Goutte-de-Rosée, mon dernier amour. Une bravoure naturelle aussi.

Depuis mon promontoire, la poussière et la confusion générale m'empêchaient de bien suivre les exploits de Crazy Horse. Il fallait que je me rapproche. Après avoir repéré Custer, je dégringolai la colline et courus dans sa direction. Avec mes plumes et mon collier, je n'avais pas grand-chose à craindre des Indiens et les rangs des Blancs étaient si clairsemés que l'accès au général fut un jeu d'enfant.

J'arrivais pendant une accalmie, alors que les cavaliers sioux venaient de disparaître pour reprendre des forces avant la prochaine offensive. Custer faisait pitié, sur sa petite butte, au milieu de son carré de soldats dont plusieurs étaient morts. Trente-six ans, un mètre quatre-vingt-deux, les yeux très clairs, l'air volontaire, il avait toujours eu de l'allure et du chien. Mais après avoir essuyé plusieurs vagues de cavaliers indiens en furie, il n'en menait plus large : la peur ne lui donnait pas l'air intelligent.

Aussitôt qu'il me vit, Custer me reconnut malgré mon déguisement sioux : je le compris à son sourire souffrant.

Tout en rechargeant sa carabine Winchester 1873, il marmonna à mon adresse, sous sa moustache, une bordée d'insultes contre les Indiens.

« Il faut les comprendre, répondis-je, ils se défendent.

— Qu'est-ce que vous racontez, la vieille ? Ils sont complètement cinglés !

— J'ai vécu avec eux. C'est un peuple qui peut être violent et barbare. Mais grâce à vous, j'ai appris qu'il y a bien pire qu'eux : nous. »

Tout à coup, les cavaliers indiens sont revenus en gueulant. C'était le moment, c'était l'instant. J'ai pris mon fusil, un Sharps 1874, et j'ai mis Custer en joue au moment où il a retourné la tête dans ma direction. L'émotion m'a fait baisser le canon et appuyer sur la détente en même temps. Le coup l'a projeté par terre : j'avais touché le bas de la poitrine, sous le cœur, où une tache de sang étendait sa rosace.

« Mon lieutenant-colonel, ai-je dit. C'est de la part de Goutte-de-Rosée, l'ami de Black Kettle, en souvenir du massacre de Washita River. »

Je m'agenouillai près de lui. Custer avait la bouche qui se tordait quand il m'a soufflé sur un ton pleurnichard :

« Je ne sais pas qui c'est...

— C'était mon homme. Un sage et un poète.

— Je vais vous faire fusiller. »

Ce furent ses dernières paroles.

« Pitié ! ricanai-je. Vous me faites peur ! »

Après avoir rechargé mon Sharps, j'ai pressé son canon contre la tête et là, le coup lui a fait un grand trou sur le front en m'éclaboussant de cervelle. Avec son expression de surprise, il paraissait encore moins intelligent qu'auparavant.

Au moment de mourir, on a toujours un regard d'enfant. Je peux témoigner que Custer avait, quand il a rendu l'âme, un plein bon Dieu d'innocence au fond des yeux. Aujourd'hui, il suffit que je ferme mes paupières pour me le ramentevoir avec précision.

Depuis, je me dis souvent qu'il aura été le mort de trop : j'avais perdu la main ; je m'y suis reprise à deux fois.

Un de mes anciens amants, un grand guerrier qui combattait les soldats de la Révolution en Vendée, m'avait prévenue : « Ne regarde jamais dans les yeux celui que tu vas tuer. Son regard te poursuivra toute ta vie. » C'est exactement ce qui allait m'arriver mais, mon dernier jour approchant à grande vitesse, je savais que Custer ne m'embêterait pas longtemps.

Par la suite, Sitting Bull a souvent dit qu'il ne savait pas qui avait tué Custer. Une façon de reconnaître que ça n'était pas un Indien. Que les historiens veuillent bien prendre note : c'est moi, Lucile Bradsock, qui ai tué le boucher des Black Hills. Je l'ai fait avec fierté et préméditation, je le jure sur la tête de mon fils unique qui est fâché avec moi.

L'eussé-je voulu, je n'aurais pas eu le temps de savourer l'exécution de ma sentence. Un coup de fusil tiré derrière moi, sans doute par un de ses soldats, m'arracha la partie supérieure de l'oreille droite. Je perdis connaissance.

Je me suis réveillée quand la bataille était finie. Après que les cavaliers indiens eurent récupéré les armes, les femmes et les enfants détroussaient méticuleusement les soldats du 7e régiment avant de procéder sur leurs corps à toutes sortes de mutilations que je préfère ne pas décrire parce qu'elles déshonorent la cause indienne.

En m'aidant à me relever, une vieille femme au visage comme un ramas de fagots brûlés m'a demandé si j'étais blessée et quelle était ma tribu. Je lui ai répondu que je n'avais rien, puis que je voulais voir Sitting Bull et Crazy Horse. Ils venaient de partir, a-t-elle dit. Je m'étonnais de parler encore si bien le sioux.

La vieille femme, une Cheyenne, avait identifié mon parler lakota et se félicita que le peuple indien se rassemble enfin pour résister aux envahisseurs. Après que nous nous fûmes présentées, Holy Sky, c'était son nom, m'a donné un peu de poudre verte pour me remonter, ainsi qu'un peu de pemmican de bison, un pâté de viande séchée moulue avec de la graisse, des noix, des airelles et des cerises sauvages.

C'était la première fois depuis longtemps que je mangeais de la viande. Elle sentait la mort et je sus qu'elle ne me resterait pas longtemps sur l'estomac : il était déjà travaillé par les spasmes qui précèdent les vomissements.

Le corps de George Armstrong Custer était à mes pieds, intact. Pas scalpé, ni même mutilé. Gestes à l'appui, Holy Sky m'expliqua que le général avait eu une relation avec une Cheyenne, Mo-nah-se-tah, après la bataille de Washita où son père, le chef indien Little Rock, trouva la mort.

C'était en 1868, dans les plaines du sud des États-Unis. Elle avait dix-sept ans. Qu'importe si elle était consentante ou pas. Dans la coutume indienne, copulation valait mariage. Tout criminel qu'il fut, Custer était l'un des leurs. Il avait droit au respect.

J'ai parlé à tort de bataille de Washita. Plutôt qu'une bataille, ce fut un massacre, comme l'ont affirmé aussitôt les généraux Sanford et Tappan, ainsi que le colonel

Wynkoop, chargé de la surveillance des Cheyennes et des Arapahos, qui démissionna de son poste en signe de protestation. Après ça, les Indiens ne manqueraient pas de se venger. Le sang appelait le sang et les tueries répondaient aux tueries : les guerres indiennes dureraient longtemps.

*

Sur le champ de bataille, pendant que tournaient au-dessus de nous un premier cercle d'oiseaux charognards, de grosses mouches noires arrivaient de toutes parts pour se ruer sur les deux cent soixante-huit cadavres de soldats américains et la petite centaine de morts indiens. Leur fébrilité m'épouvantait et je suffoquai d'effroi avant de tourner à nouveau de l'œil.

Quand je repris conscience, Holy Sky me tapotait les joues. Elle aurait dû se réjouir de la victoire, mais son regard était triste. Elle savait ce qui attendait le peuple indien taillé dans ce bois dont on fait les copeaux quand ce n'est pas de la sciure pour les boucheries. Il était temps pour moi de quitter les Black Hills et de retourner dans ma maison de Nantucket où j'avais été, au temps de feu mon mari Apollon, la femme la plus heureuse du monde.

Avant cela, je décidai de passer par Bismarck pour régler mes affaires. C'était sur la route. De là, je prendrais un train de la Northern Pacific en direction de la côte Est, via la région des Grands Lacs.

Je suis allée directement à la poste où Manfred m'annonça qu'en mon absence il avait vendu ma boutique à un couple de Philadelphie qui avait prévu d'emménager la semaine suivante.

« Il y a un problème, a-t-il ajouté. Toutes vos affaires ont disparu.

— Je sais qui a fait ça. »

Il toussota en baissant les yeux :

« Et puis il y a eu autre chose. Le type avec une tache de vin sur le front, la visite que vous attendiez, il est passé l'autre jour. Il voulait savoir où vous étiez, il était très insistant. Je l'ai enfumé et il est reparti. »

Il m'a donné une lettre envoyée par une voisine d'Élisabeth Lamourette à qui celle-ci avait donné mon adresse. Elle m'annonçait l'assassinat de notre amie dans des conditions atroces. Elle avait joint un article de presse que je n'ai pas eu la force de lire.

Je n'ai pas pleuré mais l'expression de mon visage a effrayé Manfred :

« Puis-je faire quelque chose pour vous ? »

Il a posé sa main sur mon épaule, nos lèvres n'avaient jamais été si proches, et c'était le moment ou jamais de l'embrasser mais, craignant qu'il ne le prenne mal, je m'en abstins. Même à soixante-deux ans, il restait un gamin pour moi : si j'ai toujours été très portée sur les jeunes, eux-mêmes le sont rarement sur les personnes de mon âge.

J'ai quand même hasardé :

« Cela vous plairait-il, Manfred, de partir avec moi pour que nous fassions un bout de chemin ensemble ? »

Il a rougi :

« Je ne suis pas sûr que ce soit une bonne idée. Il faudrait que je réfléchisse.

— C'est donc tout réfléchi. Je suis contente de vous avoir posé cette question. Je peux maintenant m'en aller sans regret.

« — Ne vous méprenez pas, Lucile, j'ai des sentiments pour vous. De grands sentiments.

— J'eusse tant aimé que ce fût de l'amour.

— Qu'en savez-vous ? »

Il ne dérougit pas. Quand je me rendis à l'échoppe, j'ai pu vérifier qu'elle était vide. Apparemment, James Navigato avait tout vendu. Jusqu'aux volets, vieux torchons et assiettes cassées. De lui, je ne m'attendais pas à autre chose mais, pour le principe, je suis allée lui chauffer les oreilles dans le bar à putes de la ville, son quartier général. Quand je me suis plantée devant lui, les bras croisés en signe de colère, il m'a ri au nez.

« Je te quitte, m'écriai-je.

— Mais il y a longtemps que tu nous as quittés, idiote ! »

Je ne comprenais pas ce qu'il voulait dire mais je craignais la suite.

« Regarde-toi, a-t-il repris, on dirait un cadavre ambulant, un épouvantail à enfants, un remède à l'amour. Je ne sais pas d'où tu viens, si tu as vu l'ours, le loup, la mort ou quoi, mais franchement, ça ne t'a pas réussi. »

Je suis allée me regarder dans la glace de la grande salle du bar. Il n'avait pas tort. J'ai lu sur mon visage ma joie d'avoir tué Custer, mais aussi un grand dégoût et une fatigue infinie. J'avais perdu ma colère. Tout ce sang répandu me barbouillait le cœur. Sous ma peau tannée qui pendouillait, j'étais redevenue la fille que j'avais été jadis en Normandie, avant la Révolution française. Une petite nature, vierge du Bien, pucelle du Mal.

Avant de partir, j'ai laissé quelques gros billets à Black Bull, le clochard sioux de Bismarck. Il les a pris avec un air mauvais :

« Tu t'en vas ? »

J'ai opiné.

« Ne m'oublie pas. »

J'ai encore opiné.

« Tu le voudrais, tu ne pourrais pas. Nous, les Indiens, nous n'avons pas fini de peupler vos nuits et vos cauchemars. La seule chose que la civilisation ne pourra jamais faire, c'est de nous effacer des mémoires. »

Quand il a prononcé le mot civilisation, on aurait dit qu'il proférait une insulte. Puis il a fait un geste étrange, comme une bénédiction. Il semblait triste de me voir partir.

Après ça, j'ai pris mon train de la Northern Pacific pour le Minnesota et la civilisation.

7

Les joies du train

En partant pour la côte Est via la région des Grands Lacs, j'étais très mélancolique : je quittais le Dakota alors que l'Histoire allait tourner au vinaigre pour les Indiens. Mais je n'avais pas le choix, il fallait aussi je pense à ma peau.

Les guerres entre les Blancs et les Indiens ont fait dix-neuf mille morts chez les premiers et trente mille chez les seconds. Des chiffres qui ne veulent rien dire, si l'on ignore que la population indienne est tombée de dix millions de personnes, lors de la conquête de l'Amérique, à deux cent cinquante mille à la fin du XIXe siècle, au moment où j'écris ce chapitre. Si les mots ont un sens, ça s'appelle une extermination.

Je ne sais si les historiens du futur retrouveront un jour les chiffres exacts après avoir exhumé les ossements des charniers. Mais je ne me lasserai jamais de répéter que la quasi-disparition des Indiens a été voulue, pensée. Je n'incrimine pas les maladies importées involontairement par les envahisseurs blancs comme la variole ou la syphilis, mais les déportations, les privations, les famines organisées avec les tueries systématiques de bisons sur le dos desquels les indigènes vivaient depuis si longtemps.

Comme les grosses fortunes, les grandes civilisations se construisent souvent sur un crime originel. Celui de l'Amérique aura été l'éradication des peuples indiens que le baroud d'honneur de Little Big Horn avait condamnés à mort.

La gloire des États-Unis a pris racine et puisé sa sève dans un immense pourrissoir que ma génération a vu se remplir avant que les suivantes le recouvrent de pelletées de terre.

Il n'a pas fallu longtemps pour que toutes ces mauvaises pensées s'évanouissent. Le train, c'est comme l'amour. Quand je le prends, je suis la plus heureuse des femmes : sous mon siège, il y a quelqu'un qui s'occupe de moi et me fait des choses agréables. J'ai les fesses qui vibrent. Je ne plaisante pas.

Observez les voyageurs dans leur wagon. Malgré les apparences, ils ne sont pas constipés mais presque toujours absorbés par un orgasme intérieur qui les dévore en silence. Si j'avais été riche, je crois que j'aurais passé ma vie dans le train : on s'y donne du bon temps et, en plus, on fait des rencontres, le tout devant des paysages qui sont souvent à tomber.

J'étais assise à côté d'un pasteur, un grand échalas chauve avec une barbe longue comme une chevelure de femme qui lui couvrait la poitrine. Il retournait à Chicago après une mauvaise expérience à Fargo où ses ouailles n'avaient pas supporté ses sermons trop puritains à leur goût.

« C'est un comble, gémissait-il. Maintenant, ce sont les fidèles qui veulent nous dicter ce que l'on doit dire.

— Ils croient tout savoir, ai-je renchéri. À près d'un

siècle de vie, je peux vous confirmer que l'ignorance n'arrête pas de faire des progrès. »

J'ai préféré arrêter là notre conversation : d'abord, il avait une haleine de cheddar pourri ; ensuite, il s'est mis à pleurer et je déteste les hommes qui pleurent.

J'ai jeté mon dévolu sur un grand blond assis en face de moi. Un Adonis des neiges d'une quarantaine d'années, avec un regard bleu acier. Il avait les mains fines. Pour draguer, l'aide d'un enfant ou d'un chien est souvent précieuse. Moi, j'avais mieux encore : ma perruche, que j'ai sortie de la poche de ma veste. Marie-Antoinette était très en verve mais ses paroles se perdaient dans le souffle de la locomotive. J'ai proposé à l'homme de la prendre dans sa main et quand il l'a approchée de son visage, elle l'a embrassé.

C'était gagné : il a éclaté de rire. Je n'ai pas bien compris quel était son métier. Il était à la fois dans la banque, la quincaillerie, la fourrure, la prospection immobilière et la conserve de bœuf. Qu'importe qu'il fût trop jeune et trop beau pour moi, j'étais décidée à jouer ma chance. Il s'appelait Erik Ericsson et m'excitait tellement que, soudain, j'ai ressenti des pinçures dans la vessie.

Je conçois que ça peut paraître étrange mais chaque fois qu'un homme me plaît, je suis prise d'une irrépressible envie de pisser. Je me suis levée d'un bond et j'ai pris la direction des toilettes au pas de course.

C'est à ce moment qu'une voix m'a hélée à l'autre bout du wagon :

« Lucile ! »

Je me suis retournée comme une idiote. Démasquée pour démasquée, je me suis approchée du grand gaillard qui venait de m'appeler. Il avait une tache de vin sur le front et correspondait tout à fait au portrait que m'en avait donné Élisabeth Lamourette.

C'était Théodore Lambrune. Mon envie de pisser ayant disparu d'un coup, je lui demandai en français :

« Pourquoi avez-vous tué Élisabeth ?

— Je ne vois pas de quoi vous voulez parler, a-t-il répondu en français aussi.

— Je sais que c'est vous. Avant que vous la tuiez, elle m'a écrit que vous lui faisiez très peur. »

Théodore Lambrune a levé son épaisse carcasse et m'a dit sur un ton menaçant en me regardant droit dans les yeux :

« Ce n'est pas le sujet. Je suis venu vous chercher pour que vous rendiez à la République française un testament tout à fait capital qui ne devrait pas être entre vos mains.

— De quel testament voulez-vous parler ? Je ne suis pas au courant !

— Vous ferez moins la maligne quand je vous aurai ramenée en France pour que vous répondiez de tous les crimes que vous avez commis. Je peux déjà vous annoncer qu'avec votre dossier, vous serez condamnée à la guillotine. »

J'étais tellement affolée que j'ai fait une descente d'organe. Sans un dossier de siège pour prendre appui, je crois que je serais tombée.

« Je ne comprends rien à ce que vous me racontez, dis-je.

— Notamment de ce que vous faisiez pendant l'été 1795, à Caen, quand mon grand-père, Maxime Lambrune, un héros de la Révolution, a été sauvagement assassiné dans la force de l'âge. »

Il a sorti des poucettes[1] mais je ne l'ai pas laissé me les enfiler. J'ai couru aux toilettes. Si vous voulez savoir ce qui s'est passé ensuite, pardonnez-moi, il faudra aller jusqu'au bout du livre. Je ne me donne pas tout de suite au premier venu, à la façon des Marie-couche-toi-là. Chères lectrices, chers lecteurs, j'ai besoin qu'on me mérite.

---

1. Chaînette avec laquelle on serrait ensemble les deux pouces des prisonniers au XIXᵉ siècle. (*Note de l'Éditeur.*)

II

QUAND J'AI DÉCOUVERT QUE LA RÉVOLUTION FRANÇAISE MANGEAIT SES ENFANTS

1789-1792

8

Le cœur cuit du vicomte

Normandie, 1789.

Après vous avoir raconté mon apothéose de Little Big Horn, je vais maintenant vous faire le récit de ma vie en commençant par le début. Je sais d'où vient la sainte colère qui, depuis si longtemps, mène mes pas : de l'enfance. Elle fut heureuse, si heureuse que je ne m'en suis jamais remise. L'Histoire me l'a prise d'un coup.

Depuis que j'ai quitté ma Normandie, il n'y a pas un jour où elle ne m'a manqué : c'est mon paradis perdu. On dirait que le Diable ne va jamais là-bas. Pas d'éléments déchaînés, ni de sécheresse ni de tremblement de terre. Parfois, une petite tempête, mais rien de grave. Tout y est doux et moelleux, le temps qu'il fait, les pâtes des fromages, le ventre des hommes, les fesses des femmes. Sans parler de la cuisine à la crème.

La Normandie est riche. Riche de sa crème, de ses rivières de lait, de ses champs de froment et de ses montagnes de graisse de rognon de bœuf. Rien n'y prédispose au ressentiment. Elle n'a jamais cessé de me manquer. La terre rit quand il pleut, et là-bas il pleut tellement que les prés n'arrêtent pas de glousser.

Longtemps après que le temps m'a réduite à un petit

tas de nostalgies, je ne supporte toujours pas que mon pays et mon enfance m'aient été volés. C'est pourquoi je n'ai cessé de faire payer, ensuite, le prix de ce crime aux cupides, aux haineux, aux âmes cruelles et aux buveurs de sang humain, qui ont dévoyé la Révolution.

Mon père était métayer chez le baron de Branchetonne, à Saint-Aubin-sur-Mer, village côtier qui, pendant l'année, comme toute la région, vit, c'est une fierté locale, les quatre saisons en une seule journée : on peut s'y exclamer, à quelques heures d'intervalle, qu'il fait très chaud ou très froid. C'est ainsi que je suis devenue la fille du vent, de la neige, du soleil et de la pluie. Oh ! j'oubliais : de la bouse aussi. Tant il est vrai que j'ai grandi dans cette douce odeur qui, dans mon pays natal, parfume tout. Jusqu'aux roseraies, jusqu'au-dedans des draps.

Ma meilleure amie était la fille unique du baron, Agathe, d'un an ma cadette. Avec elle, j'aidais de temps en temps mes parents aux travaux des champs. Ils faisaient de tout. De la vache, du bœuf, du porc, du blé, du chou, de la pomme de terre. Deux bêtes de somme, qui, à la belle saison, ne savaient pas où donner de la tête. Moi, je passais le plus clair de mon temps au château, ou ce qu'il en restait : les Branchetonne étaient des aristocrates à la ramasse.

Ils n'avaient rien à refuser à Agathe qui me voulait toujours à ses côtés. Ils me considérèrent bientôt comme leur fille et me firent profiter des cours de son précepteur : un ravissant damoiseau au visage angélique, constellé par des boutons d'acné, qui nous gavait de citations de Rousseau.

Veule devant ses maîtres, il devenait rebelle dès qu'ils sortaient de son champ de vision. Un artiste de duplicité, mais nous en étions toutes deux éperdument amoureuses. Il se prénommait Marc-Antoine et aurait été le plus bel homme du monde s'il n'avait eu les dents gâtées.

Longtemps après, j'ai essayé de lire Rousseau, l'homme qui voulait reclure les femmes dans la cuisine. Un pansement. Chez lui, rien de solaire, pas même une étincelle, au contraire de ses contemporains Voltaire et Diderot. Il était seulement scolaire, plaintif et blessé. C'est sans doute pourquoi il plaisait tant à ceux qui, comme Marc-Antoine, rêvaient de ce monde nouveau, qui a fini en cauchemar.

Les Branchetonne aussi étaient convaincus que ça ne pouvait plus durer. Le baron était un personnage bonasse avec un air pincé, comme s'il avait du vinaigre dans la bouche. La contradiction incarnée. D'un côté, il aimait la vie qui l'avait doté de joues potelées et d'un double menton, sans parler de son gros bedon. De l'autre, il vivait mal sa condition d'aristocrate déclassé, incapable d'entretenir le château familial dont une des tours battait, si j'ose dire, de l'aile. Il se plaignait sans cesse des impôts qui, selon lui, ne cessaient d'augmenter. Il tenait toujours le même discours que je peux résumer ainsi :

« Je suis sucé, pressuré, mangé tout cru, saigné comme un cochon, broyé comme de la chair à saucisse, pour nourrir des tas de feignants qui roulent carrosse. Tous les matins, quand je me réveille, je me demande avec angoisse : quel nouvel impôt vont-ils encore nous inventer ? Une fois, on me prend un rein ; une autre fois, une côte. Après, ça sera la rate, le pouce, le foie, le gosier, les tripes. Je sais que ma carcasse entière va y passer : un jour viendra, vous verrez, où ils me prélèveront le cœur puis la cervelle. »

Je n'ai jamais demandé au baron qui étaient ces « ils » mais j'avais compris qu'il s'agissait de personnages bêtes, avides et méchants, qui ne connaissaient rien de nous, ni du pays : levant rarement leur fessier des bergères, ils ne quittaient jamais les bureaux lambrissés de leurs palais parisiens.

Le baron de Branchetonne exécrait l'arbitraire aveugle et lointain qui régnait sous la monarchie. Mon premier souvenir littéraire fut le livre de Mirabeau *Des lettres de cachet et des prisons d'État*, qu'il m'exhorta à lire. C'était une de ses anciennes relations de tripot, avant son mariage, et que son épouse lui interdise les jeux de cartes.

À l'époque, je n'étais plus une petite fille mais pas encore une demoiselle : je butais sur les mots et sautais la plupart des chapitres. Mais je me rappelle encore avec précision le passage sur les atrocités commises par Louis XI à qui le comte de Mirabeau reprochait d'avoir tous les vices et pas une seule vertu. Tout couvert de reliques, le vilain et dévot roi avait fait construire des cages de fer pour ses prisonniers attachés aussi à des chaînes énormes qu'on appelait ses « fillettes ». Quand il envoya à l'échafaud son cousin germain, Jacques d'Armagnac, duc de Nemours, il ordonna que les enfants de celui-ci fussent placés dessous afin qu'ils soient arrosés de son sang quand il aurait la tête tranchée.

« Aujourd'hui, notre roi est faible mais pas méchant, m'avait dit le baron de Branchetonne alors que nous commentions cet épisode. Il n'a pas plus de personnalité qu'une pomme de terre. Dieu merci, il est incapable de perpétrer les infamies qu'effectuait l'affreux Louis XI, mais il laisse tout pisser et il se passe toujours des choses ignobles au fort de la Bastille. »

Je n'avais aucune raison de ne pas le croire. Mes parents n'ayant rien, le baron étant si endetté qu'il possédait autant qu'eux, je m'étais réjouie quand, en 1789, avec l'arrivée du beau temps, le peuple français commença à ouvrir les volets et à renverser les tables. Pour moi, à Saint-Aubin-sur-Mer, la Révolution française était une bonne nouvelle. Nous avions trop peu à perdre pour avoir beaucoup à craindre.

*

Le 12 août 1789, Agathe et moi avons accompagné mon père à Caen où il allait livrer deux veaux de lait à l'un des gros bouchers de la place, un certain Taupin. Mon père n'aimait pas que je me rende en ville mais c'était le lendemain de mon anniversaire et il n'avait pu me refuser de venir. Il était tendu. Il avait pris son fusil pour le cas où nous aurions été attaqués par des claquedents en quête de viande fraîche.

« Tous ces désordres m'inquiètent, avait-il dit, on ne sera jamais trop prudent.

— Ne t'en fais pas, papa, ça va aller mieux.

— Non, Lucile, ça va aller pareil, à moins que ça n'aille pire. »

C'est la première fois que j'ai entendu mon père émettre un doute sur la Révolution. En son for intérieur, il avait vomi la monarchie qui, pendant des siècles, suçait le sang du peuple dont elle nourrissait sa cour de profiteurs goulus et maniérés. On croyait s'en être débarrassés mais la Révolution allait les remplacer par des vampires. Apparemment, papa avait compris que l'Histoire, c'était une vieille soupe que l'on tournait indéfiniment, seuls les noms changeaient.

Il se préparait au pire. Au cours de cet été 1789, il m'emmena plusieurs fois dans les bois pour m'apprendre à tirer avec le fusil que lui avait donné le baron de Branchetonne, un Girandoni à air comprimé. « Tu es l'aînée, m'avait-il dit. Tu dois pouvoir défendre notre famille si elle est attaquée. »

À l'époque, son visage était ravagé par une angoisse indéfinissable. Papa était un taiseux, comme tous les paysans, mais ses traits le trahissaient toujours. Moi, c'est pareil. Je n'ose imaginer ma tête pendant le voyage à Caen, alors que la honte me submergeait, comme si je participais à un crime : les quatre pattes attachées ensemble par une corde, ballottés à l'arrière de la charrette brinquebalante, les deux veaux avaient un regard las et méprisant, comme s'ils savaient ce qui les attendait. Ce n'étaient que des enfants. Le museau mousseux, ils sentaient le nouveau-né dans son berceau.

Il faisait chaud, une chaleur vivante et joyeuse. Après les ondées des derniers jours, la campagne normande dégageait des odeurs de foin mouillé et de feuilles fermentées avec des effluves de miel et d'alcool qui chatouillaient les poumons. La tête me tournait un peu et j'étais dans un état proche de l'ivresse quand nous arrivâmes à Caen.

Les cordes qui nouaient les pattes des veaux avaient été serrées trop fort. Je dus les couper avec un couteau avant d'attacher la longe des bêtes à un crochet, dans la salle de tuerie : après avoir bu un coup, mon père et le boucher les saigneraient, puis les débiteraient, et il était hors de question que j'assistasse à ce spectacle avec Agathe. Les pleurs des bêtes devant le destin. Leurs têtes inondées de larmes. Leurs cris de bébés.

« Ne t'éloigne pas », m'ordonna papa.

Agathe et moi nous promenions dans les rues de Caen quand, soudain, au détour d'une venelle, nous entendîmes des rumeurs dignes de l'autre monde. Un mélange de rires salaces, de grognements sourds, de piaillements aigus et de roulements de tambour. Le genre de charivari qui doit résonner sous les voûtes de l'Enfer. Des bruits qui nous mangeaient les sangs.

La curiosité nous disait d'approcher et, bien sûr, nous l'avons écoutée. Il y avait un attroupement vociférant sur la place Saint-Sauveur, là où se déroulaient les exécutions. Après nous être glissées entre les gens, nous sommes arrivées au centre où, autour d'un feu, des animaux humains, hideux et grimaçants, étaient en train de se disputer la carcasse d'un militaire. Ils avaient les mains rouges et ça sentait fort le cochon brûlé.

*

La légende prétend que la Révolution française fut, au moins dans les premiers mois, aussi pure que la vierge que je demeurais, dans mon terroir normand.

L'histoire que je vais raconter maintenant prouve que ce discours relève de la calembredaine : 1793 était dans 1789, la Terreur dans le fruit du 14 juillet. Si beau que fût son commencement, le grand mouvement s'est vite dévoyé avant de noyer la France dans un grand bain de sang, dont Napoléon Bonaparte allait la sortir pour le répandre hors des frontières jusqu'en Russie où nous n'avions rien à faire.

Prenant son élan sous une monarchie aux fondations vermoulues, la Révolution française fut dans un premier temps un bol d'air qui rafraîchit le pays. Un petit vent léger qui serpentait dans les ruelles et s'insinuait sous les portes : ses chuchotis réveillaient les choses et les gens qui se levaient en se frottant les yeux.

Peu à peu, le vent monta en puissance, répandant partout de grands rêves jusqu'au-dedans des taudis par où aucun bonheur n'était jamais passé. C'était comme si le pays tout entier se remettait à vivre. Y compris sous les pierres où trottait la vermine. Y compris dans les caves où s'étiraient, après y avoir si longtemps croupi, tant de pauvres diables.

Le visage couvert de suie, des tas d'enterrés vivants dont on ignorait jusqu'à l'existence sortirent de leurs trous. Ils découvraient ce que c'était de respirer ou de marcher à l'air libre, après avoir eu le destin réservé d'ordinaire aux taupes, aux rats et aux cancrelats.

À la fin, le vent avait tellement forci que la France ressemblait à un paysage après la tempête. Les toits s'étaient envolés, il ne restait plus rien de l'ordre ancien des choses. La France était devenue un grand poulailler où la moindre bestiole prétendait tout régenter. Comme l'a dit plus tard Louis XVI qui, contrairement aux racontars, avait un sens certain des bonnes formules, tout le monde était roi, excepté le roi. C'est pourquoi tout a mal tourné.

J'ai moi-même assisté à un acte de cannibalisme dans la foulée du 14 juillet : à Caen, les révolutionnaires de

1789 ont mangé le vicomte Henri de Belsunce, major en second du régiment Bourbon-Infanterie de la ville[1].

C'était une tête brûlée et une caricature d'aristocrate. En rupture avec l'indolence de sa hiérarchie, il tenait à accompagner les convois de grains qui sortaient de Caen pour alimenter les villes de la région : non sans raison, il craignait qu'ils ne fussent pillés par le peuple affamé des faubourgs. Deux fois, alors qu'il s'était porté en tête du cortège, les charrettes de blé furent attaquées à coups de pierres, depuis la rue mais aussi depuis les fenêtres d'où les projectiles étaient jetés par paniers entiers.

Un jour, dans le faubourg Vaucelles de Caen, il y eut deux morts parmi les charretiers, et le vicomte de Belsunce fut lui-même blessé par des pierres. Mais jamais, d'après son frère, il ne demanda à ses soldats de tirer sur le peuple. À l'en croire, il y mit un point d'honneur. Au contraire, il aurait même tenté de raisonner ses assaillants en leur expliquant que ces céréales devaient assurer la subsistance des habitants des environs.

Les faubouriens qui le prirent rapidement en grippe fabriquèrent la légende d'un assassin qui aurait tué son laquais. Pure calomnie. Mais le petit-neveu du célèbre cardinal de Marseille, héros lors de l'épidémie de peste, était néanmoins un olibrius qui aimait provoquer les bourgeois avec ses pistolets. Avec ça, ramenard et hautain. Toujours tiré à quatre épingles, la cuisse cambrée, le

1. J'ai pu vérifier la véracité de cette histoire dans *Conduite du vicomte Henri de Belsunce, mon frère, depuis le jour de son arrivée à Caen jusqu'à celui de sa mort l'an 1789.* Un récit poignant écrit peu après les événements. Ce livre ne parle pas de cannibalisme mais il est vrai qu'il n'entre jamais dans les détails d'un crime qui a horrifié l'auteur. *(F.B.)*

visage poudré. « Le style Louis XV », aurait dit le baron de Branchetonne qui exécrait le roi jouisseur.

Alors que le régime faisait déjà eau de toutes parts, le vicomte de Belsunce prétendait continuer à faire respecter la loi, mais sans y mettre les formes. C'est ce qui amena le lieutenant-colonel de Franval, son supérieur hiérarchique, à souscrire aux recommandations du comité général et national de Caen. Il fut demandé au jeune homme de quitter rapidement la ville. Pour son bien.

Mais c'était impossible : une meute de braillards le cernait déjà. Devant la fureur des habitants de Caen qui arrivaient de partout, le vicomte n'avait d'autre choix que de se livrer s'il voulait sauver son régiment. La suite était écrite : il fut immolé par des assassins, en tête desquels figurait un jeune homme avec une grosse verrue étoilée sous l'œil droit, le Diable ait son âme.

J'ai appris son nom plus tard parce qu'il devint une légende locale. Maxime Lambrune, le grand-père de Théodore, le commissaire, fut l'une des incarnations de la Terreur à Caen. Un beau ténébreux de vingt-quatre ans, qui tombait les filles et ne savait plus où donner de la queue.

Je ne sais pas dans quelles circonstances Belsunce fut tué par Lambrune et les autres. Mais je peux dire que j'ai vu la populace se repaître de sa chair qu'elle avait fait griller. Une femme, la Sausson, épouse d'un futur maire de Caen, lui a dévoré le cœur à peine cuit. Une autre, la langue, après que sa tête fut coupée pour être plantée au bout d'une pique. Quant aux tripes, le foie comme les rognons, elles grillèrent en crépitant, dans une odeur de viande rôtie, avant d'être englouties par les émeutiers, tandis que le reste des intestins était accroché au bout d'une fourche pour être exhibé dans les rues de la ville.

Hideux et répugnants visages de ces cannibales. Pour un peu, je les aurais bien vus demander, en se curant leurs dents pleines de filaments viandeux :

« Vous reprendriez bien un peu de Belsunce ? »

Je n'ai pas pu résister. Pour la première fois de ma vie, un flot de haine a dévalé en moi, une crue infernale, et j'ai tremblé en suffoquant sous des flots bouillants. Ainsi a commencé ma vocation d'ange exterminateur.

Sans réfléchir ni prévenir Agathe, j'ai sorti de ma poche le couteau qui m'avait servi à couper les cordes des veaux et j'ai enfoncé sa lame dans le ventre de la mangeuse de langue, une grosse femme qui avait un derrière de bœuf gras. La veuve Bernard, c'est ainsi qu'on l'appelait. Elle a poussé un hoquet de surprise avant de tourner de l'œil puis de tomber par terre, tandis qu'un haineux hurlait, les yeux exorbités, l'index pointé dans notre direction :

« C'est la petite Branchetonne ! Regardez-la-moi, cette traînée ! C'est elle qu'a fait le coup ! »

Le visage du dénonciateur m'était familier : celui d'un journalier, vacher à l'occasion, qui travaillait dans plusieurs fermes de Saint-Aubin-sur-Mer, notamment chez mes parents. Un simple.

Aussitôt, un géant coiffé d'un bicorne s'est rué vers nous. Il avait une tête de cheval, la mâchoire allongée et dentue, une grosse barre de sourcils au-dessus des yeux. Ses traits se sont imprimés pour toujours dans ma mémoire ; il m'a donné l'une des grandes peurs de ma vie.

« Attrapez-les ! » hurla-t-il.

J'ai senti sa main sur mon épaule mais elle a glissé et je

me suis enfuie en frissonnant des pieds à la tête. Profitant de la confusion générale, Agathe et moi sommes sorties de la foule en nous faufilant sous les coudes, avant de courir comme si on avait vu le loup, sans nous retourner. Derrière nous, le dénommé Lambrune et l'homme à la tête de cheval hurlaient des insultes relayées par la meute qui les accompagnait : « foutriquettes » ou « gueuses à crapauds ».

À force de prendre à gauche puis à droite et inversement, nous avons rapidement perdu nos poursuivants dans les dédales des ruelles. Quand on a cessé de les entendre, on a compris qu'on les avait semés et, après quelques détours, on est arrivées, la bouche en cœur, à la boucherie Taupin. Le premier veau était découpé. Le second attendait son tour. Je racontai à mon père une histoire qu'il goba sans poser de questions : la populace avait cru par erreur que ma meilleure amie avait poignardé l'une des meneuses de la Révolution à Caen : c'était un affreux malentendu.

Papa s'est gratté la gorge, puis a balancé la tête de droite à gauche :

« Il va falloir cacher Agathe. Dire que cette Révolution, je l'ai appelée de mes vœux toute ma vie ! Elle est à peine commencée que je sais déjà qu'elle m'a fait cocu. »

Il a soupiré bruyamment, comme chaque fois qu'il disait des choses importantes.

9

Comment je suis devenue dentiste

Paris, 1789.

En arrivant à Paris, je fus tout de suite prise à la gorge par les effluves torrides de fèces et de purin : ils poissaient les visages et s'insinuaient jusque sous des habits. À croire que tous les égouts du monde convergeaient vers la capitale.

En plus de l'odeur régnait une amertume acide qui rongeait tout : après tant d'années de malheur, la faim attisait le soupçon qui préparait le crime. Il n'y avait plus grand-chose à respirer, hormis un jus d'agonie. Il n'y avait presque plus rien à manger non plus, à moins de voler sa pitance. Jamais le prix de la miche de pain n'avait été plus élevé : quatorze sous.

Après qu'eurent été forcées et incendiées, dans la nuit du 12 au 13 juillet 1789, la plupart des barrières d'octroi qui filtraient les entrées de Paris, ce sont les gueux, les vagabonds et les brigands qui faisaient la loi dans la capitale. Armés de piques ou de fusils, ils pillaient les boulangeries ou les débits de vin quand ils n'arrachaient pas les colliers ou boucles d'oreilles des bourgeoises qui s'aventuraient dans la rue.

C'était le règne de ce que papa appelait la crapaudaille.

Le ventre creux, rongée par le ressentiment, elle hurlait sans jamais dessoûler. Les quatre années suivantes, c'est dans ce cloaque que je me suis éveillée au monde, pas seulement à la chosette et aux hommes mais aussi aux battements de l'Histoire. C'est là aussi qu'a surgi en moi, dans la fleur de l'âge, la hargne de la vieille femme qui vous parle. Une teigne à qui on ne la fait pas et qui se méfie de tout le monde, y compris d'elle-même.

*

J'ai toujours pensé que j'aurais mieux fait de rester dans ma Normandie. Mais je n'avais pas le choix. À peine Agathe et moi étions-nous rentrées de Caen que mes parents et Mme de Branchetonne décidèrent de nous envoyer dans la capitale. Mon père estimait que nous ne serions en sécurité qu'à Paris où il serait plus facile d'échapper à l'enquête de police que les autorités locales ne manqueraient pas de diligenter contre nous. « La fourmi, dit papa avec l'autorité de l'expérience, court moins de danger quand elle est mélangée aux autres, dans la fourmilière, que si elle est toute seule dans la nature. »

Après avoir passé la nuit dans un tas de foin, chez une voisine, nous sommes parties le lendemain avec mon père. Le baron de Branchetonne n'était pas là au moment des adieux : il avait été emmené la veille au soir à Caen par quatre hommes de la garde nationale, dont le personnage à tête de cheval.

C'est pourquoi Agathe a souvent pleuré, et moi aussi, par contagion, pendant le voyage de quatre jours qui nous mena chaussée d'Antin, au domicile de Mirabeau, la connaissance parisienne des Branchetonne. « M. le Comte n'est pas là », nous a dit le majordome ébouriffé et mal rasé. Il ajouta avec un clin d'œil appuyé et une bienveillance amusée :

« C'est la mauvaise adresse. Chez lui, c'est le dernier endroit où vous pourrez le trouver, M. l'Ouragan. »

Sans doute faisait-il allusion à la vie dissolue d'Honoré Riqueti, comte de Mirabeau, agité du gosier et du vivandier. Apparemment, son majordome était, comme son maître, un bon vivant. La gourmandise luisait dans ses yeux quand mon père descendit ses cadeaux de la charrette. Du cidre, du calvados, des pommes d'été et deux jambons salés.

« Quelle belle dot ! commenta le majordome. Avec ça, vous allez les marier vite !

— Elles n'ont pas encore l'âge.

— M. le Comte vous répondrait qu'il n'y a pas d'âge pour ça comme il n'y en a pas non plus pour les plaisirs de la chair, surtout quand elle est fraîche. »

Papa le fusilla du regard et l'autre baissa les yeux. Même si ce n'est pas faute d'avoir essayé, je n'ai jamais eu la chance de rencontrer l'« Orateur du Peuple », comme on appelait alors Mirabeau, mais je peux dire qu'il fut, par domestique interposé, notre grand bienfaiteur : les esprits véreux ont souvent plus d'humanité que les âmes pures qui, elles, n'éprouvent pas le besoin de s'acheter une conscience ou une beauté intérieure.

Mirabeau reste l'un des grands personnages de son temps. Esprit encyclopédique, il savait tout sur tout. Océan d'éloquence, il pouvait renverser toutes les situations. Révolté parmi les nobles et noble parmi les révoltés, il a surplombé la Révolution française, assis entre deux chaises, en proférant des formules qui claqueront longtemps dans les siècles futurs :

« La roche Tarpéienne est près du Capitole. »

« Gardez-vous de demander du temps : le malheur n'en accorde jamais. »

« Il existe quelqu'un de pire que le bourreau, c'est son valet. »

« Trop gouverner est le plus grand danger des gouvernements. »

« Le meilleur moyen de faire avorter la révolution, c'est de trop demander. »

« Les hommes sont comme les pommes, quand on les entasse, ils pourrissent. »

Il se peut que certaines de ces maximes furent écrites par Chamfort dont Mirabeau avait fait son nègre. Mais je persiste à penser qu'il fut le père de la Révolution, son génie et sa plus belle figure. La nature ne l'avait pourtant pas aidé.

Tous ceux qui connaissaient Mirabeau furent d'accord là-dessus : s'il y avait eu un prix de la laideur, ce prophète l'aurait remporté haut la main. Avec sa grosse tête d'hydrocéphale, son visage grêlé par la petite vérole et deux dents proéminentes qui lui faisaient un sourire de sanglier, c'était un épouvantail à enfants. Libertin corrompu et aristocrate séditieux, cet as du double jeu avait tous les dons mais aussi tous les vices.

Jusqu'à sa mort, Mirabeau envoya son majordome prendre régulièrement des nouvelles de la fille de son ami Branchetonne avec lequel, je l'appris plus tard, il avait comploté naguère contre la monarchie absolue.

Après que le majordome eut lu la longue missive adressée par Branchetonne à Mirabeau, il posa sa main sur ma tête, puis sur celle d'Agathe avant de chuchoter sur un ton égrillard :

« Je vais m'occuper de vous, les filles. Ce n'est pas la peine que M. le Comte s'en mêle. Sinon, je n'ose penser à ce qui vous arriverait. »

*

C'est ainsi qu'Agathe et moi avons débarqué dans le quartier du Temple. Le majordome de Mirabeau nous avait dégotté une place chez un vieux dentiste, Hippolyte Frochon. Une sommité, disciple du célèbre Pierre Fauchard que l'on considère souvent comme le fondateur de la dentisterie moderne, auteur d'un traité dont la deuxième édition faisait, à l'époque, référence[1].

Quand il était jeune, Frochon avait travaillé quelque temps avec Fauchard, alors au couchant de sa vie, et il aimait répéter l'un des refrains de ce Mozart du plombage : « La perte des dents est parfois inévitable, mais l'art peut y suppléer. »

Frochon habitait une modeste maison en colombages avec une courette, rue de la Corderie[2], qui donnait sur la tour du Temple. Ses émoluments lui auraient permis depuis longtemps de se payer un hôtel particulier, mais déménager était à ses yeux impensable : « Je serais obligé de fermer deux ou trois jours, peut-être plus. Que deviendraient mes clients ? Je ne peux pas les abandonner ! » Il

---

1. *Le Chirurgien dentiste, ou Traité des dents* de Pierre Fauchard dont la deuxième édition a paru en 1746 chez Mariette. *(F.B.)*
2. Elle correspond aujourd'hui à une partie de la rue de Bretagne, dans le Marais. *(F.B.)*

était l'esclave de ses patients et nous fûmes les siennes, il est vrai consentantes.

Au rez-de-chaussée, son cabinet ne désemplissait pas. De plus, il se rendait volontiers auprès de ses malades, pourvu qu'ils fussent puissants. La salle d'attente de son cabinet était bondée du matin au soir et, souvent, les malades battaient le pavé devant l'entrée, une main contre la mâchoire, en poussant des gémissements de douleur.

Frochon ne s'arrêtait jamais. Petit et sec, notre maître n'avait aucun sens des réalités, malgré ses yeux vifs et son nez de fouineur que son menton en galoche essayait en vain de rejoindre. Un poète et un couillon. Avec ça, toujours souriant, le cœur sur la main. Il avait une nature trop bonne pour se faire respecter : ses employés précédents, deux frères et leur sœur, en avaient bien profité avant de se volatiliser avec tous ses objets de valeur. Ils avaient même emporté son lit, ses horloges et ses rideaux.

Comme elle ne supportait pas la vue du sang, Agathe fut affectée à la cuisine et aux travaux ménagers. Moi, je fus chargée d'assister Hippolyte Frochon. La première fois que je le secondai, je sus que j'avais trouvé ma vocation. Il le comprit et, au fil du temps, me donna de plus en plus de responsabilités. Au point qu'au bout de quelques mois de travail avec lui, j'aurais été en mesure de le remplacer au pied levé, en cas de coup dur.

Veuf et sans enfant, Hippolyte Frochon m'a rapidement assurée qu'il me considérait comme sa fille et envisageait de me coucher sur son testament. Mais je n'en crus rien. C'est ce que disent souvent les vieilles personnes quand elles veulent se rendre intéressantes. Un jour, pourtant, il me montra le mur de la souillarde dans lequel il avait dissimulé une fortune en écus et louis d'or :

« S'il m'arrive quelque chose, tu sais ce qu'il te reste à faire : tu prends tout.

— Il ne vous arrivera rien, maître.

— Dieu m'appellera quand il voudra : je suis à sa disposition. En attendant, j'ai bien l'intention de vivre jusqu'à ma mort.

— Vous appelez ça une vie, vous, de travailler comme ça ? »

Il posa sa main sur ma joue, en un premier geste d'affection, qui fut aussi le dernier :

« La vie, Lucile, c'est comme un bon plat qu'on mitonne année après année jusqu'à ce qu'il n'y ait plus rien dans la casserole. Il vaut mieux le partager avec les autres pour en profiter vraiment. »

On aurait dit du saint Vincent de Paul. Même s'il se disait agnostique, il était fasciné par l'ordre de la Visitation de Sainte-Marie, dont les moniales subissaient alors avec bravoure les foudres de la Révolution. J'en conclus qu'il n'était pas d'accord avec ce qui se passait, même s'il connaissait, par son métier, la plupart des grandes figures du moment.

Ainsi sommes-nous montés un soir au troisième étage d'un immeuble bourgeois de la rue de Saintonge, dans le quartier du Marais, pour soigner la canine d'un personnage étrange que Mirabeau avait mis en selle.

10

La dent cariée de Robespierre

Délicat et fluet, pourvu d'une voix de fausset, c'était un peigne-cul élégant, emperruqué et poudré, issu de la petite noblesse de robe. Un homoncule[1], incarnation du style Louis XV, comme le vicomte de Belsunce dont j'ai parlé plus haut. Il ne serrait jamais la main, il vous prêtait deux doigts glissants.

Maximilien de Robespierre n'arrêtait pas de se plaindre. De tout. De la vie, de la société ou de ses douleurs, notamment dentaires, ce jour-là. Un geignard comme son idole dont il singeait, dans ses discours barbants, le style gnangnan : Jean-Jacques Rousseau, le saint philosophe qui abandonna ses enfants.

L'année de la mort de Rousseau, en 1778, Robespierre, alors dans ses vingt ans, était allé rendre visite au grand homme, à Ermenonville. Il rappelait souvent cette rencontre avec une expression émerveillée de ravi de la crèche.

Une belle paire, ces deux-là. Le philosophe abandonna à la naissance ses cinq enfants en expliquant que c'était la faute de sa maîtresse, de sa belle-famille ou

---

1. Robespierre mesurait en effet 1,65 mètre. La taille de personnalités comme Charlie Chaplin ou Nicolas Sarkozy. *(F.B.)*

encore de la société. Le politicien envoya pareillement à la mort des rivaux, comme son ami Danton, en feignant un grand chagrin.

Si Danton avait tous les talents, la nature n'avait pas gâté Robespierre : toujours fatigué, celui-ci souffrait de saignements de nez, d'ulcères aux jambes, de contractions régulières de la bouche ou des yeux. En plus, un tic nerveux secouait ridiculement son épaule à intervalles réguliers[1]. Un hôpital à lui tout seul, mais sans la charité. Il avait beau manger des oranges, prendre des bains chauds ou se faire saigner plus que de raison, rien n'y faisait.

Quand Robespierre montait à la tribune, disait Mirabeau, il faisait penser « à un chat qui a bu du vinaigre ». Toujours dans l'incantation, ce tartuffe aimait dénoncer la pauvreté mais ne se préoccupait pas de la faire reculer. Jamais un fait dans ses discours, litanies de phrases creuses. Je subodore qu'il ne s'était jamais approché d'un gueux, de peur que ce dernier ne le touche et ne le salisse. Avec son éloquence besogneuse et maniérée, il moulinait toujours la même scolastique de bachelier autour de mots comme « peuple », « patrie », « liberté » ou « tyrannie ». Il parluisait[2].

Plagiant volontiers Cicéron, il était du genre à se trouver à l'étroit dans le ciel. Il avait une si haute idée de lui-même qu'il lui arriva, devant la Convention, de se célébrer à la deuxième personne du pluriel. (« Grâces

1. La plupart des historiens soulignent ces troubles du comportement, rapportés par mon ancêtre. Dans un article de la *Revue des Deux Mondes* de 1881, Hippolyte Taine, citant Buchez et Roux, décrivait un Robespierre saisi par des secousses brusques qui « courent dans ses épaules et dans son cou qu'il agite convulsivement à droite et à gauche ». *(F.B.)*
2. Vieux normand, signifie : « Parler de manière affectée ». *(Note de l'Éditeur.)*

immortelles vous soient rendues ; vous avez sauvé la patrie »). Ce narcisse de boudoir ne connaissait jamais le doute. Il s'adorait ; mieux, il s'admirait.

Il a souvent été dit que Robespierre avait au moins une qualité : sa vertu. Mais il la prenait tellement au sérieux qu'il en était devenu l'esclave avant de la mettre au service de sa haine cauteleuse contre tous ceux qui se mettaient en travers de son chemin. Toujours plus à gauche et plus radical, il lui fallait purifier l'univers d'à peu près tout le monde, sauf de lui.

Les monarchies européennes menaçant un temps la Révolution, il en prit prétexte pour faire frénétiquement campagne contre les étrangers dont il proposa le « bannissement » en 1793 avant d'exhorter le pays, le 26 mai de l'année suivante, à délivrer de cette « race impure » la République « malheureuse et précaire ». Il était bouffé par la haine de l'autre.

Certes, contrairement aux « enragés », Robespierre rêvait d'une France de petits propriétaires et ne cachait pas ses réticences contre la « déchristianisation » en marche. Mais il ne songeait qu'à faire le vide autour de sa petite personne, osant dire un jour qu'en ces temps troublés un gouvernement populaire devait s'appuyer sur deux ressorts : « La Vertu sans laquelle la Terreur est funeste ; la Terreur sans laquelle la vertu est impuissante. »

On le surnommait souvent « l'homme vierge », et il est vrai qu'il n'avait pas une bouche à aimer l'amour sous quelque forme que ce fût, ni même la bonne cuisine française. Mais quand il s'avançait en fionnant[1] dans ses

---

1. Vieux français, du verbe « fionner » qui signifie « faire le beau ». *(Note de l'Éditeur.)*

bas de soie, le menton avantageux, le regard à chercher les miroirs, émergeant de ses habits froufroutants et parfumés, ce précieux ridicule en imposait : il y avait chez lui une telle assurance qu'il inspirait de la crainte. De l'amour aussi, je dois le reconnaître à regret.

Que Maximilien de Robespierre ait été tant vénéré et qu'il le soit encore, si longtemps après sa mort, cela en dit long sur la maladie qui ronge la France, mère patrie de la haine, de l'envie et du ressentiment, où il est quasi interdit d'admirer sous peine de passer pour un crétin.

Les Romains ont-ils tressé des couronnes à Néron après sa mort ? Il n'y a qu'en France que la postérité puisse être aimable envers un type de ce genre. Si j'ai pu avoir, lors de notre première rencontre, un petit faible pour Robespierre, c'est que, comme beaucoup de femmes, j'aime les causes perdues et qu'il en était l'incarnation.

Je ne savais pas pourquoi il m'excitait comme ça. J'ai compris plus tard : comme tant de femmes, mon instinct me poussait vers les solitaires, les curés, les sodomites, les impuissants, sans doute pour les sortir des griffes du destin. Apparemment, Robespierre était un peu les quatre. Je voulais le remettre dans le droit chemin.

Mon maître l'avait soigné un jour où il était en compagnie de Saint-Just, l'archange exterminateur. Après notre visite, il prétendit que Robespierre avait pour ce mignon les yeux de Chimène. Mais je crois que Frochon avait dit ça pour éteindre la fruition qu'il avait sentie monter en moi. Elle affleurait jusque dans les frémissements de mes narines. Sans parler d'une envie pressante que j'avais fini par soulager.

Ce jour-là, je lus dans les yeux de Robespierre que Maximilien était toujours le petit garçon perdu d'Arras, ami des animaux, en mal d'amour, avec une mère morte en couches quand il avait six ans et un père absent, toujours à courir la gueuse. J'étais convaincue qu'il avait besoin de moi. De mes silences compatissants. De mes bras pour s'épancher ou se consoler. J'aurais volontiers passé ma vie à sécher les larmes de celui qui se décrivait comme « un martyr vivant de la République », et il est possible que la Révolution eût fait moins de morts.

J'ai toujours été fascinée par l'aptitude des méchantes personnes à montrer leurs blessures et à se lamenter du mal que leur feraient ceux qu'ils combattent sans pitié : Robespierre souffrait le martyre de n'être pas aimé de tous, y compris de ceux qu'il envoyait à la mort. Une fontaine à déplorations. Je fus soulagée quand, en introduisant ses instruments dans sa bouche, Frochon lui ôta l'usage de la parole.

Quand mon maître le torturait, aucune plainte ne sortait de sa bouche. J'en ai vu, des patients. Peu furent aussi grandioses dans la douleur que Robespierre. Un héros de cabinet de dentisterie. Ce pleurnichard était fait pour le « sacrifice », un mot qu'il employait souvent. Mais je me demande encore aujourd'hui si cette canine, qui fut sa croix, n'explique pas cette rage glaçante dont il accabla par la suite ses ennemis, semant partout la mort qui finit par le prendre à son tour[1].

De temps en temps, quand il avait sorti ses doigts de la

1. Grand pourvoyeur de la guillotine qui devait fonctionner comme jamais après le décret du 22 prairial, Robespierre adopta sans honte une posture d'adversaire de la peine de mort, plaidant pour son abolition dans son célèbre discours du 30 mai 1791, en contradiction totale avec sa politique : « Écoutez la voix de la justice et de la raison ; elle vous crie que les jugements humains ne sont jamais assez certains pour que la société

bouche qui avait envoyé tant de monde à la mort, Frochon posait à Robespierre des questions sur sa stratégie. Sans défense devant les outils de dentisterie, l'« Incorruptible » répondait avec ingénuité. Je me souviens d'avoir entendu des propos haineux contre les Girondins qu'il accusait de complaisance envers le roi. Des traîtres à la patrie qu'il fallait exterminer, ce qui, à ses yeux, était au demeurant le cas d'à peu près tous ceux qui pouvaient lui faire de l'ombre.

Mon maître lui tira aussi les vers du nez sur ses relations avec Mirabeau, La Fayette, Danton ou Desmoulins. Avec un air de conspirateur, Robespierre chuchota en grimaçant des choses que je n'entendais pas mais qui me semblaient peu amènes. Des « monstres », disait-il d'eux.

*

Lors de cette première visite, Frochon, après avoir procédé au limage de la cavité dentaire, donna deux instructions à son auguste patient : d'abord, nettoyer, au moins une fois par jour, le trou dans sa dent avec un rouleau de coton imbibé d'huile de girofle et de cannelle ; ensuite, prendre matin et soir des bains de bouche avec sa propre urine, fraîche de préférence, une méthode fameuse préconisée par son ancien maître, Pierre Fauchard.

Robespierre ne souffla mot, ce qui valait acquiescement, mais il n'avait pas une tête à boire sa pisse, et c'est sans doute pour avoir oublié la consigne qu'il nous appela d'urgence, quelques jours plus tard, la bouche en feu. Il

puisse donner la mort à un homme condamné par d'autres hommes sujets à l'erreur. » *(F.B.)*

97

se tordait sur son canapé où il passait apparemment beaucoup de temps, l'index pointé, le regard accusateur.

« J'ai une réunion très importante ce soir, hurla-t-il, vous voyez dans quel état vous m'avez mis !

— On va vous soulager, répondit Frochon. Ne vous en faites pas.

— "Ne vous en faites pas", c'est tout ce que vous savez dire. Si on osait parler comme ça au peuple, nous, ça fait longtemps qu'il nous aurait tués ! »

Son propos ne perturba pas Frochon qui ouvrit son coffret de médecine et en sortit un flacon de poudre de guimauve. Un mélange de feuilles, de fleurs et de racines broyées ensemble. J'en donnai trois grandes cuillerées de suite à Robespierre tandis que mon maître extrayait d'une boîte une boule de pâte, à base de feuilles écrasées de mauves, verveine officinale, farine d'orge et d'avoine, poivre noir et gingembre, bouillis dans du vinaigre. Il enveloppa son cataplasme dans un linge fin et le colla contre les deux côtés de la gencive autour de la dent.

L'effet ne se fit guère attendre. Quand Robespierre se fut calmé, Frochon examina sa dent et décida qu'un plombage rapide s'imposait mais qu'avant ça, il faudrait que son patient se gargarise de toute urgence avec sa propre urine. J'aurais aimé vous raconter la scène, mais mon maître me demanda de sortir.

Le lendemain, nous étions tous les deux de retour rue de Saintonge, dès potron-minet, pour effectuer l'opération qui se déroula normalement. Une fois sa dent plombée, Robespierre nous remercia avec effusion. C'est ce jour-là que j'ai compris le pouvoir que ce métier nous donnait sur les grands de ce monde, que je n'allais plus cesser de fréquenter.

*

Quelques semaines plus tard, nous fûmes rappelés au domicile de Robespierre que sa canine tourmentait à nouveau. C'était un matin où le soleil avait recouvert la ville de fils d'or. Il n'y aurait pas eu les odeurs, on se serait cru au paradis.

Rue de Saintonge, Robespierre était à nouveau allongé sur son canapé, dans une robe de chambre d'un blanc immaculé. Son visage semblait un masque mortuaire et ses lèvres étaient plus pincées que d'ordinaire. Après avoir examiné la denture de l'« Incorruptible » avec un air affligé, Frochon murmura :

« Désolé… je crois qu'il va falloir arracher cette dent. »

La première phrase de Robespierre s'embourba dans sa bouche, puis il marmonna :

« Il va y avoir un trou ! C'est affreux. »

Frochon proposa à Robespierre d'arracher une canine à son valet de chambre pour la lui replanter au même endroit. Il fallait simplement que celui-ci fût d'accord. Il l'était, mais sans doute n'avait-il pas le choix. L'homme soupira tristement, les yeux baissés, avec un air fataliste. Quand mon maître lui retira sa dent, le domestique poussa un grand cri de bête saignée avant de se lever d'un bond en haletant, la bouche ouverte et sanglante. Rien à voir avec le silence stoïque de l'« Incorruptible » qui, pendant toute l'opération d'implantation, garda un calme olympien.

Après avoir limé la canine du valet en longueur et en largeur, Frochon la transplanta dans la denture de Robespierre qui eut droit, ensuite, aux soins habituels. La dent s'y trouvait sans doute encore longtemps après, quand l'«Incorruptible» tenta, selon la thèse officielle des robespierristes, de se tuer d'un coup de pistolet qui lui perça la joue et brisa sa mâchoire.

C'était dans la nuit du 9 au 10 thermidor, an II, quelques heures avant son exécution programmée par la Convention qui l'avait mis en état d'arrestation[1]. Robespierre ne pouvait même pas compter sur la populace pour venir le sauver. Un grand fleuve de pluie coulait sur Paris et tout le monde était aux abris, les rats, les chiens, les braillards et les communards. Tout s'était ligué contre lui, même le temps.

Ce fut le meilleur moment de la Révolution quand ceux qu'on appela les Thermidoriens, les Fouché, Tallien, Sieyès ou Cambacérès, ont sauvé, avec le concours de cette pluie diluvienne, la France de la furie robespierriste. Après s'être absenté quelque temps à la suite d'une grande fatigue, l'«Incorruptible» était revenu en force à la Convention en faisant adopter le décret du 22 prairial. Un texte inique qui, retirant les derniers droits aux accusés, donnait les pleins pouvoirs au Tribunal révolutionnaire : désormais, la «justice» n'avait plus à s'embarrasser d'avocats ni de témoins ni de preuves, il suffisait que celles-ci fussent «morales».

La Terreur étant à son comble, les ennemis de Robespierre, saisis d'effroi, se virent tous dans la prochaine charrette. Grâces soient rendues à ces comploteurs, ainsi qu'aux seaux d'eau déversés par le ciel : sans eux, il y a gros à parier que tout le monde, en France, aurait fini par

1. Le 10 thermidor, jour de la mort de Robespierre, correspond à la date du 28 juillet 1794. *(F.B.)*

périr au nom de la pureté, jusqu'à ce que l'«Incorruptible» se retrouve tout seul sur terre avec son Saint-Just.

Il aurait suffi que le déluge cessât pour que les sans-culottes, rameutés par les siens, viennent à sa rescousse. Pourquoi, alors, se donner la mort? Contredite par le gendarme Charles-André Merda qui prétendit lui avoir tiré dessus, la version du suicide reste celle de beaucoup d'historiens: elle n'a pas peu contribué à la construction du mythe de Robespierre, celle d'un personnage sorti d'une Antiquité romaine de pacotille, qui serait resté jusqu'au bout maître de son destin.

La postérité ne pouvait accepter que Robespierre fût blessé par un rien. Après en avoir parlé avec beaucoup de monde, je suis pourtant sûre que ce fut le cas: Merda était un fier-à-bras, un agité de la pétoire[1]. En le faisant plus tard colonel et baron d'Empire, Napoléon, antirobespierriste convaincu, ne reconnaissait-il pas in fine que le gendarme était bien l'auteur du coup de feu?

Ce coup de feu ne tua pas notre terreur nationale mais il coupa son sifflet à la voix de la Révolution, comme on l'appelait. Avec sa mâchoire fracassée, Robespierre ne pouvait plus émettre que des gargouillis et il ne fut plus que l'ombre de lui-même avant de monter sur l'échafaud à l'âge de trente-six ans, au terme de la procédure expéditive, c'est-à-dire sans procès, qu'il avait lui-même mise au point avec Saint-Just.

Robespierre ne broncha pas quand, avant l'exécution, un médecin lui arracha plusieurs dents cassées et nettoya

---

1. Charles-Henri Sanson, le bourreau de la Révolution, était convaincu que Merda était l'auteur du coup de feu, ce qu'établira plus tard Louis Blanc dans sa monumentale *Histoire de la Révolution française*. *(F.B.)*

la blessure avant de nouer un linge autour de sa tête pour empêcher le maxillaire inférieur de tomber. Il fit preuve de la même dignité dans la charrette cahotante qui le mena à l'échafaud, place de la Révolution, sous les insultes et les sarcasmes de la foule. Il monta à la guillotine seul et sans aide.

Il ne poussa qu'un seul cri, une sorte de glapissement, quand, avant de le mettre en place sur la bascule, un aide du bourreau lui arracha les linges sanglants noués sur sa tête : en entravant la chute du tranchoir, ils auraient pu faire rater l'exécution. La mâchoire inférieure de Robespierre pendit, soudain, sous ses lèvres, formant une sorte de gouffre d'où coulaient des flots de sang. Ce fut la dernière image que garda de lui le peuple de Paris.

11

Un baiser à la Lanterne

Chaque jour, à partir de l'été 1790, une fille qui se faisait appeler Romarin venait apporter *Le Père Duchesne*, la gazette à la mode, à Hippolyte Frochon. C'était une boule de cheveux avec deux grands yeux bleus au milieu, plantée sur un petit corps qui s'éveillait à la vie.

Elle avait deux ans de moins qu'Agathe et moi, mais elle semblait bien plus mûre que nous. Une championne de la débrouille qui parlait un langage de haine avec un sourire d'ange et ponctuait ses phrases par le mot foutre, ce qui donnait :

« Comment ça va, foutre ? »

C'était le tic d'écriture de Jacques-René Hébert, le grand prêtre de la « sans-culotterie », qui ponctuait ainsi ses articles du *Père Duchesne*. Il incarnait une conception du journalisme où le lynchage permanent est considéré comme une preuve de talent et d'indépendance.

Romarin se faisait lire les articles d'Hébert et adorait répéter ses appels au meurtre contre ce « gros cochon » de Louis XVI, à la réquisition des blés dans les campagnes ou à la guerre contre le monde entier. Je n'arrivais pas à m'habituer à ce que de telles horreurs fussent proférées par un visage si pur.

Une fois que je lui en fis la remarque, Romarin souffla avec un air accablé :

« Ce n'est pas ma faute, foutre, je suis si pauvre.

— La pauvreté n'est pas une excuse. »

À plusieurs reprises, je tentai de la sauver contre elle-même et sa Révolution. Je lui donnais des fruits, des gâteaux ou des miches de pain, en vain : au fil des mois, Romarin se racornit et s'aigrit comme une plante arrosée au vin rouge. C'était une sorte de maladie que j'appelais la révolutionnite et qui vieillissait prématurément tous les visages, contractés sous l'effet de la peur, du manque et du ressentiment.

Un jour que je demandai à Frochon pourquoi il lisait le torche-cul d'Hébert, il me répondit :

« Pour savoir à quelle sauce nous allons être mangés. »

*

Toutes les nuits, je dormais avec Agathe. Nous avions chacune notre chambre sous les toits, mais j'aimais la retrouver dans la sienne, sous les couvertures, la serrer dans mes bras et embrasser sa bouche juteuse comme une orange.

Agathe était très belle, d'une beauté normande et crémeuse avec des cheveux de blé, des yeux bleu ciel et un visage constellé de taches de rousseur. Moi, à en juger par les regards des hommes sur moi, je n'étais pas mal non plus, mais en moins généreuse, et ce n'était pas avec mon rythme de travail que je risquais de forcir. Sans me vanter, je crois que nous aurions fait un beau couple, elle et moi.

Vivre ensemble était notre rêve à toutes les deux. Il est

vrai que nous étions seules au monde, sans nouvelles de nos parents. Je me racontais qu'ils n'osaient nous écrire de crainte que la police de Caen ne nous repère. Je me répétais aussi pour m'en convaincre qu'ils étaient trop pris par les travaux de la ferme pour trouver le temps de nous rendre visite.

Mais je m'inquiétais. Un jour que nous passions le voir, le majordome de Mirabeau nous dissuada de nous enquérir du sort de nos parents, ce qui alimenta davantage nos angoisses. Alors, nous sollicitâmes un rendez-vous auprès de son maître qui, après nous l'avoir accordé, nous posa un lapin.

« Mieux vaut laisser tomber, conseilla le majordome. Le jour, M. le Comte fait la Révolution et, la nuit, des choses pour l'oublier.

— Êtes-vous sûr qu'il ne sait rien sur nos parents ?

— Attendez que Révolution se passe, on verra après ce qui restera des uns et des autres. »

À ces mots, je me souviens que nous avions tremblé de conserve : j'eus la révélation qu'Agathe et moi avions le même cœur qui battait du même sang. Le même corps à deux dos. Le même cerveau. Qu'attendait-on pour conclure alors que la mort rôdait autour de nous ?

Agathe avait, comme on dit en Normandie, deux belles pommes sur la cheminée et, le soir, au lit, je les ai longtemps soupesées avant de lui demander de se retourner pour caresser le beau visage sans nez sur lequel elle s'asseyait. Soudain, elle a commencé à pousser de petits râles comme si elle avait mal et je préfère ne pas vous raconter la suite.

Le lendemain matin, elle me demanda avec effroi :

« Qu'est-ce qu'on a fait cette nuit ?

— Les jours sont faits pour effacer les nuits. »

La nuit suivante, j'aurais encore laissé le chat aller au fromage si, quelques heures plus tôt, Emmanuel Espragnac n'était entré dans ma vie. Un petit noiraud aux cheveux bouclés, avec une tête d'angelot, acteur en quête de rôle, écrivain sans œuvre, poète et dessinateur d'occasion, cultivé et fier de l'être. Il avait vingt ans, l'âge où l'on croit encore que l'on sait des choses ou que l'on va en faire.

Moi, j'avais quatorze ans le jour où il est entré au cabinet de dentisterie à cause d'une molaire cariée. Emmanuel était à cran et à bout de souffle quand il s'assit sur ce que j'appelais le fauteuil des tortures. Après l'avoir examiné, mon maître décida que la dent était fichue. Il me laissa la pince et le soin d'officier.

C'était la première fois que j'arrachais une dent et je fus traversée par des vagues de frissons qui faillirent me faire tomber à la renverse. Je les imputai d'abord à mon émotion de dentiste néophyte mais non, il fallait se rendre à l'évidence : c'était l'amour. J'avais reçu un grand coup de soleil et je me sentais mourir debout sous le regard aimant et soumis d'Emmanuel, le regard du chien pour le maître qui vient de l'adopter.

Sans doute avais-je le même. L'amour, c'est toujours une adoption mutuelle. Je me disais que je pourrais passer le reste de ma vie à contempler Emmanuel : il me donnait confiance en moi, il me rendait plus forte. J'eus la main si sûre au moment de lui arracher sa dent gâtée qu'il n'a même pas poussé ce cri primal qui, d'ordinaire, accompagne les extractions.

Sa bouche m'a envoyé une grosse giclée de sang dans le cou et le visage. J'ai pris ça pour un bon présage.

Après avoir soumis Emmanuel à un bain de bouche au vin tiède, j'ai tartiné sa plaie avec la pâte qui allait faire ma fortune et que j'étais en train de mettre au point pour prévenir les infections. La pâte Lucile. Un mélange d'ail, de citron, de lavande, de thym et de cannelle. Je lui en donnai ensuite plusieurs doses pour les jours suivants. Quand je lui demandai comment il se sentait, Hippolyte Frochon s'impatienta :

« Arrêtons de lambiner, il y a encore plein de gens derrière. »

J'ai passé le reste de la journée puis la nuit avec Emmanuel. La nuit dans ma cervelle, je le précise pour ceux qui n'auraient pas compris. L'amour, c'est comme la mort : absents ou disparus, les gens restent vivants comme jamais dans votre tête. Je ressemblais à une sœur visitandine, le regard illuminé, avec un grand sourire mystique.

*

Le lendemain, Emmanuel Espragnac est repassé rue de la Corderie, mais nous n'avons pu nous parler. Il était assis par terre, en face du cabinet, et prenait le soleil, les yeux fermés, la tête légèrement penchée comme la Sainte Vierge sur les images pieuses : il dormait et il eût été malséant de le réveiller.

J'étais sortie pour évaluer la file des patients qui attendaient leur tour, souvent en se tortillant sous l'effet de la douleur : leur nombre me sembla si effrayant que je m'abstins de les compter et rentrai précipitamment annoncer à Hippolyte Frochon que nous aurions du travail jusqu'à minuit, comme la veille.

« C'est le scorbut, commenta mon maître. Depuis le

début de la Révolution, c'est fou ce qu'il y a comme dents qui se déchaussent et comme gencives qui purulent. Je me demande s'il n'y a pas un lien de cause à effet. »

Le jour d'après, Emmanuel était encore là mais, cette fois, bien réveillé. Quand il me vit, il se leva d'un bond et se dirigea vers moi :

« Voulez-vous venir vous promener avec moi demain matin ? »

C'était dimanche et je n'avais aucune obligation, fors la messe que je remplaçais depuis plusieurs mois par des prières avec Agathe, devant le Christ en croix accroché au mur de sa chambre. Qu'il vente ou qu'il pleuve, Hippolyte Frochon passait toujours le dernier jour de la semaine avec son épouse, au cimetière du Père-Lachaise où elle était enterrée. C'était du moins ce qu'il prétendait.

J'étais libre jusqu'à quatre heures de l'après-midi, moment où il rentrait pour préparer avec Agathe et moi les poudres et les pâtes de nos patients, à base d'herbes ou des plantes médicinales que nous livraient régulièrement de discrets vendeurs à têtes de conspirateurs.

Agathe ne s'offusqua pas que je m'absentasse. Elle avait beaucoup à faire. Des macarons, de la pâte de coing, des poires au sirop et Dieu sait quoi encore. Pour notre première promenade, Emmanuel m'emmena place de Grève[1] où erraient les mânes de tant de suppliciés dont il connaissait l'histoire par cœur. Il envisageait d'écrire un livre dont il avait déjà trouvé le titre : *Mémoire d'une potence de réverbère*.

---

1. La place de Grève fut débaptisée en 1803 pour devenir la place de l'Hôtel-de-Ville. *(Note de l'Éditeur.)*

Cette potence avait, d'après lui, beaucoup de choses à raconter. On l'appelait la Lanterne. Surplombée, ces dernières décennies, par un buste en marbre de Louis XIV jeune, elle se dressait au-dessus d'une épicerie, au coin de la place de Grève et de la rue de la Vannerie. Là avaient été pendues deux des premières victimes de la Révolution, le 14 juillet 1789 : les soldats Bécard et Asselin, de malheureux invalides, canonniers à la Bastille.

Huit jours après, au grand dam de La Fayette, la foule y pendit aussi le contrôleur des finances Foullon de Doué qu'on accusait apparemment à tort d'avoir dit : « Si le peuple n'a pas de pain, qu'il mange du foin ! » La corde ayant cassé deux fois sous son poids, il lui fallut attendre que ses bourreaux en trouvent une neuve. Quand le vieil homme expira enfin, sa tête fut tranchée puis promenée au bout d'une pique, après qu'on eut fourré une touffe de foin dans sa bouche.

Amené sous le réverbère peu après, son neveu Bertier de Sauvigny se saisit d'un fusil et semblait prêt à faire payer sa vie très cher, quand il fut éventré par un coup de sabre. Après quoi, le cuisinier Denot fouilla dans sa poitrine pour en arracher le cœur qu'il alla porter, tout saignant, sur le bureau de l'assemblée de l'Hôtel de Ville, provoquant l'effroi général.

La potence du réverbère donnait sur la place et toutes les exécutions qui s'y déroulaient, devant des spectateurs fascinés. Après Ravaillac, l'assassin d'Henri IV, écartelé en 1610, la Brinvilliers y fut décapitée en 1676 pour avoir tué son père qui avait fait embastiller son amant. La Voisin y fut brûlée vive en 1680, pour sorcellerie, avortement et empoisonnement. Le brigand Cartouche y fut roué vif en 1721, après avoir demandé et obtenu de parler avant son supplice à des conseillers de l'Hôtel de Ville, qui ont retranscrit ses confessions. En dénonçant ses complices qui, contrairement à leur promesse, n'étaient pas venus le sauver, il avait réussi à retarder son châtiment de près d'une journée.

Particulière fut en 1757 l'exécution de Damiens, coupable de tentative d'assassinat contre Louis XV. Après qu'il eut été attaché sur l'échafaud, sa main et le poignard ayant servi au crime furent brûlés ensemble, ses mamelons arrachés par des tenailles, tout comme des morceaux de chair dans ses bras, ses jambes ou ses cuisses, avant que les plaies fussent remplies de plomb fondu, d'huile bouillante, de poix de résine ou de soufre chauffé. Quatre chevaux furent ensuite chargés de démembrer le condamné mais comme ils n'étaient pas habitués à cet exercice, il fallut en ajouter deux, ce qui n'empêcha pas le fiasco : l'opération de dislocation du corps se termina à la hache avant que les restes soient jetés au feu.

Ces spectacles attiraient de plus en plus de monde. Coincée entre l'Hôtel de Ville d'un côté et, de l'autre, les immeubles des rues de la Tannerie et Jean-de-l'Épine, la place de Grève ne pouvait plus satisfaire la demande du peuple, de plus en plus à l'étroit. La chose creva les yeux lors de la cohue provoquée par le succès du supplice de l'épicier Desrues, en 1777. Un gros bousin qui laissa beaucoup de blessés sur le pavé.

Après ça, il fut décidé de supprimer le port du Charbon, afin d'étendre l'espace public jusqu'aux rives de la Seine. Mais quand, avec l'arrivée de la guillotine, en 1792, la Révolution passa de l'artisanat à l'industrialisation de la peine de mort, rien ne fut assez grand pour les voyeurs qui arrivaient de partout comme des mouches à viande.

On ne dira jamais assez le grand pas pour l'humanité que fut l'adoption de la guillotine. Conçue par Joseph Ignace Guillotin, un franc-maçon proche de Mirabeau, elle avait deux objectifs : abréger les souffrances des condamnés par un procédé mécanique, supposé plus fiable, et instaurer l'égalité dans l'exécution, les nobles étant jusqu'alors décapités au sabre, les roturiers à la hache, tandis que les assassins d'État étaient écartelés et les faux-monnayeurs bouillis vifs dans des chaudrons. La Révolution détourna rapidement l'invention de son but et le bon docteur Guillotin, retourné à ses travaux, passa le reste de sa vie à essayer, en vain, de faire oublier son nom.

Dans un premier temps, la place de Grève fut supplantée par le Carrousel dans la cour du palais des Tuileries : un jour d'exécution devant l'Hôtel de Ville, le peuple avait demandé que l'échafaud fût déménagé puis remonté en face des fenêtres de Louis XVI pour qu'il sache ce qui l'attendait. La guillotine qui avait si soif et faisait tant recette migra enfin vers la grandiose place de la Révolution qui deviendrait, quelques années plus tard, la place de la Concorde.

Je ne peux songer sans émotion à la place de Grève, si funeste fût son passé : c'est sous la potence du réverbère qu'Emmanuel me donna son premier baiser, celui que j'appelle le baiser à la Lanterne. Un des grands moments de ma vie. Il a pourtant mal commencé.

J'avais des grenouilles qui coassaient dans mon ventre et je craignais qu'elles n'indisposent Emmanuel. Que je me tortille ou tende le ventre pour les faire taire, rien n'y faisait : elles continuaient leur concert. C'est pourquoi je tardai à me laisser entraîner dans les eaux de l'amour.

Au commencement, ces eaux étaient basses. Nous avions la bouche sèche et nos lèvres tremblaient. Si je n'étais pas une grande experte en baisers, il me semblait encore plus maladroit. Mais au fur et à mesure que nos sangs dansaient, à la cadence du bonheur qui montait, nous avons pris de l'assurance avec, dans la bouche, le même goût d'ail, de citron, de lavande, de thym et de cannelle. Les éléments de la pâte Lucile que je lui avais prescrite.

Pourquoi s'est-on arrêtés ? Je ne sais combien de temps dura ce baiser, peut-être dix minutes, mais nous l'avons interrompu trop vite, par manque de métier. J'enrage encore de cette précipitation de néophyte, et c'est mon conseil aux nouvelles générations : n'arrêtez jamais le plaisir en marche, on a toute la mort pour s'économiser.

Au moment de prendre congé rue de la Corderie où il m'avait raccompagnée, Emmanuel Espragnac m'a donné un poème qu'il avait écrit pour moi. J'ai perdu depuis longtemps la feuille de papier mais en fouillant bien, j'ai pu retrouver quelques bribes dans ma mémoire :

> *Ô mon bel amour, enfant de la terre,*
> *Bats tes ailes et prends ta volée dans l'air*
> *Ô mon beau cœur, oiseau de la mer,*
> *Viens nager avec moi dans l'univers.*

Pas fameux, je le reconnais. Mais, comme le dit un adage de mon invention, il ne faut jamais juger le poète à ses vers : qu'ils soient mauvais, cela ne saurait jamais l'empêcher d'être grand. L'expérience m'a appris qu'il n'y a aucun lien de cause à effet : la poésie, c'est d'abord une façon de vivre.

C'est pourquoi Emmanuel Espragnac fut l'un des grands poètes de son temps. Je ne regrette pas d'avoir été sa muse jusqu'au drame qui nous sépara.

12

Le sac du palais des Tuileries

Hippolyte Frochon ne savait pas dire non. Le jour où je lui proposai, la bouche en cœur, qu'Emmanuel Espragnac vienne travailler avec nous comme assistant, j'ai bien vu quelques réticences dans son regard, mais il n'a pas osé refuser.

Son cabinet ne pouvant satisfaire la demande, je montai d'un cran dans la hiérarchie en soulageant mon maître de toutes les opérations simples, comme les extractions d'incisives, tandis qu'Emmanuel prenait ma place en devenant son grouillot, celui qui apporte à l'officiant le bassinet, les pinces ou les rugines dentaires.

Chez nous, les journées commençaient tôt et finissaient tard : il n'y avait donc d'autre choix que d'héberger mon amoureux sous notre toit. Il prit ma chambre, me reléguant dans celle d'Agathe. Je n'avais plus envie d'elle et restais de marbre quand, parfois, elle me provoquait : elle en prit ombrage. Je ne faisais pas pour autant la chosette avec Emmanuel.

J'aurais fait trop de peine à Agathe et, de plus, j'avais une peur bleue de passer une nuit avec Emmanuel. La peur d'être déçue, salie ou dégoûtée. La peur de perdre mon bonheur pour un moment de plaisir. Pour ne rien gâcher entre nous, je préférais l'amour dans la tête, loin du corps, les yeux dans les yeux. Je ne crachais pas sur un baiser volé de temps en temps. Mais je n'allais jamais plus loin.

Je refusais de me trouver réduite à l'état de pécheresse venant à résipiscence à l'église des Minimes qui, comme tant de lieux de culte en ce temps-là, se transformait en lieu de perdition, hantée par une populace charivaresque, cherchant noise aux fidèles qui s'y aventuraient. Le jeu n'en valait pas la chandelle : je me disais bêtement que j'avais la vie devant moi pour connaître le corps d'Emmanuel. Pour l'heure, sa sueur et sa salive suffisaient à me contenter.

Rue de la Corderie, nous avions trop de travail pour prêter vraiment attention à ce qui se passait au-dehors, mais en 1791 nous fûmes tous bouleversés par la mort de Mirabeau, terrassé à quarante-deux ans par une angine de poitrine, à son domicile de la Chaussée-d'Antin, après avoir prononcé une dernière forte parole : « Dormir ! » Hippolyte Frochon donna le signal des larmes :

« C'était notre digue, cet homme-là. Elle a sauté. Maintenant, on est bons pour l'inondation, le pire peut arriver. »

Notre maître n'était pas le seul à le penser, si l'on en juge par l'immensité de la foule qui, dans les rues de Paris, accompagna la dépouille mortelle de Mirabeau derrière des détachements de la garde nationale emmenés par La Fayette. Mais ce jour-là, les rages de dents n'ayant pas respecté le grand deuil national, nous étions trop occupés pour nous rendre aux obsèques, à l'église Saint-Eustache, où les salves tirées après l'éloge funèbre cassèrent, paraît-il, deux mille carreaux de vitraux.

Mirabeau fut enterré en héros de la Révolution à l'église Sainte-Geneviève, rebaptisée pour la circonstance Panthéon, avec ces mots qui seraient gravés au fronton : «Aux grands hommes la patrie reconnaissante». Mais l'«Orateur du peuple» fut ensuite «dépanthéonisé». Ses restes ont été exhumés et jetés dans la fosse commune du cimetière le plus proche, après que furent découverts les papiers secrets de Louis XVI, dans une armoire de fer du palais des Tuileries.

Les documents établissaient formellement que Mirabeau prodiguait ses conseils à la monarchie déclinante. Dommage qu'il eût eu le mauvais goût de les faire rémunérer. Avec un tarif à l'heure. Mais on ne peut que lui pardonner cet écart, vu ses services rendus au pays : l'Hercule de la liberté, comme le surnommait l'abbé Sieyès, aimait les causes perdues. Il avait toujours fait un rempart de son corps contre la tyrannie, qu'elle fût royale ou populaire. Il défendait la monarchie devant l'assemblée et l'assemblée, devant le roi. Comme l'avait dit alors Auguste d'Arenberg, comte de La Marck, son intermédiaire avec la cour, «il ne se fait payer que pour être de son avis».

Quelques semaines après la mort de Mirabeau, son majordome nous apporta de sa part une petite cassette d'écus : le grand homme avait pensé à la petite Branchetonne avant de mourir.

«Croyez-vous qu'un jour, nous reverrons nos parents ? demanda Agathe.

— N'allez jamais là-bas si vous tenez à la vie.»

Quelque chose me coupa les jambes. Un affreux pressentiment.

«Que voulez-vous dire ?» insistai-je.

Il haussa les épaules et j'éclatai en sanglots.

*

Qu'on fuie l'Histoire ou feigne de l'ignorer, cela ne vous en met pas pour autant à l'abri : elle s'invite chez vous quand ça lui chante. Parfois même, elle vous court après et vous rattrape par le collet. C'est ce qui nous est arrivé au petit matin du 10 août 1792, quand deux fusiliers de la garde nationale nous ont réveillés en tambourinant à la porte.

Trempés comme des serpillières par leur propre sueur, ils étaient affolés. Ils se disaient envoyés par leur commandement général pour qui Hippolyte Frochon était le seul dentiste-chirurgien parisien capable de soigner Karl Josef von Bachmann, lieutenant-colonel du régiment des gardes suisses du roi, qui souffrait d'un affreux abcès dentaire. Le temps de nous habiller, nous étions, après une petite course, au château des Tuileries.

Agathe était restée à la maison pour faire patienter les malades qui, dès six heures, faisaient le pied de grue devant la maison. Je n'aimais pas la laisser seule, mais je sais qu'elle aurait été épouvantée par le climat étrange qui régnait autour des Tuileries, cette nuit-là. Un mélange de fête et de conspiration, sur fond de rumeurs ou de grondements de l'autre monde, comme si une immense colère allait se lever. Le tocsin avait sonné pendant une partie de la nuit et, après la canicule du jour précédent, un orage de grêlons avait martelé furieusement les toits de Paris.

L'insurrection était en marche. Le peuple se trouvait réduit à l'état de populace : un ramas humain fébrile,

117

affamé, ivre de vin et de haine. Sourd aux appels à l'ordre ou à la raison, il ne savait pas où il allait mais il y allait, le poignard, le sabre ou la pique à la main.

L'Histoire ne couche qu'avec les plus déterminés ou les plus malfaisants. Ce sont souvent les mêmes, la Révolution française nous en a administré une preuve éclatante. En roulant sa meule sur la France, elle a dévoré ses héros un à un en commençant par les plus gentils et les plus démocrates.

Il y eut le moment Mirabeau, qui surplombait tout le monde. De la lave en fusion, une idée par seconde : il avait trop de talent, donc beaucoup d'ennemis. Ce fut son problème jusqu'à ce qu'un accident cardiaque le retranche de l'Histoire, pour le plus grand bonheur des imbéciles qui prétendaient la faire à sa place.

À peu près en même temps, il y eut le moment La Fayette, l'autre grand homme de la Révolution, mythe vivant de la guerre de l'indépendance de l'Amérique qu'il rejoignit en 1777 puis en 1780 avec des bateaux chargés d'armes et de munitions. Commandant de la garde nationale et maître d'œuvre de la Déclaration des droits de l'homme et du citoyen, il avait tenté de protéger le peuple contre le roi et le roi contre le peuple.

Franc-maçon et adversaire de l'esclavage des Noirs, Gilbert du Motier, marquis de La Fayette, avait tout pour lui. Le courage, le sens de l'État, la rigueur morale. Mais il avait deux défauts qui eurent raison de toutes ses qualités : c'était un orateur déplorable et il était prêt à tout, y compris l'immobilisme, pour conserver sa popularité. C'est ce qui l'a perdu. Sans oublier qu'il refusa toujours, par orgueil, de nouer une alliance avec Mirabeau qui ne cessait de l'y inviter. À force de vouloir se hisser au-dessus de la mêlée, il est resté dans les limbes, haï par les deux camps.

Eût-il suivi les conseils de Mirabeau et de La Fayette, deux monarchistes éclairés, Louis XVI aurait sûrement gardé sa tête. Mais ce roi ne savait avancer qu'à reculons : il avait toujours un coup de retard. Il ne cherchait qu'à flotter. C'est pourquoi il a fini par couler.

Après le temps des réformistes libéraux vint celui des Girondins, progressistes respectueux des institutions. À leur tête, Pierre Victurnien Vergniaud, un trentenaire nonchalant, avocat bordelais et orateur de haute volée, qui se battait contre les ténèbres au nom des Lumières. Se flattant d'être « modéré » et « l'un des plus ignorants en politique », il répondrait un jour aux attaques de Robespierre : « On a cherché à consommer la Révolution par la terreur, j'aurais voulu la consommer par l'amour[1]. »

C'est pourquoi le chef des Girondins fut vaincu avant d'être oublié par les livres d'histoire, au profit des cyniques et des égorgeurs dont c'était désormais le tour de gouverner. La grande faute de Vergniaud fut de n'avoir pas les mains suffisamment sanglantes : à l'époque, c'était presque un crime.

Avant de se donner à Robespierre, l'Histoire se prostitua avec Georges Danton, colosse à l'éloquence tonitruante et à la peau grêlée par la petite vérole. Le Mirabeau du pauvre. Un avocat de trente-deux ans qui, depuis 1789, avait été de tous les complots. Le cœur sur la main, aimant le vin, les femmes et l'argent, il menait

1. Pierre Victurnien Vergniaud a effectivement tenu ces propos le 10 avril 1793 mais mon aïeule semble avoir oublié qu'il avait aussi voté la mort du roi, certes plus par faiblesse que par conviction. (F.B.)

grand train et n'hésitait pas à toucher des écus de tout le monde, du duc d'Orléans comme de la reine Marie-Antoinette[1].

C'était la Révolution à tête de bœuf. Si cet homme fut plus aimé que les autres, c'est sans doute parce qu'il semblait dépourvu de cette haine torride qui rongeait ses rivaux. Sous l'apparence d'une grosse brute se serait même dissimulé, paraît-il, un homme sensible et cultivé qui avait lu Shakespeare, Montaigne ou Cervantès.

Mais contrairement à Robespierre, le prince des cuistres, Danton voulait faire peuple : il improvisait ses discours et n'étalait pas sa culture à la façon de l'« Incorruptible ». Force de la nature repoussant toujours plus loin les limites de la fourberie, il courait à la fois après sa queue boursouflée par le priapisme et après cette volonté de puissance que les Grecs appelaient l'« hubris ».

De Danton qui l'a beaucoup courtisée avant de l'envoyer à l'échafaud, Mme Roland, l'égérie des Girondins, a écrit dans ses Mémoires qu'elle ne pouvait « appliquer l'idée d'un homme de bien » sur cette « figure atroce et repoussante ». « Je n'ai jamais rien vu qui caractérisât si parfaitement l'emportement des passions brutales, et l'audace la plus étonnante, demi-voilée par l'air d'une grande jovialité, l'affectation de la franchise et d'une sorte de bonhomie. »

En disant du mal de Danton ou de Robespierre, je sais que je vais me mettre à dos la maréchaussée des histo-

1. Selon La Fayette, la reine lui avait fait remettre cinquante mille écus pour qu'il calme le peuple. Dans sa correspondance, Mirabeau parle, lui, d'une somme de trente mille écus. En somme, Danton fut payé pour étouffer l'insurrection qu'il attisa avec l'argent qu'il avait reçu. (F.B.)

riens qui, depuis longtemps, fabriquent leur légende : l'Histoire est un mensonge qui a réussi. Mais enfin, moi, je n'ai pas fait la Révolution dans les archives ni dans les livres. J'y étais, excusez du peu.

Si Georges Danton s'en tint prudemment à l'écart, avec ses compères Camille Desmoulins et Fabre d'Églantine, il fut néanmoins l'instigateur de la journée sanglante du 10 août 1792, qui abattit le trône avant que tombe dans un panier, quelques mois plus tard, la tête mafflue du roi. Leurs intentions étaient simples : submerger par l'émeute le pouvoir des Girondins, coupables d'être des légalistes, c'est-à-dire de jouer la carte parlementaire. Ces pousse-au-crime ne savaient pas qu'ils ouvraient la voie à Robespierre.

Danton a creusé sa propre tombe. Mais peu lui importait : cet homme n'avait pas peur de la mort, comme le montra le sang-froid hors du commun dont il fit preuve avant son exécution. Gueulard ou goguenard, il insulta copieusement Robespierre avant de souffler à son bourreau, au moment de passer sous la lame en biseau : « N'oublie pas surtout de montrer ma tête au peuple, il n'en voit pas tous les jours de pareille. »

*

Je ne me sentais pas à l'aise en pénétrant dans la cour des Suisses où nous attendait, sous une torche, Karl Josef von Bachmann, un sexagénaire très digne dans son uniforme rouge et blanc de garde suisse. Quand il ouvrit sa bouche devant ma bougie, nous ne fûmes pas plus avancés.

« On va attendre qu'il fasse jour, dit Hippolyte Frochon après avoir examiné la denture du lieutenant-colonel.

— Non, il faut opérer tout de suite, protesta le malade avec son fort accent suisse.

— Mais je ne vois rien. Ce serait de la charcuterie, pas de la dentisterie.

— Tant pis, débrouillez-vous. »

Mon maître insista : il suffisait d'attendre une heure et il pourrait travailler dans de bonnes conditions. Peut-être même sauver la dent.

« Vous ne vous rendez pas compte de ce qui se passe ! s'écria von Bachmann. Les Français sont devenus fous, ils veulent jeter la maison par les fenêtres. Allez, on y va, arrachez-moi vite cette dent ! »

Frochon se trompa de molaire, retirant d'abord une dent saine avant d'extraire celle qui était cariée. Von Bachmann était trop pressé de reprendre son commandement pour lui en tenir rigueur. Il me sembla même qu'il souriait après que mon maître eut ouvert avec une lancette la gencive tuméfiée afin que s'écoule la matière. C'est à peine s'il prit ensuite le temps de se laver la bouche avec la lotion que je lui avais préparée, à base de vin blanc et d'eau vulnéraire, composée d'un mélange de gousses d'ail et de feuilles de cannelle, de fenouil, de thym, de romarin, macérées dans de l'alcool.

À cet instant, la monarchie vacillait, elle semblait même sur le point de s'écrouler, tandis que convergeaient vers les Tuileries les cohortes hurlantes de la populace des faubourgs. Nous ne pouvions plus douter que la page était tournée quand, en sortant de la cour des Suisses, nous sommes tombés sur le roi en souliers à boucles, l'air hagard dans son habit de soie violet. Les cheveux en désordre, le chapeau sous un bras et l'épée sous l'autre, il passait ses troupes en revue. Il me sembla qu'il ne marchait pas droit. C'est peu de dire qu'il n'inspirait pas confiance.

Louis XVI n'était pas encore perdu. À cet instant-là, il aurait pu renvoyer les gendarmes acquis à la Révolution et ceux des gardes nationaux dont il n'était pas sûr, pour soutenir un siège avec ses neuf cent cinquante gardes suisses et ses deux cent neuf gentilshommes. Sans parler des domestiques. Face à la marée humaine qui commençait à débouler, c'était risqué, mais un certain Bonaparte qui observait la scène, non loin de là, estimait que c'était jouable. Il aurait fallu que les troupes légitimistes eussent des munitions, des ordres et un chef. Or, le monarque préféra battre en retraite. Il ne voulait pas faire tirer sur son peuple.

Au fond, il ne manquait qu'une chose à Louis XVI : qu'il fût un roi. C'était un personnage sans volonté ni méchanceté, et sa faiblesse creusait sa propre tombe. À en juger par sa tête et son dos baissés, dans une posture de perpétuelle contrition, il s'excusait d'être un monarque et c'est ce qui ne lui fut jamais pardonné. Emmanuel me souffla à l'oreille qu'il avait de la peine pour lui. Moi aussi.

Au dernier moment, Louis XVI eut une hésitation mais il n'était pas du genre à tenir tête. Quand il s'en fut, sous les huées, entre deux rangées de baïonnettes, se réfugier à l'Assemblée nationale avec la reine et leurs enfants, nous aurions dû le suivre car, ensuite, il nous fut impossible de sortir du palais : les portes de la cour Royale avaient été fermées. Nous étions pris au piège et nous n'avons écouté que notre courage qui nous disait de nous cacher.

Après que les portes furent défoncées par les insurgés, à neuf heures dix du matin, il eût été stupide d'aller à contre-courant de la foule en furie, qui tuait tout le monde sur son passage. Rangés en bataillon devant la porte royale, les gardes suisses ont certes réussi, dans un premier temps, à disperser les assaillants sous leur feu roulant. Ils sont parvenus aussi à récupérer des canons. Mais ils n'avaient rien à mettre dedans.

Nous sommes montés dans les étages, puis sur les toits du château d'où nous avons assisté au grand massacre des gardes suisses, ces régiments d'infanterie au service de la Cour de France depuis 1616. Le fatalisme débonnaire de Louis XVI les avait condamnés à mort : à sa demande, ils avaient dû rendre une partie de leurs munitions à la garde nationale où il comptait pourtant beaucoup d'ennemis déclarés ; il ne leur restait qu'entre quinze et vingt cartouches par tête.

Fidèle à lui-même, Louis XVI avait quasi désarmé ses propres troupes face à l'armée des sans-culottes qui accouraient vers le palais des Tuileries. De ma vie, je n'ai vu pareille abnégation que celle des gardes suisses réduits à eux-mêmes et qui, ce jour-là, ont tout perdu, fors l'honneur. Mot qui, avec celui de fidélité, figurait sur leurs drapeaux enterrés dans les cours des casernes, afin qu'ils ne fussent pas souillés en cas de défaite. Ils sont tous allés à la mort sans faiblir, en la regardant droit dans les yeux.

C'est avec la prise et le sac du palais des Tuileries, ce 10 août 1792, qu'a commencé la deuxième Révolution, celle qui devait conduire à la Terreur. Je me souviens que j'avais la chair de poule et le cœur au bord des lèvres.

Emmanuel et mon maître aussi. Nous nous sentions en deuil, perchés sur le toit, au milieu de nuages de fumée épaisse, de bruits de vitres brisées et d'affreux cris d'agonie.

« J'ai peur, murmura Emmanuel en me prenant la main, puis en posant sa tête sur mon épaule.

— Et dire que nous avons fait la Révolution pour ça ! » s'exclama Hippolyte Frochon.

Après avoir mis les insurgés en fuite, les gardes suisses furent contraints, faute de munitions, de battre en retraite dans le grand escalier, marche par marche, et jusque dans les jardins. Quand le roi leur transmit l'ordre de déposer les armes et de se retirer dans leurs casernes, ce fut comme s'il invitait la populace à les massacrer mais leur compte était déjà bon. S'exécutant au sens propre et figuré, ils s'offrirent alors sans défense à leurs assaillants.

Prudents, nous avons attendu que la tempête populaire se calmât, mais quand nous sommes partis, longtemps après, les mains moites et les jambes flageolantes, il y avait encore beaucoup de râles de moribonds : c'est ce que j'appelle de la musique de champ de bataille. Je l'ai entendue sous tous les cieux, j'en connais toutes les notes.

Nous avons pataugé dans des flaques de sang et enjambé des cadavres souvent déshabillés auxquels il manquait une tête, des bras, des pieds ou quelque chose que la décence m'interdit de préciser. J'ai vu un enfant jouer avec un œil, et un autre avec une main.

Le soir, après le dîner, Frochon s'est lâché. Il nous a dit des horreurs sur tous ceux qui étaient en train de devenir les nouveaux maîtres de la France. Danton, ce véreux doublé d'un imposteur, qui, avant la Révolution, s'était rendu coupable d'usurpation de noblesse en signant ses papiers « d'Anton ». Saint-Just, ce gredin qui prêchait la probité après avoir volé l'argenterie familiale, délit pour lequel il avait été détenu six mois sur une plainte de sa mère. Tout le monde y est passé, Robespierre compris.

Mon maître reprochait surtout à Robespierre d'être Robespierre. Autrement dit un pur esprit sur lequel se vengeait son pauvre corps, bourré de tics et rebelle à l'amour, physique ou pas. Un olibrius qui n'avait pas les moyens de sa vanité. Un illuminé, avatar du Tartuffe de Molière.

Je découvrais un Frochon que je ne connaissais pas et qui savait tout sur tout le monde. Une sorte d'espion professionnel. Depuis longtemps, j'observais qu'il sortait souvent le soir et rentrait très tard. Mais je n'avais jamais pu savoir ce qu'il fricotait.

C'est ce soir-là que j'ai décidé de tenir un Livre du Mal dans lequel j'inscrirais désormais les noms de tous les personnages maléfiques dont je croiserais la route. Le premier fut Robespierre.

*

Ce ne sont pas les grands hommes mais les petites gens qui payent les factures de l'Histoire. Saigné par la monarchie, le peuple l'était à nouveau par la Révolution. Celle-ci avait été provoquée, selon Frochon, par une mauvaise météorologie. Dans un premier temps, la faim avait fait perdre la raison au pays, lors de l'hiver si cruel de 1788-1789 où tout manqua, à commencer par le pain dont le prix tripla.

Depuis le 14 juillet et la prise de la Bastille, alors que les

126

ventres des petites gens criaient famine, le pays était géré par des enfants de bourgeois trentenaires et narcissiques. Tous poudrés, emperruqués, fous d'eux-mêmes et incapables de se colleter aux réalités du monde. D'où la colère du peuple abandonné qui réclamait sans cesse plus de sang. Il aurait désespéré si, à chaque nouvel échec, les petites frappes au pouvoir ne lui avaient désigné de nouveaux boucs émissaires, puis rapporté leurs têtes à couper.

« Vous avez vu l'âge de ces gouapes ? demanda Frochon.

— Des gamins, confirmai-je.

— La jeunesse serait la plus belle chose qui soit s'il n'y avait pas les jeunes. Quel gâchis ! »

C'est aussi le mot de gâchis qu'employa Camille Desmoulins, le lendemain, quand nous sommes allés chez lui, mon maître et moi, pour soigner une mauvaise carie. Il l'avait bégayé à sa façon, le regard fuyant :

« Gâ... gâ... chis... chis... »

Avocat et journaliste, Desmoulins était un proche de Danton qui avait été le chef d'orchestre de la tuerie des Tuileries : il se fichait d'ouvrir une avenue à Robespierre, son allié du moment, pourvu qu'il fût débarrassé des Girondins.

« N'avez-vous pas le sentiment de faire le jeu de Robespierre ?

— Et... et... alors ? ironisa Desmoulins. Pour que... que... Ro... Robespierre prenne le dessus sur Dan... Danton... ton, il faudrait quiqui qu'il qu'il fût meilleur. On est loin dudu compte. »

Le soir, j'appris qu'au palais des Tuileries le peuple avait tué tous les serviteurs du roi, jusqu'au moindre marmiton, au plus insignifiant esclave des cuisines ou des plaisirs du roi.

Qu'était donc ce peuple, mot que Robespierre et les petits marquis jacobins avaient plein la bouche ? Une meute d'ivrognes, de cannibales avinés et de bras cassés, qui semaient partout la mort et à qui nos nouveaux maîtres ne songeaient qu'à complaire. La populace.

Sans cesse invoqué dans les discours des tribuns de la Révolution, le peuple, le vrai, n'avait pas le droit à la parole. Il rasait les murs, terrorisé par des hordes hurlantes et triomphantes qui ne représentaient rien mais régissaient tout. Quelques centaines de braillards tout au plus, qui terrorisaient les élus républicains.

J'avais beau me fourrer des feuilles de menthe dans les narines, comme Frochon me l'avait conseillé, je n'arrivais pas à supporter l'odeur de charogne qui flottait dans le sillage de cette populace. Il fallait que je fuie Paris.

13

Quand la France perdit la tête

Au soir du 10 août 1792, alors que nous nettoyions le cabinet de dentisterie, je m'ouvris de mon projet à Emmanuel. Il laissa son balai, se planta devant moi et tenta de me dissuader :

« Lucile, je sais que c'est dur de vivre dans un charnier. Mais ces odeurs de mort que tu veux quitter, tu vas les retrouver partout en France.

— Je me sens oppressée, je veux pouvoir respirer.

— Qu'est-ce que tu crois ? C'est le pays tout entier qui ploie sous le méphitisme, mais ça finira par passer. Le soleil reviendra un jour. La joie aussi. Attends-les ici avec moi. »

C'est vrai qu'il parlait bien. Il aurait pu faire une grande carrière à la Commune ou à l'Assemblée.

« Je veux revoir mes parents », répondis-je.

Il approcha sa bouche de mon oreille et en mordilla le lobe. Puis, d'une voix très douce :

« Il faut que tu regardes la réalité en face. Si tes parents ne t'ont pas donné signe de vie depuis trois ans, ne crois-tu pas qu'il y a une raison ?

— Peut-être sont-ils en prison.

— Peut-être que non... »

Il y eut un silence. J'ai commencé à pleurer et il m'a serrée dans ses bras. Des vagues de souvenirs dévalaient sur moi. Mon père, ma mère, mes frères, mes sœurs, les vaches, les pâquerettes, les pommiers. Pendant que je les revoyais, mes larmes ont grossi et j'avais le visage inondé lorsque les lèvres d'Emmanuel se sont rapprochées des miennes.

J'ai aimé ce baiser salé, il m'a fait venir l'eau à la bouche jusqu'à ce qu'Emmanuel retire son pantalon. Je l'ai arrêté d'un geste :

« Qu'est-ce que tu veux ?

— Ce que les hommes veulent des femmes.

— Je te le donnerai quand nous serons mariés. »

Emmanuel opina avec une expression de soumission, bredouilla des mots, mais quelque chose en lui n'était pas d'accord et résistait même furieusement : entre ses jambes, la pâte levée refusait de tomber. La situation était ridicule. Il renfila son pantalon avec le sourire pathétique du petit garçon qui a fauté.

*

Le lendemain samedi, il y eut un grand remue-ménage dans Paris : des visites domiciliaires avaient été ordonnées chez plusieurs personnes soupçonnées de comploter contre la Révolution. Parmi elles figurait Pierre-Augustin Caron de Beaumarchais.

Affairiste, espion, musicien, dramaturge, par ailleurs membre de la Commune, ce bourreau des cœurs habitait le boulevard Saint-Antoine qui, depuis quelques années, porte son nom. Une centaine de policiers d'occasion fouillèrent sa demeure de fond en comble, à la recherche d'armes ou de souterrains. Il a lui-même parlé plus tard de trois mille visiteurs mais comme c'était un exagérateur patenté, le chiffre est sujet à caution.

À midi, Beaumarchais déboula chez nous, rue de la Corderie. Il était en nage et se disait poursuivi par des hordes de femmes dont on entendait en effet les clameurs.

« Je vous en supplie, il faut que vous me cachiez, s'écria-t-il sur un ton théâtral, en entrant dans le cabinet de Frochon qui venait de tirer une molaire à une grosse dondon. Toutes les harpies de Paris se sont liguées contre moi, j'essaie de leur échapper… »

Frochon connaissait bien Beaumarchais : c'était un ancien client. Il congédia la dame que je suivis pour recueillir son règlement, et invita Beaumarchais à prendre la place libérée, sur le fauteuil des tortures. C'est là que je le retrouvai, le dos à la porte et les tenailles de mon maître enfoncées dans la bouche, quand je revins, poussée par un flot de poissardes en furie.

Avec son autorité naturelle, Frochon interdit aux femmes de passer l'embrasure et leur demanda de quitter les lieux :

« Mesdames, ne voyez-vous pas que vous me dérangez au milieu d'une opération délicate ?

— On cherche le traître Beaumarchais, éructa la meneuse.

— Je ne le connais pas. Allez voir ailleurs s'il y est. »

Il avait dit ça d'une voix forte qui ne souffrait pas la contradiction et la vague reflua. Peu après, quand ses poursuivantes se furent éloignées, Beaumarchais se leva, s'approcha de moi et commença à me conter fleurette avec un regard marécageux.

Sa célébrité n'était pas encore parvenue jusqu'à mes oreilles mais, malgré son âge, je lui trouvais beaucoup de charme, même si je veillais à n'en rien laisser paraître en présence d'Emmanuel dont je sentais le regard vigilant fouiller mon dos.

Beaumarchais ne sentait pas bon de la bouche, pour rester gentille. Mais ses paroles faisaient passer son haleine. Du miel dans un pot de chambre. Il compara d'abord mon visage à celui d'un tableau d'un grand peintre italien que je ne connaissais pas et qui appartenait à un de ses amis anglais. Puis il me dit que ma vue lui inspirait un poème qu'un de ses domestiques m'apporterait le lendemain. Je me pâmais. Comme dit le dicton, «femme qui écoute est à moitié rendue». Quand il passa à l'étape suivante en me caressant les cheveux, Frochon le prit à part et lui souffla d'une voix assez forte pour que j'entendisse :

« Citoyen, c'est une enfant, et sachez que j'en ai la charge. Au lieu de lui conter fleurette, vous feriez mieux de vous occuper de votre sécurité et de vous mettre à l'abri. »

Après que Beaumarchais eut pris congé de nous, j'eus droit à une scène d'Emmanuel. J'y mis fin en l'entraînant, entre deux clients, sous l'escalier où je l'embrassai si fort qu'il sembla tourner de l'œil.

*

Le dimanche, je fus déçue de ne pas recevoir le poème promis par Beaumarchais. Je regrettai que Frochon ait arraché à ma fascination l'auteur du *Mariage de Figaro*. C'était comme si mon maître m'avait volé une carrière de muse et de femme du monde. Quand je le lui dis, il haussa les épaules :

« Lucile, tu n'avais aucune chance. Jusqu'à présent, Pierre-Augustin ne se mariait qu'avec des femmes très riches qui mouraient un ou deux ans après les noces. Je préfère ne pas te répéter ce qu'on raconte sur lui mais tu peux le deviner. Ce n'est pas un homme pour toi. »

En somme, j'étais condamnée à Emmanuel. N'aurait-il été aussi entreprenant, il eût été un amoureux parfait. Enhardi par le baiser de la veille, il se crut autorisé à tenter de me lutiner, le matin suivant, alors que nous prenions notre petit déjeuner. Je le repoussai avec effroi.

« Je suis une bonne chrétienne, pas une paillasse de corps de garde, m'écriai-je. Ce n'est pas parce que j'ai accepté d'être ton épouse, le jour venu, que je vais me donner à toi avant que le Tout-Puissant ait béni notre union.

— Je n'en peux plus d'attendre, ma belle amie, rose de ma vie, jonquille de mon ciel.

— Si je suis vraiment ce que tu dis, respecte-moi. Sinon, le jour où je me présenterai avec toi devant le Seigneur, tout le monde me verra à travers.

— J'ai trop peur de mourir avant de réaliser ce pour quoi nous avons été créés. »

Emmanuel était décidément un beau parleur. À l'époque, je n'en attendais pas plus de lui, fors quelques baisers, mais il n'acceptait pas sa condition de jouvenceau au temps de l'amour courtois. Il monta en courant dans sa chambre et en redescendit peu après avec une épigramme qu'il lut sur un ton mélodramatique :

Je suis la mouche
Tu es l'étoile
Je tends ma bouche
Tu mets les voiles.

Après quoi, Emmanuel m'embrassa goulûment comme quelqu'un qui n'a rien eu à embrasser depuis des années. Pour calmer ses ardeurs, j'invitai Agathe à passer la journée avec nous. Je savais qu'elle n'accepterait jamais de jouer avec nous le rôle de la femme de chambre qui tient la chandelle.

Pendant notre promenade, Agathe ne fut pas à son aise. Moi non plus. De temps en temps, elle me donnait la main dont, parfois, je caressais la paume, pour son plus grand plaisir, à en juger par l'éclat de ses yeux. Les narines bourrées de feuilles de menthe, on avait du mal à respirer.

La ville sentait la mort, le sang pourri, le chien crevé, la charogne de cheval et d'autres effluves de ce genre. Quand je pense à ce temps-là, c'est d'abord cette odeur de cadavre qui me revient. L'odeur de la Révolution française. C'était comme si, en la respirant, on se rendait complice du crime qu'elle était en train de commettre contre l'esprit et la dignité humaine.

Non loin des Tuileries, Agathe a trébuché sur un pavé et elle a dit qu'elle voulait rentrer :

« Je crois que c'est ma dernière sortie. Je ne suis pas assez forte pour supporter tout ça. À partir de maintenant, je ne quitterai plus la maison. Plus jamais.

— Il n'y a pas de raison que ça ne s'arrange pas, protesta Emmanuel.

134

« — Il n'y a pas de raison pour que ça n'empire pas »,
corrigea-t-elle.

Le malheur la rendait encore plus belle. J'ai eu envie
de l'embrasser mais je me suis retenue : Emmanuel
l'aurait mal pris. Je me suis contentée d'abonder dans
son sens, mais sans croire à ce que je disais :

« Quand on est pris dans les sables mouvants, on ne
s'en sort jamais vivant. »

Comme Agathe, je ressentais une espèce de damnation
dans l'air. Plus personne ne respectait rien. Des serpen-
tins de fumée continuaient de s'élever du palais des Tuileries où tout avait été pillé. Aux carrefours, des affiches
annonçaient : « Le roi est suspendu. » Partout, l'autorité
se délitait, laissant place à la peur, une peur qui nous
tétanisait chaque fois que nous croisions ces bandes de
vociférateurs qui prétendaient incarner la « loi ». C'était
un temps où tout le monde était devenu quelqu'un. Les
assassins, surtout. Ils portaient souvent l'uniforme des
sans-culottes : bonnet phrygien, pantalons rayés et carmagnole.

Pendant que La Fayette rêvait d'émigrer aux États-
Unis avant de finir, sur la route de Washington, dans un
cachot belge, l'Assemblée législative, terrorisée, se cou-
chait devant la Commune autoproclamée de Paris. Un
ramassis d'épiciers, de cordonniers, de brasseurs, de per-
vers et de concussionnaires qui avaient décidé de refaire
la France en dépit du bon sens.

C'est à partir de ce moment que la Révolution a décidé
de tout changer. La vie, l'homme, l'État, jusqu'aux noms
des rues et même le calendrier. Les mois seraient bientôt
débaptisés en vendémiaire, brumaire, frimaire, nivôse ou
ventôse et j'en passe. Ils ne seraient plus composés de

semaines mais de décades dont les jours s'appelleraient primidi, duodi, tridi, quartidi, quintidi et ainsi de suite.

L'année n'ayant ainsi que trois cent soixante jours, il en restait cinq qu'on appela les sans-culottides et qui étaient consacrés à la célébration du génie, du travail, de l'opinion, des vertus et des récompenses. Toujours au nom de la « régénération du peuple français », Fabre d'Églantine donna au surplus de nouveaux noms à tous les jours des nouveaux mois institués par la Révolution. Par exemple, brumaire était composé de pomme, céleri, poire, betterave, héliotrope, figue et j'en passe. On y perdait son latin, je crois que c'était fait exprès.

La France avait perdu la tête. Après le sac des Tuileries se déroulerait dans tout le pays, quelques jours plus tard, une série de massacres, notamment dans les monastères et les prisons. Y furent percés, égorgés, décapités, mutilés, des prêtres, des écrivains, des filles publiques ou des « ennemis du peuple ». Souvent, des saints et des héros.

M'a toujours fascinée la dignité du vieil archevêque d'Arles, monseigneur du Lau, qui, à ce qu'on m'a dit, était agenouillé dans le chœur de l'église de l'ancien couvent des Carmes, reconverti en prison, quand les massacreurs firent irruption. Après avoir reçu deux coups de sabre sur son visage, il demeura impassible. Les entailles saignaient, mais pas un cri, ni un mouvement, rien. Il ne consentit
à tomber qu'au troisième coup, et encore lentement, en soutenant sa carcasse du bras gauche, avant d'être transpercé par une pique.

Une fois le trône renversé, la rue s'était emparée du sceptre de Louis XVI. Le roi n'avait pas été à la hauteur, la populace le fut moins encore. Elle ne savait qu'éructer en réclamant sa mort. Le 13 août 1792, il arriva avec sa famille dans notre quartier où ils allaient d'abord être emprisonnés dans l'une des petites tours du Temple. Un voisin très discret. Sous son règne, il n'avait jamais dérangé personne. Ce n'était pas maintenant qu'il allait commencer.

*

De l'Ordre des Templiers qui avait édifié l'ensemble, il ne restait pas grand-chose, en dehors de la tour Carrée, dite de César, flanquée de quatre tours rondes coiffées de toitures coniques, qui, depuis le XIIIe siècle, s'élevait à près de cinquante mètres.

C'était un bâtiment sombre et allongé, conçu à l'origine pour conserver le trésor et les archives de ses premiers propriétaires. Avec ses toits en ardoises, ses pierres noircies et ses fenêtres étroites, on aurait dit un château maudit dans un conte de fées : il inspirait le respect et la crainte.

Après qu'elle fut confisquée aux Templiers, le roi Philippe le Bel avait décidé de transformer la grosse tour de César en prison d'État, office qu'elle remplit quelque temps avant de servir de dépôt de munitions, puis, cette année-là, de geôle à Louis XVI et à sa famille. Je me souviens que le convoi royal était arrivé en début de soirée devant l'enceinte du Temple.

Il y avait tant de hurlements dehors que je suis sortie du cabinet pour aller voir. Entourées par une escorte de cavalerie, deux voitures s'avançaient, au milieu des insultes. Quand elles entrèrent dans la cour du palais du grand prieur, des cris affreux s'élevèrent de la foule. La suite était écrite mais je n'imaginais pas encore le sort que la Révolution réservait à ce roi qui faisait tant pitié quand Emmanuel me souffla à l'oreille :

« Le pauvre bougre n'en a plus pour longtemps.

— Un jour, tu verras, il remontera sur le trône.

— Tu rêves, Lucile. Il sera raccourci bien plus vite que tu crois. »

Comme il vit passer une expression de désarroi sur mon visage, Emmanuel en profita pour m'embrasser. Un baiser long et triste, l'un des plus tristes de ma vie. Je n'ai cependant pas le souvenir qu'il y avait des larmes dedans. Quand on est trop malheureux, elles ne coulent pas.

Je n'aimais pas l'idée de vivre à côté d'un condamné à mort et, quand je sortais du cabinet de dentisterie, j'évitais de regarder dans la direction de la tour du Temple.

Le 3 septembre suivant, intriguée par le bruit dehors, je manquai de défaillir quand je vis la populace défiler autour du Temple derrière deux piques sur lesquelles étaient plantés le cœur de la princesse de Lamballe et sa tête emperruquée. Une amie de Marie-Antoinette. Elle avait été mutilée, outragée et décapitée à la prison de la Force.

J'espérais bien ne jamais avoir à franchir la porte de l'enceinte du Temple mais le sort en décida autrement. Un matin, alors que nous étions au travail, deux hommes de la garde nationale débarquèrent dans le cabinet. Un gros rougeaud et un petit maigre. Ils signifièrent à Hippolyte Frochon qu'il devait les suivre sur-le-champ.

« Je ne peux pas, répondit mon maître. J'ai un client à finir. Un gros abcès que je dois percer. »

Le gros rougeaud le tira par la manche :

« Il faut vous dépêcher. Sinon, je vous accuse d'insu-
bordination.

— Vous venez m'arrêter ?

— Non, crétin. Nous avons quelqu'un de malade. À la
tour du Temple.

— Le roi ? »

Le garde national secoua la tête et prit un air menaçant. Hippolyte Frochon laissa, ce qui était contraire à
toutes ses règles, son malade en plan, avec Emmanuel, et
me demanda de le suivre avec les sacoches.

14

La mort de Louis XVI

Il y avait beaucoup d'agitation dans l'enceinte du Temple. Le corps de garde était sur le pied de guerre, prêt à soutenir un siège contre tout ce qui aurait pu se présenter. La Liberté en personne se serait introduite dans l'enclos, elle aurait été criblée de balles.

Les deux gardes nous ont laissés au troisième étage de la grosse tour de César, dans une chambre tapissée de papier peint à fleurs. Le jour n'y entrait qu'à travers les interstices des caches fixés sur les fenêtres afin que la famille royale ne puisse voir dehors ni en être vue. La pièce n'avait pas été aérée depuis longtemps. Ça sentait le poireau.

Marie-Antoinette nous attendait. Un sourire douloureux éclaira son visage quand nous entrâmes dans sa chambre. J'avais vu un portrait d'elle dans un des livres de la bibliothèque de Frochon mais je n'aurais pu la reconnaître. La Révolution lui était passée dessus : elle avait blanchi ses cheveux et grisé son visage. Je sus que c'était la reine parce que tous les regards convergeaient vers elle.

Elle était assise sur un canapé à côté d'un garçon dont on ne pouvait douter qu'il fût le dauphin. Eût-il été sur le trône pendant la Révolution, les choses se seraient peut-être passées autrement : il était très beau. Les cheveux longs et bouclés, Louis-Charles était pourvu d'une autorité et d'un charme certains, avec de grands yeux bleus comme un ciel. On aurait dit une petite fille avec un regard d'aigle.

Je crus d'abord qu'on nous avait appelés pour soigner la reine. Tout indiquait qu'elle souffrait d'une rage de dents : sa main droite était collée contre sa mâchoire jusqu'aux tempes et elle avait l'air d'en vouloir à la terre entière. Je me trompais. Marie-Antoinette éprouvait seulement cette affection étrange que Frochon appelait le mimétisme maternel : quand les mères ressent, comme pour les soulager, les mêmes douleurs que leurs enfants, parfois à la même incisive ou la même molaire.

Marie-Antoinette se tenait droite mais toute vie s'était retirée de son visage, jusqu'à son regard, un regard de mare, cerné par les coquards violacés laissés par les nuits à veiller. Elle avait une tête de deuil. À trente-six ans, elle semblait une grand-mère en veuvage, comme tous ces gens qui paraissent vieux quand ils sont jeunes, puis jeunes quand ils sont vieux.

« Dubois, notre dentiste attitré, est introuvable, dit la reine suspendue avec son léger et délicieux accent allemand. Rebarquez, c'est normal afec tout ce qui se passe. Il paraît que fous êtes le beilleur de Paris avec lui.

— Qui vous a donné mon nom ?

— Un bonsieur de la Cobunne qui le tenait de Robespierre qui n'est pas un abi mais que nous estibons. »

Mon maître a demandé au dauphin de s'asseoir sur une chaise face à la fenêtre, puis d'ouvrir la bouche :

« Où as-tu mal ? »

Le dauphin lui indiqua du doigt la molaire qui le faisait souffrir. Il ne poussa aucun cri, pas même un soupir, pendant que Frochon examinait et tripotait la dent, puis la gencive. Cet enfant était un vrai petit soldat.

« Je suis désolé, conclut mon maître avec cette gravité affligée qui prépare aux mauvaises nouvelles. Nous avons affaire à un abcès et à une mauvaise carie. »

Il y eut un silence. Je crois que la reine se sentait coupable. Elle s'approcha de Louis-Charles et, les yeux baissés, caressa ses cheveux soyeux.

« Il y a quelque temps, dit-elle sans nous regarder, il s'est plaint de cette dent. Mais cet enfant est dur à la touleur, il n'a pas inchiché et après, avec tous les évènebents qui che chon passés, ch'ai ouplié de b'en occuper. J'afais la tête ailleurs, fous comprenez... che chuis une très bonne père, contrairement à che que les gens disent.

— Je n'en doute pas mais je crains qu'il ne faille retirer cette dent. »

J'étais fascinée par la dignité et la maturité du dauphin qui, à l'époque, avait sept ans. Aucun signe d'émotion ne transparaissait sur son visage si l'on excepte deux petites rides verticales entre les sourcils.

Plantés dans l'embrasure de la porte, les deux commissaires de la Commune n'ont pas bougé quand il a fallu déplacer le canapé afin de mettre le visage du prince royal en pleine lumière pour arracher la dent. Sans doute considéraient-ils qu'ils n'étaient là que pour surveiller leurs prisonniers.

Avec la reine et Mme Élisabeth, la belle et gironde sœur du roi, j'ai installé le canapé contre la fenêtre pendant que Frochon préparait ses onguents et ses lotions. Après ça, l'héritier du trône s'est allongé contre le dossier et, pendant que sa mère lui tenait la tête, mon maître lui tira la molaire d'un coup, sans lui arracher une plainte.

Une fois l'abcès percé d'une entaille de lancette, Frochon rinça la bouche de Louis-Charles avec un mélange d'esprit d'urine, d'eau-de-vie et d'essence de cresson, avant de badigeonner le trou de la dent avec ma pâte Lucile que j'avais améliorée en rajoutant à la base d'ail, citron, lavande, cannelle et thym, beaucoup de gingembre, de verveine et de poivre noir. Censée accélérer la cicatrisation tout en calmant la douleur, elle était ma fierté et je ne serai jamais assez redevable à mon maître de l'avoir introduite ce jour-là dans une bouche où battait du sang royal.

Concentré sur son ouvrage, Frochon donnait un cours de morale dentaire à la reine et au prince. Il leur parlait avec respect, la tête et les yeux baissés, au point que je craignis qu'il n'appelât Marie-Antoinette « Majesté », et non « Madame Capet », comme le voulait désormais la règle. Il n'oublia pas qu'il s'exprimait devant des municipaux qui ne perdaient pas un mot de la conversation.

« Si on veut garder de belles dents, expliqua-t-il, il faut faire très attention à ce qu'on mange, madame Capet. Je déconseille les légumes, particulièrement les choux, les poireaux, les navets et les petits pois. Évitez aussi les viandes et la chair de pourceau.

— Quel dommage ! »

C'était Louis XVI qui faisait son entrée. Avec sa veste blanche, ses bas de soie gris foncé et ses souliers à boucles, il en imposait. Plus de voussures ni de trébuchement : droit comme un fusil, il n'avait rien à voir avec le fantôme que j'avais vu le matin du sac des Tuileries. Les épreuves lui réussissaient. Il avait fallu qu'il tombât bien bas pour acquérir enfin cette majesté qui lui avait toujours manqué. Après s'être avancé de deux pas, il nous salua d'un léger coup de tête.

« Et le gibier ? demanda-t-il.

— C'est la même chose, monsieur. »

Frochon avait bien insisté sur le dernier mot en jetant un œil en direction des municipaux qui avaient opiné en souriant.

« Mais je vous en conjure tous, reprit mon maître, évitez les sucreries, les dragées ou les confitures. Elles génèrent un acide qui attaque les dents.

— Nous y veillerons », approuva le roi.

Plus je l'observais, moins je le trouvais moche. N'eût-il pas été pourvu de la bouche en forme de fondement et du double menton ventru des Bourbons, il aurait été d'une beauté à tomber par terre. Louis Capet était un colosse[1] avec de larges épaules et de grandes mains. Une bête de chasse, la terreur des forêts. Le contraire d'Emmanuel, mais tout à fait mon type d'homme. Je le sus quand, sous l'effet du désir et de la fruition, monta en moi l'envie de soulager ma vessie.

Un homme, un vrai, ce roi suspendu. Dans *Le Père Duchesne*, sa feuille de chou, l'« enragé » Hébert, la bête immonde qui avait réclamé sur tous les tons la mort du roi, ne pourra réprimer ses larmes en voyant Louis XVI écouter l'énoncé du verdict « avec un sang-froid rare ». « Il eut tant d'onction, de dignité, de noblesse, de gran-

1. Contrairement à la légende révolutionnaire qui en a fait un petit bonhomme faible et grassouillet, une légende qui a encore cours aujourd'hui, Louis XVI était un athlète puissant qui mesurait entre 1,93 et 1,96 mètre. Cette indication semble prouver que mon aïeule a vraiment vu l'ancien roi de France. *(F.B.)*

deur dans son maintien et ses paroles que je ne pus y tenir, écrira-t-il. Il avait dans ses regards et ses manières quelque chose de visiblement surnaturel à l'homme. »

Sa présence vous rassurait. Le roi se serait montré davantage, il aurait plu aux Français. Contrairement à la légende, ce patelineur[1] n'était pas un imbécile, mais un homme très cultivé, féru de marine, de science et de statistiques. Selon ses propres dires, il lut deux cent cinquante-sept livres, souvent de haute volée, pendant sa détention. Plus d'un ouvrage par jour. Buffon ou Montesquieu, mais aussi Tacite qu'il traduisait pour son fils.

Que sa timidité maladive lui donnât un regard fuyant et un air mou, ça le rendait, en plus, très touchant. Il était trop tard dans sa vie et trop tôt dans la mienne, mais je lui aurais volontiers fait un bâtard, là, tout de suite, sur le sol froid, dans la tour de César.

Pendant que mon cœur sautillait dans ma poitrine, je jouais de la prunelle en battant du briquet[2]. Sans succès. Louis Capet n'avait pas la tête à ça et je ne pouvais lui en vouloir. Mais j'avais franchi un pas : pour la première fois de ma vie, j'avais eu envie de faire l'amour avec quelqu'un. Il est vrai que c'était le roi, en tout cas ce qu'il en restait et dont je me serais bien contentée.

« Que recobbandez-fous pour dotre fils ? demanda Marie-Antoinette.

— Pour commencer, je bannirais toutes les formules de charlatan pour blanchir les dents.

---

1. Vieux français, désigne une personne qui cherche à être de l'avis de tout le monde. *(Note de l'Éditeur.)*
2. Sans doute est-ce un jeu de mots : le terme désigne aussi bien les sabres à lame courte que les premiers briquets de salon, fabriqués sur le principe de l'arquebuse. *(F.B.)*

— Un prince se doit d'afoir les dents planches, protesta-t-elle.

— Prenez garde. Pour les blanchir, vous pouvez utiliser la racine de guimauve mais, surtout, jamais l'os de seiche, le suc d'oseille ou le jus de citron qui rongent l'émail. Je peux vous fournir aussi des opiats pour entretenir vos dents.

— Nous en avons déjà, dit Louis Capet.

— Les miens donnent d'excellents résultats. Ils sont à base de poudre de nacre de perle, d'alun calciné, de coques d'œuf, d'yeux d'écrevisses, d'os de pied de mouton, avec de la résine de sang-dragon, le tout mélangé à du miel à l'essence de rose. Voulez-vous essayer ?

— Volontiers. »

Frochon fouilla dans une sacoche et en sortit deux fioles qu'il tendit à Louis Capet :

« Plusieurs fois par semaine, vous nettoyez vos dents avec cet opiat à l'aide d'un linge que vous frottez en haut et en bas et inversement.

— Pour faire ça, nous avons des éponges », fit le roi.

Arriva un gros père bruyant et bouffi de vanité. Un sac à bière, c'était le cas de le dire : je sus plus tard qu'il s'agissait du grand brasseur Antoine-Joseph Santerre, commandant général de la garde nationale, chargé de la surveillance des prisonniers. Le genre de minus sans classe ni talent que la Révolution hissait aux sommets. La famille royale l'attendait comme le messie : il n'y avait qu'en sa présence qu'elle avait le droit de prendre l'air dans les jardins du Temple, sous l'œil de quatre officiers municipaux, l'arme au poing.

Santerre nous montra la porte et, après avoir rangé nos affaires en toute hâte, Frochon et moi déguerpîmes, le cœur battant, sans demander notre reste. Le soir, j'ai ajouté le nom de Santerre dans mon Livre du Mal.

*

Je n'ai jamais revu Louis Capet. Au matin du lundi 21 janvier 1793, après une nuit pluvieuse, j'ai simplement aperçu sa voiture de place partir pour l'échafaud. Depuis la fenêtre du troisième étage, Agathe, Emmanuel et moi avons assisté au spectacle sans dire un mot, le cœur fendu.

Je n'avais aucune considération pour l'Ancien Régime, mais maintenant que le roi, au plus bas, venait de rejoindre le peuple des humiliés, je dois à la vérité de dire que je l'aimais : dans le martyre, Louis XVI était sublime. Si j'avais pu, je l'aurais serré dans mes bras et me serais excusée auprès de lui, au nom de tous les Français.

Il y avait beaucoup de brouillard et la voiture du condamné a rapidement disparu dans les nuages effilochés qui, jonchant le sol humide, tardaient à se lever. On aurait dit que le ciel mou et bas ne voulait pas voir l'exécution du roi.

Entourée par un corps de troupe imposant, la voiture était précédée par une armée de tambours. Leur roulement devait permettre de couvrir d'éventuels cris favorables au roi lors du passage du convoi.

Quelque temps plus tard, place de la Révolution, ce sont les mêmes roulements de tambour qui ont noyé la voix puissante de Louis XVI quand, arrivé en haut de l'échafaud, il imposa le silence et tenta de prononcer un discours devant la foule immense, venue assister à son exécution :

« Je meurs innocent de tous les crimes qu'on m'impute. Je pardonne aux auteurs de ma mort et je prie Dieu que le sang que vous allez répandre ne tombe jamais sur la France… »

Il n'a pu aller plus loin. L'Histoire ne dira jamais qui a donné à la quinzaine de tambours l'ordre de battre leurs caisses pour l'empêcher de parler : il y a au moins trois rodomonts, le brasseur Santerre, le comédien Dugazon et le comte d'Aya, à s'en être vantés.

« Faites silence », protesta Louis Capet, furieux, en tapant du pied avant d'être saisi par les bourreaux qui ont fait leur œuvre.

Après que la lame eut tranché le cou royal, un homme monta sur l'échafaud, trempa sa main dans le sang du roi et en aspergea les bourreaux comme les spectateurs des premiers rangs en criant : « On nous a prévenus que le sang de Louis Capet retomberait sur nos têtes : eh bien, qu'il y retombe ! »

On m'a rapporté que la foule fut alors prise de folie. Chacun tendait les bras et les mains pour recevoir le baptême républicain à la goutte de sang royal. On peut tout dire de Louis XVI, mais il a au moins réussi sa mort.

III

QUAND J'AI COMBATTU
LES CHEVALIERS BLANCS
DE LA TERREUR

1793-1794

15

Les odeurs de la place de la Révolution

Rue de la Corderie, nous mourions de peur : la foudre de l'arbitraire pouvait nous tomber dessus à tout moment et nous conduire à la guillotine. À l'exception de Frochon qui l'était depuis longtemps, nous étions tous en train de devenir fous.

J'en eus la confirmation le dimanche où, après avoir laissé ensemble Emmanuel et Agathe, je rentrai plus tôt que prévu d'une tournée d'apothicaires et de fournisseurs de plantes médicinales avec lesquelles je fabriquais nos produits de dentisterie.

J'avais prévenu que je serais partie trois heures. Or, au bout d'une heure, mue par un obscur pressentiment, je poussai doucement la porte d'entrée, puis montai l'escalier avec précaution.

On aurait dit des chats. En entendant leurs râles derrière la porte de ma chambre, j'ai hésité à l'ouvrir. Quand je tournai enfin la poignée, je découvris Emmanuel et Agathe sur le lit, en pleine chosette.

« Qu'est-ce que tu fais ? s'écria Emmanuel en continuant de la lutiner.

— C'est tout ce que tu trouves à me dire ! hurlai-je.

Viédasse ! Agitateur de gigot ! Rembourreur de bas ! Bricoleur de trou-madame !

— Ne peux-tu pas fermer cette porte ?

— Tu vas voir comment je vais te la fermer ! »

Je sortis de la maison et marchai en direction de la Seine. Je longeai toute la journée la rive gauche en ruminant contre la traîtrise d'Agathe et d'Emmanuel. Il me fallut des mois pour sortir de ma tête l'image de mon soupirant besognant ma seule amie, rubiconde d'extase et de bonheur.

Je me raisonnais en songeant que je n'avais qu'à m'en prendre à moi-même : y compris quand ils se disent poètes, les hommes sont comme tous les mâles du monde animal, il faut que ça sorte, que ça gicle, que ça ensemence. Tels les cerfs ou les lapins, ils ne savent pas se retenir.

Il n'y a que le silence qui permet de réparer les dégâts. J'ai appris ça de ma mère qui fermait les yeux sur les pas de côté de mon père qui revenait toujours à la niche, la tête et les paupières baissées : si l'on veut résorber les abcès, il vaut mieux ne jamais en parler, ça risque de les raviver. Le soir et les jours suivants, nous n'avons pas évoqué ce qui s'était passé. Ce fut l'une des raisons de la bonne entente qui revint aussitôt à la maison, les autres étant, bien sûr, tous les dangers qui grandissaient dehors.

J'avais pris en horreur la place de la Révolution, anciennement Louis-XV, qui serait bientôt rebaptisée place de la Concorde, sans doute pour effacer tout le sang versé, quand la guillotine, dressée non loin des Champs-Élysées, était soumise à des cadences infernales. Là furent exécutés en plusieurs mois mille cent dix-neuf condamnés[1],

---

1. Le nombre total de décapitations pendant la Révolution s'élève en réalité à 2 498 à Paris. Apparemment, mon aïeule ignore qu'entre le

devant des foules surexcitées et, parmi eux, beaucoup de belles personnes comme Antoine Lavoisier, le père de la chimie moderne, Chrétien-Guillaume de Malesherbes, grand défenseur des Lumières, ou la dramaturge Olympe de Gouges, mon héroïne, cette dernière ayant défendu la cause des Noirs et des femmes, avec un sens inouï de la formule : « La femme a le droit de monter sur l'échafaud ; elle doit avoir également celui de monter sur la tribune. »

Le sang attirait ici ce qu'il y avait de pire sur cette terre. Un grouillement de mouches, de vers et de somnambules au visage ravagé par la détestation des autres. Je fis un grand effort sur moi pour ne pas repartir en courant.

Place de la Révolution, l'odeur était si atroce qu'il arrivait que des bœufs ou des chevaux refusassent de la traverser. Émanant notamment d'un trou creusé pour recueillir le sang des condamnés, la puanteur n'incommodait pas les spectateurs qui, avant ou après les exécutions, aimaient boire des coups dans une guinguette rouge vif, plantée devant les grilles des Tuileries : « À la guillotine, café-restaurant. » Elle était toujours bourrée

13 juin et le 16 juillet 1794, lors de la Grande Terreur qui s'acheva avec l'exécution de Robespierre, la guillotine trancha plus de têtes de condamnés (1 306 très exactement) sur l'ancienne place du Trône, devenue place du Trône-Renversé. Un terrain vague qui, aménagé, fut rebaptisé place de la Nation en 1880. Cet emplacement permettait de se débarrasser plus vite des victimes, qui étaient jetées, sitôt décapitées, dans les fosses du cimetière de Picpus, non loin de là. La visite de la chapelle Notre-Dame-de-la-Paix, au 35 de la rue Picpus, devrait être obligatoire pour tous les robespierristes, engeance qui existe encore : deux grandes plaques commémoratives y rendent hommage aux victimes de leur idole. L'intendant des menus plaisirs du Roy, quelques nobles, mais aussi beaucoup de gens de peu, des épiciers, des vitriers, des journaliers ou des domestiques de labour. En lisant les noms de cette liste interminable, il est difficile de n'être pas ému aux larmes. *(F.B.)*

de monde. Je ne jurerais pas que c'était à cause des effluves pestilentiels, mais la seule fois où j'ai assisté à une exécution, je manquai si souvent de défaillir que je serais tombée si le bras d'Emmanuel ne m'avait retenue.

C'était en fin de journée, le 17 juillet 1793, alors que les arbres des Champs-Élysées commençaient à rosir sous le soleil. La lumière était si belle qu'on aurait dit que Dieu en personne était venu assister à la décapitation de Charlotte Corday, extraordinaire jeune femme montée de Normandie pour poignarder dans sa baignoire l'une des âmes de la Terreur, Jean-Paul Marat, dont je ne puis écrire le nom sans que mon cœur se soulève.

Faux savant et philosophe ridicule, l'infâme Marat avait toujours rêvé de gloire et de considération, au point d'avoir vainement tenté, avant la Révolution, de se faire reconnaître une prétendue noblesse espagnole. Mangé vivant par son amour-propre et une affreuse maladie de peau, il en voulait à la terre entière pour ses déboires. Chantre du meurtre de masse, il était allé jusqu'à prétendre un jour qu'il fallait couper encore deux cent soixante-dix mille têtes pour assurer « la tranquillité publique ».

Longtemps après que Charlotte Corday eut sauvé la France de ses mains sanglantes, j'ai écrit au pape Grégoire XVI pour lui demander de la canoniser. Il n'était pas manchot, ce grand ennemi de l'esclavage, et ne portait pas la Révolution dans son cœur. Mais le souverain pontife n'a pas daigné me répondre. J'avais pourtant la bonne adresse, j'ai vérifié.

Emmanuel et moi nous étions rendus place de la Révolution sans Agathe, trop bouleversée, rendre hommage à Charlotte Corday, cet ange tombé du ciel qui avait tenté d'arrêter la marche folle de l'Histoire avec un couteau de cuisine, inspirant ces vers au poète André Chénier, guillotiné l'année suivante après avoir été dénoncé par son frère :

Non, non, je ne veux point t'honorer en silence,
Toi qui crus par ta mort ressusciter la France
Et dévouas tes jours à punir des forfaits.
Le glaive arma ton bras, fille grande et sublime
Pour faire honte aux dieux, pour réparer leur crime
Quand d'un homme à ce monstre ils donnèrent les traits.

Nous n'étions pas les seuls à être émus au milieu de la populace hurlante. Le bourreau Sanson a écrit dans ses Mémoires qu'en venant la chercher à la Conciergerie pour la conduire à la mort, il avait été impressionné par son « courage » : « Elle paraissait moins émue que nous tous et ses lèvres mêmes n'avaient pas perdu leur couleur. »

C'était une Girondine, pas une monarchiste, et elle savait ce qu'elle faisait, comme en témoigne l'« Adresse aux Français amis des lois et de la paix » que l'on trouva sur elle après son arrestation : « Français ! vous connaissez vos ennemis, levez-vous ! Marchez ! » Par son geste, elle avait voulu réveiller les esprits contre les scélérats qui, assis sur leur « trône sanglant », établissaient leur tyrannie sur « les ruines de la France ». Même si une partie de la populace la couvrit d'injures avant son exécution, une autre la regarda avec respect. Le vent était en train de tourner.

Dans sa chemise rouge réservée au parricide, sainte Charlotte Corday monta sur l'échafaud et s'allongea d'elle-même sur la bascule avec tant de dignité que je ne pus m'empêcher d'éclater en sanglots avant même que sa tête fût tranchée.

La chose faite, un aide du bourreau, le charpentier Legros, prit la tête et, la brandissant devant le peuple, la souffleta, provoquant la stupeur. On a dit que le visage de Charlotte Corday avait rougi mais tout était rouge à cet instant-là, le ciel, la ville, la foule. Sur le point de défaillir, je pressai mon visage contre la poitrine d'Emmanuel qui, inconscient de l'obscénité de son comportement, commença à me peloter. Il n'était pas question de le rembarrer. Comme souvent, je me sortis de la situation en perdant connaissance.

À cet instant, j'étais encore pucelle, comme Charlotte Corday qui, après sa mort, fut déclarée virgo intacta à l'hôpital de la Charité où elle avait été autopsiée. Mais le soir même je passais à la casserole sous le pont Neuf où Emmanuel m'a prise debout et à toute vitesse, au milieu des rots et des grognements d'un colloque d'ivrognes.

*

Quand je lui avais demandé de nous donner la journée, Hippolyte Frochon protesta :

« Mes enfants, si vous prenez des vacances chaque fois qu'il y a une exécution, autant fermer définitivement notre cabinet ! »

Le 16 octobre 1793, je n'ai donc pas assisté à la décapitation de Marie-Antoinette, mais ce jour-là je me suis évanouie à plusieurs reprises pendant le travail. J'avais le nez pris et la poitrine glaireuse. Je n'étais pourtant pas malade ; c'était la Révolution qui me sortait par les trous de nez.

Je n'étais pas la seule personne dans cet état. La France semblait vivre sous une éclipse solaire qui n'en finissait pas. À défaut d'un roi, il régnait désormais sur le pays une peur indéfinissable et tout le monde se terrait, sauf les mufles, les gouapes et les braillards, nos nouveaux maîtres.

Je ne savais pas où était passé le petit peuple affamé au visage noir de suie, que 1789 avait sorti des catacombes. Après avoir vu la lumière pour la première fois de sa vie, il avait dû retourner d'où il venait. C'était ce qu'il avait de mieux à faire : nous étions tous en danger, les forts comme les faibles, redoutant de passer, un jour ou l'autre, à la moulinette de la Révolution.

Romarin ne venait plus nous livrer *Le Père Duchesne* et ça ne changeait rien dans nos vies : hormis Frochon qui adorait se faire du mal, il y a longtemps que nous avions cessé de lire cette feuille. J'appris plus tard que la jeune fille avait été écrasée, alors qu'elle était pompette, par les roues d'une charrette qui emmenait des condamnés à la guillotine.

Le 31 octobre 1793, sous un ciel sombre, ce fut au tour des vingt députés girondins, le vingt et unième s'étant suicidé, de monter sur l'échafaud. Leur dignité força l'admiration de tous mais ils étaient de trop : coupables d'être modérés et respectueux des lois, ils n'avaient plus leur place dans cette Révolution sanglante qui roulait à fond de train, écrasant tout sur son passage, et qu'incarnaient désormais Danton et Robespierre, les deux frères ennemis.

La Révolution repoussait toujours plus loin les limites

de l'abjection. Symbolique fut le traitement qu'elle infligea à Louis-Charles, le dauphin, reclus dans la tour du Temple : elle n'épargnait rien, pas même les enfants. Coiffé d'un bonnet rouge et vêtu d'une carmagnole rousse, le petit Capet, comme on l'appelait, avait du répondant et refusa dans un premier temps de chanter des chansons obscènes ou de proférer des insultes contre sa mère. Mais ça ne dura pas. Il se laissa rapidement apprivoiser par les époux Simon, ses premiers geôliers.

Avant de le laisser mourir à petit feu, la Révolution le tua moralement : elle l'amena à accuser sa mère d'« inceste » devant un comité d'édiles où figurait le maire de Paris. Un « témoignage » utilisé peu après par Hébert, substitut lors du procès de Marie-Antoinette, qui lui valut cette réplique historique de la veuve Capet : « La nature refuse de répondre à une pareille inculpation faite à une mère. J'en appelle à toutes les mères de France... »

Quand les Simon quittèrent son service, Louis-Charles devint une pauvre chose, chétive et mutique. Celui que les royalistes appelaient Louis XVII fut enfermé dans un cachot sans feu ni lumière, où il passa six mois, du 20 janvier au 27 juillet 1793, derrière une porte à moitié condamnée. Un petit guichet, que l'on fermait avec un gros cadenas, était la seule ouverture au monde. Le malheureux garçon croupit là jusqu'à ce qu'un nouveau gardien, le citoyen Laurent, ne le sorte de son grabat où il survivait, en guenilles, couvert de plaies et rongé par la vermine.

Laurent tenta de lui redonner vie, comme ses successeurs Gomin et Lasne, mais la Commune refusa un allègement du régime de détention du dauphin : à ses yeux, c'eût été « dangereux pour la paix publique ». Il fallait que le petit Capet mourût pour qu'elle dormît tranquille, ce à quoi il consentit enfin le 8 juin 1795, à dix ans et deux mois.

J'appris la nouvelle longtemps après, avec une certaine sérénité : entre-temps, j'avais commencé à venger le dauphin et le million de morts perpétrés par la Révolution en lavant le sang des bourreaux dans le sang des innocents.

16

Retour au paradis

Normandie, 1794.

Charlotte Corday était devenue mon modèle. C'est ainsi que je fomentai le projet d'assassiner Maximilien Robespierre. Depuis 1791, il avait quitté son appartement de la rue de Saintonge, dans le Marais, et habitait au 366 de la rue Saint-Honoré[1]. Le menuisier Duplay, membre du Club des Jacobins, avait mis une chambre à sa disposition dans sa maison.

Je connaissais l'endroit. Quelque temps après son déménagement, j'avais été livrer des opiats pour Robespierre en espérant rencontrer et zigouiller ce malade qui, sous les vivats de la populace et de la pédantaille[2], prétendait « régénérer la nation » en tuant à la chaîne. J'avais un couteau sous ma robe et j'adorais le frottement de sa lame sur ma cuisse.

Comme il était absent, un employé de la menuiserie m'avait proposé de déposer les opiats dans sa chambre, au premier étage. Je m'y étais rendue avec lui. Une pièce

1. Aujourd'hui numéro 398, comme l'indique une plaque commémorative. *(Note de l'Éditeur.)*
2. Vieux français, désigne un groupe de pédants. *(Note de l'Éditeur.)*

sobre avec une petite table, quatre chaises de paille et un lit en noyer couvert de damas blanc à fleurs blanches.

Je ne sais trop ce que l'« Incorruptible » avait fricoté sur ce lit. La légende dit que le damas blanc aurait souvent accueilli le fessier de la fille aînée des Duplay, Marie-Éléonore, une demoiselle peu causante mais au caractère tranché, qu'on surnommait Cornélie : elle lui aurait été promise. Mais mon petit doigt me dit que Saint-Just se rendait aussi régulièrement, le soir, dans la chambre de Robespierre. Je ne sais ce qu'ils fricotaient ensemble mais ça n'allait sûrement pas loin : ils étaient le miroir l'un de l'autre et les miroirs ne font pas l'amour.

Quelque temps après l'exécution de Charlotte Corday, quand j'ai fait part de mon projet de tuer Robespierre à Emmanuel et Agathe, ils avaient émis quelques objections, pour le principe. Mais ils étaient partants. Le lendemain soir, quand nous sommes sortis, les rues étaient pleines de gueux assoupis dont il fallait enjamber les corps et nous n'en menions pas large. Arrivés devant le 366 de la rue Saint-Honoré, nous sommes tombés sur un quarteron de gardes nationaux qui, avec deux policiers en civil, semblaient assurer la protection de l'« Incorruptible. »

Le jour même, le 4 prairial de l'an II, Robespierre avait été l'objet d'une tentative d'assassinat. Une jeune fille sans profession, Cécile Renault, avait demandé à le voir. Après une fouille au corps, il s'avéra qu'elle portait des couteaux. La veille, un domestique porté sur la boisson, Henri Admirat, avait attendu l'« Incorruptible » devant la Convention pour le tuer à coups de pistolet. Je cite les noms de ces obscurs héros, guillotinés avec cinquante autres prétendus comploteurs, parce qu'ils ont bien mérité de la patrie.

Ainsi leur amateurisme avait-il ruiné mon projet d'assassinat que je reportai sur une cible moins exposée : Antoine Fouquier de Tinville, dit Fouquier-Tinville, affairiste criblé de dettes et reconverti dans la police, avant de devenir l'accusateur public du Tribunal révolutionnaire et le bras armé de la guillotine à laquelle il donna tant à boire. Il habitait avec sa famille dans un appartement au Palais de justice, dans la Tournelle, mais il avait une maîtresse, rue Saint-Merry, et lui rendait visite à heure fixe le mardi et le jeudi. Je le savais par l'un de nos patients.

Quand nous sommes revenus rue de la Corderie, Agathe alluma une bougie et poussa aussitôt un grand cri : Hippolyte Frochon gisait, la bouche ouverte, dans l'embrasure de la porte du cabinet de dentisterie. Il avait été assassiné de plusieurs coups de couteau, à la gorge, à la poitrine et au ventre.

Le portefeuille de Frochon ayant disparu, ça semblait être un crime crapuleux. Je fus rassurée quand je constatai, peu après, que le mur de la souillarde, où il dissimulait ses économies, demeurait intact : le trésor était toujours là.

Agathe et moi ne pouvions aller au commissariat de quartier pour y déclarer le meurtre de notre maître ; la justice étant ce qu'elle était, c'eût été prendre le risque d'être accusées, puis raccourcies. Il fallait donc se débarrasser du corps de Frochon. J'ai honte de le dire, mais il n'y avait pas d'autre solution.

Pendant que nous lessivions le sol, Emmanuel découpa en morceaux le cadavre de Frochon avant de les jeter dans la Seine au petit matin, en plusieurs voyages pour ne pas éveiller les soupçons. Dissimulé dans les hautes herbes, il les poussait un par un dans le courant.

Pendant les semaines qui ont suivi, nous nous sommes comportés comme si Frochon était toujours vivant. À ceux qui s'inquiétaient de son absence, je répondais qu'après avoir appris la mort de son fils aîné, notre maître était parti rendre visite à sa belle-fille et à ses petits-enfants, dans le Jura. Je m'en tenais toujours à la même version avec moult détails sur le personnage et les circonstances de son décès.

Nous aurions pu faire illusion pendant des mois si, un jour, un receveur des impôts à tête et à dents de fouine n'était venu demander à voir Frochon de toute urgence pour des arriérés d'impôts. J'ai compris qu'il fallait déguerpir. C'est ainsi que nous nous sommes retrouvés, le surlendemain, dans une voiture à cheval, direction Saint-Aubin-sur-Mer, au pays du lait et de Charlotte Corday.

*

C'était juillet et j'ai retrouvé ma Normandie dans l'état où je l'avais quittée. La houle ondulée des prés frémissait de plaisir et les champs de blé étaient comme des tartines beurrées à perte de vue : pour un peu, ils auraient donné faim.

Ces derniers jours, le soleil avait labouré la campagne jusqu'à la brûler et les hautes herbes roussissaient déjà sur les talus. L'été donnait à l'air mou un parfum de miel cuit et de pain chaud, mélangé aux effluves d'algues salées, amenés par les vents marins. L'odeur de mon enfance, l'été.

Arrivés à Saint-Aubin-sur-Mer, nous avons jugé plus prudent de nous séparer. C'était la période des moissons, il y avait du travail à foison. Tandis qu'Emmanuel et Agathe se faisaient embaucher comme journaliers dans deux fermes du village, j'achetai une pelle et allai enterrer dans la forêt le trésor de Frochon que j'avais emporté avec moi, tout comme la sacoche de dentisterie. Après quoi, munie d'un sac de toile où j'avais fourré ma bible, du linge de rechange et deux couteaux de cuisine, je me suis présentée à l'ancien domaine des Branchetonne, où le régisseur me proposa de travailler une semaine et peut-être davantage. Il me plaisait bien. Un gros père au regard luisant et à triple menton. Il m'emmena tout de suite rejoindre les moissonneurs dans les champs. J'ai fini la journée avec eux.

J'étais devenue une fille des villes : le soir, quand le régisseur nous servit la soupe, j'étais toute courbatue et mes jambes me rentraient dans le corps. Deux petites cloques avaient fait leur apparition dans la paume de ma main droite. Des ampoules que le régisseur traita lui-même avec une pommade à l'ail, qu'il m'administra avec des yeux brillants.

Ayant pris mes précautions en me coiffant d'un bonnet rouge enfoncé jusqu'aux yeux, je me sentais rassurée. Je ne reconnaissais aucun des moissonneurs, j'étais sûre que personne ne pouvait m'identifier. Je pus commencer mon enquête. Elle confirma mes craintes.

Un incendie avait ravagé l'aile droite du château, en cours de réparation, où vivait le nouveau propriétaire, un homme de la ville, avec sa famille. Même chose pour la maison des métayers, celle de mes parents, habitée par un couple étrange, le mari glabre comme un œuf et la femme, barbue, avec des brassées de poils sur les bras et les jambes. Des aubergistes de Caen, recyclés dans la Révolution. Ils ne connaissaient rien à la terre.

Sous prétexte que le baron de Branchetonne conspirait contre la Révolution pour le compte de puissances étrangères, le château et son domaine avaient été envahis en 1790 par une horde de sans-culottes, emmenée par l'actuel propriétaire des lieux. Mon père fut crucifié dans une grange et deux de mes frères jetés dans un puits. Pas de survivants : ceux qui avaient échappé au massacre furent condamnés à mort par le tribunal de Caen.

La « justice » avait décidé que les assaillants étaient des innocents attaqués avec sauvagerie par des brutes sanguinaires. Une « justice » aux mains de Prosper Rougemont, le nouveau maître du domaine, la grande figure locale du robespierrisme, qui vivait de rapines et faisait sa pelote en embobinant son monde avec des discours moralisateurs, comme seuls savent en tenir les cyniques et les affairistes.

Quand je vis Prosper Rougemont quelques jours plus tard, je le reconnus tout de suite : c'était le grand échalas à la tête de cheval qui nous avait poursuivies, Agathe et moi, dans les rues de Caen. L'un des assassins cannibales du vicomte de Belsunce. Le genre de personnage qui pense avec sa bouche, pleine de dents et toujours ouverte. Une gargouille de cathédrale.

Je ne doutais pas que Prosper Rougemont avait fait tuer nos deux familles pour s'approprier le domaine de Branchetonne. Même s'il avait de l'allure, c'était écrit sur son visage de profiteur. En observant ses yeux aigus, je sentais monter en moi une haine et une colère qui m'empêchaient de respirer. Si fort et si grand fût-il, il ne perdrait rien pour attendre : je serais son Moïse.

J'étais venue pour le tuer, mais c'est ce jour-là que j'ai commencé à m'identifier au prophète exterminateur. Je brûlais de faire justice moi-même. De sortir mon glaive et de le plonger dans sa bedaine. De n'épargner personne, pas même les bébés, si j'en trouvais dans le château qu'il avait volé. Longue est la liste des peuples, comme les Chananéens ou les Amorrhéens, que Moïse demanda aux siens d'exterminer « sans compassion ».

La première fois que j'avais lu le Livre des Nombres, j'avais été révoltée par sa férocité après la victoire des tribus d'Israël contre les Madianites. Revenus au pays après avoir tout massacré et dévasté comme il le leur avait demandé, ses officiers essuyèrent ses remontrances : « Pourquoi avez-vous sauvé les femmes ? » Quelle idée, en effet ! « Tuez donc tous les mâles d'entre les enfants même, ordonna le prophète, et faites mourir les femmes dont les hommes se sont approchés. »

Même si je donnais le change en minaudant avec le régisseur, j'étais dans le même état de rage que mon prophète préféré. Il fallait maintenant qu'elle éclate.

17

La reine du bistournage

Au troisième jour de moissons, le régisseur m'apprit, avec une expression affligée, qu'un veau du domaine, le cinquième de la saison, était mort de la gangrène après avoir été châtré avec la méthode dite du fouet. Souvent utilisée pour les béliers, elle consistait à serrer très fort une ficelle autour des bourses de la bête, au-dessus des parties, avant de la nouer. Les testicules étaient coupés le lendemain quand ils avaient noirci.

« Ce n'est pas comme ça qu'il faut faire avec les veaux, protestai-je. On les bistourne. »

Ne connaissant pas ce mot, le régisseur me le fit répéter. Avant d'être l'homme à tout faire de Prosper Rougemont, il avait travaillé comme commis dans une pâtisserie de Caen : le bistournage n'était donc pas son fort. Or, c'était le mien. J'avais le coup de main, pardon, de pouce, que mon père, virtuose de la chose, m'avait jadis enseigné. Il me surnommait, non sans fierté, la « bistourneuse ».

Le lendemain, je me suis donc retrouvée dans l'étable avec le régisseur, son maître et deux journaliers, à bistourner quatre taurillons d'un an et demi. Je me permis d'observer que c'était un peu tard pour les castrer : si l'on

167

veut que les bêtes soient plus aptes à la boucherie, avec un popotin bien large et des cuisses très charnues, il vaut mieux les couper à six mois, pas davantage.

Les hommes me regardaient tous avec le même air ahuri : la Révolution ne faisait pas bon ménage avec la terre ou la nature, qu'elle prétendait dominer. Il est vrai qu'elle avait déjà cru, avec Robespierre et son « Être suprême », pouvoir réinventer Dieu. Avec elle, c'était le péché d'orgueil permanent.

Je procédai comme autrefois. Le taurillon était maintenu debout et attaché court par la tête à sa mangeoire. Un aide tenait une corne d'une main, tandis que, de l'autre, il immobilisait la bête avec un doigt dans chaque naseau. Un second aide tenait la queue en arrière. Moi, je commençais par faire monter et descendre à plusieurs reprises les testicules dans leur enveloppe avant de tirer celle-ci des deux mains, en bas ou en arrière, puis de la frotter énergiquement comme si je la savonnais. Un travail de préparation, trop souvent bâclé, qui permet de retirer les adhérences ou les matières fibreuses qui emprisonnent les couilles et les cordons testiculaires qu'il faut, si j'ose dire, libérer pour le bistournage.

Puis, tout en gardant serré l'un des deux cordons spermatiques entre le pouce et l'index, je faisais basculer le testicule de bas en haut et le poussais avec mon pouce pour le faire tourner autour de son cordon trois ou quatre fois, jusqu'à ce que je sente une forte résistance. La torsion des deux cordons achevée, je refoulais les couilles contre l'anneau inguinal en les pressant sans ménagement.

Quand les testicules étaient bien comprimés l'un contre l'autre, je nouais un fil de laine au-dessus du sac scrotal, désormais condamné à rester vide : atrophiés, ils resteraient sans vie, encloués sur leur perchoir, dans une sorte de magma filandreux.

Même si j'ai honte de le dire, je dois avouer que je ressentais une grande jouissance à châtrer les veaux. J'éprouvais le sentiment de régler leur compte à tous les mâles qui, depuis 1789, nous avaient fait tant de mal : les Robespierre, Saint-Just, Danton, Marat, Hébert, Fouquier-Tinville dont les carcasses étaient en train de se décomposer, pour le bonheur du pays, au sommet du pourrissoir qu'ils avaient élevé à la gloire de la Révolution.

*

Après que j'eus bistourné les veaux, je me suis proposée de châtrer aussi les chevaux, les béliers ou les coqs. Prosper Rougemont me remercia, puis, me prenant à part, il posa sa main sur mon épaule qui trembla.

« Félicitations, dit-il. Tu m'as épaté, petite. Tu es vraiment la reine du bistournage. Qu'est-ce que tu sais faire d'autre ?

— Tout. Par exemple, réparer les dents ou faire des pâtisseries. Je suis aussi la reine des choux à la crème.

— Et l'amour ? Tu en es la reine aussi ?

— Je vous ai dit que je sais tout faire.

— Tutoie-moi. »

À en juger par ses yeux de carpe frite, le doute n'était pas permis : je lui avais tapé dans l'œil. Il m'a dévisagée longtemps, en silence, avant de laisser tomber :

« Je ne sais pas ce qui m'arrive mais plus je te vois, plus je me dis que je t'aime comme je n'ai jamais aimé personne. Dans le monde, il y a toujours une âme sœur et nous la cherchons sans toujours la trouver. Celle que l'Être suprême nous a réservée sans nous donner d'indices. »

Il y eut un silence que je finis par briser :

« Qu'est-ce qui te permet de dire ça ?

— Ce n'est pas quelque chose de réfléchi. À ta vue, je brûle, je bous, je m'embrase. Je sais que rien ne pourra jamais éteindre le feu que tu as mis en moi. Ni la mer ni le malheur, ni la misère ni la guerre… »

L'emphase de Prosper Rougemont était ridicule mais, sur le moment, je dois avouer qu'elle produisit sur moi l'effet qu'il escomptait : mon cœur se mit à trépider, je commençai à flancher, c'était la première fois qu'on me parlait comme ça.

« Si je vis encore, insista-t-il, ce n'est plus moi qui vis, mais mon amour pour toi qui vit en moi. »

C'était beau comme l'antique. Je lui adressai le plus beau de mes sourires, celui de la petite fille prête à s'encanailler.

« J'ai à faire, dit-il, mais revoyons-nous ce soir si tu es d'accord. »

Pendant tout l'après-midi, alors que je moissonnais, je fus dévorée par la honte et l'effroi de me laisser bientôt tripoter par l'assassin de ma famille.

Le soir, alors que j'allais me coucher après avoir avalé ma soupe, le régisseur m'a demandé de le suivre. C'était une nuit où il faisait jour par intermittence, quand les nuages consentaient à ne pas cacher la lune. Sous le grand tilleul, l'homme à la tête de cheval m'attendait. Il sentait le savon.

Prosper Rougemont a retiré délicatement mon bonnet

rouge, posé ses deux mains sur mes épaules, puis plongé, en souriant, ses yeux dans les miens. Il semblait attendre quelque chose, un mot, une invite. J'ai fermé les paupières en signe d'acquiescement.

« Sais-tu que tu es en train de me rendre fou ? » a-t-il murmuré.

J'ai baissé la tête avec un air soumis et puis la nuit est subitement retombée sur nous. Il m'a pris la main et nous avons fait quelques pas ensemble jusqu'à ce qu'il se jette sur moi, la bouche la première.

Je serais tombée s'il ne m'avait pas enlacée pour me retenir. Après quelques baisers, nous nous sommes laissés glisser dans un mélange d'herbe, de mousse et de fougères d'où il m'a emmenée très haut, là où les regards ne vont jamais.

18

Les lois du talion

Où que j'aille, j'emmènerai la mer avec moi. Elle a fini par se confondre avec ma chair, et son tumulte me remue jusqu'au plus profond des tripes. Je suis le vent, je suis la vague, je suis l'écume et, comme elle, je sens les embruns ou les algues flottantes.

J'avais décidé qu'Agathe, Emmanuel et moi, nous nous retrouverions, le dimanche matin, sur la plage de Saint-Aubin-sur-Mer, pour faire le point. Lors du premier rendez-vous, je compris, à leurs regards fuyants, que mes liens avec eux étaient en train de se distendre.

« Je me demande si je ne suis pas de trop », dis-je.

Il y eut un silence pendant lequel ils n'ont pas levé les yeux. J'insistai :

« Je vous laisse une partie de la cassette de Frochon et on se quitte bons amis. »

Ils n'ont pas répondu. Alors, je me suis laissée aller à mon péché mignon, l'esprit de vengeance, et j'ai dit à Emmanuel en le regardant droit dans les yeux :

« Hier soir, j'ai fait l'amour avec le nouveau propriétaire du domaine. »

Je me suis gratté la gorge pour ménager mon effet :

« J'ai honte de le dire, mais ce personnage immonde

m'a révélée à moi-même : grâce à lui, j'ai compris que j'étais faite pour les choses de l'amour. »

Une lueur de désir est apparue dans les yeux d'Emmanuel. Les hommes quittent volontiers les femmes mais ils ne supportent pas que celles-ci les quittent. Après, ils veulent toujours les reprendre. C'est une règle non écrite : le mâle décide, la femelle suit. À moins qu'elle menace de prendre la tangente, transformant alors l'homme en caniche.

Cette lueur dans les yeux d'Emmanuel a changé ma vie. Elle m'a appris que la meilleure façon de garder les hommes, c'est de leur faire savoir qu'on n'est pas leur chose. Ensuite, il n'y a plus qu'à les ramasser. En attisant sa jalousie, j'aurais pu reprendre mon premier amour mais l'envie me manquait.

Un conseil : si vous voulez qu'il vive longtemps, il faut considérer que l'amour est un oiseau en cage, toujours prêt à s'échapper. Dans ce domaine comme dans les autres, trop de sécurité nuit, et tout ce qui est acquis se meurt. Il faut vivre chaque jour d'une passion comme si c'était le dernier.

« Le pays est devenu de plus en plus dangereux, finit par dire Emmanuel. Il me semble qu'on aurait intérêt à rester ensemble.

— C'est ce qu'il me semblait aussi », ai-je approuvé avec ironie.

J'ai embrassé Agathe, puis Emmanuel, et je leur ai donné rendez-vous la nuit suivante, sur la route de Caen.

*

C'était une nuit claire comme le jour. Quand nous nous étions quittés la veille au soir, Prosper Rougemont m'avait dit, avant d'éclater de rire et de poser un dernier baiser sur ma bouche :

« On se retrouve demain soir à la même heure, au même endroit, pour la même punition. »

Prosper Rougemont était déjà là quand, après la soupe, je suis arrivée sous le grand tilleul, un sac de toile à la main. Il s'est jeté sur mes lèvres et sa langue a commencé à voleter dans ma bouche comme une hirondelle. C'est sans doute pourquoi j'avais tant de mal à respirer.

Je n'avais pas menti à Emmanuel en lui disant tout le plaisir que m'avait procuré l'homme à la tête de cheval. C'était, pardonnez cette facilité, un étalon. Prosper avait du métier et, en plus, ne se donnait pas à moitié.

Les hommes sont doubles. Il y a celui qui aime et puis il y a l'autre. Ne pas confondre. Mon Prosper à moi était sentimental. Rien à voir avec le gredin cupide qui écumait la Normandie et truandait sans pitié les pitauds de la Révolution. Quand il me serrait dans ses bras, il était sans arrière-pensée et devenait une belle personne. Tels sont les effets de l'amour.

Il m'annonça qu'il avait l'intention de tout quitter, femme, enfants, château, pour s'enfuir avec moi dans les îles. Puis, après m'avoir entraînée dans l'herbe, il m'embrassa avec une telle force que je me sentis écrasée, soulevée, traversée par les frissons de la terre.

Je soufflais, râlais, soupirais. J'étais comme un arbre sur lequel passe, par grands vents, le fleuve du ciel. L'ouragan me cassait les brindilles. J'essayais de les rassembler, mais en vain, pendant qu'il me besognait. Je finis par m'écrier en haletant :

« Moins fort ! Tu me romps les os ! »

— C'est l'amour, il rompt toujours tout », a-t-il répondu en continuant à me fourgonner.

J'étais maintenant comme un arbre déraciné, aspiré par le ciel étoilé et chavirant dans les limbes. Après que Prosper eut émis le cri primal qui signifiait la fin de la chevauchée, nous sommes restés collés l'un sur l'autre un moment. Puis je me suis dégagée et j'ai pris le couteau de cuisine dans le sac.

Il était allongé, les yeux fermés, et me chuchotait des mots d'amour quand j'ai planté mon couteau dans son ventre où il entra comme dans une motte de beurre. Il poussa alors un hurlement que j'ai tout de suite étouffé en posant une main sur sa bouche pendant que, de l'autre, je maintenais la lame enfoncée.

Je me sentais sereine, mon devoir accompli. Il paraissait stupéfait.

« Pourquoi ? marmonna-t-il.

— Je vais te le dire… »

Je n'ai pas vérifié s'il saignait : j'aurais pu, la lune était claire, mais je craignais que la vue de son sang ne me fasse perdre connaissance.

« Il y a quelque temps, ai-je murmuré à son oreille, j'ai eu une révélation en assistant à l'exécution de Charlotte Corday… »

Il a roulé de grands yeux, comme si j'avais prononcé le nom du Diable.

« Devant sa dignité sur l'échafaud, ai-je poursuivi, j'ai pensé que si ma vie pouvait servir à quelque chose, c'était à éradiquer le Mal sur cette terre partout où je le trouverais. Tu auras été l'un de ces instruments. Je sais de quoi je parle : je suis la fille des Boisserie, les métayers des Branchetonne. On vivait de rien mais on était bien, là, mes parents, mes frères et mes sœurs. Je ne pouvais laisser leur massacre impuni, tu comprends. S'il te plaît, dis-moi ce qui s'est passé. »

J'ai retiré ma main de sa bouche. Il a soufflé :

« Je ne voulais pas ça.

— Mais tu l'as fait.

— J'ai essayé de l'empêcher.

— Comment les miens sont-ils morts ? »

Il a poussé un grognement. Mon couteau a entamé un léger mouvement de vrille et Prosper s'est tortillé. Puis il a dit :

« La... Révolution... a... rendu... les gens... fous... »

J'imagine qu'il avait perdu beaucoup de sang. Il avait la bouche molle et ménageait un petit silence entre chaque mot, la mort sur les lèvres et dans la position du gisant.

« Quand je suis venue ici, ai-je dit, j'avais décidé de tuer tout le monde pour venger ma famille. Ta femme, tes domestiques, ta descendance, jusqu'à ton dernier-né.

— Tu... ne comprends... pas... que... je t'aime ?

— Ce n'est pas le sujet. Je voulais rendre la justice, comprends-tu. Je ne pouvais compter sur la République pour le faire : c'est un canard sans tête. Mon modèle, c'est Moïse et ce matin, pour me donner du courage, j'ai relu l'Exode : "Œil pour œil, dent pour dent, main pour main, pied pour pied, brûlure pour brûlure, plaie pour plaie." J'avais beau me le répéter, je savais que la haine n'était pas assez forte en moi pour que je puisse tuer toute ta famille. Je l'ai donc épargnée. Estime-toi heureux, Prosper. »

J'ai posé ma main sur son front et demandé d'une voix mielleuse :

« Peux-tu me rendre un service ? Je voudrais connaître le nom de ton ami, le jeune homme à la grosse verrue.

— Lam… brune.

— A-t-il été mêlé à ce qui s'est passé ici ? »

Il a hoché la tête. J'ai caressé sa joue :

« Où le trouve-t-on ? »

Il m'a soufflé la réponse à l'oreille. Si étrange que ça paraisse, j'avais de la peine pour lui. Quand je vivais à la ferme, mon père m'avait appris qu'il fallait achever les bêtes blessées. Les pigeons à l'aile cassée. Les coqs à l'œil crevé. Les papillons emportés vivants par les fourmis. Les mouches prises au piège des toiles d'araignée.

J'aurais dû lui trancher la gorge ; je n'ai pas pu : n'est pas Moïse qui veut.

Après avoir quitté le domaine avec ma sacoche de dentisterie, j'ai récupéré la cassette de Frochon dans la forêt.

*

La veille au soir, avec l'argent qu'il gardait sur lui, Emmanuel avait acheté un cheval et une charrette qui, dès les premières lueurs du jour, nous ont emmenés à Caen. Nous n'en étions pas loin, quand, à Saint-Aubin-sur-Mer, le régisseur découvrit Prosper Rougemont couché dans un lit d'herbes, un couteau dans le ventre.

Il était encore vivant. Ce fut une bonne leçon : quand on se bat contre le Mal, il ne faut jamais mollir : il a la vie dure. Comme aurait dit Moïse, la pitié est plus qu'une erreur, une faute. La preuve, avant de pousser son dernier soupir, Prosper donna au régisseur le nom de sa meurtrière. Une accusation qui allait me poursuivre toute ma vie.

À Caen, Maxime Lambrune, le jeune homme à la grosse verrue sous l'œil droit, avait fait du chemin depuis le meurtre du vicomte de Belsunce. L'ancêtre du commissaire à la tache de vin était devenu un personnage considérable. Le grand policier local. Un mille-pattes. Procureur et prévaricateur, il avait toujours eu pour principe de garder un pied partout. Chez les Girondins, les Montagnards, les Jacobins, les francs-maçons, dans le Comité de salut public, au Comité de sûreté générale, jusque dans les plus hautes sphères parisiennes. J'ai appris beaucoup plus tard qu'il avait pour homme de main Marc-Antoine, l'ancien précepteur rousseauiste d'Agathe.

Quand nous sommes arrivés devant la porte de son hôtel particulier, dans le quartier Saint-Jean, il était neuf heures passées. La jolie servante qui ouvrit nous a dit qu'il dormait encore. Ce fêtard rentrait toujours très tard et se réveillait rarement avant onze heures. Nous répondîmes que nous pouvions l'attendre dans le salon si elle n'y voyait pas d'inconvénient : nous avions une nouvelle de la plus haute importance à lui annoncer, ça ne pouvait pas attendre.

Nous inspirions confiance. Il ne nous fallut pas longtemps pour comprendre que, comme beaucoup de chefs de la Révolution, Maxime Lambrune vivait seul avec une servante. Nous avons bâillonné, attaché et enfermé celle-ci dans un placard avant de monter à l'étage pour trouver son maître. Il ronflait, la bouche ouverte, les bras en croix, dans une lourde odeur d'eau-de-vie. Rien que de respirer, je me sentais pompette.

Maxime Lambrune s'est réveillé au moment précis où je lui tranchais la gorge, le couteau dans une main, l'autre sur le front pour immobiliser la tête : j'avais enfoncé la lame à l'horizontale, en travers du cou, avant de la lever vers l'extérieur, d'un geste sûr, coupant en même temps la trachée artère, le gosier et les cordes vocales, comme j'avais vu mon père le faire avec les moutons. Je me suis éclaboussée.

« Ceci, m'écriai-je en reculant, est en souvenir de Belsunce, des Boisserie et des Branchetonne. »

Après quoi, je récitai à haute voix la parole de Dieu à Moïse sur la loi du talion : « Que celui qui aura frappé et tué un homme soit puni de mort. »

Maxime Lambrune n'accepta pas la punition du Ciel. Il ne trouva rien de mieux que de se redresser en portant les mains à son cou, comme si elles pouvaient arrêter les flots de sang. Il n'a réussi qu'à salir le lit, les murs et les tapis, avant de s'effondrer.

J'ai honte de l'écrire, mais ce spectacle m'a mise en joie : j'avais le sentiment d'avoir rempli une mission. C'est à ce moment qu'Emmanuel m'a donné le surnom qui, plusieurs décennies plus tard, me colle toujours à la peau : « Moïzette. »

Cette fois, je n'ai pas laissé le couteau sur le lieu du crime. Je savais que j'aurais d'autres occasions de m'en servir.

19

La vengeance du bénitier

Vendée, 1794.

En quittant Paris pour la Normandie, j'ignorais que mes pas m'amèneraient en Vendée, mère patrie de l'anti-Révolution. Mais plus j'y pense, plus je me dis que c'était logique. Il fallait que je continue à soulager ma haine.

Les meurtres de Rougemont et de Lambrune ayant fait grand bruit dans la région de Caen, nous avions décidé de nous mettre au vert chez des amis des Branchetonne, à Bretteville-sur-Odon, le temps de nous faire oublier. Des roturiers qui, après de mauvaises affaires, s'étaient repliés sur leur ferme où ils vivaient en vase clos et n'avaient guère le temps, sauf l'hiver, de s'intéresser à ce qui se passait derrière leurs haies.

Agathe était l'amie de leur aînée, Germaine. Une fille blanche comme le sel, qui sentait le bénitier. Il n'y a pas si longtemps, les Marceroux vomissaient la monarchie qui les écrasait sous les impôts en tout genre : le paysan était la vache à lait de l'Ancien Régime. Ils avaient donc appelé la Révolution de leurs vœux. Après avoir été allégés, depuis 1789, des trois quarts de leur fardeau fiscal, ils auraient dû se réjouir de la situation. Or, ils étaient rongés par l'angoisse.

Ici, comme à Paris, l'air tiède de l'été 1794 était plein de peur. La peur d'une invasion de sans-culottes qui mettraient la ferme à sac. La peur de la guillotine, après une arrestation arbitraire. Que pouvait-on espérer d'un pays qui n'appartenait plus qu'aux aboyeurs de quartiers et aux écumeurs de tavernes ? Personne n'était à l'abri de rien. La décapitation de Robespierre n'avait pas vraiment rassuré ; encore fallait-il être sûr que son esprit fût bien mort.

Nous participions avec les Marceroux aux travaux des champs, et quand venaient le soir et l'heure de la soupe, tout le monde était trop fatigué pour parler. Mais nous n'en pensions pas moins et ne pouvions réprimer des grimaces d'horreur quand étaient évoquées les dernières nouvelles de Paris. Nous étions en pleine saison des pommes et nous fleurions tous le marc quand, un dimanche après-midi, un bel homme à la poitrine puissante et à la crinière blanche a remonté, sur son cheval noir, l'allée qui, entre deux rangées d'ormes, menait à la ferme.

J'en suis tout de suite tombée amoureuse. C'était le chevalier de Saint-André, un cousin de Mme Marceroux. Un gaillard à peu près aussi grand que feu Louis XVI. Il arrivait de Londres et allait rejoindre l'armée catholique et royale qui, en Vendée, se battait contre les républicains qu'il appelait les « terroristes ».

Charles de Saint-André avait apporté trois pots de confiture d'oranges que nous avons dévorés à la petite cuillère avant le dîner. J'ai tout de suite vu que c'était un coureur de guilledou, beau parleur, à la fesse tondue. Il jeta d'abord son dévolu sur Agathe. Je pouvais le comprendre : elle était belle comme jamais depuis que la

Normandie lui avait redonné des couleurs. Une tarte aux fraises.

Saint-André se rabattit sur moi après qu'Emmanuel lui eut fait comprendre que sa belle était prise par des caresses appuyées sur la main, puis sur la cuisse. Sans oublier des regards glaçants qui disaient : « C'est à moi. »

Je fus un pis-aller. Inutile de vous faire un dessin sur ce qui s'est passé ensuite. Saint-André aurait pu être mon père, voire mon grand-père, et au lit, ce n'était pas une affaire. Mais la nuit avec lui fut si tendre que je lui ai proposé de le suivre en Vendée pour faire la guerre contre la Révolution. Il accepta avec enthousiasme. J'allais avoir dix-huit ans et je ne serais pas un poids pour les royalistes. Je pourrais les faire profiter de mes compétences en matière de dentisterie.

Au petit déjeuner, quand je leur ai demandé de venir avec nous, Emmanuel et Agathe ont tardé à répondre. Je crois qu'ils auraient réfléchi encore longtemps si Saint-André n'était intervenu :

« Vous n'avez qu'une vie. S'il y a des gens qui ont décidé de vous la gâcher, résistez-leur, n'espérez pas que ça s'arrangera un jour, n'attendez pas la prochaine vie pour vous rattraper parce qu'il n'y en aura pas. Dieu est très économe, ne l'oubliez pas : il nous a donné une seule assiette et il ne repasse jamais les plats. »

Charles de Saint-André avait formulé ce que j'ai toujours pensé : sauf exception, il n'y a jamais de deuxième chance. C'est la seule philosophie qui vaille.

J'ai donc abondé dans son sens :

« La vie est une pêche dont il ne faut rien laisser, même pas la peau, surtout pas le jus qui coule, à peine le noyau dont je déconseille de gâcher l'amande.

182

— Et puis il faut la manger vite, renchérit Saint-André. Avant qu'elle devienne blette. »

Le lendemain matin, nous avons pris tous les quatre la route de Vendée après avoir acheté trois chevaux, des sabres et des couteaux avec l'argent de la cassette de Frochon. Étant la seule de nous trois à savoir tirer, j'avais obtenu, après une longue négociation, qu'un voisin des Marceroux me vende à prix d'or son fusil d'infanterie « 1777 », un fusil à silex et à un coup, à chargement par la bouche. À peine plus petit que moi, il pesait lourd et me donnait, avec mon sabre, une allure d'épouvantail. Les « terroristes » n'avaient qu'à bien se tenir.

*

La guerre débordait largement le cadre du département de Vendée. Elle s'étendait de la mer jusque dans les Mauges d'Anjou et la Gâtine des Deux-Sèvres. Sans oublier la rive gauche de la Loire. C'était un pays de forêts, de bocages et de fourrés, où des sources ruisselaient sous la mousse et où chantaient, sur les talus, des fontaines surmontées de statues de la Vierge.

Noyé dans une brume légère et ensoleillée, le Marais breton aurait pu passer pour une dépendance du Paradis. Cette terre si riante prêtait à croire en Dieu : en respirant la douceur de son air, je comprenais que ses habitants fussent, comme le disait Saint-André, très religieux. C'était un bienfait du Tout-Puissant que d'être né là, au milieu des oiseaux, des jonchères et des fleurs sauvages.

Nous avons passé plusieurs jours à remuer le ciel, la terre et la mer pour retrouver un homme du nom de

Charette. Je pus ainsi comprendre la tragédie de la Vendée : plus d'un an après sa naissance, la rébellion restait un mouvement spontané, dépassé par son succès, agglomérant les peuples du bas et du haut, composé d'unités que dirigeaient des bras cassés, des nobles ou des roturiers qui ne s'entendaient pas entre eux. C'était une sorte de bateau rongé par la vermine, surchargé de troupes et prenant l'eau de toutes parts, qui ne savait pas où il était ni où il allait.

La Vendée eut certes des chefs à la hauteur de son peuple. Grandiose fut la bravoure de ses pauvres hères, souvent des paysans, comme de ses illustres héros, tel le « généralissime » Henri de La Rochejaquelein, mort au combat à vingt et un ans, qui haranguait ainsi ses troupes : « Si j'avance, suivez-moi. Si je recule, tuez-moi. Si je meurs, vengez-moi. »

Mais les chefs de guerre de la Vendée étaient trop nombreux. N'écoutant que leur courage, ils tombaient, de surcroît, comme des mouches. François Athanase Charette de La Contrie, qui fut le dernier d'entre eux à mourir, à trente-deux ans, sous le feu d'un peloton d'exécution, aura été le grand homme de la cause vendéenne. Dans le *Mémorial de Sainte-Hélène*, Napoléon le considère comme un « héros » : un « grand caractère » qui fait « des choses d'une énergie peu commune » et « laisse percer son génie ».

L'honnêteté m'oblige à dire que son génie ne sautait pas aux yeux. Les siens, loin de s'élever vers les cieux, comme ceux des grands hommes tels que je les imaginais, n'en avaient toujours que pour nous autres les femmes. Dans l'auberge où nous l'avons rejoint, son regard bleu m'a tout de suite transpercée comme une balle de fusil.

De taille moyenne, vêtu d'une veste beigeasse à retroussis de fleurs de lys, il avait certes beaucoup d'allure, le front large et les cheveux blond miel, mais c'était d'abord un Don Juan de bocage.

Quand Charette vit Agathe derrière moi, il ne cessa plus de la contempler mais je savais qu'Emmanuel, tendu comme un chien d'arrêt, l'empêcherait d'arriver à ses fins. Sitôt que Saint-André aurait tourné le dos, je serais son deuxième choix.

Le « roi de Vendée », comme on l'appelait, a quitté la table et s'est isolé un moment avec le chevalier qui lui apportait des nouvelles de Londres. Saint-André n'a jamais voulu me dire le message qu'il transmit à Charette avec une mine de conspirateur, de la part de Dieu sait qui, mais j'ai pu lui en extorquer, par petits bouts, quelques bribes sur l'oreiller, la nuit suivante. Il s'agissait d'un débarquement prochain où l'Angleterre livrerait des canons, de la poudre et des fusils.

Après leur aparté, Charette s'est dirigé vers Agathe :
« Vous êtes dentiste ? »

Après avoir secoué la tête, Agathe pointa son indicateur[1] vers Emmanuel et moi :
« Ce sont eux, les spécialistes.

— J'aurais besoin de vous. »

Je le suivis dehors avec Emmanuel à qui il fit signe, après plusieurs pas, qu'il pouvait disposer. Il m'emmena dans une étable où, après que j'eus déposé par terre mon sabre, mon fusil « 1777 » et ma sacoche de dentisterie, j'ai examiné sa denture.

« Tout va bien, conclus-je.

---

1. Vieux français, signifie index. *(Note de l'Éditeur.)*

— C'est ce que je voulais savoir. »

Il a posé sa main sur ma croupe comme le font les hommes avec les filles faciles.

« Es-tu royaliste ?

— Non, mirabelliste. »

Il leva un sourcil perplexe.

« J'étais pour Mirabeau, expliquai-je, parce que je crois qu'il ne faut laisser le pouvoir ni au roi ni au peuple, mais aux deux. Cela dit, j'aimais bien Louis XVI que je considère comme un grand homme, martyr de la bêtise humaine. »

Il m'a aussitôt prise debout, sans m'embrasser ni dire un mot, contre une pile de bottes de foin. C'était la cinquième fois de ma vie que je faisais la chosette et ce fut la moins agréable, en tout cas la plus humiliante. Il s'en fallut de peu que je ne pleure quand il me laissa toute seule et à moitié déshabillée, au milieu du fourrage. Dieu merci, il se rattrapa par la suite.

L'expérience m'a appris qu'en besognant leur femme, les hommes pensent souvent à autre chose. Il y a ceux qui songent à la gloire, à leurs affaires, à leur épouse qui les attend ou au fricot qu'ils vont manger le soir. Charette, lui, avait la tête pleine de la Vendée.

Coucher avec lui, c'était coucher avec sa région, ses plages, ses villages, ses fondrières, ses vanneaux huppés et ses loutres de mer qui cassent les coquillages en riant. Avec lui, j'en ai vu, du paysage, jusqu'à ce qu'il me laisse en plan.

Sitôt la chosette terminée, il retourna à sa guerre. Moi, je me suis précipitée sur ma sacoche de dentisterie. Un mauvais pressentiment m'avait soufflé que Charette venait de laisser un souvenir dans ma salle de jeu : un enfant. C'est une chose que les femmes sentent.

Pour la tuer dans l'œuf, j'ai badigeonné ma poche à plaisirs avec du tissu enroulé dans un bâton et trempé dans de l'huile d'olive où avaient macéré des racines d'herbe à perles qu'on appelle aussi blé d'amour ou thé de Fontainebleau. Aucune conception ne pouvait résister à ce mélange.

Quand je suis revenue à l'auberge, Charette m'a fait applaudir :

« Tu es la meilleure dentiste que je connaisse. Je t'engage dans mon armée. »

Puis il annonça en souriant qu'il allait de ce pas se confesser à l'église avant de rejoindre ses troupes.

*

La légende dit que la Vendée s'est soulevée après la publication du décret du 4 mars 1793 qui, face aux menaces étrangères, appelait sous les drapeaux tous les hommes valides et célibataires. Tous, sauf la plupart des fonctionnaires, toujours favorisés par l'État, qu'il fût royal ou républicain.

Pas question d'aller mourir loin de sa terre pour défendre la République honnie : ce décret fut l'étincelle mais, pour avoir été aux premières loges, je peux certifier que la guerre de Vendée fut d'abord une guerre de religion. Bleus contre Blancs, athées contre chrétiens.

La grande faute de la Révolution fut d'avoir voulu extirper, par l'entremise de la bourgeoisie, toute croyance autre qu'athée. Qu'avait-elle besoin d'humilier l'Église en transformant, au nom de la « raison », ses prêtres en fonctionnaires ? Pourquoi a-t-elle noyé et guillotiné tant de réfractaires en soutane qui refusaient de prêter serment au nouveau pouvoir ?

Dans son rapport sur les atrocités républicaines contre les « brigands » royalistes, qui fut un de mes livres de chevet[1], Marie Joseph Lequinio de Kerblay, un conventionnel montagnard, a tout dit à propos de la Vendée : « Là, nous avions trois religions à détruire, la catholique, la protestante et la juive. » Tous les croyants, y compris les juifs qui ne faisaient d'ombre à personne, ont été contraints de jeter « leurs livres d'impostures au feu des bûchers patriotiques qui portaient dans les airs les flammes épuratrices de la raison ». Quand il ne leur fallait pas abjurer, sous la menace des baïonnettes.

Les églises furent transformées en prisons ou en écuries, parfois en tripots ou en bordels. Les cloches fondues. Les statues des saints renversées et brisées. De son athéisme, la Révolution entendait faire une nouvelle religion, avec tous les traits afférents aux monothéismes conquérants : le prosélytisme, l'inquisition et l'extermination. Elle prétendait obliger le peuple à fréquenter ces nouveaux lieux de culte : les grandes places où elle guillotinait à la chaîne.

Avec la Vendée, la Révolution ne pouvait pas plus mal tomber. C'était un grand bénitier dans lequel elle clapotait, éclaboussant tout avec sa rage de déchristianisation. Il ne faut jamais remuer l'eau des bénitiers. Elle vous retombe toujours dessus.

---

1. *La Guerre de Vendée et des Chouans*, publié chez Pougin, le 1er Brumaire de l'an 3 de la République. *(F.B.)*

20

Le « *populicide* » des Vendéens

En Vendée, j'appris que le sang appelle le sang. Je l'avais souvent vu couler avant d'arriver, en 1794, dans le Marais breton. Mais là, c'était comme si j'avais plongé, soudain, dans un grand fleuve rouge.

C'est en Vendée aussi que j'appris le Mal : quand il est lancé, il ne cesse de progresser, jusque dans les têtes, à la vitesse de la gangrène. Entre Nantes et Cholet, il avait tout dévasté, les fermes, les granges, les églises et les châteaux, éteignant même la moindre lueur de vie dans les yeux des gens.

C'est en Vendée enfin que j'ai atteint les sommets de l'amour. Il n'a pas duré deux ans mais j'en suis sortie transfigurée. Sans doute était-ce une passion à sens unique. Les hommes comme Charette de La Contrie ont un cœur trop grand pour une seule personne. Mais quand ils se donnent, fût-ce une seconde, c'est pour la vie éternelle.

Mon histoire avec le chevalier de Saint-André s'est achevée quand, quelques jours plus tard, il retourna à Londres où il n'arriva jamais, son bateau ayant coulé à proximité des côtes. Il savait pourtant nager. Mais c'était un vieillard. Je n'avais pas attendu la nouvelle de son décès pour me laisser lutiner régulièrement par Charette. Avec lui, je trouvais moins de plaisir que de gloire, mais ça ne m'empêchait pas d'être heureuse, même si j'aurais aimé qu'il me parlât un peu quand il me labourait, mais c'était encore trop lui demander – ça viendrait un jour.

Petite main de l'armée catholique et royale, j'étais tout à la fois : dentiste, infirmière, éclaireuse, espionne, mascotte et repos du guerrier de Charette qui m'appelait Moïzette. Il me sifflait et j'accourais, toute frétillante, au pied comme les chiens. J'acceptais que mon grand homme ne me regardât pas plusieurs jours de suite et me gardais de lui faire des crises de jalousie quand il allait voir ailleurs, ce qui arrivait souvent. J'avais trop à faire pour perdre mon temps en lamentations.

À court d'opiats et d'onguents, je me contentais d'arracher à la chaîne les dents cariées des soldats de Charette, avec l'aide d'Emmanuel, Agathe étant affectée aux cuisines de l'armée. Je bâclais les patients et tuais le métier mais à la guerre, on ne fait jamais ce qu'on veut : on n'est qu'un rouage dans une machine, du gravier sur le chemin que l'Histoire piétine.

Charette éprouvait le même sentiment. Un jour qu'il m'avait invitée, chose rare, à partager son repas à sa table, il me raconta qu'il était entré lui aussi par hasard dans la guerre de Vendée. « Personne, me dit-il, n'est maître de son destin. Dieu nous a jetés dans un torrent en crue et nous n'avons pas plus de liberté qu'une sauterelle emportée par les eaux. Quand on a compris ça, on a gagné beaucoup de temps. »

C'était un homme des mers. Pendant plus de onze ans, il avait fait ses preuves dans la Marine royale. Avant de prendre sa retraite d'officier, il avait épousé à vingt-sept ans la veuve de son cousin, Marie-Angélique Charette de Boisfoucault, âgée de quarante et un ans. Un beau parti.

Il aimait la vie. La cause royaliste l'avait amené à quitter son château de Fonteclose, à La Garnache, dans le pays de Retz, pour monter à Paris où, comme le petit La Rochejaquelein qui venait à peine de muer, il défendit le monarque à son couchant, aux Tuileries, en 1792. Il ne dut son salut qu'à sa présence d'esprit, se sauvant après avoir enfilé le gilet et chaussé les sabots d'un assaillant tué. Sans oublier d'emporter, pour se donner une contenance, la cuisse d'un garde suisse dans son tissu blanc maculé de sang. À moins que ce fût un bras, sur ce point les versions varient.

Ensuite, Charette avait abandonné ce roi qui ne savait se faire respecter de personne, pas même de ses partisans. Après un petit tour à Coblence, où la clique des émigrés pomponnés le révulsa, le futur «roi de Vendée» était retourné dans le Marais breton où il menait une existence tranquille, loin des tumultes des villes, enchaînant les fêtes, les chasses et les amourettes, toujours proche de ceux qu'ils appelait ses «moutons noirs», braconniers, tireurs de canards ou écumeurs de castors. Jusqu'à ce 27 mars 1793, jour où le petit peuple, prêt à mourir pour la religion du Christ, vint le chercher. Alors qu'il faisait sa toilette, les paysans du pays de Retz, des «Paydrets», comme on disait par abréviation, avaient envahi la cour de sa gentilhommière pour le supplier de les commander. Prétextant qu'il n'était qu'un marin, il s'était fait prier avant de dire oui : «Vous me forcez à marcher à votre tête, j'accepte. Mais j'entends être le chef de mes soldats comme je l'étais de mes matelots à bord. Le premier qui ne m'obéit pas, je le fais fusiller. »

Ses colères duraient le temps que l'on prend pour se moucher. Avec un sang-froid que tempérait une jovialité naturelle, Charette était finalement un personnage magnanime. Trop. Un jour que je le lui reprochais, après que nous avions fait l'amour dans un poulailler au milieu des piaulements, il me répondit :

« Tout le monde croit que je suis fort et c'est ce qui me protège. Mais je suis faible…

— Ce n'est pas ce que je dirais, objectai-je en frottant sa culotte crottée.

— Je ne suis pas assez méchant pour réussir. Quand le Mal et le Bien se battent, ils ne sont jamais à égalité. Le premier a la haine. L'autre n'a que son bon droit.

— Non, protestai-je. Pour l'épauler, le Bien peut avoir aussi la haine de la haine.

— La haine de la haine, je ne sais même pas ce que c'est, Moïzette. Chaque jour, les Bleus dépassent toutes les limites de l'abomination. Nous autres, les Blancs, nous ne pourrons jamais nous mettre à leur niveau. Un proverbe italien dit : "Si l'on veut réussir, il ne faut pas être bon." Ce sont toujours les pires qui gagnent les guerres. Même si nous ne sommes pas des enfants de chœur, nous ne serons jamais pires que les républicains. C'est pourquoi nous allons perdre cette guerre. »

Je me souviens de son regard d'enfant quand il m'avait dit ça. J'aurais aimé qu'il eût autant de bienveillance ou d'attentions pour ma personne que pour les prisonniers républicains ou les soldats insubordonnés. Mais il comptait beaucoup plus dans ma vie que moi dans la sienne.

Parfois, je me sentais si transparente que je me retournais quand, par bonheur, il posait ses yeux sur moi.

Longtemps après, une nuit où il m'avait troussée contre un tronc d'arbre avec plus de fougue que d'ordinaire, j'eus le tort de lui chuchoter à l'oreille que je l'aimais. Il se dégagea :

« Tu as tort de m'aimer comme ça. Il faut mettre de la distance entre nous, Moïzette. Nous vivons une époque trop dangereuse pour nous attacher.

— Est-ce pour ça que tu es si froid avec moi ? »

L'obscurité m'a empêchée de voir l'expression de son visage qui devait être empreinte de mélancolie. Toujours matamore quand il était en représentation devant ses officiers ou ses soldats, il faisait rarement le coq quand nous étions tête à tête.

Contrairement à lui, je ne doutais pas de la victoire après laquelle j'avais prévu de m'installer dans une bourrine, une de ces petites maisons basses aux volets bleus, à toit de chaume et murs de terre, paille et sable, qu'habitaient les maraîchins de la région. La mienne serait au bord d'un canal et proche du château de Fonteclose.

Les grands hommes sont rarement de bons amants. Je m'en fichais. C'était à cause de sa force d'âme que je l'admirais. En renonçant constamment à tout pour lui, je finirais, je le savais, par le posséder un jour totalement, quand l'Histoire nous aurait laissés tranquilles...

En ce temps-là, l'Histoire était une diligence déglinguée, aux moyeux branlants, conduite par des cochers saouls et emmenée par des chevaux en chaleur, harcelés par des armées de guêpes et de frelons.

Le drame des peuples, dans ces périodes-là, est qu'ils

ne peuvent pas descendre de la diligence qui, attaquée de toutes parts, roule à fond de train et valdingue sur les nids-de-poule. Ils sont pris en otages jusqu'au carambolage.

Quatre cent, cinq cent mille, je ne sais combien la Révolution française a fait de morts en Vendée[1], laissant la désolation derrière elle après avoir massacré les gens et les bêtes ou incendié les forêts, les récoltes et les maisons, tandis que les loups revenaient en masse, attirés par les charniers.

J'espère que l'Histoire remettra un jour les pendules à l'heure en reconnaissant que les Bleus républicains furent, de loin, les plus cruels, coupant les nez, tranchant les gorges, mettant les femmes à cuire dans les fours à pain, empoisonnant à l'arsenic les puits et les rivières, sans oublier de parader avec des colliers d'oreilles. Dans le même temps, les Blancs royalistes, grands seigneurs, au moins au début de la guerre, relâchaient leurs prisonniers. Il est vrai qu'ils eurent d'abord la main grâce à leur stratégie de harcèlement, celle de tous les peuples révoltés qui crochètent régulièrement l'ennemi en fuyant les batailles frontales.

C'est ce qui a rendu les révolutionnaires de plus en plus sanguinaires. À la tête de ses « Colonnes infernales », le général Louis Marie Turreau de Lignières, roi des pilleries et des brûlements, détruisit tout sur son passage, pendant des mois, massacrant au nom de la

1. Selon l'un des spécialistes de cette période, le professeur Jean-Clément Martin, peu suspect d'antirobespierrisme, la guerre de Vendée aurait fait 200 000 morts, c'est-à-dire entre 20 et 30 % des morts de la Révolution ; d'autres donnent des chiffres plus importants. *(F.B.)*

République les rebelles, les femmes, les prêtres, les enfants, les poules, les vaches ou les cochons. L'Attila des marais.

Le général Turreau fut un pionnier, un modèle dans son genre. Plusieurs décennies avant les généraux yankees, il avait inventé la destruction massive de l'ennemi qu'il affama en brûlant ou en confisquant les biens, le bétail et les céréales, avant d'aller l'égorger dans ses tanières. La même stratégie fut adoptée, ensuite, par Sherman et Sheridan pour vaincre les Sudistes, puis les Indiens.

Avec son comparse Jean-Baptiste Carrier, le général Turreau se livra à ce qu'un autre révolutionnaire, Gracchus Babeuf, appelait un « populicide ». En prenant soin d'obtenir l'assentiment des représentants du peuple à qui il écrivait, en pleine Terreur : s'il faut passer au fil de l'épée les femmes et les enfants, « je ne puis exécuter une pareille mesure sans un arrêté qui mette à couvert ma responsabilité[1] ». Après l'avoir fait languir, le Comité de salut public finit par le couvrir.

Quant à Carrier, poivrot à tête de chien battu, il inventa une nouvelle méthode pour se débarrasser des prétendus « contre-révolutionnaires » : la noyade dans ce qu'il appelait « la baignoire nationale ». Débordé par le déferlement des prisonniers, il les faisait attacher par des cordes ou des crochets de fer et les envoyait nuitamment dans des bateaux au milieu de la Loire. Des gabares rustiques et peu onéreuses, qui servaient d'allèges aux navires de gros tonnage. À un moment, les sabords de ces rafiots se levaient, une soupape s'ouvrait, et le bateau coulait : la

---

1. Lettre du 16 janvier 1794. *(Note de l'Éditeur.)*

cargaison vivante était engloutie par les flots. Plusieurs milliers de personnes moururent ainsi lors de ces « submersions » à la chaîne que leur auteur qualifiait avec son humour si particulier de « déportation verticale ».

Qu'était-il arrivé à la France pour qu'elle acceptât de telles pratiques ? La Terreur lui avait-elle fait perdre son cœur ? Pourquoi tant de cynisme et d'indifférence ? Comment notre pays a-t-il pu attendre si longtemps avant de juger Carrier pour ces infamies tout en laissant filer Turreau ?

J'aurais aimé tuer de mes propres mains Turreau ou Carrier dont j'avais ajouté les noms dans mon Livre du Mal, mais ils avaient déjà déserté la Vendée quand j'y étais arrivée. Il eût fallu retourner à Paris. Lorsque je m'ouvris de mon projet à Charette, il m'en dissuada : « On a trop besoin de toi ici, Moïzette, et ce seraient des coups de couteau dans l'eau. »

L'instinct de mort et la volonté de puissance étaient à leur comble : c'était le temps de la table rase et de la folie purificatrice. « Le sang du crime, disait Joseph Fouché, féconde le sol de la liberté et affermit sa puissance. » Avec ses compères, cet ardent révolutionnaire avait écrasé sans pitié l'insurrection de Lyon en 1793, après que la Convention, élue au suffrage universel, eut décrété que la ville serait détruite.

Un nouveau nom lui fut donné : « Ville affranchie ». La Convention avait aussi décidé de raser Toulon. Une fois démolie, elle devait être rebaptisée « Port-la-Montagne » et reléguée aux seules activités portuaires et militaires.

La Vendée eut droit à la même punition : la Convention avait décidé de la rayer de la carte. C'est pourquoi

Robespierre y envoya les généraux les plus « ineptes » et les plus « criminels », des lopettes à sa main : l'« Incorruptible » voulait « arriver au trône » par tous les moyens et aimait mieux « régner sur des ossements que de ne pas régner ».

Ce n'est pas moi qui le dis, mais un personnage très crédible : un bouffeur de curés et d'aristocrates, le révolutionnaire Lequinio de Kerblay que j'ai déjà cité. Dans son rapport, il éructe contre la barbarie de son camp et recense toutes sortes d'atrocités comme celle-ci : « On a vu des militaires républicains violer des femmes rebelles sur des pierres amoncelées le long des grandes routes, et les fusiller ou les poignarder en sortant de leurs bras. »

Le représentant du peuple reconnaît même « moins de vertus » aux républicains qu'aux rebelles. Les généraux de l'armée catholique et royale ont toujours eu, confirme-t-il, la politique « d'affecter souvent une sorte d'indulgence et de générosité envers nos prisonniers » alors que les prétendus patriotes tuaient sans pitié tous les leurs.

Dans le domaine de l'épouvante, grande fut l'inventivité de la Révolution française qui alla jusqu'à tanner des peaux humaines. Les historiens des siècles prochains se chargeront de nous dire si cette dérive fut marginale ou pas, mais il est avéré qu'un jour Saint-Just a célébré dans un rapport la qualité de la peau d'homme, qu'il comparait à celle du chamois, celle de la femme étant à ses yeux plus souple mais moins solide[1]. Charette de La Contrie

1. L'affaire des tanneries de peaux humaines est tenue pour une légende par une grande partie de l'historiographie officielle de la Révolution française, il est vrai souvent sous influence robespierriste. Plusieurs

m'a parlé à plusieurs reprises d'une tannerie aux Ponts-de-Cé, sur la Loire, près d'Agrès, où étaient traitées les peaux des fusillés vendéens.

Il m'a même donné les noms des trois responsables, que j'ai notés dans mon Livre du Mal : le chirurgien-major Péquel du 4ᵉ bataillon des Ardennes, qui écorchait les cadavres ; le tanneur Langlais qui, ensuite, les préparait ; le manchonnier Prudhomme qui confectionnait enfin les culottes de peau qu'ont portées comme des trophées plusieurs officiers bleus, notamment les généraux Beysser et Moulin.

La technique consistait à écorcher la peau sous le nombril, puis le long des cuisses, jusqu'aux chevilles : on obtenait ainsi un pantalon qu'il suffisait alors de tanner et de coudre. Même si la couleur naturelle était appréciée, il gagnait à être teint : le bleu était conseillé.

J'affirme que plusieurs exemplaires des Constitutions de 1791 et de 1793 ont aussi été reliés en peau humaine. J'affirme aussi avoir entendu plusieurs témoins m'assurer qu'à Clisson, non loin de Nantes, des cadavres de femmes vendéennes avaient été brûlés sur un bûcher au-dessous duquel leur graisse fut récupérée dans des barils pour les hôpitaux.

*

C'était un jour où le ciel avait déteint partout : il faisait si bleu sur la terre qu'elle se confondait avec l'océan. Je

ouvrages font néanmoins référence au rapport de Saint-Just, le 14 août 1793, sur la qualité des culottes de peaux humaines, à la Commission des Moyens extraordinaires. *(F.B.)*

suis allée à cheval sur l'île de Noirmoutier, chargée comme une mule, avec une pelle, une houe et ma sacoche de dentisterie, mais sans mon sabre ni mon fusil « 1777 ».

Dieu merci pour mon cheval, Charette m'interdisait d'emporter mes armes « lourdes » quand je circulais seule : si je tombais sur des Bleus, disait-il, mes armes me condamneraient. Je ne me déplaçais donc qu'avec mon couteau de cuisine fourré dans un étui, attaché à la cheville, sous le pantalon.

La cassette de Frochon était dissimulée, comme d'habitude, au fond de ma sacoche de dentisterie. Je l'ai enterrée à la pointe de l'île, dans un endroit que j'ai ensuite indiqué à Emmanuel et Agathe pour le cas où il m'arriverait quelque chose : sous une pierre, entre deux arbres, dans la forêt de Barbâtre.

Avant de recouvrir la cassette de terre, je l'ai ouverte une dernière fois : dans la situation où j'étais, ça me rassurait. Puis j'ai tourné ma main dans un remous d'écus et de louis d'or avec le plaisir que devait éprouver, dans ces circonstances, l'Harpagon de Molière. Chez moi, la honte décuplait la jouissance. Que n'avais-je donné ce petit trésor à l'armée catholique et royale ! Pourquoi n'en avais-je pas parlé à Charette ? Ne me rendais-je pas coupable de cupidité ?

En enfonçant ma main, j'ai trouvé au fond de la cassette six lettres pliées en quatre que j'ai fourrées dans une poche avant de reprendre le chemin de la terre ferme, accessible à marée basse. L'air avait un goût de poisson. L'océan s'en était allé au fond de l'horizon où il semblait dormir.

Le soir, j'ai lu les lettres à la lueur d'une bougie. Les

trois premières étaient signées Honoré de Mirabeau ; la suivante, Gilbert de La Fayette ; une autre, Jean Sylvain Bailly, ancien maire de Paris, guillotiné pour avoir refusé de témoigner à charge contre Marie-Antoinette lors de son procès ; la dernière, Olympe de Gouges, grande dame et martyre que je ne vous ferai pas l'insulte de vous présenter à nouveau : chacun à sa façon, ils remerciaient Hippolyte Frochon pour les renseignements qu'il leur avait transmis sur les manigances de Maximilien de Robespierre et de sa clique.

Mon maître avait donc travaillé pour ces figures de la Révolution, toutes atteintes de « modérantisme », ce péché capital au nom duquel la Terreur envoya tant de monde à l'échafaud. Comment avais-je pu passer à côté de cet homme que je croyais connaître ? Il était de ce bois dont on fait les héros silencieux. Leur politesse, c'est leur modestie, leur effacement : ils ne font que passer.

Hippolyte Frochon était un héros, un vrai. C'est pourquoi il ne l'avait fait savoir à personne.

21

Mes illusions perdues

Un jour, Charette m'annonça, les yeux baissés, avec des circonlocutions, qu'il soupçonnait Emmanuel et Agathe de renseigner l'ennemi. J'explosai de colère :

« Ne fais pas ton Robespierre. Ce n'est pas parce que les choses tournent mal qu'il faut couper des têtes !

— J'ai des doutes. C'est mon instinct qui me les souffle et j'écoute toujours mon instinct. L'une des rares choses qui, dans ma vie, ne m'ait jamais trompé... »

Après avoir été faits prisonniers lors d'une attaque des Bleus, Emmanuel et Agathe prétendaient s'être évadés mais les informateurs de Charette lui certifiaient qu'ils avaient été relâchés par leurs geôliers. S'il ne me reparla plus jamais de ses suspicions, je pus vérifier, les jours suivants, qu'il fuyait mes amis.

Moi, c'était le contraire : Charette ne me lâchait plus. Certes, il continuait à courir les filles dans les fermes des marais ou du bocage. Mais plus l'étau des Bleus se resserrait sur nous, plus grandissait son affection pour moi. Un jour, il me dit, les yeux brillants :

« Quand j'aurai gagné la guerre et installé Louis XVII sur le trône...

« — Mais aux dernières nouvelles, hasardai-je, il semblerait que Louis XVII soit mort.

— Qu'importe… Je rendrai le trône à un autre Bourbon et, le devoir accompli, nous quitterons tout, Moïzette, pour aller recommencer de zéro dans une ferme en Amérique. »

Je n'avais aucune raison de douter de sa sincérité, n'était le rire qui, ces derniers temps, lui secouait souvent la gorge. Un rire triste et grinçant. Le rire des perdants.

J'entends encore ce rire : il me hérissait comme le bruit de la vitre crissant sous le caillou. J'ai détesté la guerre de Vendée, les grelottements, les nuits à l'affût, les hurlements de l'autre monde, l'attente dans le silence des dunes, les courses à perdre haleine, les pieds lourds qui se prenaient dans les murs de joncs ou les fouillis d'herbes folles.

Mais j'ai détesté aussi la paix qui a suivi le traité de La Jaunaye entre les Bleus et les Blancs, le 17 février 1795, les arrière-pensées, les paroles cauteleuses, les regards de faux-culs, la peur qui rongeait nos tripes. Il aurait fallu être stupide pour croire une seule des promesses proférées par les prétendus républicains qui, pour nous embobiner, mettaient les petits plats dans les grands.

Ils avaient pourtant satisfait toutes les revendications des royalistes : indemnités aux Vendéens pour réparer les dégâts ; exemptions du service militaire pendant plusieurs années ; libre exercice du culte catholique à condition qu'il restât « intérieur ». Moyennant quoi, Charette et les siens avaient reconnu la République et s'étaient engagés à ne plus jamais porter les armes contre elle.

Charette était-il devenu fou, comme le crurent plusieurs chefs royalistes ? Il était las de cette guerre. Nous aussi. Nous manquions de tout, notamment de munitions. J'ai cru un moment que la vanité lui avait fait perdre la raison quand, pour fêter leur accord, les autorités de la Révolution l'accueillirent en grande pompe à Nantes. Royal est le mot approprié pour qualifier le traitement qui lui fut réservé. Pareillement pour son air quand il arriva sur son cheval, à la tête de son cortège de soldats-paysans coiffés d'un grand chapeau à panache blanc et vêtus d'un frac bleu barré d'une ceinture brodée de fleurs de lys.

Mais il n'avait accepté cette trêve que pour gagner du temps et reprendre des forces. Après la signature du traité de La Jaunaye que la Convention tardait à ratifier, s'est ouverte une période de « pacification » qui s'acheva quelque temps plus tard quand le double jeu des Bleus creva les yeux : s'emparant d'un lieutenant de Charette qu'ils fusillèrent, ils renforçaient partout leurs positions, comme s'ils préparaient une nouvelle invasion de la Vendée.

Charette s'y attendait et son plan était prêt : ses troupes s'étant requinquées, il leur fournirait les munitions qui manquaient avant de leur amener un prince de sang royal. Le 10 août 1795, non loin de Saint-Jean-de-Monts, plusieurs navires britanniques lui livrèrent du matériel de guerre. Des canons, des fusils, des sabres et de la poudre. Pour ne rien devoir à l'Angleterre, il envoya aux bateaux qui mouillaient le contenu de quatre-vingts voitures de blé.

Les semaines suivantes, nous allions et venions avec nos troupes le long du littoral en subissant les assauts du général Hoche qui, à la tête des forces républicaines, nous obligeait à déguerpir dans les terres où l'on s'enfouissait comme des garennes. La tenaille des Bleus se resserrait sur nous. Je ne comprenais pas bien ce qui se passait, mais j'observais qu'il fallait tout le temps lever le camp et battre en retraite. Toujours à cran, Charette restait invisible plusieurs jours et moi, j'étais débordée par mes tâches de dentisterie ou d'infirmerie.

Un matin, je surpris Agathe sur un chemin avec un baluchon. Quand je lui demandai où elle allait, elle sembla gênée avant de m'annoncer, les yeux baissés, qu'Emmanuel et elle avaient décidé de partir. Je protestai :

« C'est de la désertion !

— Ne vois-tu pas que la cause est perdue ? J'ai une vie à vivre, Moïzette.

— Si tu pars maintenant, tu le regretteras : nous approchons de l'heure de vérité. »

Elle éclata de rire avant d'accélérer le pas. Quand j'annonçai la nouvelle à Charette, il sembla soulagé avant de laisser tomber avec un rictus ironique :

« Si les républicains commencent à rapatrier leurs espions, ce n'est pas bon signe pour nous. »

Le grand jour arrivait. Débarqué dix jours plus tôt sur l'île d'Yeu, le comte d'Artois, frère de Louis XVI et futur Charles X, avait prévu de rejoindre le continent en ce 12 octobre 1795. Rassemblés sur la plage, nous l'attendions tous comme le Messie, l'arme au poing, sous nos chapeaux ornés de cocardes de papier blanc. Pas un instant nous ne doutions que le pays se soulèverait à sa vue quand nous marcherions derrière lui sur Paris, pour rétablir la monarchie.

Comme tout le monde, ce jour-là, j'étais fière et heureuse. Nommé lieutenant-général et commandant en chef de l'armée royale par Louis XVIII, autre frère du monarque décapité dont il avait pris la succession, Charette était aux anges : il ne savait pas que le comte d'Artois ne serait pas au rendez-vous. Mauvais sang ne ment pas, fût-il bleu : ce bon vivant avait la peur au ventre devant la mission qui l'attendait, comme si la poltronnerie était de famille chez les Bourbons comme la traîtrise l'était chez les Orléans.

Quand un messager apprit à Charette que le comte d'Artois avait finalement décidé de surseoir au débarquement, je me trouvais à côté de lui. Le roi de Vendée a vacillé, puis marmonné, les larmes aux yeux, en reniflant : « Dites au prince qu'il m'envoie mon arrêt de mort. Je n'ai plus qu'à me cacher ou à périr les armes à la main. Je périrai. » Ce fut le début de la fin.

Les jours suivants, Charette fut lâché peu à peu par ses troupes et transformé bientôt en gibier des bois, sans cesse traqué par les troupes du général Hoche, adversaire bien plus redoutable que ses prédécesseurs. Un Machiavel de basse police, qui achetait tout le monde, au propre et au figuré.

Des mois durant, ce fut tous les jours la chasse. Charette errait d'un terrier à l'autre, entre Montaigu, Belleville, Montorgueil ou Saint-Flaive-des-Loups où ses yeux fouillaient l'océan dans l'espoir d'y trouver, émergeant de la brume, un navire britannique avec à son bord le comte d'Artois, revenu sur sa décision. Le courage des pleutres leur soufflant toujours de fuir, il ne fallait pas rêver. À la tête de sa petite armée qui fondait à vue d'œil, le roi de Vendée commençait à mériter le surnom dont l'avaient affublé les républicains : le Grand Brigand. Tout crotté, recru de fatigue, il n'était bon qu'à lancer des escarmouches, rarement couronnées de succès.

L'hiver fut fatal. Quand Hoche lui envoya un courrier pour lui proposer l'exil à Jersey ou en Suisse, Charette réfléchit, se tâta, puis déclara : « Tant qu'une roue restera, la charrette roulera. » Mais elle était si embourbée qu'elle n'avançait plus. Il fallait que je pense à mon avenir : j'avais décidé de partir pour l'Amérique, il me fallait de l'argent. Un jour, j'ai donc été récupérer la cassette de Frochon dans la forêt de Barbâtre, sur l'île de Noirmoutier.

Elle avait disparu. La pierre avait été soulevée sans que le trou, dessous, fût rebouché. Le crime était signé, Emmanuel et Agathe étant les seuls à connaître ma cachette. Après ça, j'ai longtemps pleuré. Sur l'amitié trahie bien plus que sur l'argent perdu. Il y avait de la rage dans mes larmes et elles me ragaillardirent bien plus qu'elles ne m'affaiblirent.

Je n'arrivais pas à en vouloir à Agathe. Qui a trahi une personne une fois la trahira jusqu'à la fin de ses jours, pour se convaincre qu'il avait raison.

*

Charette de La Contrie n'était plus de ce monde, il était déjà entré dans l'Histoire. Les hommes sont pitoyables, à force de tout sacrifier à la postérité. Nous autres, femmes, nous savons donner la priorité à la vie. Je regretterai jusqu'à ma mort de n'avoir pu crier une dernière fois de bonheur entre ses bras de palefrenier.

Que n'avait-il laissé sur un portemanteau son grand chapeau à plume blanche, qui attirait les balles ? Mais non, il fallait qu'il en jette, même si son couvre-chef le rendait aussi discret qu'un faisan doré sur un champ de neige. Le roi de Vendée refusait les concessions. Tant qu'à mourir, autant mourir debout et chapeauté. Vendu ou trahi par les siens, il jouait encore les matamores de taillis ou de joncheraies. Mais avec ses quelques dizaines de soldats d'infortune dont moi-même, il ne faisait plus le poids et combattait à peine, cherchant surtout à échapper aux filets républicains.

Un jour, lors d'une embuscade, non loin de Machecoul, les Bleus réussirent à blesser Charette à la tête et à l'épaule droite. Souffrant le martyre, il trouva refuge dans une métairie proche où, sur dénonciation, quatre colonnes républicaines accoururent. Alors qu'il s'enfuyait, un sabre lui trancha trois doigts de la main gauche et un coup de feu ensanglanta de nouveau son visage.

Nous étions comme des lièvres à la fin d'une battue, dans le bois de La Chabotterie où les balles tombaient comme des grêlons. Charette avait trop mal pour détaler. Après avoir laissé son chapeau, il tomba à la renverse, en essayant de franchir une clôture. Un certain Bossard le prit sur son dos. Tué. Un dénommé Laroche-Davo prit le relais. Tué également. Je me dévouai mais je n'eus pas la force de le traîner très longtemps.

Je suis la troisième personne à avoir porté Charette, celle dont les historiens n'ont jamais été capables de donner le nom. Il est vrai que je ne m'en suis jamais vantée. Mais je déclare sur l'honneur que je l'ai abandonné parce que je crus qu'il était mort : sa tête semblait un gros caillot et il ne bougeait plus.

Quand les Bleus déboulèrent sur nous, je me suis cachée dans un bosquet qu'ils n'ont pas daigné fouiller :

le soir montait et ils étaient trop occupés par leur prise qui gisait sur son lit de feuilles mortes, les bras en croix. C'était le 23 mars 1796.

J'ai attendu le matin suivant pour sortir du bosquet où j'avais laissé mes armes et mon chapeau à cocarde blanche. Après m'être sustentée chez des fermiers de ma connaissance, désespérés par la nouvelle de la capture de Charette, je pris la route de Nantes avec l'intention de monter dans le premier bateau en partance, pour l'Amérique ou ailleurs.

Lors de son procès, quand on lui demanda pourquoi, pendant la guerre de Vendée, il avait porté sur son chapeau une grande plume blanche qui le désignait aux fusils de ses ennemis, Charette répondit : « Un officier de marine n'abdique jamais l'honneur d'être une cible. »

Au premier assesseur qui l'interrogea sur ses dernières volontés, on m'a dit aussi qu'il avait déclaré vouloir se raser : « Un officier de marine part soigné. » Alors que ses blessures lui faisaient souffrir un martyre, il n'avait peur de rien, fors du laisser-aller.

Le 29 mars 1796, une semaine après son arrestation, le hasard a voulu que Charette fût exécuté à Nantes où je logeais alors, chez un aubergiste qui avait des sympathies royalistes. Je n'ai pas eu le courage d'assister au spectacle de la place des Agriculteurs[1]. J'ai bien fait : quand j'ai entendu les coups de feu, j'ai poussé, avant de m'évanouir, un grand cri animal qui m'aurait fait remarquer et sans doute arrêter. Charette fut grandiose jusqu'au bout : ayant retrouvé quelques forces, il plaisanta avec ses geôliers et refusa ensuite de se laisser attacher ou bander les

---

1. Aujourd'hui, place Viarme. (*Note de l'Éditeur.*)

yeux avant de montrer fièrement son cœur au peloton de dix-huit soldats : « C'est ici qu'il faut frapper un brave ! »

Même si dix-huit balles le foudroyèrent, la légende dit que Charette n'a pas tout de suite consenti à tomber comme si la mort, impressionnée, avait hésité un instant avant d'entrer en lui. Ces gens-là ne meurent jamais vraiment. Ils continuent à nous parler longtemps après avoir rendu l'âme. Il avait un an de moins que le Christ à la crucifixion.

Les jours suivants, le ciel m'a semblé tout noir, comme un drap mortuaire. Je savais bien que ça ne durerait pas. Le Seigneur a bien fait les choses, disait souvent mon père, le soleil finit toujours par revenir et un seul rayon suffit à redonner goût à la vie. C'est bien ce qui est arrivé.

IV

QUAND J'ÉTAIS NÉGRIÈRE
SUR LE *LIBERTY*

1796-1797

22

Les chemins du Liberty

Tous les jours, j'allais traîner sur le port de Nantes. J'aimais rester au bout de la digue, fouettée par des brassées d'embruns, et partir loin, en regardant les bateaux se fondre dans le mou de l'horizon, tandis que montait peu à peu en moi le goût de l'océan et de l'aventure.

Le reste du temps, j'essayais de me rendre utile auprès des équipages. Il était rare qu'ils voulussent de moi sur terre, sauf pour ce que vous imaginez. Sur mer, il ne fallait même pas y penser : les bateaux étaient interdits aux filles qui ont tort de n'être pas des garçons.

Un jour, un vieux marin édenté m'a donné la raison :

« Les femmes sont comme les lapins. Sur les bateaux, elles portent malheur. »

Les femmes, je pouvais comprendre. Mais les lapins ? Le marin a haussé les épaules en soupirant :

« Parce que les lapins rongent le bois et les cordages comme les femmes rongent le cœur des hommes. »

C'est ainsi que je décidai de me transformer en garçon. N'étaient mes seins bien fournis, ma constitution rendait la métamorphose relativement facile. Je comprimai ma poitrine sous des bandelettes, coupai très court mes cheveux, frottai délicatement mon visage avec de la suie pour donner l'illusion d'une barbe et résolus mon problème de voix en chuchotant mes phrases, comme si je souffrais d'une extinction.

J'aidais à décharger les navires. Les mois passèrent et je commençais à m'habituer à mon sort quand, un après-midi, le *Liberty*, un grand navire battant pavillon américain, mouilla non loin du port. Un trois-mâts qui, avec ses douze canons de calibre quatre et ses quatre pierriers, lanceurs de boulets de ferraille, pouvait passer pour un bateau de guerre. Une chaloupe en descendit et prit la direction du quai où je courus accueillir les marins. Impossible de se faire comprendre : apparemment, aucun n'était de chez nous. Un ramassis de nationalités. Des Américains.

« Viens, petit. »

Un homme m'avait fait signe d'approcher. Il avait les yeux bleus, le visage rasé et un uniforme qui eût été impeccable s'il n'avait été délavé. C'était Rigobert Graindorge, capitaine en second du *Liberty*, un Français. Une tête de vieux bébé sur un corps de limace, avec un air malicieux et un perroquet gris à queue rouge perché sur l'épaule.

Je me présentai en inclinant la tête :

« Je m'appelle Lucien et je voudrais partir sur votre bateau.

— Ce n'est pas un bateau, petit, mais un cimetière flottant. »

Après avoir traversé l'Atlantique, me dit-il, le *Liberty* avait dû changer de route pour une longue escale à Liverpool : la proue du navire subissait une attaque de tarets, des mollusques en forme de vers qui sévissent dans les eaux tropicales et qui aiment le bois ; il avait fallu la réparer.

À peine le *Liberty* avait-il quitté Liverpool que plusieurs marins avaient été atteints de scorbut. D'où ce détour par Nantes pour trouver de quoi les soigner. J'ouvris ma sacoche de dentisterie :

« Si vous avez des problèmes de dents sur votre bateau, je suis l'homme de la situation. »

J'eus la sensation désagréable que son regard m'avait percée. Après que ses yeux eurent cherché mes seins sous ma chemise, il me demanda avec un sourire :

« Et quelles sont vos autres spécialités, en dehors des dents ?

— Les animaux, la médecine... »

La médecine, dit-il, ça tombait à pic. Deux jours plus tôt, le médecin du *Liberty* était mort d'une maladie de cœur, en plein milieu d'une phrase, alors que le scorbut faisait des ravages sur le navire. Une maladie qui provoque notamment des œdèmes dans les membres, des saignements du nez ou des gencives.

« Comment soigne-t-on le scorbut ? » me demanda Rigobert sur un ton dégagé.

Je compris que mon avenir dépendait de ma réponse.

« Avec des oranges et des citrons, dis-je, reprenant ce que Frochon m'avait appris. Sinon, la choucroute fait très bien l'affaire, mais aussi des légumes comme les raiforts, les ciboules, les carottes ou les poireaux. Sans oublier le céleri qui est un excellent antiscorbutique. En fait, le scorbut est provoqué par une mauvaise alimentation.

— Je vois que vous êtes de la partie. »

Rigobert m'annonça avec solennité qu'il m'embauchait sur le *Liberty*, sous réserve de l'acceptation du capitaine. « Comme ça, dit-il, je me sentirai moins seul. J'aurai quelqu'un d'autre que mon perroquet avec qui parler français. »

*

Je ne connaissais guère Nantes et me gardais bien de le lui dire. Mais Rigobert Graindorge, qui avait déjà fait escale dans le premier port négrier de France, n'eut pas besoin de mes services pour trouver les commerces d'où nous sommes revenus avec du fromage, du céleri, des carottes, des choux, des framboises, de la rhubarbe, des miches de pain, quatorze moutons vivants, neuf porcelets, la moitié d'une carcasse de bœuf et trois caisses de pommes hâtives, blanches comme du lait. Sans parler d'un tonneau de raisins secs, des barriques de vin et d'eau-de-vie, de grains pour les poules et des bottes de foin pour les vaches et les chèvres.

Ne doutant apparemment pas que je serais embauchée, Rigobert Graindorge me permit de faire des provisions pour mes soins de médecine ou de dentisterie, de quoi fabriquer ma célèbre pâte Lucile, et aussi toutes sortes d'herbes médicinales, ainsi que deux tonneaux de vinaigre de cidre dont je venais de découvrir les vertus purificatrices.

Il a fallu plusieurs voyages pour apporter tous les vivres sur le bateau. Je fus du dernier. Alors que la chaloupe s'approchait du *Liberty*, je me sentais de plus en plus impressionnée. C'était une forteresse flottante, un géant des mers de deux cent cinquante tonneaux. Nous montâmes au moment où les autorités portuaires en descendaient. Des peigne-culs qui, après avoir tout inspecté, du pont aux cales, semblaient avoir trouvé quelque chose, à en juger par la gravité de leur expression, celle du bourgeois qui vient de découvrir un étron sur son palier.

Le *Liberty* était sur la sellette : après m'avoir conduite au poste de commandement, Rigobert conféra longtemps avec William Nightingale, le capitaine. Une grande bringue de trente-six côtes aux joues rouge brique et à l'œil bleu très franc. Le genre de type qu'on se sent prêt, au premier regard, à suivre au bout du monde. Sauf qu'il était capable, je le sentais, de tuer tous ceux qui contreviendraient à sa loi. Un faux gentil.

Quand ils eurent terminé leur aparté en anglais, le capitaine se tourna vers moi et murmura avec un air de conspirateur :

« Des poueublèmes. On a bucoup de poueublèmes. »

Par l'entremise de Rigobert qui traduisait, il m'annonça que je n'aurais droit qu'au coucher et au manger. Il ne pouvait pas me payer mais ça m'était égal.

« Il va falluar bucoup touavaillé », dit le capitaine.

Il énuméra les tâches qui m'attendaient. Je devrais me rendre utile sur le pont chaque fois que ma présence serait demandée. Étudier les rudiments de médecine dans les manuels laissés par le précédent médecin du *Liberty*. M'occuper, toutes affaires cessantes, de rafistoler les dentures des membres de l'équipage frappés par le scorbut.

Alors que je suivais Rigobert qui me conduisait à mes patients, je lui demandai ce que le *Liberty* transportait.

« Des tas de choses, répondit-il. Des habits, des fusils et de la quincaillerie. On emporte tout ça en Afrique et on les échange contre des esclaves qu'on revend en Amérique.

— Des esclaves! m'écriai-je. Vous n'avez pas le droit! L'esclavage est interdit!

— En France, oui, c'est ce que viennent de nous dire les autorités locales. Mais ailleurs, c'est permis, et ce sont les Africains eux-mêmes qui nous les vendent. D'autres font du commerce de bois, de blé ou d'épices. Nous, on achète et on vend des Noirs. C'est un métier comme un autre, Lucien.

— Mais enfin, on ne peut pas traiter les gens comme des betteraves, c'est un péché!»

Rigobert leva les yeux au ciel:

«Je n'ai rien lu dans la Bible qui confirme ces balivernes. Sinon, ce serait aussi un péché de traiter comme on les traite nos pouilleux qui font les moissons, les ponts ou les cathédrales.

— Ils sont quand même plus libres que les esclaves.

— Le sort des esclaves me paraît bien plus enviable. Ils sont nourris, logés, habillés alors qu'on laisse les pouilleux sombrer dans la misère et la boisson.

— Je ne savais pas que les négriers étaient des Filles de la Charité de saint Vincent de Paul!»

Il prit un air exaspéré:

«Réfléchis un peu. C'est nous qui prenons de gros risques financiers, pas les esclaves. Le marché du Noir est très fluctuant et quand les cours s'effondrent, il arrive qu'on y laisse notre chemise.»

À cet instant, il eut une telle expression d'innocence contrariée sur le visage que, pour un peu, j'aurais pu me demander s'il ne fallait pas lui donner raison.

Nous étions arrivés devant la porte du dortoir où étaient rassemblés les onze scorbutiques du bateau, parmi lesquels trois esclaves noirs qui servaient d'hommes à tout faire : cuisiniers, plongeurs, éboueurs, porteurs, bricoleurs, etc. Avant d'entrer, Rigobert sortit une pipe, la bourra de tabac, puis l'alluma.

Le perroquet commença à gigoter sur l'épaule de son maître.

« Je veux rentrer, dit-il.

— J'ai quand même le droit de fumer, protesta Rigobert.

— Je veux rentrer », répéta l'animal, pressé de retrouver sa cage.

Rigobert revint au sujet à voix très basse :

« Je reconnais que ça n'est pas facile pour les Noirs, mais si tu savais comme ils sont insupportables ! Aucune gratitude ! Parfois, quand l'instinct les reprend, on dirait des bêtes féroces. Si tu les ligotes, ils t'attaquent à la gorge avec des dents bien plus puissantes que les nôtres. Leur violence peut se comprendre : dans leur pays d'origine, leurs petits rois les martyrisent et quand on va les chercher pour les emmener en Amérique, je te jure qu'on a le sentiment de faire une bonne action. De les libérer, et même de les sauver. »

Quand je lui dis que les négriers maltraitaient les esclaves pendant la traversée de l'Atlantique, il s'emporta :

« Carabistouilles d'abolitionnistes ! Ces marchands de morale n'écoutent que leurs passions et ce ne sont pas les couteaux les plus affûtés du tiroir. Au contraire, notre intérêt est que les esclaves arrivent à bon port vivants et en forme. Quand il y a de grosses pertes, on gagne beaucoup moins. Les négriers sont payés au rendement.

— Ce n'est pas un métier pour moi. »

Rigobert soupira en m'envoyant de grosses bouffées dans la figure :

« C'est trop tard, petit. Il fallait y penser avant. Je comprends ta gêne mais l'esclavage est de tous les temps et l'Afrique est un immense gisement de main-d'œuvre. Il faut savoir exploiter ce gisement. Pourquoi les Arabes auraient-ils le droit d'avoir des esclaves et pas nous ? Parce qu'ils sont musulmans ? En plus, pour qu'ils ne se reproduisent pas, ils leur coupent les couilles. Nous, on a peut-être bien des défauts mais on les laisse forniquer, non ? »

Rigobert me fit signe de pénétrer dans le dortoir des scorbutiques. Il y flottait une odeur douceâtre, l'odeur sucrée de la mort qui rôde. Je compris pourquoi il avait allumé sa pipe.

Aucun des malades ne semblait condamné. La peau piquetée de rouge et constellée d'hématomes, ils souffraient de saignements du nez ou sous les ongles. C'est dans leur bouche que la maladie avait fait le plus de ravages : leurs gencives étaient spongieuses et violacées, on aurait dit de la charogne.

Pour mieux travailler à l'intérieur des bouches des patients, je m'installai en plein soleil, sur le pont où ils me furent amenés un par un. Frochon m'avait appris qu'il vaut mieux ne pas opérer en public. C'est l'un des secrets de notre métier, encore peu respecté de nos jours : la souffrance est communicative et peut provoquer des mouvements de panique.

Jusqu'à la tombée du soir, j'ai récuré des fistules, retiré les chairs pourries des gencives, coupé les excroissances aux ciseaux ou arraché les molaires déchaussées. N'ayant pas eu le temps de préparer des lotions ou des onguents, je nettoyais les palais avec un mélange de vinaigre de cidre, de vin blanc et de graine de moutarde. Pour leur permettre de guérir vite, je recommandai aux malades de prendre des bains de bouche avec de l'urine aussi souvent que possible et de ne manger que des fruits et des légumes, particulièrement du céleri ou des carottes, en buvant de l'eau de cannelle pour prévenir les infections.

Il fallait de l'urine saine. Je décidai qu'une partie des scorbutiques se gargariserait la bouche avec l'urine de Rigobert, une deuxième avec celle du capitaine, une troisième avec la mienne. Pour vaincre les réticences des malades et les persuader des vertus de l'urine, j'ai répété ce qu'en écrivait Pierre Fauchard, l'illustre maître de Frochon, qui célébrait dans *Le Chirurgien dentiste, ou Traité des dents*, cette « liqueur séreuse, empreinte de sel volatil et de beaucoup d'huile ».

On ne dira jamais assez les bienfaits de l'urine. Grandes étaient mon indignation et celle de Frochon quand, dans les rues de Paris, nous voyions ces rivières d'urine perdues à jamais pour la médecine alors qu'elles auraient pu soulager tant de bouches en feu.

Les jours suivants, mes patients sentaient autant l'urine de la bouche que les autres marins puaient la vinasse. Je ne sais si c'était grâce à la pisse ou quoi, mais aucun des malades n'a souffert, par la suite, de complications dentaires et tous, sauf un, ont guéri du scorbut.

23

Des étoiles dans une mer d'encre

Le soir, Rigobert Graindorge m'invita à boire un verre d'eau-de-vie dans sa cabine. De la prune. Sous l'œil bienveillant du perroquet, nous parlâmes de l'esclavage. Au fil de la discussion, je sentais qu'il était un peu de mon avis tandis que je me rapprochais du sien.

N'allez pas croire que c'était là l'effet de l'amour. Je n'étais pas tombée amoureuse mais il me plaisait. Toutes les femmes connaissent cette différence. La même qu'entre le feu d'une bougie et celui d'un incendie. On peut préférer l'incendie. Mais la bougie a un avantage ; elle ne vous dévore jamais.

Rigobert me changeait de mes hommes précédents : c'était un grand lecteur, une sorte d'encyclopédiste. Il aimait tellement Jean-Jacques Rousseau qu'il avait donné à son perroquet le nom d'« Émile », son livre préféré du philosophe.

Je lui ai confié que Voltaire me plaisait davantage parce qu'il ne mangeait pas d'animaux. Il m'a regardée avec un air étonné :

« Tu as lu Voltaire ?

— Non, mais je sais qu'il a écrit un jour : "Qu'y a-t-il

de plus abominable que de se nourrir continuellement de cadavres ?" »

Ironie du sort, Rigobert avait travaillé, dix ans auparavant, sur un navire négrier qui s'appelait *Le Contrat social*. Je vous jure que c'était le nom du bateau : il appartenait à une célèbre famille d'armateurs nantais, les Montaudouin, qui aimaient l'humour et les «Lumières». Au point qu'ils avaient baptisé d'autres navires de leur flotte négrière le *Voltaire* ou le *Jean-Jacques*.

Je le peinai quand je lui dis le mépris que m'inspirait Jean-Jacques Rousseau, cette belle âme larmoyante qui faisait l'unanimité chez les gueux, les richards, les négriers et les esclaves. Ne me sentant pas en état de soutenir une conversation sur l'œuvre de cet hypocrite, je fus tirée d'affaire par une montée de fruition chez Rigobert qui se leva, s'approcha, se pencha sur moi et m'embrassa avec cette fougue démonstrative si particulière aux marins après des semaines d'abstinence. Après le troisième baiser, quand il fallut passer aux choses sérieuses, je me suis agenouillée et ma bouche a recueilli son offrande.

Ma besogne terminée, il poussa un grand soupir de bonheur, puis m'examina avec gourmandise :

«Qu'est-ce que t'es bien gaulée, Lucienne.

— Mon nom, c'est Lucien.

— J'espère que tu es vraiment un garçon.

— Je te le jure !

— S'il apprenait que ça n'est pas le cas, le capitaine Nightingale deviendrait fou. Il est tellement superstitieux... »

Je me mordis la lèvre au sang et demandai d'une voix blanche :

«Et que ferait-il de moi, le capitaine?

— Ni une ni deux, il te jetterait par-dessus bord.

— Mais vous allez transporter plein de Négresses au retour. Ce sont bien des femmes...

— Non, c'est de la marchandise. Pas des passagères. Avec les Négresses, la malédiction ne peut pas jouer comme elle jouerait pour toi. »

Il mit sa main par surprise entre mes jambes.

«Allez, avoue, t'es une fille...

— Ah, bredouillai-je, ça se voit tant que ça? »

Rigobert éclata de rire et me serra dans ses bras :

«Ce sera un secret entre nous, on ne le dira à personne, Lucienne.

— Non, Lucile, c'est mon vrai prénom.

— C'est un prénom qui te va bien. »

Rien de mieux qu'un secret partagé pour sceller un amour. C'est sans doute pourquoi nous nous sommes vraiment aimés, Rigobert et moi.

Avec lui, j'ai découvert l'amour qui dure, celui qui commence tout petit, à la coule, sans espoir d'apothéose. Il s'en va toujours comme il est venu, à pas de loup. Celui-là n'a jamais tué personne ; il fait du bien.

Soudain, le perroquet répéta à son tour en me regardant :

«Lucile ! Lucile !

— La ferme, Émile ! hurla Rigobert.

— Lucile ! Lucile !

— Si tu continues, je te tue ! »

Cela avait suffi à couper le sifflet au perroquet.

*

224

« Afriiiiiicaaaaaa ! »

Après que la vigie eut poussé ce cri, tous les matelots se sont précipités sur le pont en hurlant de joie, avec cette frénésie que j'ai retrouvée plus tard chez des chasseurs avant une battue ou chez des Indiens à la saison des bisons.

« Il n'y a que deux bons moments dans la traite des Nègres, m'avait dit Rigobert. À la fin, quand on les revend, si les cours ne se sont pas écroulés, et puis au début, quand on les achète aux Africains. » Il aimait le troc, la palabre, la rigolade, l'aventure.

Quelque temps plus tard, le *Liberty* entra dans une brume épaisse : c'était la Côte-de-l'Or que coiffait une couronne d'arbres aux cheveux luisants, qui semblaient sortir de la mer. Peu après que l'ancre eut été jetée, notre bateau fut entouré par une nuée de pirogues. Des Noirs qui venaient vendre des Nègres. Parfois, des défenses d'éléphants.

Comme tous les navires négriers, le *Liberty* pratiquait ce qu'on appelait alors le commerce triangulaire. Depuis l'Europe, il transportait en Afrique des cotonnades, des soieries, de la verroterie, des cordes, des sabres, de la poudre, des armes à feu, des barres de fer, des tonneaux de vin ou d'eau-de-vie qu'il échangeait, en ajoutant des piastres ou des livres, contre des esclaves qu'il allait ensuite vendre en Amérique d'où il revenait en Europe avec les cales pleines de sucre, de tabac, de café et de coton.

Avec la traite négrière, un nouveau système s'installait, sur le mode : « Rien ne se perd. » Ce trafic pouvait engendrer de gros profits. L'envers : les voyages Europe-Afrique-Amérique pouvaient durer jusqu'à dix-huit mois et la mortalité était considérable chez les Noirs, bien sûr, mais aussi chez les marins. Les risques principaux étaient les tempêtes, les maladies, les suicides, les mutineries de Noirs ou les attaques de Barbaresques qui mettaient tout le monde en esclavage, les matelots comme les capitaines.

William Nightingale n'aimait pas son métier de négrier. Lunaire et bonasse, le capitaine du *Liberty* répugnait à marchander et n'éprouvait aucune jouissance à choisir les esclaves que les courtiers noirs proposaient à la vente. Il préférait s'occuper de la comptabilité, des approvisionnements, des réparations du navire ou encore de l'équipage à qui il fallait toujours tenir la bride très serrée.

Le spécialiste des achats de Noirs était un personnage étrange qui passait ses journées dans sa chambre d'où il ne sortait que pour négocier, manger ou faire ses besoins : Tom Wickidee, un bout de cul avec une grosse tête et une chevelure de chèvre à poils longs, qui écrivait un livre de réfutation des théories de Luther. C'était le subrécargue, autrement dit le représentant des intérêts de l'armateur à bord du *Liberty*.

Rigobert Graindorge et Tom Wickidee séparaient le bon Nègre de l'ivraie. Avec l'autorité de la compétence, ils bannissaient sans états d'âme les sujets avec de grosses verrues, des doigts manquants, des boules sous la peau, des taches dans les yeux ou des jambes trop arquées.

Après cette première sélection, une autre commençait. Il fallait soupeser la carcasse et tâter le muscle comme on le fait pour les bêtes. Enfoncer un doigt dans l'anus ou le vagin pour vérifier qu'ils n'étaient pas obstrués par des nodules. Examiner la denture et tripoter les bourses pour s'assurer qu'il y avait bien quelque chose dedans. Tenter de savoir s'ils étaient obéissants et travailleurs, les qualités les plus recherchées par les futurs propriétaires.

La traite est un métier que Rigobert avait appris sur le tas. Ce n'était pas quelqu'un qu'on pouvait embobiner, il en avait sous le crâne. Quand il achetait ses esclaves, il utilisait les mêmes petits trucs pour ne pas se tromper sur la marchandise, évitant systématiquement trois catégories :

Le Nègre qui vous regarde dans les yeux. C'est toujours un insolent, un rebelle en puissance.

Le Nègre qui vous sourit. Dans la plupart des cas, c'est un lèche-cul, autrement dit un fainéant dont on ne pourra jamais rien tirer.

Le Nègre qui pleure. C'est un individu replié sur lui-même ou bien un inutile qui traînera la patte et sera sans cesse fatigué. Sauf quand c'est une mère à qui on vient d'arracher son enfant.

Rigobert était très hostile à la séparation des familles. « On croit faire une bonne affaire, disait-il. Mais à long terme, c'est toujours une catastrophe : le malheur fatigue. Le sujet se laisse aller, il perd de la valeur et se vend moins facilement. » Selon lui, le Nègre était un capital dont il fallait prendre soin moralement. Qui a envie d'acheter une mère qui pleure son enfant perdu ?

Au fil des escales du *Liberty* qui cabotait le long de la côte, le pont inférieur s'est rempli de Nègres, mâles ou femelles, parfois accompagnés de leurs petits. Au bout d'une dizaine de jours, nous avions déjà un cheptel de cent vingt captifs aux fers. Souvent, je descendais dans le ventre du bateau. L'air était irrespirable mais j'étais fascinée par le spectacle de cette mer d'encre constellée d'étoiles, les étoiles étant les yeux tristes des captifs.

24

La chasse à la chair fraîche

Après avoir écumé la Côte-de-l'Or pendant plusieurs semaines en pratiquant ce qu'on appelait la traite volante, nous nous sommes arrêtés à Ouidah, d'où Rigobert a lancé une expédition à l'intérieur des terres à la recherche de chair fraîche, jusqu'à un campement où résidait alors le roi du Dahomé[1] : multipliant les conquêtes ou les razzias, son pays regorgeait d'esclaves, souvent de très bonne qualité.

Partis à dix-neuf, c'est-à-dire une petite moitié de l'équipage, avec de la monnaie d'échange, nous sommes arrivés le jour où le roi Agonglo venait de recevoir un gros arrivage de prisonniers de guerre. Après nous avoir fait lambiner devant une cabane, son palais du moment, Sa Majesté nous a invités à participer au tri des captifs rassemblés en une interminable file indienne qui avançait jusqu'à lui.

Le roi Agonglo était un homme svelte au front large et au regard vif, qui flottait dans une robe longue, brodée d'or. Il parlait anglais, français, hollandais et portugais.

---

1. Le royaume du Dahomé, qu'on appellera plus tard Dahomey, était situé dans le sud-ouest de l'actuel Bénin. *(F.B.)*

Même s'il avait un interprète de l'anglais pour Rigobert et un autre du français pour moi, il aurait très bien pu se débrouiller sans eux. Un malin. Je fus frappée par la rapidité avec laquelle il envoyait d'un côté les prisonniers qu'il mettait à la vente et, de l'autre, ceux qu'il donnerait à manger à son peuple quand ils auraient été sacrifiés à ses dieux fétiches.

Je ne suis pas sûre que ces derniers étaient vraiment destinés à finir rôtis : le roi Agonglo était un blagueur et il traitait les prisonniers avec trop d'égards pour les considérer comme des animaux. Il nous a même confié qu'il préférait la traite occidentale à la traite islamique avec son humiliante castration.

Je n'ai pas compris ses critères de sélection : Sa Majesté gardait ses meilleures pièces, soi-disant pour les donner à manger à ses sujets, alors qu'il aurait pu en tirer un très bon prix s'il nous les avait proposés. Rigobert enrageait de le voir gâcher ainsi de solides gaillards dont les bras musculeux auraient fait merveille dans les champs de coton de Virginie ou de Caroline du Sud.

Quand les Nègres à manger furent emmenés, il fallut négocier le prix de chacun des autres esclaves, ceux que le roi avait décidé de vendre. Repassant à nouveau devant nous en file indienne, ils semblaient désespérés quand ils ne ruminaient pas une grosse colère.

« Je veux çui-là », disait parfois le perroquet, ce qui amusait beaucoup Sa Majesté, d'autant qu'il n'était pas toujours raccord avec Rigobert sur les prix des têtes.

Au roi qui lui proposait d'acheter Émile en échange d'un lot d'une quarantaine d'esclaves, Rigobert prétendit que le perroquet était un de ses dieux fétiches. Sa Majesté se le tint pour dit.

La vente traînant en longueur et tout le monde commençant à fatiguer, le roi Agonglo demanda un siège et nous invita à nous asseoir par terre. Dès que l'on s'approchait d'un accord sur un prix en poudre, pistolets ou Dieu sait quoi, il surenchérissait avec un sourire à deux dents qui lui donnait un air méphistophélique. Les négociations durèrent jusqu'à ce que Sa Majesté décide de brader les derniers esclaves en un seul lot de cinquante.

« Touaitez-les bien », dit-il en français, avant de nous proposer d'aller dans sa cabane casser la graine avec du vin de palme.

Près de trois cents esclaves en une seule fois, c'était un coup de chance : d'ordinaire, il fallait des semaines pour remplir un navire négrier. Si on les ajoutait aux cent vingt Nègres déjà prisonniers dans les cales du *Liberty*, il ne nous restait plus qu'une trentaine de têtes à trouver et nous serions complets, prêts à prendre le large pour le Passage du Milieu, direction l'Amérique.

*

Le lendemain, après une nuit de buverie avec le roi du Dahomé, Rigobert Graindorge était aux aguets quand vint l'heure de ramener notre troupeau d'esclaves au *Liberty*. « Avec les Noirs, disait-il, le danger commence quand on cesse de se méfier. Ils sont capables de tout, même de sauter à l'eau pour se faire bouffer par les requins. »

Nos Nègres avaient été préparés par les soldats de Sa Majesté Agonglo. Les mains liées derrière le dos, ils étaient attachés deux par deux à des morceaux de bois en forme de crochets qui leur enserraient le cou. Les couples ainsi formés étaient reliés par cinq, avec une corde, les uns aux autres. Autant dire que les dix captifs seraient tombés cul par-dessus tête si l'idée leur était venue de s'évader.

Pour les empêcher d'appeler leurs congénères à la rescousse, une boule en bois percée, de la taille d'une petite pomme, leur avait été enfoncée dans la gueule avant d'être nouée avec de la corde autour de la tête. Leur regard noir, il n'y a pas d'autre adjectif, m'incommodait tellement que je préférais accompagner les mères et leurs enfants, qui étaient simplement attachés par le cou en groupes de trois.

Arrivés devant le bateau au milieu de l'après-midi, les Noirs furent acheminés par chaloupe sur le *Liberty* où le capitaine avait fait dresser des filets tout autour du pont pour empêcher d'éventuelles tentatives de suicide.

Quand tout le monde fut à bord, William Nightingale leur tint ce discours que traduisirent à tour de rôle deux domestiques noirs dans leur langue respective. Je pourrais le résumer ainsi :

« Nous ne sommes pas vos ennemis. Vous êtes nos prisonniers, mais nous n'allons pas vous manger ni vous maltraiter. Au contraire, nous allons vous emmener de l'autre côté de la mer, pour construire ensemble un monde nouveau où chacun sera heureux, les esclaves et leurs maîtres, sous la protection de Notre Seigneur Jésus-Christ. Avec nous, vous ne souffrirez ni de la misère, ni de la guerre, ni de la famine. Nous veillerons, je m'y engage, à ce qu'aucun mal ne vous soit jamais fait. Quand vous serez là-bas, vous nous remercierez de vous avoir sauvés. En échange, nous ne vous demanderons que deux choses : de nous obéir et de nous faire confiance. Sinon, tous les malheurs du monde s'abattront sur vous. »

Sur quoi, William Nightingale leva la main droite et plusieurs coups de feu retentirent en même temps, terrorisant les esclaves dont beaucoup se couchèrent, dans un désordre indescriptible. Des marins avaient tiré en l'air avec leurs mousquets, depuis les meurtrières du *barricado*, une sorte de petite forteresse, située sur le pont, dans laquelle l'équipage pouvait se réfugier à tout moment pour tuer les Nègres en cas de mutinerie.

William Nightingale attendit que le silence revienne, puis s'écria, le visage rougeoyant :

« Voilà ce qui arrivera si vous ne nous écoutez pas. Les foudres du Ciel vous tomberont dessus. »

C'est alors que commença l'installation des captifs. La procédure voulait qu'ils fussent, dès leur arrivée, baptisés et marqués au fer rouge sur l'épaule ou la fesse. Le capitaine décida de sauter ces deux étapes qu'il remit à plus tard. Il avait raison : interminable fut la mise en place et aux fers des trois cents Nègres sur le pont inférieur.

Les mâles étaient enferrés deux par deux, la cheville et le poignet gauche de l'un étant attaché à la cheville et au poignet droit de l'autre. Fatigue ou mauvaise volonté, je ne sais, ils traînaient les pieds, même pour recueillir, avant de descendre, les bouchées de manioc que le maître coq avait préparées. À minuit, nous y étions encore, sous les flambeaux qui doraient les corps.

J'étais en nage et, pardonnez-moi, en chaleur. J'avoue que les esclaves me mettaient souvent l'eau à la bouche. C'est ainsi que je suis tombée en extase devant un Apollon sculptural avec des frisottis blanchis sur les tempes et en haut du front. Il se tenait très droit, le sourire en coin, comme s'il prenait tout à la blague, même les circonstances.

Estimant qu'il traînait, un marin au nez de rhinocéros lui donna un coup de fouet sur le bras. L'Apollon s'arrêta et le toisa avec mépris en grommelant quelque chose. Il reçut un second coup de fouet dans la figure. Son front saignait, mon devoir était d'intervenir. Mais il refusa mes soins avec un grand sourire, en levant le menton.

C'est à ce moment-là, à la lueur d'un flambeau, que je vis son incisive ébréchée. Elle m'a rendue folle. On ne dira jamais assez la puissance d'un détail de ce genre, une cicatrice ou un bouton de fièvre, pour compléter la beauté qui n'est grande qu'à condition d'être imparfaite.

Tout en m'empêchant d'intervenir d'un geste de la main, mon Apollon s'approcha du marin qu'il continua de narguer et qui lui fit signe de passer son chemin. Il obtempéra en haussant les épaules et suivit le flot avec une nonchalance moqueuse en se retournant, à plusieurs reprises, pour chercher mon regard.

Ce fut le premier coup de foudre de ma vie. La preuve : je n'avais jamais éprouvé une telle envie d'uriner. Ne pouvant me retenir, j'ai couru jusqu'à un rebord où je me suis accroupie pour finir de me soulager. La nuit aidant, personne n'a rien vu.

L'Apollon m'aurait envoyé une œillade, je me serais jetée à ses pieds pour le supplier d'accepter que je devienne son esclave. J'étais comme un grand feu de forêt qui attend les flots réparateurs. Les joues écarlates, je ne cessais de répéter en mon for intérieur : « Je le veux, je le veux. » J'ai marmonné ça trois jours de suite, même quand je dormais, apparemment, puisque c'est ce que je disais quand je me réveillais.

Je savais que Rigobert aurait refusé que je prenne ce Noir comme assistant : il était trop beau pour que ma demande ne fût pas entachée de suspicion. Je me rabattis sur une femelle au long cou. J'aimais sa nonchalance hautaine, propre aux femmes qui ne doutent pas de leur beauté, et on ne pouvait lui donner tort.

Douce et maternelle, elle portait un nouveau-né qui faisait corps avec son sein offert, un sein appétissant comme une aubergine. Alors que je caressais la tête de son bébé en la regardant droit dans les yeux, elle a murmuré, sans baisser les siens : « Barca. »

Elle a pointé son indicateur sur son front et elle a répété : « Barca. » J'en ai conclu que c'était son nom. J'ai répondu avec le même geste : « Lucile. » Quand je demandai peu après à Rigobert si, par dérogation spéciale du capitaine en second, elle pouvait passer à mon service, il secoua la tête :

« Non, parce que tu t'attacherais à elle. Il ne faut pas avoir de sentiments pour les esclaves, en tout cas sur un navire négrier. C'est le début des ennuis. »

Pendant mes jeunes années à la ferme, je me souviens que mon père disait souvent la même chose des bêtes de boucherie, notamment des veaux ou des chèvres. Ne les caresse pas. Ne joue pas avec. Ne deviens pas leur amie. Sinon, le jour venu, tu souffriras. Tu dois te dire sans cesse, concluait-il, que ces animaux ont été créés pour que tu les manges.

Créés pour que je les mange ? Des quelques mensonges proférés par mon père, il est sans doute le seul auquel je n'ai jamais cru.

Apollon, mon amour

Trois semaines plus tard, après avoir chargé plusieurs lots d'esclaves supplémentaires, le *Liberty*, plein à ras bord de captifs et de vivres, voguait vers les États-Unis.

La traversée de l'Atlantique se déroulant pendant la mauvaise saison, le capitaine, prévoyant un long voyage, avait demandé à Rigobert, au maître coq et à moi-même d'acheter de grosses provisions de victuailles au marché d'Ouidah. J'avais privilégié l'ananas.

C'était l'emblème que le roi Agonglo avait donné à son pays. Avec une devise : « La foudre tombe sur le palmier mais l'ananas y échappe ! » Même s'il n'était pas cité dans les livres de médecine que j'avais consultés à bord, ce fruit me semblait tout indiqué pour combattre le scorbut : quand on le mangeait, c'était comme du soleil qui coulait.

En quelques jours, j'ai acheté deux mille livres[1] d'ananas, principalement secs, mais aussi des bananes, mangues, papayes, goyaves et oranges, pareillement antiscorbutiques, tandis que les autres rapportaient toujours plus de viande sur pied ou en barils. Des vaches, des

1. L'équivalent d'une tonne. *(F.B.)*

chèvres, des poules, ainsi que des barriques de riz, de maïs, de manioc ou de poissons fumés. Pour pouvoir fabriquer mes onguents médicaux ou dentaires, j'ai également fait le plein d'ail, de cannelle et de citron.

Le voyage commença sous les meilleurs auspices, sur une mer molle et sous un ciel pur, avec assez de vent pour avancer. La proue entrait dans les vagues comme dans du beurre. Tout aurait été parfait, n'eût été le malheur des esclaves qui suintait partout, notamment du bois qui pleurait ou gémissait.

Dieu merci, le travail faisait diversion. J'étais toujours, si j'ose dire, sur le pont. Les négriers avaient la hantise des épidémies, de rougeole en particulier, qui pouvaient dévaster une cargaison entière. De temps en temps, un marin me signalait un malade et je me précipitais sur le pont inférieur pour l'examiner. Chaque fois que je pénétrais dans l'antre des esclaves, j'étais saisie par un mélange d'appréhension et de compassion. On aurait dit des christs avant la crucifixion.

Les esclaves étaient en surnombre. Pour gagner de la place, les Noirs, nus sur les planches et enferrés deux par deux, étaient souvent positionnés tête-bêche, les pieds de l'un à la hauteur du visage de l'autre. Je vous passe les odeurs, les querelles, l'espèce de grondement sourd qui montait quand ils n'étaient pas contents, ce qui était souvent le cas.

Ce jour-là, je marchais à quatre pattes sur une mezzanine, au milieu de l'entrepont : le plafond était bas et j'avais du mal à me frayer un chemin au milieu des Noirs assis côte à côte et en rangées, les genoux sous le menton. Je cherchais un malade que l'on m'avait signalé et qui souffrait d'une plaie infectée à la cheville.

Soudain, j'aperçus mon Apollon. Apparemment, il n'était pas affecté par la situation : dans la pénombre, il me sembla qu'il avait la même expression ironique qu'à son arrivée sur le *Liberty*. Je lui fis signe de me suivre et il s'exécuta, entraînant derrière lui le compagnon d'infortune avec lequel il était enferré.

Quand les deux esclaves furent sur le pont, je demandai à un marin de sortir mon Apollon des fers. Après l'avoir examiné, je diagnostiquai une rougeole, ce qui jeta un froid, et je l'emmenai aussitôt dans ce qu'on appelait la salle de quarantaine. Un gourbi infâme qui sentait la mort, mais il y serait mieux que sur le pont inférieur, et libre de ses mouvements.

Après que j'eus fermé la porte, je l'ai pris dans mes bras et serré très fort. Je suis restée longtemps comme ça, l'oreille contre son cœur qui battait le tam-tam, et ça a suffi à mon bonheur. Ni lui ni moi ne voulions brusquer ce grand amour naissant : il ne fallait rien tenter qui risquât de le gâcher.

En dépit des apparences, je ne suis pas une drôlesse à la cuisse hospitalière. Depuis ma petite enfance, je me disais que j'étais venue ici-bas pour une personne, une seule, et je ne doutais plus que ce serait cet Apollon aux dents d'ivoire. J'aimais tout chez lui. Ses muscles, sa bouche, ses ongles, ses orteils que j'avais envie d'embrasser. Sans parler de son air farceur et de sa force intérieure. Cette histoire était beaucoup trop importante pour n'être pas fragile. C'est ainsi que j'ai fait le vœu de ne jamais me donner à lui tant qu'il ne serait pas un homme libre.

Rigobert ne s'est rendu compte de rien. Pour ne pas éveiller ses soupçons, je passais peu de temps dans la pièce de quarantaine, avec celui que j'appelais désormais Apollon et, chaque soir, je toquais à la porte de la cabine du capitaine en second. S'il le désirait, je lui donnais sa récompense avec une sorte d'exaltation, mon sentiment de culpabilité à son égard m'amenant à mettre plus de cœur à l'ouvrage.

*

Dieu sait si je honnis les marchands d'esclaves, mais je m'inscris en faux contre l'idée qu'ils persécutaient sciemment les Noirs. Chez soi, chacun prend soin de ses meubles. À la ferme, de ses bœufs de labour. C'était la même chose avec les Noirs.

Certes, les esclaves supportaient mal le roulis et il régnait sur le navire, malgré tous les lavages, une forte odeur de vomi. Certains dépérissaient à vue d'œil. De plus, les marins, qui appartenaient souvent à la lie de l'humanité, pouvaient avoir la main très lourde avec les esclaves. Mais le capitaine et son état-major les réprimaient aussitôt, qui veillaient, autant que faire se peut, au bien-être de leur cargaison vivante. J'atteste qu'au début du voyage ils ne se servirent guère de leur chat à neuf queues, un fouet avec des nœuds au bout des lanières pour mieux lacérer les chairs.

Le fouet était surtout destiné aux enragés qui, pour d'obscures raisons, amochaient leurs compagnons, ou aux désespérés qui, la tête rentrée dans les épaules, refusaient obstinément de se nourrir. Sur le bateau, il y avait plusieurs appareils pour les forcer à s'alimenter mais, parfois, quelques coups de chat à neuf queues suffisaient à leur rendre de l'appétit.

Sur le *Liberty*, nous avions à cœur de bien traiter les Noirs. Ce fut du moins le cas jusqu'à la tragédie. Tant que le temps s'y prêtait, l'équipage les faisait monter, par petits groupes, sur le pont supérieur. Après avoir vérifié leurs fers, il supervisait la toilette des captifs à l'eau de mer, pendant que des marins procédaient au vidage et au récurage des baquets de déjections sur le pont inférieur, et d'autres, au lavage et au grattage du même pont qu'ils frottaient ensuite avec du vinaigre rouge, pour l'assainir. « Nous, grognaient les marins, on est les esclaves des esclaves. » On ne pouvait leur donner tort.

Les mâles enferrés passaient la journée sur le pont, à manger, à parler, à prendre le soleil ou à regarder les femmes qui, elles, étaient libres de leurs mouvements. Chaque dizaine, l'équipage coupait les ongles et les cheveux des Nègres. Tous les deux ou trois jours, il leur frictionnait la peau avec de l'huile de palme. Nous étions tous aux petits soins : c'était ce qu'on appelait le « rafraîchissement » des esclaves.

Moi, je les examinais régulièrement pour vérifier qu'ils ne couvaient pas des maladies. Je nettoyais leurs blessures. Je les encourageais à s'étirer, à remuer leurs pieds entravés, à boire souvent de l'eau. Certains jours, je leur frottais les dents avec un chiffon pour les rendre plus éclatantes encore.

L'après-midi, c'était la fête : nous faisions danser les femelles et chanter les mâles. Sans doute les esclaves ne riaient-ils pas tous de bon cœur mais le malheur est moins pénible quand il fait beau et que tout s'agite autour de vous.

L'équipage invitait les femmes à broder, fabriquer des bijoux ou concevoir des colifichets. En échange de quoi, elles avaient droit à des parts supplémentaires de nourriture pour elles-mêmes et leurs enfants. Je restais souvent assise à côté de Barca mais Rigobert m'ordonna un jour d'arrêter toute fraternisation : « Si je te surprends encore avec cette Négresse, je la ferai fouetter ! »

*

Un matin, après trois semaines de traversée, le soleil refusa de se lever et le *Liberty* entra dans une nuit d'encre. Il était environ midi quand l'océan nous tomba subitement sur la tête, tandis que les vagues se déchaînaient contre le navire en mugissant comme des taureaux.

La tempête dura plusieurs jours. Pour empêcher les inondations, il fallut fermer les écoutilles et l'air devint rapidement irrespirable sur le pont inférieur que les esclaves ne quittaient plus, ballottés jour et nuit par un roulis infernal, au milieu des baquets de déjections qui se renversaient.

Je fus submergée par la honte et la compassion : dans leur cercueil géant, les Noirs faisaient preuve de ce mélange de fatalisme et d'endurance qui est l'une des nombreuses particularités africaines. Souvent, dans la journée, j'allais rendre visite à Apollon. Il avait de la chance. En dépit du règlement, je lui avais retiré ses fers et personne ne pouvait le savoir, car personne ne se serait aventuré à ouvrir la porte de la petite pièce où mon prétendu rougeoleux devait attendre la fin de sa quarantaine.

C'était un artiste, Apollon. Avec le langage des mains, il m'a fait comprendre qu'il voulait sculpter ; dans la réserve du charpentier du bateau, j'empruntai plusieurs outils, notamment un burin et un marteau, ainsi que de petits morceaux de bois. Depuis, mon homme passait ses journées à tailler des sculptures ou des figurines.

Je le nourrissais bien et pendant qu'il prenait son repas du soir, j'embrassais ses mains, ses genoux, ses pieds. Je lui murmurais des mots d'amour et même si je ne comprenais rien de ce qu'il me soufflait ensuite à l'oreille, je sais qu'il m'en disait aussi.

Un soir, alors que le navire virait et revirait dans un tumulte de tourbillons, je m'étais échinée, l'estomac sur les lèvres, à donner du plaisir à Rigobert. Avant que je prenne congé de lui, il avait soufflé :

« Qu'est-ce que tu fricotes avec ton Nègre ?

— J'essaie de le guérir.

— Admettons, marmonna-t-il. En attendant, le capitaine a des doutes. Il m'a chargé de vérifier si tu n'étais pas une fille. Qu'est-ce que je fais ?

— Tu lui réponds que c'est faux.

— Il ne faut jamais mentir au capitaine, Lucile. S'il découvre la supercherie, il va devenir fou. N'oublie pas qu'il a droit de vie ou de mort sur tout le monde, à bord de son bateau. Dans le passé, il en a déjà usé.

— Est-ce une façon de me prévenir que tu vas me balancer ?

— Non. Je cherche simplement ce que je dois lui répondre. Je crains qu'il ne décide de te faire déshabiller pour en avoir le cœur net. »

Je crois que j'aurais été jetée par-dessus bord si, une fois encore, la Providence n'avait veillé sur moi. Ce sont les esclaves qui m'ont sauvée.

26

Les mutinés du Liberty

Alors que l'océan nous faisait la guerre, en lançant contre nous des vagues toujours plus cruelles, j'étais impressionnée par la maîtrise de soi des esclaves. Il fallait qu'ils fussent des saints, me disais-je, pour supporter leur sort. Mais je me trompais : en fait, ils étaient déchaînés.

Nous n'avons pas vu venir la mutinerie. Elle n'était pourtant pas improvisée : elle est partie au même moment de plusieurs endroits du bateau, alors que, le beau temps revenu, nous avions repris nos habitudes et que les marins faisaient monter les Nègres sur le pont pour qu'ils se rafraîchissent.

Un grand cri de rage donna le signal, aussitôt repris par toute la cargaison en furie, et il apparut que, pendant les journées où ils étaient restés confinés sur le pont inférieur, plusieurs mâles en avaient profité pour se libérer de leurs entraves. Soit en tortillant leurs poignets et leurs chevilles pour faire glisser les fers, soit en s'attaquant aux verrous avec un clou, un burin ou un tournevis.

Quand, pendant la tempête, ils avaient vidé les baquets de déjections ou donné leurs rations aux Nègres, les marins n'avaient rien vu : le tangage du navire et la pénombre les avaient empêchés de bien contrôler les fers des captifs.

Ils étaient maintenant une trentaine d'esclaves à courir sans menottes ni entraves au pied. William Nightingale fut leur première victime. Alors que, un pistolet à la main, il ordonnait aux mutinés de retourner sur le pont inférieur, un Noir lui prit son arme tandis qu'un autre lui plantait un gros éclat de bois dans le ventre.

Le capitaine est tombé sur le pont en couinant de douleur. L'ayant saisi par les mains, j'ai traîné sa carcasse sur le dos jusqu'au *barricado*, pendant que plusieurs captifs, veillant à m'épargner, lui donnaient des coups de burin ou de bâton sur les jambes. Les mutinés m'ont finalement laissée entrer dans la petite forteresse : apparemment, ils pensaient que j'étais de leur côté, même si je restais un peu de l'autre.

Les Noirs se sont calmés dès que les marins ont commencé à les canarder au mousquet et au canon depuis les meurtrières du *barricado*. Parmi les esclaves, il y eut six morts et neuf blessés. Le bilan aurait été plus léger si les marins n'avaient tenu à leur infliger une leçon.

Du côté de l'équipage, nous eûmes un mort et deux blessés dont Nightingale. Je râlais en pensant au travail qui m'attendait. Parmi les victimes, il fallait compter aussi le perroquet Émile qui, pendant la bataille, resta bêtement accroché à l'épaule de Rigobert et reçut en pleine tête la planche destinée à assommer son maître qu'on n'a, dès lors, plus vu sur le pont.

Quand l'ordre fut rétabli, je transformai la grande chambre du capitaine en hôpital. Nul besoin d'examiner longtemps Nightingale pour comprendre que la cause était perdue. L'éclat de bois avait été enfoncé dans les tripes et quand je l'ai retiré, je découvris à la surface de la plaie une grosse motte de sang, qui frémissait comme un embryon.

« Je vais vivoueu ? m'a demandé le capitaine.

— Bien sûr, dans deux ou trois jours, vous serez sur pied. »

Je lus dans ses yeux qu'il ne me croyait pas.

« Dites-moa que je vais vivoueu, supplia-t-il.

— Je vous le jure. »

Le mensonge est mon métier. Le parjure aussi. Il sembla soulagé. Il ne faut jamais dire la vérité aux patients : sinon, elle les tue encore plus vite que la maladie. C'était une des leçons que j'avais retenue de Frochon.

Mon expérience de la guerre de Vendée ne me laissait aucun doute : le capitaine mourrait sous peu d'une putréfaction du ventre ou de la gangrène de la jambe gauche dans laquelle j'avais repéré, au fond d'une blessure, plusieurs éclats d'os. Je recouvris ses plaies de ma poudre d'ail et de cannelle, puis les pansai avec soin avant de lui donner à boire deux grands verres d'eau-de-vie.

Sur tous les Nègres blessés, j'étais sûre de n'en sauver qu'un seul auquel la balle avait arraché une oreille et un bout de peau de crâne. Il semblait totalement scandalisé par son sort et le fut plus encore après que j'eus frictionné à l'eau-de-vie ses lambeaux de chair brûlée. Souvent, il faut faire le bonheur des esclaves malgré eux : ils ont en commun avec les hommes libres d'oublier tout, excepté d'être ingrats.

*

Nouveau commandant du *Liberty*, Rigobert Graindorge condamna à trente coups de fouet les trois Noirs soupçonnés d'être les meneurs avant de les interroger avec des tenailles sur le complot qui avait préparé la mutinerie.

Pendant leur interrogatoire, ils ont hurlé des choses que les domestiques noirs peinaient à traduire. Sans doute des insultes. En tout cas, pas des informations. Pour impressionner les autres esclaves, Rigobert demanda alors aux marins d'exposer leurs carcasses sanglantes sur les trois mâts du *Liberty* : attachés avec des cordes par les bras, comme les larrons du Christ, les malheureux avaient la tête penchée de Jésus sur sa croix.

Cette mise en scène macabre dura deux jours. Après la mort du premier mutiné, Rigobert ordonna de les jeter tous les trois à la mer, « pour l'exemple », en présence d'une partie des autres esclaves qu'il convoqua sur le pont.

Je ne reconnaissais plus Rigobert. Je le soupçonnais d'avoir perdu la raison à cause du chagrin que lui avait causé la mort d'Émile. Mais je comprenais qu'il fût à cran : on ne pouvait imaginer autant de haine, de terreur et de malheur concentrés sur une surface aussi réduite : nous étions sur une poudrière. La traite négrière m'apparaissait soudain dans sa vérité, il n'y avait nul besoin d'en rajouter.

Dans son célèbre roman *Moby Dick*, Herman Melville, un plaisantin de grand talent, exagère quand il prétend que les requins se mettaient souvent dans le sillage des navires négriers, pour se repaître des esclaves morts ou malades, régulièrement expédiés par-dessus bord. Sornettes !

Si je n'ai jamais aperçu l'aileron d'un requin dans l'Atlantique, j'ai toutefois bien vu Rigobert poser de gros colliers de fer sur plusieurs esclaves récalcitrants. L'un d'eux, un Nègre hurleur, fut affublé, en plus, d'une « muselière de la mégère », une sorte de carcan de quatre bandes métalliques avec une plaque sur le bas du visage entre le nez et le menton : à la hauteur de la bouche, quelques petits trous lui permettaient de s'alimenter un peu. Autant dire qu'il en rabattit.

J'évitais les regards des esclaves. À quelques exceptions, je ne voyais dedans que de la rage et une envie de tuer. La répression ne faisait qu'accroître la tension.

« Crois-tu que ça m'amuse ? s'écria Rigobert. Je déteste ça mais je n'ai pas le choix ! Dans ces moments-là, on est condamné à la violence, c'est une question de survie. Sinon, on va tous y passer. Veux-tu connaître le sort de Nightingale ? »

Sous l'effet de ses nouvelles responsabilités, Rigobert se transforma en brute, métamorphose qui ne l'empêchait pas de citer des maximes de Jean-Jacques Rousseau comme :

« Suffit-il de n'être jamais injuste pour être toujours innocent ? »

Ou encore :

« L'homme est né libre et partout il est dans les fers. Tel se croit maître des autres, qui ne laisse pas d'être plus esclave qu'eux. »

Au bal des faux-culs, Rousseau sera toujours le meilleur danseur.

J'exécrais cette bonne conscience que Rigobert allait puiser chez le philosophe préféré de Robespierre. Notre nouveau capitaine n'était rongé par aucun doute : le pouvoir est une maladie qui monte à la tête des mâles et peut les transformer en monstres. Entre nous soit dit et qu'on me pardonne ce coq-à-l'âne, il ne monte jamais à la tête des femmes. Il n'y a même pas de nom pour le féminin de tyran, c'est tout dire : vous n'en trouverez pas une seule dans l'Histoire. Mille excuses, je nous préfère.

Même si ce n'était plus de bon cœur, je continuais mes visites nocturnes à Rigobert : il occupait désormais la grande chambre de Nightingale qui avait fini par mourir, après que la pourriture eut chassé l'âme de son corps violacé. Je lui donnais tout ce qu'il me demandait. Pour Apollon, pour moi, pour notre amour, je mettais toujours du cœur à l'ouvrage.

Chaque fois qu'il avait eu son plaisir, nous conversions autour d'un spiritueux à la pelure d'orange. C'était un rite. Un jour où un marin s'était fait croquer un doigt par un esclave, j'avais dit à Rigobert mon inquiétude sur l'état sanitaire et mental de la cargaison. Il abonda dans mon sens :

« Si on ne fait rien, on va encore avoir une nouvelle mutinerie et on ne peut se permettre de perdre plus d'esclaves quand on pense que chaque tête vaut presque trente livres. »

Il baissa la voix et prit un air de conspirateur :

« Je sens monter quelque chose, il n'y a pas un jour sans qu'un marin se fasse mordre ou attaquer. J'ai repéré les Nègres les plus malfaisants. D'un côté, je me dis qu'il faut les jeter à la mer et de l'autre, je sais que c'est une erreur : Mr Wickidee me dénoncera auprès de l'armateur qui diminuera d'autant mes gages et ne me redonnera plus de travail. Que proposes-tu, Lucile ? »

La première solution qui me venait à l'esprit, c'était

l'alcool. J'en mettais déjà, pour la purifier, dans la boisson des Noirs. Devenue rousse et malodorante, elle grouillait de petits vers blancs. C'était la meilleure façon d'éviter les maladies. Je proposai de rajouter plus d'eau-de-vie dedans : ça adoucirait leurs mœurs.

« Oublie, répondit Rigobert. L'eau-de-vie à haute dose abrutit complètement les Nègres quand elle ne les rend pas plus agressifs. Je crois qu'on devrait essayer autre chose… »

27

Treize Négrons

« Il faudrait châtrer les meneurs. »

Rigobert était content de son idée. Je veillai à ce que rien, sur mon visage, ne trahisse ma pensée.

« Il y a longtemps, reprit-il, j'étais mousse sur un bateau qui allait acheter des tas de choses à Zanzibar. Des clous de girofle, des défenses d'éléphant, notamment. Au marché aux esclaves, j'ai vu comment les mahométans procédaient avec les Nègres mâles. Sur ce plan, leur civilisation a plusieurs longueurs d'avance sur la nôtre. Ils sont allés au bout de la logique. »

Nous étions assis côte à côte sur le lit. Rigobert s'approcha de moi et commença à me peloter. Je feignis de me pâmer sous ses caresses comme une chatte aimante. Mais j'ai vite compris qu'il était moins excité par moi que par ce qu'il ruminait.

« À Zanzibar, reprit-il, il n'y en a que pour les eunuques : ils valent beaucoup plus cher que les autres. Il y a ceux dont on a seulement tranché les bourses et il y a ceux auxquels tout a été coupé au rasoir, les testicules aussi bien que la verge. Ceux-là, c'est la crème de la crème. »

Je poussai un cri :

« Comment pissent-ils ?

— Grâce à une tige de bambou plantée dans l'urètre. Dans les deux cas, la castration donne des êtres dignes et posés qui forment l'aristocratie des esclaves... »

Il se leva pour me servir un autre verre :

« L'ablation totale des parties au ras du ventre se pratique seulement chez les jeunes mâles, et elle est dangereuse. Il y a pas mal de pertes, je le reconnais. Mais l'autre opération est relativement facile, je suis sûr que ce serait un jeu d'enfant pour toi... »

Rigobert était fasciné par le modèle de l'esclavage à la mahométane[1] qui, d'après lui, avait été « pensé ». Nubiens, Nigérians, Éthiopiens, Slaves, Espagnols, Catalans ou Provençaux, les esclaves razziés sur leurs terres avaient été émasculés quand il s'agissait de mâles, pour éviter qu'ils ne se reproduisent et ne submergent un jour le peuple musulman. Comme pour les bovins ou les chevaux, la castration avait aussi l'avantage de les rendre plus obéissants et moins agités. Non seulement leur caractère était adouci mais ils ne connaissaient pas les chaleurs, si épuisantes pour l'entourage.

---

1. La traite orientale ou arabo-musulmane a duré jusqu'au XXᵉ siècle, la vente d'esclaves n'ayant vraiment cessé à Zanzibar qu'en 1964 : elle aurait concerné, selon les sources, entre dix-sept et vingt millions d'Africains. Pour éviter que les esclaves ne fassent souche, les Arabes faisaient châtrer les jeunes mâles par les trafiquants avant qu'ils les leur vendent, car le Coran interdit la castration.

Du XVIᵉ au XVIIIᵉ siècle, les corsaires barbaresques auraient récolté plus d'un million de mâles sur les côtes européennes pour les réduire en esclavage en Afrique du Nord, notamment en Algérie.

Sur la traite intra-africaine, les chiffres avancés tournent autour de treize ou quatorze millions de personnes. Quant à la traite transatlantique avec les Amériques, elle aurait prélevé sur le continent africain entre onze et treize millions d'esclaves dont une partie non négligeable est morte pendant la traversée. (F.B.)

« Que serions-nous devenus sans les hongres et les bœufs ? demanda Rigobert. On serait encore à courir après nos bêtes pour les rattraper. La castration a été un pas de géant dans l'histoire de l'humanité. »

Rigobert laissa s'installer un silence que j'interrompis par un soupir :

« Si tu veux que je coupe les couilles des meneurs, c'est une mauvaise idée. Je n'ai jamais fait ça et ils risquent tous de mourir d'infection ou d'hémorragie.

— Et alors ? De toute façon, si tu ne les castres pas, je serai obligé de m'en débarrasser. C'est eux ou nous, tu comprends, je ne vais pas attendre, les bras croisés, de me faire égorger à la prochaine mutinerie. »

N'ayant pas le choix, j'ai donc bistourné les treize Noirs que les marins considéraient comme les plus dangereux et qu'ils ont amenés un par un à l'arrière du pont, où j'officiais.

J'utilisais la même technique que pour les veaux de Saint-Aubin-sur-Mer au détail près que je leur ai bandé les yeux. Assistée par quatre marins qui les maintenaient debout et les empêchaient de bouger, j'abreuvais les Noirs à châtrer d'eau-de-vie, au point qu'ils ne manifestaient plus aucune résistance quand, assise sur une chaise devant leurs organes, je tuais l'homme en eux.

D'abord, je tirais très fort et à plusieurs reprises leurs testicules au fond des bourses pour bien les assouplir, comme si je les trayais, avant de les repousser en haut, tout contre l'abdomen, en les pressant très fort. Après quoi, je frictionnais énergiquement le bas du sac scrotal pour détruire les adhérences qui s'y trouvaient, avant de gratter la peau de bas en haut avec l'ongle du pouce pour finir de déchirer le dedans et, comme disent les bistour-neurs, de « rompre le bâtiment ».

Quand les bourses, débarrassées de leurs entraves fibreuses, étaient enfin libres de leurs mouvements, prê-tes à enchaîner les culbutes, je pinçais entre les doigts l'un des deux cordons spermatiques et, de l'autre main, remontais le testicule correspondant, le cul en haut, en le poussant vers le dehors jusqu'à le faire tourner autour de lui-même autant de fois que possible. Je ne sentais aucune différence avec des couilles de veau.

Après quatre ou cinq tours, lorsque je sentais une forte résistance du cordon tordu, sur le point de casser, je refoulais le testicule tout en haut du scrotum. Enfoui contre l'anneau inguinal et retranché du monde des vivants, il y oublierait à tout jamais ses ardeurs génériques en s'atrophiant et en se mélangeant à la seconde couille dans une sorte de bouillie fibreuse et mollasse.

Quelques jours plus tard, quand le sac scrotal aurait dégonflé, il serait vide et flotterait comme du linge à sécher. Les esclaves auraient changé de nature. Pour les plus jeunes d'entre eux, je suis sûre que leur chair rede-viendrait délicate et tendre, comme celle des bébés, des agneaux ou des porcelets.

Après la castration, les animaux changent de nom. Les taureaux deviennent des bœufs. Les chevaux, des hongres. Les béliers, des moutons. Les verrats, des cochons. Les coqs, des chapons. Rigobert décida que l'on appellerait les esclaves castrés des « Négrons ».

J'avais demandé que soit libérée sur l'entrepont une pièce où seraient désormais confinés mes treize « Négrons », les fers aux pieds et les mains menottées derrière le dos. Pour stimuler leur appétit et leurs organes gastriques, je leur ai fait absorber de force, chaque matin, plusieurs cuillerées de sel. C'était encore une idée de Rigobert. Les effets n'ont pas tardé à se faire sentir : réclamant toujours plus de maïs et de manioc, ils ont forci. Dans le noir et sous des couvertures comme des bêtes à l'engraissage à qui est interdite toute forme de distraction, ils n'avaient rien d'autre à faire que de manger, dormir, boire et remplir les baquets de déjections. À mesure qu'ils prenaient de la graisse, il me semblait qu'ils devenaient moins nerveux, j'allais dire moins haineux.

*

Le soir, quand je retrouvais Apollon dans la pièce de quarantaine, il me montrait son travail du jour puis je m'asseyais à ses pieds et posais ma tête sur ses genoux. Il mettait sa main sur mes cheveux qu'il caressait délicatement et je commençais à rêvasser. C'était bien, c'était notre rite.

Le grand amour, c'est quand on est heureux de ne rien faire ensemble, que tout s'arrête autour de vous, le temps, le bruit, le vent. Je lui disais mon amour en français et il me semblait qu'il me disait le sien dans sa langue. Souvent, à en juger par ses poings serrés, il exprimait aussi sa colère et je la buvais comme je buvais tout chez lui.

Après la naissance qui nous arrache au ventre de nos mères où la vie était si belle, il nous manque toujours quelque chose. Avec Apollon, j'étais sûre de l'avoir retrouvé. Mais quand je pensais à ce qui nous attendait, j'étais dévastée et je commençais à trembler. De peur, de haine.

N'était-il pas stupide de s'amouracher d'un esclave avec lequel je ne pouvais parler que le langage des signes, et dont je serais bientôt séparée parce que je n'aurais jamais assez d'argent pour pouvoir l'acheter ? Les amours sont éternels quand ils sont en danger. Ce qui faisait la force du nôtre, c'était sa totale faiblesse.

Plus d'une fois, je me suis réveillée en sursaut sur les genoux d'Apollon avant de me lever d'un bond : il faisait nuit. C'était l'heure de Rigobert.

28

Comme une ogresse affamée

Une semaine plus tard, quand il apprit que treize Nègres de la cargaison avaient été châtrés, Tom Wickidee entra dans une colère noire contre Rigobert Graindorge. Mon anglais étant encore rudimentaire, il me fallut attendre la traduction de notre nouveau capitaine.

Tout chrétien qu'il fût, Mr Wickidee ne s'était pas mis dans cet état pour des raisons éthiques. Selon lui, le capitaine gâchait la marchandise : il n'y avait pas de marché pour les eunuques. Ils se vendraient moitié prix, moins de dix livres pièce : les Blancs préférant toujours les Noirs couillus sous prétexte qu'ils étaient plus musclés.

Avec la hargne des petits, le subrécargue sautait devant Rigobert, et aboyait comme un roquet qui aurait cherché à mordre le garrot d'un buffle. Le capitaine fut très patient. Il attendit que Mr Wickidee lui donne un coup de poing dans le ventre pour l'envoyer valdinguer contre la rambarde.

Rigobert regretta tout de suite son geste et présenta ses excuses à Mr Wickidee en lui rappelant qu'il venait de perdre son perroquet et qu'il vivait des heures difficiles. Après quoi, il me chargea de redonner leur virilité aux « Négrons ».

Quand j'eus sorti les testicules de leur cercueil abdominal, puis détortillé les cordons spermatiques, je compris qu'il n'y avait rien à faire : en quelques jours, leurs appareils de reproduction avaient été anéantis.

En tirant leurs cordons, je craignais qu'ils ne se rompent. On aurait dit des lambeaux de ficelle rongés par l'usure. Dans la nature comme dans la vie, la deuxième chance n'existe pas. Il y avait déjà quelque chose de féminin dans mes «Négrons», de la grâce et de la douceur. De la classe aussi.

Pour les rendre plus attrayants à la vente, je décidai de les aérer et de faire travailler leurs muscles en leur imposant des marches quotidiennes d'une heure ou plus, les fers aux pieds, sur le pont. Ils reprirent, si j'ose dire, des couleurs.

Sur le *Liberty*, l'atmosphère s'était détendue : alors que nous approchions des côtes américaines, un mélange d'excitation et de bonne humeur avait gagné l'équipage qui le transmettait à toute la cargaison. Le temps devenant plus clément, même s'il restait froid, nous étions à nouveau aux petits soins des esclaves qui avaient droit à de longs séjours sur le pont où ils étaient invités, entre deux massages, à pratiquer toutes sortes d'activités. Ils retrouvaient peu à peu la forme. Parfois même le sourire.

*

Quand la vigie hurla que l'Amérique était en vue, les marins éclatèrent de joie. Hurlant, s'embrassant et courant dans tous les sens, on aurait dit qu'ils fêtaient la fin d'un long supplice.

Les marins aussi étaient victimes des traites négrières.

Certains avaient des ecchymoses sur le corps, souvenirs du scorbut, d'autres étaient pliés en deux à cause du ver de Guinée, une sale bête de plus d'un mètre de long, qui leur trouait la panse avant de circuler dans leur corps. Sans parler des tremblements chroniques, des peaux mangées par la gale ou des pieds en état de décomposition.

Alors que notre navire filait vers la Virginie, les Noirs restaient circonspects : quand nos ennemis sont heureux, semblaient-ils se dire, il n'y a aucune raison de se réjouir. Ils n'avaient pas tort et la honte m'envahit quand Mr Wickidee commença l'inventaire de la marchandise.

Le subrécargue se faisait amener chaque esclave, le palpait parfois, notait ses caractéristiques sur un cahier et fixait un prix de base. Quand il eut terminé sa besogne, il établit que la cargaison de chair noire s'élevait à quatre cent trente-deux têtes : il n'y avait eu que dix-neuf morts pendant le voyage.

En plus des quatorze Nègres décédés après la mutinerie, cinq pertes avaient été enregistrées dont celles de deux Négrillons : l'un des taux de mortalité les plus bas jamais observés pendant une traversée. Nous avions échappé au scorbut, à la dysenterie ou à la rougeole dont Apollon avait été prétendument atteint.

La quarantaine d'Apollon étant achevée, Mr Wickidee tint à lui rendre visite. En entrant dans son repaire, il a sifflé d'admiration. Je détestai la façon dont il examina la denture de mon homme avant de lui mettre la main au panier et de lui tripoter les boules. Après ça, j'ai eu avec le subrécargue la conversation qui suit, traduite par le maître coq :

« Le premier objectif de notre métier, dit Mr Wickidee,

est de ramener le maximum de têtes vivantes à destination. Vous avez réussi mieux que personne : vous êtes une négrière dans l'âme et je vais vous faire embaucher pour la prochaine traversée.

— Mille mercis, répondis-je, mais je n'ai fait que mon devoir. Si je peux vous demander une faveur, monsieur, ce serait de m'offrir cet esclave en échange de mes services passés et à venir… »

Mr Wickidee secoua la tête :

« Non, désolé. Cet esclave vaut cher. Il sait travailler le bois et les ébénistes sont très demandés dans le Sud où on aime les belles choses. En plus, ce Nègre-là a tout du produit recherché : coulant, pas vicieux et bien membré. Au marché, je prends tous les paris : on va se l'arracher.

— Je peux vous l'acheter à crédit.

— La maison ne fait pas crédit.

— Je vous rembourserai en travaillant gratuitement pour votre compagnie aussi longtemps qu'il le faudra.

— N'insistez pas. Je sens que vous aimez ce Nègre, c'est très malsain. »

Je fermai les yeux et m'écriai :

« Vous n'avez pas le droit de dire ça ! Je vous jure que je n'éprouve aucun désir… pour… cette… chose. »

Je mens toujours très bien, surtout quand je jure. Apparemment, il me crut.

« Je ne parle pas d'amour charnel, murmura-t-il, mais d'un amour comme celui de Jésus envers les pauvres. L'amour qui sème la révolte. Les aimer est la chose à ne pas faire avec les esclaves, ils abusent de vous et on s'expose alors à de très grands malheurs que je voudrais vous éviter.

— Je ne comprends pas.

— Vous comprendrez très vite. »

*

Le samedi suivant, à Alexandria, ville alors détachée de la Virginie et annexée au district de Columbia, la vente aux enchères fut un triomphe pour Apollon : habillé d'une chemise blanche et d'un pantalon noir, mon homme a battu tous les records. Enfin, pour être précise, juste derrière un autre esclave, un géant avec des mains comme des massues.

C'était encore l'hiver mais un petit vent tiède réveillait tout, les arbres, les herbes, les bêtes et l'humeur des gens. La vente eut lieu sur une place, au milieu de baraques de kermesse et dans une odeur de graisse frite, pendant qu'un orchestre de fortune jouait des airs populaires.

Apollon et le géant avaient été mis aux enchères avant le reste de la cargaison. Sitôt qu'ils apparurent sur l'estrade, au son d'un tambour, ils firent la révérence en abaissant leur chapeau, déclenchant une salve d'applaudissements. Ils ont fait ensuite plusieurs pas de danse avant d'envoyer des baisers à la foule, sous les rires. Ils semblaient heureux d'être là. Deux comiques.

Le premier fut présenté comme un travailleur de force éléphantesque et, pour le prouver, il souleva un bloc de pierre, puis une poutre. Apollon fut décrit comme un artiste et un menuisier : le bonimenteur qui faisait l'article montra au public plusieurs de ses sculptures et figurines qui, apparemment, furent appréciées.

Le premier esclave partit vite, à un prix très élevé qui provoqua des cris de surprise. Après quoi, il y eut autour d'Apollon une bataille entre deux enchérisseurs. D'un côté, un gros bonhomme avec un nez comme une éponge au milieu de deux bajoues tuméfiées. Il m'inspirait bien, les ivrognes m'ont toujours inspirée. De l'autre, un petit homme à la peau dorée, aux traits fins et aux sourcils charbonneux, avec des jambes en manches de veste, juché sur des talonnettes. Une petite gouape nerveuse et impatiente.

Ce fut le second qui l'emporta. Quand je demandai à Rigobert le nom et l'adresse de l'acquéreur d'Apollon, il s'en est enquis sans me poser de questions avant de revenir un moment plus tard avec un morceau de papier sur lequel était écrit : Henry Eggleton, Charlottesville, comté d'Albemarle.

« Cachottière, ironisa-t-il, tu ne m'avais pas dit que tu en pinçais pour ce Noir.

— Ce n'est pas ce que tu crois ! »

C'était la formule la plus bête qui soit. Rigobert cligna de l'œil :

« Tu as dû bien t'amuser pendant sa quarantaine. Je reconnais qu'il est beau. Il l'était même davantage quand il n'avait pas les cheveux teints. »

Il s'approcha et me souffla à l'oreille :

« Chez nous, il est recommandé de ne pas tomber amoureux des Nègres. Je sais qu'ils peuvent être excitants, mais c'est contre nature, comme la sodomie ou la zoophilie. Si tu veux récupérer ton gars, il n'y a qu'une solution : que tu t'intègres ici et que tu gagnes beaucoup d'argent avec la médecine et la dentisterie, avant d'aller voir, un jour, cet Eggleton et de lui faire une proposition qu'il ne pourra pas refuser. »

Il posa sa main sur mon épaule, puis murmura :

« Je t'aiderai, Lucile. Tu peux compter sur moi. Je vais t'introduire partout. »

J'ai fondu en larmes. Dans la vie, c'est souvent de ceux dont on attend le moins que l'on reçoit le plus. Le cynisme de Rigobert n'était qu'une façade. C'était un grand sensible qui portait un secret qu'il ne m'avait pas encore confié.

Les esclaves du *Liberty* trouvèrent vite preneurs. Il est vrai que, les jours précédents, nous les avions rafraîchis et chouchoutés, sinon dorlotés. On leur avait coupé les ongles et les cheveux que l'on teignait quand ils grisonnaient. On avait massé leurs corps avec de l'huile et dissimulé leurs blessures, notamment aux pieds, à cause des fers, sous des couches de nitrate d'argent. Quant à leurs dents, on les avait blanchies en les frottant avec un chiffon enduit d'un opiat de mon invention, à base de citron et de vinaigre de cidre.

C'est Tom Wickidee qui avait tout supervisé. Rien n'avait été laissé au hasard. Après une petite friction à l'eau de Cologne, les Noirs étaient invités à exprimer leur joie quand, sortant des stabulations où on les avait parqués, ils montaient sur l'estrade devant laquelle était dressé un grand rideau.

Sitôt le rideau ouvert, il leur arrivait d'en faire trop mais, la plupart du temps, ils donnaient bien le change quand ils riaient, sautaient et gigotaient, sous la surveillance d'un grand gaillard à tête de croquemitaine avec un fouet à la main et un pistolet à la ceinture : l'assistance pouvait ainsi vérifier qu'ils ne souffraient pas du dos ni de problèmes d'articulations, les deux grands ennemis des travaux des champs.

À la fin de la journée, nous avions vendu trois cent

soixante-treize têtes, Négrons compris, sur une cargaison de quatre cent trente-deux. Parmi les cinquante-neuf esclaves restants, il y avait beaucoup de Négrilles et de Négrillons que Mr Wickidee vendrait à un marchand en gros. L'Amérique était une ogresse affamée qui avait besoin de mains, de bras, de pieds. Elle se ruait, la bave aux lèvres, sur tous ces corps noirs et cambrés à elle offerts : je voyais dans les yeux des acheteurs cette folie furieuse que je retrouverais plus tard lors de la ruée vers l'or.

V

MES CHÂTEAUX DE SABLE
EN AMÉRIQUE

1797-1814

29

Jours tranquilles à Charlottesville

Virginie, 1797.

À Charlottesville, à trois ou quatre miles de la plantation où travaillait Apollon, Rigobert possédait une petite
maison envahie par les souris, les toiles d'araignée, et les
tiges de lierre qui couraient jusque dans le salon.

Le jardin était comme une forêt dévastée par l'hiver.
Au-dessus de la boîte aux lettres, à droite de la porte
d'entrée, une pancarte en bois indiquait : «Mr et Mrs
Graindorge.» Quand je lui demandai pourquoi il ne
m'avait jamais parlé de sa femme, Rigobert feignit l'étonnement :

« C'est vrai, j'avais oublié... parce qu'elle est en prison.

— Qu'est-ce qu'elle a fait ?

— Elle a essayé de me tuer.

— Pourquoi ?

— Parce que je la trompais.»

Il ouvrit sa chemise et me montra la cicatrice qu'avait
laissée sa tentative d'assassinat à l'arme blanche : un bour-
relet de chair rose à la hauteur du cœur. Rigobert avait
tout fait pour inciter à la clémence les jurés populaires mais ces culs cousus ne souffraient pas qu'elle se
fût attaquée à son mari au sein même d'une église et,

circonstance aggravante, pendant la messe dominicale, devant des enfants.

« Il ne faut jamais épouser de femme jalouse, dit-il. Elles sont si infernales qu'on ne peut pas s'empêcher de les faire cocues. C'est ce qui est arrivé avec la mienne. »

Rigobert renifla.

« Heureusement qu'on n'avait pas d'enfants, reprit-il. On venait juste de se marier. »

Un silence. Sa gorge s'est serrée et il m'a semblé que ses yeux étaient humides quand il a poursuivi :

« Le pire est qu'elle m'aime et que moi aussi, je l'aime. On a prévu de vivre de nouveau ensemble quand elle aura fini de purger sa peine, dans un an et neuf mois.

— Tu vas la voir à la prison ?

— Non, je ne l'ai plus revue depuis le procès, il y a cinq ans. Elle ne veut pas. Mais j'ai souvent des nouvelles d'elle par sa mère. »

J'ai pris sa bouche comme un fruit sur l'arbre avant de l'embrasser comme si je la mangeais. Après quoi, je lui ai demandé :

« Cela veut dire que ça sera fini entre nous quand elle sortira de prison ?

— C'est ce que j'essayais de te faire comprendre. En attendant, je te propose une belle histoire d'amour.

— Avec un négrier qui a du sang sur les mains ?

— Qui n'a pas de sang sur les mains ? Et puis, celui dont tu parles, tu sais bien que ça n'est pas moi, mais un autre qui cherche à gagner honnêtement sa vie. »

L'histoire d'amour ne fut pas aussi belle qu'il me l'avait annoncé. D'abord, elle était condamnée à être provisoire : je restais bien décidée à retrouver Apollon dès que je me serais acclimatée au pays. Ensuite, malgré les apparences, Rigobert était un homme très conventionnel qui aimait manger à heures fixes et que les repas traînent en longueur. S'il en avait eu les moyens, je crois qu'il aurait passé toute sa vie à table, à commenter les plats. Son humeur était indexée sur la qualité de mes menus.

Je n'avais pas vocation à être sa cuisinière ni sa boniche. D'autant moins que le cabinet de dentisterie et de médecine par les plantes, que j'avais ouvert à son domicile, attirait de plus en plus de monde. Au bout de six mois, je m'étais déjà fait un nom dans la région et, mon anglais étant devenu mieux que rudimentaire, je me sentais en état de voler de mes propres ailes. C'est alors que Rigobert m'annonça qu'il devait repartir sous peu sur un navire négrier, le *Heaven*, affrété par la compagnie qui possédait déjà le *Liberty*.

La veille de son départ, Rigobert acheta deux perruches à collier et à bec rouge avec leurs cages. Des enquiquineuses dans de somptueuses robes vertes avec des reflets jaunes et bleus. Elles ne s'entendaient pas. La première était pour moi, l'autre pour lui. « Avec ces deux-là, dit-il, on pourra communiquer à distance et on restera toujours ensemble, d'une manière ou d'une autre. » J'ai baptisé la mienne « Charlotte Corday ».

Rigobert croyait que les animaux avaient des âmes qui pouvaient traverser les océans et se parler entre elles. Il poursuivait beaucoup de rêves et de chimères de ce genre. Moi, je ne poursuivais rien. Au contraire, je fuyais tout. La Révolution, la prison, la populace et la guillotine.

Avant le baiser d'adieu, il me recommanda de bien laisser la clé sous le pot de fleurs, au cas où me viendrait l'envie de déménager.

Mon cabinet s'est développé si vite que j'ai dû prendre deux jeunes aides. Deux abolitionnistes. La première, Anaïs, une grande gigue un peu revêche, avec des seins comme des gants de toilette, m'assistait dans mon travail. Elle avait un regard de girafe, lassée par le monde.

La seconde, Jashiva, une brunette assez boulotte, assurait la cuisine et les tâches ménagères. Je n'ai jamais compris ses origines, elles étaient trop mélangées, elle n'est jamais arrivée à m'expliquer. Elle ne cessait de rire, de chanter ou de parler. Elle faisait la paire avec ma perruche.

Quand Jashiva partait, la maison devenait triste. C'est pourquoi je lui ai proposé de rester dormir sous mon toit, dans la chambre d'amis. J'adorais l'entendre ronfler la nuit : on aurait dit un ronronnement de chatte. J'aimais aussi la caresser et l'embrasser, mais elle ne m'a jamais laissée aller plus loin.

Dentiste, apothicaire et médecin, je menais plusieurs métiers de front. Je soignais les plaies, guérissais les rhumes, réparais les foulures, arrachais les dents gâtées sans oublier de vendre des onguents ou des médicaments à base de plantes médicinales. Les clients affluaient.

J'avais mis au point une pâte d'entretien des dents à base de craie qui ne rongeait pas l'émail. Il fallait les frotter une ou deux fois par jour à l'aide d'une petite brosse avec une mixture que j'appelais le denticraie : elle éliminait le tartre et, grâce à la poudre de clous de girofle, chassait les mauvaises odeurs de la bouche. J'avais du mal à satisfaire la demande pour ce produit comme pour plusieurs autres, notamment mes désinfectants à base d'ail ou ma célèbre pâte Lucile.

J'avais aussi développé une activité de consultation à domicile qui m'a obligée à acheter une charrette et un cheval, un comtois roux à crinière blanche : une fois par semaine, j'allais dans l'une des grandes plantations de la région pour y effectuer une sorte de révision générale des esclaves avant de vendre mon denticraie et ma pâte Lucile à leurs maîtres. C'est ainsi que, cet été-là, je me suis retrouvée à Monticello, l'un des plus beaux domaines de Virginie, celui d'un ancien gouverneur, vice-président depuis peu, qui deviendrait un jour le troisième président des États-Unis : Thomas Jefferson, l'auteur de la Déclaration d'indépendance des États-Unis.

J'ai demandé à voir le maître des lieux, mais le régisseur, un gros lard mal luné, me répondit que je n'étais pas une personne assez importante pour que Jefferson se dérangeât. Soit. Entre la politique, la viticulture, la philosophie, l'architecture, la botanique ou la bibliophilie, il avait trop de chats à fouetter : c'était le genre d'esprit curieux, polyglotte de surcroît, dont on pouvait se demander de quoi il n'était pas spécialiste.

Il a été beaucoup reproché à Jefferson de posséder un cheptel de cent cinquante à deux cents esclaves qui faisaient tourner ses plantations et ses vergers. Mais il est vrai qu'il lui fallait beaucoup de personnel pour produire chaque année autant de blé, de poires, de figues, de pêches et de châtaignes.

Je peux témoigner que son troupeau d'esclaves, plutôt jeune, était bien entretenu. Avec ça, poli, propre et souriant. Ils ne semblaient pas du tout terrorisés, comme j'avais pu l'observer dans certains domaines, ce qui se traduisait souvent par une soumission théâtrale, aussi ridicule qu'insupportable.

Ils semblaient n'avoir rien à craindre de leur maître qui, à ce qu'on disait, cherchait toujours à réunir les familles séparées, une des tragédies de l'esclavage. À Monticello, il n'y avait que les dents des esclaves qui laissaient à désirer. Comme ils en réclamaient, on leur donnait trop de sucre de canne et celui-ci pourrissait les dentures.

Après avoir procédé à plusieurs extractions, j'ai été chercher dans ma charrette un grand pot de denticraie et plusieurs onguents que le régisseur acheta sans discuter. C'est alors qu'est arrivée Sally, une belle métisse d'à peu près vingt-cinq ans, le genre de femme à réveiller la virilité de cadavres vieux de plusieurs mois. Une herbe à grimper.

« J'adore la France, mon homme aussi, dit-elle dans un français parfait. Voulez-vous dîner avec nous ?

— Ce ne serait pas de refus, mais j'ai de la route à faire.

— Eh bien, restez dormir avec votre collaboratrice. »

*

C'est une rumeur que répandirent pendant des années les ennemis politiques de Thomas Jefferson et les robinets à fiel du journalisme, pardonnez l'euphémisme, mais je le jure devant Dieu : l'esclave Sally Hemings et lui formaient un couple, un vrai. Pendant le dîner de Monticello, leurs regards ne pouvaient laisser le moindre doute.

L'esclavage mène à tout : Sally Hemings avait mis la

main sur le meilleur parti des États-Unis. Quinquagénaire, veuf, riche, libre, généreux, cultivé et destiné à devenir un jour président. La bonne affaire. Bel homme aussi, ce qui ne gâchait rien, avec un nez qui attirait tous les regards. Je suis toujours étonnée que soient passés à côté tous les historiens qui ont écrit sur Jefferson : fin, conquérant, encadré par deux narines frémissantes, ce nez avait le dessus égayé par une discrète couperose d'amateur de vin, qui piquetait aussi ses pommettes épanouies. C'était le genre d'organe nasal qui mène le monde, celui des personnages que rien n'arrête, fors la mort : l'un des plus beaux de toute l'histoire de l'humanité, avec celui de la reine Cléopâtre.

Je n'insisterai pas sur la prestance de Jefferson, son mètre quatre-vingt-neuf ou ses yeux gris aux reflets marron, il faut que je me calme. Il y avait néanmoins quelque chose d'émouvant chez ce personnage à qui rien ne semblait résister : un mélange improbable de tristesse, de faiblesse et de sauvagerie. Je me demande si, en son for intérieur, il ne se considérait pas comme un imposteur.

Certes, Jefferson a fait l'Histoire et laissé derrière lui des phrases éternelles comme des cathédrales :

« Aucun honnête homme ne peut éprouver du plaisir à exercer un pouvoir sur ses concitoyens. »

« Un homme qui ne lit jamais est plus cultivé qu'un homme qui ne lit que les journaux. »

« Une petite rébellion de temps en temps, c'est comme un orage qui purifie l'atmosphère. »

Mais devant l'amour, le grand homme était comme tout le monde : pas grand-chose. Il s'était incliné, pour ne pas dire couché, devant presque toutes les exigences de Sally Hemings, qui était par ailleurs la demi-sœur de sa femme morte, à qui elle ressemblait beaucoup, le beau-père ayant, comme son gendre plus tard, l'habitude d'engrosser ses esclaves.

Quand, en 1789, ambassadeur à Paris, Thomas Jefferson fut rappelé au pays, Sally, qu'il avait fécondée, rechigna à le suivre[1]. La France ayant aboli l'esclavage, rien n'obligeait la jeune femme à retourner aux États-Unis, dans les bagages de son maître. Elle posa donc plusieurs conditions dont la moindre ne fut pas la promesse, qu'il a au demeurant tenue, d'émanciper leurs futurs enfants à l'âge de vingt et un ans.

Jefferson était un puits de contradictions. Ce propriétaire d'esclaves qui se disait convaincu de la supériorité de la race blanche milita tout au long de sa carrière pour l'émancipation des Noirs et l'interdiction des traites négrières qui furent définitivement abolies sous sa présidence. Cet ennemi déclaré du métissage a engendré des petits mulâtres. Ce chantre de la liberté ne l'a même pas rendue, de son vivant, à la mère de ses enfants.

Mais il lui sera beaucoup pardonné pour avoir implicitement condamné l'esclavage, dès 1776, dans la Déclaration d'indépendance, dont il fut l'auteur principal : « Nous tenons évidentes pour elles-mêmes les vérités suivantes : tous les hommes sont créés égaux ; ils sont doués par le Créateur de certains droits inaliénables ; parmi ces

1. En 2012, après une série d'études ADN, la Smithsonian's Institution et la Thomas Jefferson Foundation ont admis que le cofondateur de la Nation (avec George Washington) était selon toute vraisemblance le père des quatre enfants, deux de plus étant morts en bas âge, de son esclave Sally Hemings. *(F.B.)*

droits figurent la vie, la liberté et la recherche du bonheur[1]. »

Pourquoi cet honnête homme n'a-t-il pas appliqué dans son domaine de Monticello les idées qu'il ne cessa de professer ? Fasciné par l'aptitude des Iroquois à se gouverner eux-mêmes, c'était un adepte du pouvoir modeste et nonchalant. L'« hubris » n'étant pas son fort, il préférait laisser faire. Mais il fallait ne pas le connaître ni même l'avoir rencontré pour nier que la question de l'esclavage le tourmentait en permanence : c'était écrit sur son visage mélancolique.

Ce chagrin métaphysique, Jefferson le soignait au vin rouge. Évoquant ses amis français, La Fayette et feu Lavoisier, Thomas Jefferson nous a servi du la-tour-de-ségur[2] qu'il considérait comme le meilleur vin du monde avec le margaux, le haut-brion et le la-fite, liste qu'il avait établie lors d'un voyage à Bordeaux, en 1787.

Pendant que mon aide parlait en anglais avec Sally, j'ai raconté en français à Thomas Jefferson ce qui m'avait amenée à Charlottesville. Il fut sensible à mon histoire d'amour avec Apollon.

« Dans la vie, dit-il, on peut tout laisser filer, le temps, l'argent, la carrière, mais on n'a pas le droit de passer à côté de l'amour. »

Pour faire évader Apollon, Thomas Jefferson me donna plusieurs conseils qui allaient s'avérer judicieux. Il m'indiqua aussi que Henry Eggleton, son maître, était un vague parent de George Washington par lequel il serait habile

1. La traduction est de Thomas Jefferson. *(Note de l'Éditeur.)*
2. Actuellement château-latour, de même que le la-fite est devenu le lafite-rothschild. *(Note de l'Éditeur.)*

de l'approcher. Après huit ans de Maison-Blanche, le premier président des États-Unis avait pris sa retraite à Mount Vernon, non loin de là. Martyrisé par ses différents dentiers, il serait sûrement ravi de recevoir la visite d'une experte en dentisterie.

Jefferson m'annonça qu'il adresserait dès le lendemain une lettre à George Washington pour l'inviter à me recevoir et m'offrit une plume d'Indien que, depuis, j'accroche à mon chapeau pour les grandes occasions.

30

Le dentier de George Washington

Bien que juchée au bord du Potomac, Mount Vernon, la demeure massive de George Washington, n'avait pas le charme raffiné de Monticello. Quant à son propriétaire, il n'avait pas non plus le charisme de Thomas Jefferson, même s'il était aussi grand que lui. C'est un personnage à l'air buté qui nous accueillit, Anaïs et moi, au terme d'un voyage de plusieurs heures.

George Washington ne faisait pas la gueule. Certes, c'était l'impression qu'on pouvait avoir quand on s'approchait du premier président de l'histoire des États-Unis. Le visage cramoisi, comme défiguré par une colère intérieure, il faisait penser à ces taureaux aux naseaux soufflant la haine et prêts à encorner la terre entière.

Mais il n'était pas méchant. La mâchoire inférieure en avant, George Washington souffrait mille morts, au point qu'il ne pouvait pas sourire, à peine penser. Si la science lui avait ouvert le crâne, elle n'aurait pas trouvé grand-chose dedans, hormis beaucoup de courage. C'est pourquoi ses propos étaient souvent affligeants, comme la plus célèbre de ses « pensées » : « Se coucher de bonne heure et se lever matin procure santé, fortune et sagesse. » Incarnation vivante de la bravoure militaire, George

Washington avait fait face aux pires situations mais, devant son martyre dentaire, il commençait à faiblir. Quand il ouvrait la bouche, on était épouvanté par la cruauté de son haleine et par l'état de son palais, un charnier de gencives sanglantes. Il avait perdu sa dernière dent, une canine inférieure, quelques années auparavant[1].

Il retira son dentier et, après l'avoir examiné, je lui dis qu'il me semblait de qualité. Sculpté en ivoire d'hippopotame, il était composé de dents de vaches, d'ânes et d'esclaves, apparemment triées sur le volet. George Washington se plaignait que son engin lui irritât la bouche. De plus, il ne supportait pas le bruit infernal de ses ressorts quand il ouvrait et fermait les mâchoires pour parler. Mastiquer était pour lui une épreuve.

Après avoir tenté en vain d'assouplir les ressorts, je lui prescrivis mon nouveau mélange de poudres antidouleur, mis au point à Charlottesville : cassis, curcuma, cannelle, pavot, écorce de saule. Constatant que les effets étaient quasi immédiats, il m'en acheta vingt boîtes. Après quoi, comme Thomas Jefferson me l'avait conseillé, je lui demandai d'écrire une lettre de recommandation à Henry Eggleton, le maître d'Apollon, chez lequel j'avais prévu de me rendre le lendemain.

J'étais si pressée de rentrer à Charlottesville pour préparer l'évasion d'Apollon, que je refusai le verre de

1. Vérifications faites, il s'avère que George Washington n'avait plus de dents à la fin de sa vie, ce qui donne du crédit au récit de cette rencontre avec mon ancêtre. La canne à sucre avait pourri la dentition du premier président américain, avant que celle-ci fût définitivement éradiquée par le calomel, un purgatif qu'il prenait pour soigner la malaria et qui contenait du mercure. (F.B.)

brandy de la distillerie familiale que Martha, la femme de George Washington, me proposa de boire, pour me donner des forces, avant de prendre la route.

« Du brandy de pêche, insista-t-elle. C'est comme si le petit Jésus s'était transformé en eau-de-vie.

— Quand je bois, c'est toujours avant de me coucher. Si je commençais à boire dans la journée, j'aurais trop peur de ne pouvoir m'arrêter. »

Elle a ri. Martha Washington nous offrit, à Anaïs et à moi, une bouteille de brandy « maison ». À l'heure qu'il est, la mienne attend toujours que je l'ouvre, dans la cave de la maison de Nantucket où j'ai décidé de finir mes jours. Il ne faudrait pas que j'oublie de l'ouvrir avant de mourir.

*

Henry Eggleton avait tout d'un chien. Très attaché à son territoire, veule avec les puissants et fort avec les faibles, il souffrait d'une hyper-salivation qui l'amenait à baver, notamment quand il parlait. C'est pourquoi il lui arrivait souvent de cracher ou de s'essuyer la bouche avec le revers lustré de ses manches.

Après quelques secondes de conversation, j'avais déjà le visage constellé de postillons. C'était un personnage qui en faisait toujours trop. Étrange était sa manie de rythmer ses propos par des tapements de pied, comme s'il tentait de marquer une autorité qu'il jugeait menacée. Quand il commençait à tousser, on se demandait s'il n'allait pas mourir.

Il avait réuni ses deux cent vingt esclaves devant sa demeure, et avant que nous passions le premier rang en revue, il me souffla à l'oreille, la langue en perdition dans son océan de salive, un discours que je peux traduire comme suit :

« Mes Nègles sont tlès flatigués en ce moment, ils tlavaillent mal, je ne sais plas quloi flaire.

— Qu'est-ce que vous leur donnez à manger ?

— Que des blonnes chloses. Du riz au saindoux, de la farine au sucre, bleaucoup de maïs frit.

— Avec un tel régime, c'est normal qu'ils soient affainéantis : vous les engraissez comme des cochons.

— Je reconnais que mes Nègles ont tendance à l'embonploint…

— Il leur faudrait une alimentation moins lourde. Avec des fruits et des légumes.

— Les Nègles aiment plas les légumes.

— Vous ne leur demandez pas leur avis. Il ne faut pas leur donner ce qu'ils veulent mais ce qui est bon pour eux. Je vous conseille de donner une ration d'ail le matin à tous vos esclaves. C'est ce que faisaient les Égyptiens au temps des pharaons : après ça, vous verrez, ils mettront du cœur à l'ouvrage. »

Henry Eggleton m'écoutait religieusement : la lettre de recommandation de George Washington avait produit l'effet désiré et, ma modestie dût-elle en souffrir, je dois reconnaître que j'étais parfaite dans mon rôle.

Après avoir examiné ses esclaves, j'en ai gardé quatorze que j'ai emmenés dans une grange pour les soigner. Neuf avaient les dents gâtées, trois étaient blessés aux pieds, un au crâne, et les deux derniers souffraient de la maladie de la tremblote.

Parmi ces esclaves, figurait mon Apollon qui eut l'intelligence de faire comme si nous ne nous connaissions pas.

Ses quelques kilos supplémentaires l'avaient embelli : apaisé et rassurant, il baragouinait avec une sorte de nonchalance un assez bon anglais. Quand j'ai examiné sa denture, je feignis de découvrir une carie afin de pouvoir m'attarder un moment et lui donnai rendez-vous à voix basse, dans la nuit, à l'orée de la petite forêt de châtaigniers qui s'élevait devant le porche d'entrée de la propriété.

« Et les chiens ? » murmura-t-il.

Comme d'autres planteurs du Sud, Henry Eggleton utilisait des gros chiens de berger pour ramener au troupeau les esclaves égarés ou en fuite. Des patous, doux comme des agneaux, sauf avec les réfractaires qu'ils traitaient sans ménagement quand ils les reconduisaient, quasiment par la peau du cou, à leurs propriétaires.

Je conseillai à Apollon de se frotter régulièrement les pieds pendant sa cavale avec de la menthe ou de la citronnelle en laissant de temps en temps sur ses pas du soufre et du poivre noir. Autant d'odeurs ou de matières que les chiens détestent et qui leur feraient perdre sa trace.

Je lui ai fourni le nécessaire qu'il a fourré dans ses poches. Quand j'ai pris congé de lui après avoir feint de traiter sa carie, il m'a fait un sourire entendu.

31

Cap sur Nantucket

Massachusetts, 1798.

Longue fut ma route pour Nantucket. En Amérique, la nature se croit sortie de la cuisse de Jupiter. La bise ou la bruine, très peu pour elle ; il lui faut des ouragans ou des cyclones.

C'est ainsi que l'orage virginien qui nous tomba dessus, pendant que nous attendions Apollon, fut une sorte de répétition de l'Apocalypse selon saint Jean. Il ne manquait que les dégringolades d'ossements.

Le ciel noir déversait sur nous des seaux d'encre, de boue et de vomi. Comme Anaïs, je fus pétrifiée de peur jusqu'à ce qu'Apollon nous rejoigne. Je l'invitai aussitôt à se cacher dans le double-fond de la charrette, que j'avais fait installer en prévision de l'évasion, avant de donner au cheval le signal du départ.

Apollon était à l'étroit là-dedans, comme dans un cercueil, mais après une traversée sur un navire négrier, les esclaves ont en commun avec les poissons salés de savoir se faire petits. Rien qu'à songer qu'Apollon était là, tout près, la tête sous mes fesses, je me sentais très forte et même invincible. Tels sont les effets de l'amour.

Le jour s'était levé, une aube douce et bleutée. Anaïs et

moi avions repris depuis peu la route de Charlottesville quand Henry Eggleton et ses séides nous ont rattrapées. Cinq hommes à cheval, armés jusqu'aux dents, avec des chiens haletants, dressés pour la chasse aux Nègres. Nous n'en menions pas large, car tous semblaient en colère. Les chiens surtout.

« Vlous n'auliez pas apelçu un Nègle en fuite ? demanda Henry Eggleton.

— Il pleuvait tellement, soupirai-je. On ne peut rien voir au fond d'un océan en furie. »

Après m'en avoir demandé l'autorisation, ils vérifièrent qu'il n'y avait personne dans la malle où je rangeais ma sacoche et mon matériel, puis ils reprirent leur route en jurant. L'avant-veille, pour déjouer une éventuelle inspection de chiens pendant l'évasion d'Apollon, j'avais badigeonné le double-fond de la charrette d'un mélange de poivre noir et de crottes de mouton. Après l'orage, j'avais passé une deuxième couche de la mixture dont j'avais apporté un surplus avec moi.

De retour à la petite maison de Charlottesville, je vérifiai qu'Apollon était bien vivant dans son double-fond et lui donnai de l'eau, des noix, des fruits. Il ne fallait pas traîner : les deux filles et moi avons aussitôt chargé sur la charrette des provisions, une malle pleine d'effets personnels et ma perruche « Charlotte Corday » dans sa cage.

Après quoi, nous sommes parties toutes les trois. Ce fut une course de lenteur : souvent, le cheval fatiguait et il fallait descendre de la charrette. Mais pendant notre long et périlleux périple, je n'ai pas arrêté de sourire, comme les gens qui savent où ils vont.

*

Thomas Jefferson m'avait mise en garde : en Amérique, un Noir n'était pas en sécurité sitôt qu'il franchissait les frontières d'États esclavagistes comme la Virginie ou le Maryland. Pour être tranquille, il lui fallait remonter loin vers le nord, du côté du Massachussetts, où régnait ce qu'il fallait bien appeler la civilisation. Et encore, là aussi, le fuyard pouvait toujours se faire rattraper par son propriétaire quand ce dernier était très attaché à son bien.

En plus, un esclave, ça valait un bras, et on pouvait toujours se le faire voler par un brigand, au même titre qu'un diamant, un collier ou une montre à gousset. J'ai donc attendu qu'on arrive à Boston pour extraire Apollon du double-fond de la charrette, où il était resté encloué, pendant le voyage, avec seulement deux trous pour communiquer avec l'extérieur. Le premier, à la hauteur de la tête, pour respirer. Le second, plus bas, pour évacuer ses besoins. Il ne sortait guère qu'une ou deux heures, la nuit, pour se sustenter et se dégourdir les jambes, mais, comme la plupart des esclaves, il n'était pas du genre à se plaindre.

Apollon n'était plus que l'ombre de lui-même quand, arrivé à destination, il se retrouva à l'air libre. Un ramas d'escarres et de courbatures. Il se tenait néanmoins à peu près droit, avec un sourire trop large pour être vrai.

Pour que personne ne puisse le reconnaître, je demandai à Apollon de garder la barbe et, comme j'avais pensé à tout, l'affublai d'un chapeau et d'une paire de lunettes. Sans oublier de lui donner de faux papiers, au nom de Bradsock, son nouveau patronyme que je lui appris à prononcer. J'aimais sa consonance.

Bradsock était le nom d'un homme à tout faire de Charlottesville dont il usurpait désormais l'identité. Un simple dont le vocabulaire se limitait à une dizaine de mots. Mort de la gangrène, il travaillait pour un vieux couple de voisins livides et chichiteux. Ils ne lui avaient jamais rien donné, pas même un regard, mais ils m'ont quand même vendu au prix fort ses papiers personnels et une sorte d'acte de naissance, qu'ils avaient récupérés dans le bouge où ils le logeaient.

Le prénom officiel de ce Bradsock était Archibald mais je continuerais à appeler mon homme Apollon. C'est sous sa nouvelle identité que nous avons loué sur Main Street, à Nantucket, une maison que j'achetai peu après. Elle était en bardeaux, des lattes rectangulaires en cèdre qui, avec le temps, viraient au gris. Une petite plate-forme sur le toit permettait de voir arriver les bateaux.

Pourquoi Nantucket ? C'était une idée de Thomas Jefferson, qui avait un faible pour cette île, au large de cap Cod, non loin de Boston. Quand il était ambassadeur à Paris, il avait plaidé sa cause en demandant aux Français de baisser les taxes sur les produits baleiniers.

Il aimait les quakers, les « amis de la vérité », qui proliféraient à Nantucket. Des humanistes tolérants pour qui la foi ne relevait que de la sphère personnelle. Des idéalistes qui rêvaient d'une nouvelle société. Ils militaient pour les droits des femmes et des minorités religieuses ou raciales. Des gens bien à tout point de vue, sauf avec les baleines qu'ils massacraient.

Nantucket était leur fief avec la Pennsylvanie, qu'ils avaient fondée. Selon Thomas Jefferson, Apollon et moi serions là-bas comme chez nous : grâce aux quakers, les esprits étaient beaucoup plus évolués sur l'île qu'à peu près partout ailleurs en Amérique. « Si l'on fuit la terre entière, m'avait-il dit, il n'y a pas de meilleur endroit. »

Notre maison n'était pas loin du port de Nantucket, capitale mondiale de la chasse à la baleine. Un grand fatras de navires, d'usines, de fours et de chairs sanglantes, qui puait la mort sinon l'enfer. À force de vivre dans cette odeur, nous sentions tous le vieux lard cuit, c'était une habitude à prendre.

Les négriers avaient honte de tout, en particulier d'eux-mêmes. Pas les baleiniers. Je détestais leur prétendue bravoure, leur virilité ostentatoire et leur bonne conscience. Observez comment elles dégoulinent dans *Moby Dick*, le chef-d'œuvre d'Herman Melville, publié en 1851, et qu'il écrivit sans même avoir posé le pied sur la terre sableuse de Nantucket. C'est seulement l'année suivante qu'il daigna la fouler et pourtant je crois qu'il avait bien percé l'âme de cette petite île située au milieu du grand tout.

Souvent, il vaut mieux ne pas connaître les choses dont on parle. Sinon, on se laisse influencer par la vérité et elle embrouille tout. Les spécialistes ont du mal à voir clair et, souvent, n'arrivent pas à nous convaincre. Telle est la grande leçon d'Herman Melville, dont on gagnerait à s'inspirer davantage.

Qu'eût été l'Amérique des commencements sans l'industrie baleinière dominée par les quakers ? Une bougie sans mèche. Un navire sans voiles. Enfin, pas grand-chose. La baleine, c'était à la fois un garde-manger et un gisement de matières premières. Tout était bon en elle. La viande, salée ou pas, mais aussi l'huile revendue en barils pour alimenter les réverbères des grandes villes, en Europe et aux États-Unis, quand elle ne servait pas au graissage des cuirs ou à la fabrication de savons et de bougies. Sans parler des intestins séchés transformés en cordages ou des fanons des mâchoires supérieures qui faisaient merveille dans les fabriques de corsets et de parapluies.

Si je n'ai jamais mangé de viande de baleine, j'ai l'impression d'en avoir beaucoup avalé par les trous de nez, tant je vivais dedans, m'en remplissant jour et nuit les poumons que lavaient ensuite les grands vents de l'océan ou l'amour qui purifiait et abolissait tout.

32

George W., mon fils, ce héros

Je ne doutais de rien. Quand je me suis installée à Nantucket avec mon homme et mes deux aides, j'étais sûre que c'était pour la vie. Même chose quand je me suis mariée avec Apollon, trois mois plus tard, dans le culte quaker, au cours d'une cérémonie silencieuse, où chacun soupirait à intervalle régulier avant de se remplir les poumons d'Esprit-Saint.

L'ambiance était bizarre dans la salle de prière où s'était entassée une trentaine d'amis quakers. Pas de sermon, ni de chant, ni de musique. Les fidèles regardaient leurs sabots ou leurs chaussures et on n'entendait que les bruits de respiration. Impossible de faire plus austère : c'était pour ne pas effrayer Jésus qui, paraît-il, était parmi nous.

Sur le papier, le quakerisme était une religion faite pour moi : prosaïque, pas prosélyte et sans anathèmes, elle était la seule qui ne reléguât pas les femmes ni les Noirs aux travaux de ménage ou des champs. Mais Apollon était le plus quaker de nous deux. Moi, malgré tous mes efforts, je ne parvenais pas à ressentir comme lui l'« étincelle divine » qui, souvent, agrandissait ses prunelles et accélérait son souffle.

Il y a chez les quakers un fond de modestie et d'honnêteté qui nuit à la propagation de leur religion. Ils ne prétendent pas former une Église comme les autres dissidences protestantes. Se présentant en toute simplicité comme les membres de la Société religieuse des Amis, ils se réunissent chez l'habitant pour trouver la «Lumière» et la «Vérité», leurs deux mots fétiches. Ils s'habillent sobrement, refusent la guerre, abhorrent la vanité, méprisent les titres, récusent tout credo, détestent les hiérarchies et cultivent l'égalité, notamment entre homme et femme.

Mystiques et individualistes, ils sont convaincus que le vulgum pecus peut avoir un contact direct avec le Christ sans passer par le filtre du clergé. J'aimais et admirais ce Fils de l'Homme mort pour nous sur la croix mais, depuis longtemps, sans que j'y réfléchisse vraiment, mon Dieu s'était élargi à l'univers tout entier. Aux nuages, aux animaux, aux étoiles et aux brins d'herbe. C'était plus facile pour moi de parler avec eux qu'avec Jésus que je ne savais pas où trouver.

*

Pendant la cérémonie de mariage, je fus la seule à n'avoir pas été visitée par Jésus. Je n'étais sans doute pas son type. Au bout d'une vingtaine de minutes de méditation, Apollon et moi nous sommes levés, interrompant les pensées de l'assistance, et je me suis écriée d'une voix tremblante :

«Devant Dieu, je te le dis, mon amour, je veux vivre avec toi jusqu'à ma mort, pour les siècles des siècles.

— Moua aussi, divant Dieu, ji veux vivueu avec toua,

répondit Apollon qui parlait chaque jour de mieux en mieux anglais, mais avec un fort accent africain.

— Je te jure amour et fidélité.

— Ji ferai tout ce que ti voudouas. »

J'ai embrassé Apollon sur la bouche. Surpris, il a légèrement détourné la tête et nous nous sommes assis de nouveau sur notre banc, pour partir très loin au fond de nous. Lui avec Jésus, moi avec le cosmos. Religieusement, nous ne vivions pas dans le même monde.

Le soir, alors que nous allions nous coucher, Apollon murmura en baissant les yeux :

« À pouopos, j'avais oublié di ti dieu… »

Je déteste cette phrase : quand elle est proférée par un homme, elle annonce toujours une catastrophe. Souvent, une maladie sexuelle ou un mariage qu'il avait oublié. C'était précisément le dernier cas.

« J'ai déjà une femme et une famille, reprit Apollon. Mais ji ni sais pas où elles sont.

— Mais pourquoi ne me l'as-tu pas dit ? m'indignai-je.

— Passe que ma famille a été enlevée par des touafiquants d'esclaves quelques jours avant que ji sois fait pouisonnier. Je sais que ji ni la yeutouveouai jamais.

— Ne t'en fais pas, nous allons en fonder une autre. »

C'était la première fois que je découvrais la faculté de dissimulation d'Apollon. Mais chaque fois qu'il m'a menti, toujours par omission, il cherchait à me protéger. Je lui avais fait tant de bien, disait-il, qu'il ne pouvait supporter l'idée de me faire du mal. Ses carabistouilles étaient des preuves d'amour.

C'était la délicatesse incarnée, y compris au lit. Chaque fois qu'il me prenait, Apollon me traitait avec les égards que l'on réserve aux vierges. S'il se déchaînait ensuite sur moi, en me secouant comme un prunier, c'était parce que j'aimais ça : mieux vaut ne pas être une sainte pour monter au ciel.

Après ça, il fallait descendre. De très haut. À l'époque, j'ignorais encore que nos destins sont comme ces tas de sable sur les plages, léchés par les vagues, ébréchés par le vent, qu'il faut sans cesse remonter. Depuis que je le sais, rien ne peut plus m'abattre. Je mange à toute vitesse l'assiette de la vie avant qu'elle me soit retirée.

Tous les professionnels du château de sable le savent : c'est quand ils sont terminés qu'ils commencent à s'écrouler. C'est la même chose pour nos activités sur cette terre. Réussir à vivre, c'est apprendre à mourir.

*

À Nantucket, je suis rapidement devenue la gloire locale de l'arrachage de dents et de la médecine par les plantes. Ne parvenant plus à répondre à la demande, j'ai dû embaucher une troisième personne, Élisabeth Lamourette : elle fabriquait les opiats et les onguents que je fournissais à plusieurs apothicaires, sur le continent, cette dernière activité assurant bientôt une grosse partie de mes revenus.

Élisabeth Lamourette était une quaker qui embrassait toutes les causes en même temps : les femmes, les Noirs, les Indiens, les infirmes, les pauvres, les animaux, notamment les baleines, et j'en passe. Rien ni personne n'échappait à sa compassion. Ne souffrant pas les injustices, elle explosait sans arrêt. C'était une colère qui allait et qui, la nuit, se déployait dans des romans-fleuves qu'elle écrivait, sans jamais parvenir à les faire publier.

J'ai fait sa connaissance un jour qu'elle s'en prenait à un grand escogriffe qui donnait des coups de bâton sur l'arrière-train de sa jument pour la faire avancer.

« C'est mon cheval, grogna-t-il. C'est mon droit.

— Non, hurla-t-elle, c'est une créature de Dieu comme vous et moi.

— Je l'ai acheté, merde !

— L'argent n'y change rien. Nous sommes tous égaux devant Dieu. Les gens, les vaches, les oiseaux, les fourmis. C'est ma religion.

— Qu'est-ce que c'est que cette religion d'abrutis ? »

Elle essaya de lui arracher le bâton des mains en hurlant :

« Une religion que les gredins comme toi ne pourront jamais comprendre ! »

Voici comment Élisabeth Lamourette est devenue mon amie. J'étais fascinée par son culot, sa sincérité et son inconscience. À ce moment-là, l'amour avait émoussé mes capacités d'indignation et j'étais heureuse qu'elle portât cette révolte que je sentais s'épuiser en moi.

Si j'avais un but désormais, c'était de passer le plus de temps possible avec Apollon. Je souffrais qu'il refusât de travailler dans mon cabinet alors qu'il avait les mains adaptées à la dentisterie, des mains agiles d'artiste rustique, mais il était horrifié à l'idée de tripoter des dents cariées et des gencives pourries.

Après que j'eus soigné avec succès une mauvaise carie du grand patron quaker d'une compagnie baleinière, celui-ci revint me voir, quelques jours plus tard, pour me demander ce que je voulais.

« Vous avez sauvé ma canine, dit-il, ça mérite une forte récompense.

— Donnez du travail à mon mari », répondis-je.

Il embaucha aussitôt Apollon comme magasinier dans son usine, la Big Fish Company. Mon mari gravit rapidement les marches de l'entreprise et se retrouva bientôt avec six personnes sous ses ordres, en charge du département Huiles et Graisses.

Même s'il l'a longtemps nié, Apollon détestait l'idée de travailler dans l'industrie baleinière. Bien que les cétacés arrivassent morts au port, je crois qu'il se sentait à la Big Fish Company comme un végétarien piégé dans un abattoir. Il a fini par démissionner avec fracas en dénonçant l'extermination des baleines qu'il jugeait contraire à la morale des quakers. La chose à ne pas faire à Nantucket. Autant dire que nous avons perdu plusieurs amis dans l'histoire.

Quelque temps plus tard, Apollon a pris les commandes de ma fabrique de médicaments, Élisabeth Lamourette se consacrant désormais à leur commercialisation sur le continent. Grâce au denticraie et à la pâte Lucile, nous avons rapidement été dépassés par notre succès.

Apollon, qui ne faisait jamais rien à moitié, multipliait néanmoins les activités. Les animaux étant ses frères et ses sœurs, il avait transformé la maison en refuge, recueillant des bêtes blessées. Des albatros, des écureuils ou des ratons laveurs qu'il retapait avant de les relâcher. Il avait même libéré ma perruche, Charlotte Corday, qui vécut longtemps entre le jardin et le grenier avant d'être mangée un hiver par une mouette.

Après avoir appris à lire et à écrire, Apollon perfectionna son anglais et commença à écrire un livre sur l'animisme africain. Même s'il prétendait le contraire, cette religion avait laissé des traces en lui, comme le montrait sa façon de parler aux bêtes ou de verser sur la terre, pour le partager avec elle, une partie du verre d'eau qu'il s'apprêtait à boire.

Devenu l'un des piliers locaux de la Société religieuse des Amis, Apollon n'oubliait pas pour autant les humains et s'était engagé dans le combat pour l'abolition de l'esclavage. En fin de semaine, il se rendait parfois sur le continent où, avec ses discours-fleuves haletants, il enflammait des foules grandissantes. J'étais fière de lui.

C'était aussi un artiste. Il continuait à sculpter des figurines et chantait parfois dans les bars du port en s'accompagnant du pied droit qui battait la mesure et d'une guitare à six cordes que lui avait achetée Élisabeth Lamourette. Un petit orchestre à lui tout seul. Ce n'était pas fameux mais il me mettait souvent les larmes aux yeux : je crois que c'était le but. Je me souviens de cette chanson-là :

Je suis un pauv'gars
Perdu sur la route
Le Seigneur m'a oublié
J'attends en silence
Qu'il vienne me chercher.

Plus que tout, Apollon avait faim d'amour. Ceux qui disent que le grand amour ne dure jamais plus de deux ou trois ans ne savent pas de quoi ils parlent : il change simplement de nature. Un jour, il est insatiable et obsédant. Le lendemain, chaste et mystique. Jusqu'à ce qu'après nous avoir sortis de nous-mêmes, il nous remplisse peu à peu d'une douceur intérieure qui nous change la vie.

292

Au bout d'un an de vie commune, j'étais devenue une créature nouvelle et invincible : ce qui vivait en moi ne vivait que pour notre amour. Dépouillée de moi-même, je me fondais dedans, nageant dans un océan de joie et de tranquillité avec, parfois, de brusques accès d'angoisse, celle de tout perdre : l'exacte définition du bonheur.

*

Mon bonheur a encore grandi quand, neuf mois après notre mariage, j'accouchai d'un petit garçon que nous avons appelé George William en hommage aux deux grandes figures historiques des quakers, George Fox et William Penn. Une boule de muscles et d'énergie. Il avait les fesses et les cuisses très dures comme s'il n'avait pas cessé de courir dans mon ventre pendant toute la grossesse.

Avec mon fils, je suis allée de surprise en surprise. Il marcha à neuf mois, put soutenir une conversation à dix-huit, joua du violon à trois ans, sut lire et écrire à cinq avant de rédiger à six sa première pièce de théâtre. Apollon n'en revenait pas. Il me dit dans son anglais désormais sans accent :

« Un jour, George W. sera président des États-Unis.

— Un mulâtre ? Mais tu n'y penses pas ! m'exclamai-je.

— C'est un génie, notre fils, et rien ne résiste jamais au génie. »

Apollon était un utopiste. Comme Rousseau qu'il n'avait pas lu, il croyait que l'homme était bon de naissance et que, contrairement à ce qui s'était passé pendant la Révolution française, les meilleurs finiraient toujours par gagner contre les pires. Il n'avait rien compris à la société, ni à l'Histoire. Je n'ai jamais poursuivi longtemps une conversation avec lui sur cette question, de crainte qu'on ne se fâchât.

Je sus que George W. tenait de moi et non de son père quand, à sept ans, Élisabeth Lamourette lui demanda ce qu'il voulait faire plus tard, et qu'il répondit sans hésiter, avec cette maturité dont je m'enorgueillissais :

« Un métier où je pourrais tuer les méchants et les malfaisants, tous ceux qui font honte à l'espèce humaine. »

La joie du monde

J'avais tout pour être heureuse. L'amour, un enfant, l'argent, des amis, la beauté de la mer et de l'azur. Il ne me manquait, comme on dit à Marseille, que la gale pour me gratter.

Un dimanche matin, alors qu'Apollon et George W. étaient allés à l'office qu'ils ne rataient jamais, je me promenais avec Élisabeth Lamourette au bord de l'océan qui crachotait sous les coups de fouet d'un vent hurlant. Soudain, elle s'est arrêtée, m'a regardée comme s'il m'était arrivé quelque chose de grave et m'a demandé avec un air accablé :

« Ton bonheur, est-ce que tu ne le trouves pas mortellement ennuyeux, à la fin ? »

Avant de répondre, j'ai réfléchi un moment, puis :

« J'essaie de profiter le plus possible de mon bonheur parce que je sais qu'il ne durera pas. Le bonheur, c'est comme la vie : un cadeau qu'on finit toujours par vous reprendre.

— J'ai l'impression que tu es prisonnière de ton bonheur.

— Je ne veux pas me rendre compte de tout ce qu'il m'a donné seulement le jour où il sera parti. C'est pourquoi je l'épuise avant. Je le savourerai jusqu'à la dernière goutte. »

Élisabeth Lamourette fronça les sourcils :

« Franchement, je te plains, Lucile. N'es-tu pas consciente qu'il se passe à peu près autant de choses dans ta vie que dans celle d'une motte de terre ?

— Et alors ? J'aime mieux être une motte heureuse qu'un génie malheureux.

— Fais attention. On dirait que tu n'as plus d'ambition.

— Ne t'en fais pas. Le jour venu, le malheur lui donnera des ailes. »

Le bonheur ne se pense pas, c'est une condition. Il me suivait partout, le jour et la nuit. Pour être à son aise, il a besoin que le malheur se repose, ce qui était, à Nantucket, son activité préférée. Je vous épargnerai le récit de mes quinze années sur mon île, quand les jours poussaient les jours, au milieu des vagues et des nuages. Le bonheur, ça se vit, ça se boit, ça se mange, ça se respire, mais ça ne se raconte pas.

Pour une fois, je suis d'accord avec ce pauvre Rousseau, qui a écrit dans ses *Confessions* : « Le vrai bonheur ne se décrit pas, il se sent, et se sent d'autant mieux qu'il peut le moins se décrire parce qu'il ne résulte pas d'un recueil de faits, mais qu'il est un état permanent. »

Malgré les odeurs de chair brûlée des baleines qui montaient du port, j'étais au septième ciel, au milieu de mon océan, battue des vents, avec les deux hommes de ma vie, Apollon et George W. Mon cœur était comme une ancre plantée dans la joie du monde.

34

L'enlèvement d'Apollon

Un soir, Apollon n'est pas rentré à la maison. Après avoir participé pendant l'après-midi à une réunion de quakers contre l'esclavage, il avait disparu. Ce n'était pas son genre.

Nous le cherchions près du port quand, dans un tripot, un marin à trogne d'éponge nous apprit qu'il avait vu quatre individus faire monter de force sur un bateau un grand Noir à cheveux blancs, qui avait les mains liées.

Pourquoi n'avait-il pas donné l'alerte ? « Parce que je croyais que c'était un fugitif », a répondu le marin qui, de toute évidence, était pompette mais pas quaker.

Me retenant de le calotter, je lui demandai de me décrire les quatre individus. Celui qui donnait les ordres, dit-il, était un petit olibrius à la peau tannée et aux jambes arquées. Henry Eggleton, j'en étais sûre.

C'était en août, quelques jours après l'anniversaire de mes trente-sept ans : la nuit était claire et la ville, animée. J'ai fait ouvrir l'armurerie pour y acheter un fusil Baker calibre 16 mm, une version raccourcie de la carabine de l'armée anglaise, qui pouvait atteindre des cibles à trois cents mètres.

Au petit matin, après avoir fourré mon pistolet à silex

dans l'étui en cuir attaché à mon ceinturon, j'ai enfilé mon chapeau orné de la plume d'Indien offerte par Thomas Jefferson. Ensuite, j'ai sellé Adam, un cheval comtois, ma race préférée, et, non fusil Baker à la main, je suis montée avec lui sur le bateau d'un ancien capitaine de baleinier, direction cap Cod. C'était un animal sentimental. Il avait compris que j'allais mal parce qu'il n'arrêtait pas de me lécher le visage.

Sur le quai du port, les adieux avec George W. furent expéditifs. C'était la première fois que nous allions être séparés et pourtant pas une larme sur mon visage ni sur le sien. En l'embrassant, je me suis rendu compte, pour la première fois, que c'était un homme et, au début de ce siècle-là, les hommes ne pleuraient pas.

George W. avait quatorze ans. Grand et souple, il ressemblait beaucoup à son père. Parlant la langue du vent, des étoiles et des oiseaux, il était bien paré pour la vie. Mais il y avait quelque chose de froid dans son regard, qu'il n'avait pas hérité d'Apollon ni de moi, et qui m'inquiétait. Une sorte de ressentiment contre des parents qui s'étaient trop aimés.

Sur le continent, je suis partie à la poursuite de Henry Eggleton et de ses acolytes. Je n'avais guère de chances de les retrouver sur la route, mais je suivais ma colère : c'était elle qui, désormais, menait mes pas. Après avoir cherché la trace des ravisseurs à Boston, j'ai compris qu'il valait mieux aller directement à la plantation de Charlottesville.

En chemin, j'étais souvent affectée de crises de tremblements et pourtant il y avait longtemps que je ne m'étais sentie en meilleure forme. La colère m'a toujours bien réussi. Elle me rajeunissait. Henry Eggleton ne savait pas ce qui l'attendait.

*

C'était comme si le soleil était tombé sur la Virginie. Les marais écumaient, le sang bouillonnait dans les veines et l'air était comme un jus dans lequel je poissais, au milieu des moustiques.

Tout transpirait, les herbes, les arbres, les gens, les pierres, la brume qui montait de la terre, remuée par les coups de pelle du soleil. J'étais moi-même ruisselante quand je frappai à la porte de la résidence de Henry Eggleton.

La vieillesse ne l'avait pas arrangé. Le bout de son nez crochu avait quasiment rejoint son menton en galoche, et il n'avait plus que des chicots en guise de dents. Eggleton me reconnut tout de suite et m'invita à le suivre dans sa bibliothèque.

Nous avons conversé autour d'un thé servi par une jeune Noire aux yeux de gazelle. Eggleton commença par déplorer la mort de George Washington.

« Quinze ans déjà », soupirai-je.

Apparemment, il n'avait pas fait le lien entre Apollon et moi. J'en eus la confirmation quand il me demanda avec sa diction pleine de *l* et de salive :

« Pouliez-vous examiner à nouveau la dentition de mes esclaves ?

— J'examinerai aussi la vôtre. Quand on ne s'occupe pas de ses dents, elles se vengent. »

Il baissa les yeux avec un air coupable :

« La vieillesse commence générlalement par le dos.

Moi, ce sont les dents. J'aime pas les dentiers mais il va falloir que je me fasse une rlaison.

— Je ne peux hélas rien faire pour vous aujourd'hui : je n'ai pas mon matériel de dentisterie. En fait, je ne suis pas venue pour le travail mais pour récupérer un Nègre que vous avez ramené de Nantucket. »

Aucun signe d'étonnement sur son visage.

« Le militant antiabolitionniste ? demanda-t-il sur un ton dégagé.

— Celui-là même.

— J'aimerais vous être agrléable mais il y a eu un plo-blème. »

Il s'est arrêté là et a pris sur le guéridon les *Sonnets* de Shakespeare, qu'il feuilleta négligemment.

« Quel genre de problème ? » insistai-je.

Il a fermé les yeux :

« Il est molrt. »

Le ciel aurait dû me tomber sur la tête. Au lieu de quoi, je fus envahie par une espèce de sérénité qui me figea le sang. Mes lèvres ne tremblaient même pas quand j'ai marmonné :

« Comment est-ce arrivé ? »

Henry Eggleton a poussé un soupir plaintif.

« Écoutez ça », dit-il.

Il lut quelques vers de Shakespeare d'une voix si basse que je n'entendis rien, sauf des mots comme alouette ou portes du ciel. Puis, dans un geste mélodramatique, il laissa tomber sa tête en arrière :

« Je ne connais rien de plus beau que les *Sonnets* de Shakespearle. Il dit si bien la folrce de l'amour et la flragilité de la vie, qui est le drlame de l'espèce humaine. »

Après que j'eus adopté un air ennuyé, il se redressa et, en tournant les pages du livre, reprit :

« Il y a tlès longtemps, cet esclave s'était échappé de ma propliété. J'ai voulu replendre possession de mon bien, ce qui est quand même la moindle des choses. D'autant qu'il m'avait toujours donné satisfaction : c'était un excellent ébéniste qui a fait de ses mains, soit dit en passant, la bibliothèque où nous nous trouvons. »

C'était en effet une très belle bibliothèque avec des motifs sculptés en forme de soleil, qui évoquaient le siècle de Louis XIV. Je murmurai :

« Que s'est-il passé ? »

De sa main, il chassa une mouche ou une idée noire, puis :

« Alors que je le ramenais de Nantucket, mon Nègle se conduisait comme une bête furlieuse et plusieurs fois, sur la route, il a cherché à fuir. Hier, aplès une nouvelle tentative, j'ai demandé à un de mes hommes de le fouetter. Il a eu la main lourde mais il faut le comprendre : le Nègle l'insultait pendant qu'il recevait sa corrlection. Quand on l'a ramené à la carrliole, il s'est jeté sur ma jambe et m'a mordu le tibia jusqu'à l'os. »

Il releva son pantalon et me montra une blessure noire, striée de vermillon.

« Il refusait de lâcher prise, s'écria-t-il, on aurait dit un chien enrlagé. Pour me dégager, j'ai tapé sur sa tête à coups de closse de fusil, mais sans l'intention de le tuer, vous pensez bien. Sa molrt est un accident. »

Sa voix avait quelque chose d'infantile et de gémissant :

« Chaque fois que je tue un Nègle, là, c'est la deuxième fois, j'éprouve après le même sentiment de gâchis. Comme je le dis souvent, supprimer un esclave, pour nous autres planteurs, c'est à peu près aussi intelligent que de se couper un pied ou brûler un champ de blé. Il faudrait que les abolitionnistes cessent de nous plésenter comme des assassins.

— Puis-je voir le corps?

— Pourquoi?

— Par curiosité, parce que ce Nègre a travaillé pour moi.

— On l'a laissé dans un marais.

— Oh, mon Dieu, vous ne lui avez même pas donné de sépulture!

— Non. Il faisait beaucoup tlop chaud pour qu'on le rlamène avec nous. Il se serait décomposé avant qu'on arrlive. »

Henry Eggleton se redressa, soudain : son épouse entra d'une démarche glissante de reine, le menton en avant, les yeux mi-clos sous des cils allongés. L'âge avait dévoré sa beauté mais elle avait quelques jolis restes.

« Ma chèrlie », dit-il avec effusion.

Ce tyranneau de basse-cour qui terrorisait ses esclaves était sous l'emprise de sa femme qui, je l'appris plus tard, lui avait apporté sa fortune.

Après les présentations, elle m'a demandé d'examiner une molaire qu'avait ébréchée un caillou resté dans un coquillage et je me suis exécutée avant de lui conseiller d'attendre en bannissant le sucre de ses repas.

Quand elle est ressortie, Henry Eggleton a murmuré :

« Charlotte est atlocement jalouse, je l'ai sans cesse slur le dos. J'ai vu dans son regard qu'elle vous a tlouvé trlès belle, je dirais même plus : illélsistlible. »

Je n'ai pas compris. Il a répété :

« Irrlésistible. »

Il s'est levé puis penché sur moi en prenant ma main, avant de me souffler à l'oreille :

« J'ai envie de vous. Cela a commencé la plemière fois que je vous ai vue, je vous le jurle sur la tête de mes enfants. Depuis, je n'ai jamais cessé de penser à vous. Pourliez-vous me donner le plus vite possible ce que j'attends de vous depuis si longtemps ?

— Il faut que je réfléchisse un peu.

— Combien de temps ? demanda-t-il, affolé. Je ne peux plus attendre.

— Rassurez-vous, ce ne sera pas long.

— Après, vous pourrliez rester à dorlmir dans la maison des invités. Je ferlai tuer un veau pour le dîner. »

Je lui ai répondu que je ne mangeais pas d'enfants, donc pas de veau, pas plus leurs parents au demeurant. Il m'a demandé si je n'étais pas malade et je lui ai dit qu'il pourrait bientôt vérifier que non. En attendant, je voulais rester seule un moment. J'avais à penser. Il fallait que je me retrouve, et dans la bibliothèque d'Apollon, je savais que ce serait plus facile.

35

Des bienfaits de la vengeance

Virginie, 1814.

Que seraient nos étés sans la paille ? Il leur manquerait la griserie, l'espérance, la joie du monde. Ce sont des rayons de soleil tombés par terre, que l'on garde pour l'hiver.

La grange où nous sommes entrés était pleine de bottes de paille. De grands corps vivants qui craquetaient de bonheur en soufflant leur haleine mielleuse et prometteuse. Elle me montait à la tête.

« J'ai envie de toi », dis-je en m'allongeant sur ma couche de paille.

J'ai ouvert les bras et Henry Eggleton s'est jeté sur moi en poussant un cri étrange. Un mélange de cocorico, de couinement et de hennissement. Il chercha ma bouche mais je détournai la tête. Alors, il décida de passer aux choses sérieuses et me déshabilla avec cette maladresse propre aux hommes avant l'amour.

Il transpirait comme un forgeron et me traitait comme je le lui demandai : une enclume. J'adorais l'idée qu'il me punisse avant mon crime. Mais c'était contre sa femme qu'il en avait. Pas contre moi. En me griffant et en me bourriquant, il disait sur elle des choses affreuses :

« Salope de chienne de Charlotte, j'adorle l'amour quand ce n'est pas avec toi, vieille carne.

— Il y a longtemps que vous n'avez pas fait l'amour avec votre femme ? soufflai-je.

— Une ételnité. Avec vous, c'est comme si je le faisais pour la plemièrle fois de ma vie. »

Je comprends qu'on ne veuille pas la regarder mais je récuse la règle qui veut qu'on s'interdise tout contact physique avec sa future victime, sous prétexte qu'on aurait le geste moins sûr après.

Au contraire, j'aimais l'idée d'éprouver du plaisir une première fois en laissant Eggleton prendre mon corps avant de m'en donner, une seconde fois, en lui ôtant la vie. D'abord, je serais sa proie, puis il deviendrait la mienne. Je passerais en un moment de l'état de chair à celui de couteau. Je ressentirais la même chose qu'avec Prosper Rougemont, ma première victime.

Après l'amour, nous sommes restés longtemps dans les bras l'un de l'autre. Songeant que j'avais été bien légère d'accepter son invitation de le rejoindre en plein jour dans la grange, j'essayais de retarder l'instant fatal.

Je me posais toutes les questions que j'avais évacuées, dans ma hâte de venger Apollon. Une fois mon forfait commis, comment sortir du bâtiment sans être remarquée par les domestiques ? Mieux valait attendre la montée du soir. Mais comment retenir Eggleton jusque-là ? Je n'avais pas envie de faire l'amour une deuxième fois.

C'est un moustique qui a tout déclenché. Il m'a piquée là où je déteste le plus : sur la paupière, qui a commencé à gonfler. J'ai tenté de le tuer, mais sans succès. Ma colère contre l'insecte devint si grande qu'elle s'étendit bientôt au monde entier. Eggleton a tout pris.

Je ne les ai pas comptés, mais j'ai dû lui donner au moins douze coups de couteau. J'avais trop de haine, je n'ai pas pu la maîtriser : ce fut un carnage. Avant d'égorger Eggleton, j'aurais dû lui fracasser le crâne avec un maillet, comme on le fait pour les bovins. Au lieu de quoi, j'ai commencé par lui percer le bédelet, une méthode qui m'avait déjà réussi : elle sidère la victime et l'empêche de réagir. Mais il a poussé un tel cri que je fus prise de panique. Belzébuth doit hurler comme ça quand il comprend que le Christ a gagné.

Décidée de le finir, je me suis jetée à califourchon sur lui. J'ai mis une main sur sa bouche pour le faire taire, tandis que, de l'autre, je lui tranchais la gorge. Mais je tremblais tant d'excitation que j'ai raté la saignée : le couteau lui sectionna les cordes vocales mais pas les artères. Pendant qu'il essayait de s'enfuir à quatre pattes en perdant son sang, je lui ai planté plusieurs fois ma lame dans le dos, le cul et les cuisses, jusqu'à ce qu'il s'écroule.

Je ne l'ai pas achevé. Je me suis assise près de lui et l'ai regardé agoniser dans la paille. Cette vie qui s'égouttait, c'était, selon le principe des vases communicants, de l'énergie qui revenait en moi, après que j'eus été brisée par l'annonce de la mort d'Apollon.

Apparemment, il n'y avait pas de quoi être fière. Mon père avait un adage : « Dis-moi comment tu tues, je te dirai qui tu es. » De ce point de vue, j'avais été au-dessous de tout, une chiasse[1].

Quand Henry Eggleton a expiré, j'ai poussé un gros soupir de contentement. Subitement, je me sentais légère

1. Selon le *Dictionnaire de la langue verte* d'Alfred Delvau, désigne un homme méprisable. *(Note de l'Éditeur.)*

et il a fallu que je me retienne pour ne pas crier de joie. La vengeance devrait être recommandée par la médecine. Elle est bonne pour la santé, car elle purge les aigreurs qui nous rongent l'estomac.

Couverte de sang et de mouches, comme si c'était moi qui avais été tuée, j'ai tenté de m'essuyer avec de la paille mais les brins collaient à la peau et aux habits. Alors que je sortais de la grange pour retrouver mon cheval attaché à la branche d'un tulipier, je suis tombée sur deux Nègres qui portaient chacun la moitié d'une carcasse de veau. En me voyant ensanglantée, ils se sont enfuis en hurlant.

« N'ayez pas peur, hurlai-je. Je suis votre amie. Je vous ai tous vengés. »

Ils ont couru encore plus vite. J'étais faite, je me disais qu'ils donneraient mon signalement à la police. J'ai filé jusqu'au cheval sans regarder derrière moi avant de partir à la recherche d'un étang ou d'une rivière pour me laver de mes péchés.

*

Le domestique me pria d'attendre dans le salon. Le maître de maison tardant à venir, j'ai fini par me lever pour regarder les objets entassés là depuis des lustres. La pièce ressemblait à une boutique de brocanteur comme le grand hall par lequel j'étais passée et où j'avais repéré, entre autres, les ramures d'un caribou, une petite maquette de la pyramide de Khéops, des sculptures ou des outils indiens – le propriétaire adorait les Indiens.

Dans le salon, se trouvaient des peintures ou des

sculptures représentant Alexandre Iᵉʳ, Colomb, Locke, Newton ou La Fayette. Je crus reconnaître Louis XVI et j'étais en arrêt devant son portrait quand Sally Hemings ouvrit la porte, suivie par Thomas Jefferson que l'âge, en épurant son visage, avait encore embelli. Le teint légèrement hâlé, il déambulait avec la majesté d'un personnage historique et la grâce d'un jardinier philosophe : ses deux mandats de président lui avaient bien réussi.

À en croire sa bonne humeur, Sally Hemings savourait sa chance de partager le lit d'un tel homme. Elle en faisait même trop : c'était une exagératrice, comme tout le monde l'est plus ou moins en Amérique. Après m'avoir embrassée, comme si j'étais sa meilleure amie, elle me demanda :

« Ma chère Lucile, comme je suis heureuse de vous revoir, depuis le temps ! Où aviez-vous disparu ?

— Le grand amour, dis-je. Avec un Noir qui m'a donné un enfant et qui vient d'être tué. »

Je leur racontai toute mon histoire, jusqu'au meurtre de Henry Eggleton. Il y eut un grand silence que j'imputai à la consternation autant qu'à la désapprobation. À ma grande surprise, Thomas Jefferson, au lieu de me faire la leçon, finit par déclarer :

« Eggleton était un esclavagiste de la pire espèce, il faisait honte à la Virginie. »

Un soupir, puis :

« Je serais prêt à sacrifier beaucoup de choses pour un projet qui abolirait cette dépravation morale et politique qu'on appelle l'esclavage.

— Beaucoup de choses ? demanda Sally. En es-tu sûr ? »

Thomas sourit :

« Le vieux Priam ne peut enfiler l'armure d'Hector. Je

suis trop âgé pour mener le combat, je serais un poids mort. Mais je prierai de tout mon cœur pour que ce projet se réalise et que les Noirs retrouvent la liberté. »

Soudain, son ton changea :

« Vous, maintenant, vous n'avez plus de temps à perdre. Vous allez bientôt avoir toutes les polices du pays aux trousses, si ce n'est pas déjà le cas. Il ne faut pas traîner.

— Que me conseillez-vous ?

— D'abord, d'aller chez vous reprendre votre enfant, ensuite de vous enfuir quelque part où vous pourrez vous faire oublier. En France, par exemple.

— Mais j'y suis déjà recherchée !

— Tout le monde était recherché pendant la Révolution. Napoléon a remis de l'ordre dans tout ça. Je connais des tas de gens en France. Des gens importants qui pourront vous aider. »

Jefferson se retira un moment dans son bureau et en revint avec une lettre d'introduction pour La Fayette et une autre pour Turreau, l'homme des « colonnes infernales », ancien ambassadeur de France à Washington, qu'il me dit, à ma grande surprise, apprécier beaucoup.

Après quoi, il me donna de la lecture pour la traversée de l'Atlantique : deux volumes du Journal de Lewis et Clark, qui venaient de paraître. Le récit de la première expédition américaine dans les terres inconnues de l'Ouest, une opération qu'il avait initiée en 1803, quand il était président.

« De toutes les choses que j'ai faites, dit Jefferson, c'est une de celles dont je suis le plus fier. »

Jugeant que la plume d'Indien de mon chapeau était hors d'âge, il m'en a offert une nouvelle. Avec Sally qui m'avait fait préparer quelques provisions, Thomas m'a ensuite fait l'honneur de me raccompagner jusqu'à mon cheval et, avant que je le monte, a posé un baiser sur mon front. Je me souviens encore de l'endroit précis. Des décennies plus tard, chaque fois que j'ai une contrariété, il m'arrive de le caresser. Je me sens toujours mieux après.

VI

MES TROIS NUITS AVEC NAPOLÉON

1814-1816

36

Le héros est fatigué

France, 1814.
En arrivant devant le château de La Grange-Bléneau, à Courpalay, dans la Brie, je me suis dit que je passerais volontiers là le reste ma vie. J'aimais cette luxuriance qui me rappelait la Normandie, les effusions herbeuses, les orgies verdoyantes, les eaux dormantes sous leurs draps de lentilles.

Sur l'allée qui menait au château, je continuai de rêver. Le domaine était largement au-dessus de mes moyens et son propriétaire, le général de La Fayette, n'avait sans doute pas l'intention de le vendre. Mais il ne s'était jamais remis de la mort de sa femme, c'était peut-être ma chance : je me voyais déjà marquise.

« Aimerais-tu vivre ici ? demandai-je à George W. sur un ton badin.

— Où tu voudras, ce sera bien, maman. C'est toi qui décides. »

Ce n'était pas vrai. Je ne décidais plus grand-chose. Mon fils était devenu mon mari, un mari aussi tyrannique qu'Apollon était coulant. J'aurais été mal fondée de m'en plaindre. Depuis la mort de son père, il s'appliquait à ne jamais me contredire ni m'inquiéter.

Pendant la traversée de l'Atlantique, alors qu'il passait son temps à vomir en cachette, George W. prétendait ne pas souffrir du mal de mer, malgré son teint cireux et ses orbites verdâtres. Il se comportait avec moi comme un mari aimant au chevet de son épouse malade, toujours aux petits soins.

La Grange était une maison forte, bâtie au XIVe siècle, composée de trois corps de logis, confortée par cinq tours circulaires et protégée par des douves. Un château du Moyen Âge, en pierres grises et ardoises noires, comme sorti des ténèbres et tombé dans un paradis de prés et de fleurs. Dans le jardin, La Fayette avait fait planter toutes sortes d'espèces. Notamment des arbres d'origine américaine que je reconnus tout de suite. Un séquoia et un catalpa de Rochester dont les branches couraient par terre comme des tentacules.

Un valet taillé dans un cure-dents nous emmena jusqu'au maître de maison qui, dans un champ avoisinant, supervisait le ramassage des pommes. Des reines des reinettes. Grande gigue bedonnante et revenue de tout, le front fuyant, la paupière lourde, la lippe triste, le général La Fayette avait le visage empreint d'une mollesse et d'une lassitude qui n'inspiraient pas l'amour. Il était moche et boiteux : depuis une mauvaise fracture du col du fémur, il s'appuyait sur une canne.

Cet homme avait trop vécu, c'était visible sur son visage. Héros à dix-neuf ans de la guerre d'indépendance des États-Unis, il avait été l'une des grandes figures de la Révolution à qui il avait rendu sa particule. Après qu'elle l'eut déclaré traître à la nation, il avait fui la France pour échapper à la guillotine. Prisonnier pendant cinq ans des Autrichiens ou des Prussiens, il y avait été traité dans des conditions si abominables qu'elles brisèrent à jamais son sourire.

Il semblait fasciné par la plume d'Indien accrochée à mon chapeau et je lui dis que c'était un cadeau de Thomas Jefferson qui m'avait conseillé de m'adresser à lui. Il me jeta alors un regard lumineux et intéressé. Au moins l'âge n'avait-il pas gâché l'éclat de ses yeux.

« Il y a quelques semaines, dit-il, j'ai écrit une lettre à Jefferson pour lui dire tout le chagrin que m'inspire notre pays. Pensez ! Les Bourbons ou Bonaparte, c'est la seule alternative que nous ayons : la Révolution a tellement défiguré l'idée républicaine que nous avons le choix entre la peste et le choléra. Combien de temps allons-nous payer ces années de chaos et de folie meurtrière ?

— Vous avez fait tout ce que vous avez pu, avec courage et détermination, pour sauver la Révolution de ses démons... »

Il m'arrêta d'un geste agacé. Je m'étais trompée sur son compte. Apparemment, il était de la race, assez rare, des grands hommes qui détestent les louanges. J'insistai quand même :

« Si on vous avait écouté, on n'en serait pas là... »

Il soupira et je lui remis la lettre d'introduction de Jefferson. Après l'avoir lue attentivement, il nous invita, George W. et moi, à dormir au château.

« Je vais faire tout ce qui est en mon pouvoir pour vous aider, dit-il. Mais il faudra me dire toute la vérité sur cette histoire de meurtre d'esclavagiste. »

Après avoir demandé au valet de préparer nos chambres, La Fayette nous emmena faire le tour de sa propriété. L'exploitation agricole proprement dite faisait cinq cents arpents[1] auxquels on pouvait ajouter deux cents en comptant les bois et diverses plantations.

« Je suis un assez bon cultivateur, dit-il avec un sourire non dénué de fierté. Mon maître charretier et moi, nous formons une belle paire. Nos terres n'ont pas à s'en plaindre et, sur le plan financier, je ne m'en sors pas mal. »

Levé tous les jours à cinq heures du matin, La Fayette était un homme entreprenant qui prenait son métier très au sérieux. Il fut le premier à cultiver de la luzerne en Brie et il introduisit dans sa porcherie des verrats d'Amérique et de Chine. Ses paysans se seraient laissé tuer pour ce seigneur chevaleresque, capable, par exemple, de distribuer gratuitement son blé et son seigle aux pauvres, comme il l'avait fait dans un autre de ses domaines, en Auvergne, pendant la disette de 1783.

Nous rentrions au château quand il commença à se plaindre des ravages de l'âge : il redoutait que son corps, devenu un ramas de ruines, ne le lâchât avant sa mort. Voilà pourquoi je me suis retrouvée de corvée de dents, si tant est que l'on puisse appeler ainsi les chicots qui en tenaient lieu. « Tant que ça tient », ai-je conclu après l'avoir examiné. J'étais comme le médecin qui ouvre un ventre purulent. Il valait mieux refermer, il n'y avait rien à faire.

Nous avons dîné tôt, à l'américaine. Je n'ai pas touché aux lapereaux à la Berry, mais me suis rattrapée sur le vin, les pommes de terre écrasées à la ciboulette et les divins gâteaux aux reines des reinettes. Après que George W.

1. L'équivalent de 210 hectares. *(Note de l'Éditeur.)*

316

fut monté se coucher, La Fayette se mit à me question-
ner :

« Dites-moi tout. »

Pour ne pas l'effrayer, je me gardai bien de lui parler
de mes crimes en Normandie mais me contentai de lui
raconter mon dernier meurtre, en Virginie. J'évoquai
mon amour pour Apollon, sa mort, puis l'assassinat de
Henry Eggleton. Plus j'avançais dans mon récit, plus son
visage se rembrunissait. Quand j'eus terminé, La Fayette
soupira :

« Vous avez des circonstances atténuantes. Mais
qu'avez-vous besoin de faire justice vous-même !

— Sinon, elle ne passerait pas, vous le savez bien. »

Il secoua la tête avec un air consterné.

« Je connais quelqu'un de très haut placé qui pourrait
vous arranger les choses, reprit-il. Il a des mains, des
yeux et des oreilles à peu près partout dans le pays. Pour
faire disparaître les dossiers et les condamnations, il n'y a
pas mieux. Il n'est certes pas recommandable, mais vous
n'êtes pas en état de faire la difficile. C'est Joseph Fouché. Allez le voir de ma part le plus vite possible. »

Le soir commençait à tomber, le général m'a fait visiter
son château. J'ai mieux compris sa personnalité quand il
m'apprit qu'il n'avait pas de chauffage dans ses apparte-
ments. En faisait office un caisson de chaux disposé dans
chaque pièce pour absorber l'humidité. Il préférait s'infliger des froids mordants, l'hiver, plutôt que massacrer ses
arbres. Frugal, il refusait, comme les peuples indiens qu'il
admirait, de mettre le monde à son service et de le saccager pour son confort personnel. Il me cita trois proverbes
iroquois qui résumaient bien son état d'esprit :

« Réussir sa vie, c'est la passer à rendre à la terre ce qu'elle vous a donné. »

« Tout parle, tout chante, tout a une âme, le caillou et l'homme, la forêt et la feuille d'herbe. »

« Demande toujours pardon à la bête que tu tues, à la plante que tu arraches ou à l'arbre que tu abats. Quand ce n'est pas ton frère, c'est ta sœur. »

Nous avons fini la soirée dans la bibliothèque. Il y passait beaucoup de temps, à rédiger son courrier ou à travailler sur les registres de la ferme. J'étais frappée d'observer qu'il n'éprouvait aucun ressentiment de n'être plus rien après avoir été tout. C'était un homme libre, un sage à l'antique, trop intègre pour réussir. Il avait ainsi tout refusé à Napoléon qui aurait tant aimé en faire un trophée. Tout, y compris la Légion d'honneur qui ne prêtait pourtant pas à conséquence.

Même s'il avait transformé cette grande pièce ovale en musée dédié à sa vie politique, le pouvoir ne lui manquait pas, la nature lui suffisait. Il aimait donner ses instructions à ses fermiers avec un porte-voix, depuis une des fenêtres de la bibliothèque, avant de retourner à ses auteurs préférés dont il m'a présenté les livres. Diderot, Voltaire, Rousseau, Lavoisier ou Franklin.

Soudain, je suis tombée en arrêt devant un petit recueil de poèmes, signé Emmanuel Espragnac : *Les Fondrières de l'amour*.

« Vous connaissez l'auteur ? demandai-je, le cœur battant.

— Oui, c'est un politicard. Trop intrigant pour arriver et néanmoins charmant. Ce livre-là n'est pas fameux, du Bernardin de Saint-Pierre en moins bien, mais il a écrit un excellent essai sur la Révolution : *La Fin d'une époque*. Si

318

vous souhaitez le rencontrer, je vous donnerai son adresse. »

Ensuite, La Fayette me montra quelques-uns des papiers qu'il conservait dans sa bibliothèque. Le code chiffré qu'il utilisait naguère pour correspondre avec George Washington : par exemple, 25 pour le roi, 29 pour le parlement ou 73 pour la liberté. Ou encore des lettres personnelles que lui avaient adressées quelques grands de ce monde. Sans parler des brochures éditées par la franc-maçonnerie dont il était un militant fervent.

« Je n'ai pas de crucifix dans ma chambre, dit-il. La seule croix qui ait eu le droit d'y pénétrer est celle d'Adrienne, ma femme morte. Elle est sur ma table de chevet. »

Je n'ai pas eu l'occasion de vérifier. J'ai senti qu'il fut tenté, un instant, de m'inviter à continuer la conversation dans sa chambre : il est parti très vite se coucher, sans se retourner.

37

Les anciennes amours
sont des gâteaux rassis

Les Espragnac habitaient rue du Mail, à Paris, près de la place des Victoires, non loin de l'hôtel de Metz où Bonaparte avait occupé une chambre au début de sa carrière, avant d'émigrer à l'hôtel de la Liberté, rue des Fossés-Montmartre[1], de l'autre côté du pâté de maisons.

Tout au long de l'Empire, ce fut un quartier très prisé par les bonapartistes qui prétendaient y croiser parfois leur héros, le soir, quand celui-ci retournait, nostalgique, sur les traces de son passé. Les royalistes s'amusaient à rappeler qu'il avait laissé là sa montre en gage après avoir contracté une dette de quinze francs chez un marchand de vin.

Après qu'une enfant avec un tablier de domestique m'eut ouvert la porte de l'appartement, Agathe apparut dans l'entrée et resta pétrifiée un moment, en poussant un grand cri silencieux, avec une expression de panique. Je tentai de la rassurer en me jetant à son cou mais elle eut un mouvement de recul et je m'étalai sur le parquet.

«Ne me dis pas que tu as peur de moi, protestai-je, pendant que George W. m'aidait à me relever.

---

1. Désormais rue d'Aboukir. *(Note de l'Éditeur.)*

— Je suis désolée…

— Embrasse-moi, ma bonne amie, et embrasse mon fils. »

Elle s'exécuta et je repris :

« Après ce que tu m'as fait, c'est le pardon qui sera ma vengeance, une fois n'est pas coutume. »

Agathe commençant à se détendre, je lui pris la main et dis d'un air faussement suppliant :

« Je voudrais que vous nous aidiez, Emmanuel et toi. Je vous demande l'asile…

— Mais qui t'a donné notre adresse ? »

En guise de réponse, je rentrai les bagages et fermai la porte.

« Vous me devez au moins ça », dis-je.

Elle a baissé les yeux. C'était gagné. Elle nous invita à prendre un thé. Je lui racontai mes aventures et elle me fit le récit des leurs : élu du Corps législatif et chevalier de la Légion d'honneur, Emmanuel avait été l'une des gloires littéraires de l'Empire qui s'était effondré au printemps précédent. Pendant des années, avec la servilité qu'on imagine, il s'était échiné à éclairer les générations futures sur le génie de Napoléon. Depuis son abdication, il s'inquiétait pour son avenir.

« Il a tort », dit-elle.

Sous l'Empire, Agathe avait tenu l'un des salons les plus courus de la capitale, recevant toutes sortes d'invités, pourvu qu'ils fussent utiles ou fameux. Sous la Restauration, ses réceptions n'étaient pas moins courues. Elle aurait été la plus heureuse des femmes si seulement elle avait eu un enfant. Elle baissa tristement les yeux :

« C'est l'accomplissement d'une vie, n'est-ce pas ?

— Je te le confirme », dis-je avec fierté, en posant ma main sur la tête de George W.

Quelques mois plus tôt, Emmanuel s'était prononcé pour la déchéance de l'Empereur et avait appelé la « monarchie légitime » à prendre le pouvoir qui, en vérité, était à ramasser. Depuis, il ménageait tout le monde, les bonapartistes, les bourbonistes, les orléanistes et les républicains.

« C'est un mille-pattes, observai-je.

— En tout cas, il ne se les emmêle jamais. »

Elle avait dit ça avec un sourire qui signifiait qu'elle retrouvait confiance. J'en profitai pour marquer mon territoire :

« Peux-tu nous montrer nos chambres ? »

Alors que George W. et moi commencions à défaire nos bagages avec l'aide de l'enfant-servante, je dis à Agathe :

« Nous avons les crocs.

— Il y a un poulet dans le cellier. Il est encore vivant, il ne sera pas prêt tout de suite.

— Nous sommes végétariens, nous ne mangeons pas de charogne ni de plaies saignantes. Je voudrais que tu nous serves des légumes.

— Nous avons une excellente cuisinière. Une Antillaise très inventive. »

Peu après, nous avons englouti un repas de rêve : choux au cidre, carottes à la noisette et pommes de terre à l'ail.

*

Le soir, Emmanuel Espragnac ressentit à ma vue la même angoisse qu'Agathe, quelques heures auparavant.

Je me suis avancée vers lui avec un grand sourire hypocrite :

« Rassure-toi. Je reviens des États-Unis avec un paquet de dollars et je ne vais pas vous demander de me rendre l'argent de la cassette de Frochon.

— La cassette ? répéta-t-il avec un air stupide.

— Allez, ne fais pas l'étonné. Je parle de la cassette que tu m'as volée à Noirmoutier. Rassure-toi, tout ça est derrière nous. »

Il a hésité un instant, puis m'a serrée dans ses bras avant de murmurer à mon oreille :

« Sais-tu que tu es toujours recherchée par la police ?

— C'est pour ça que je suis venue. Je voudrais que la justice tourne la page.

— Je peux t'aider. Je connais personnellement Fouché. Il est même venu deux fois à la maison. »

Je ne lui parlai pas de la lettre que La Fayette avait écrite pour Fouché : deux introductions valaient mieux qu'une. Il s'assit sur le canapé à côté d'Agathe et je les contemplai tous deux avec autant de mépris que de nostalgie.

Les traits aiguisés, le regard profond, de longues boucles de cheveux jetés en arrière, à la Bonaparte, Emmanuel était au sommet de sa beauté, une beauté de statue grecque. Mais je crois qu'il n'avait que ça.

Amincie, Agathe aussi était superbe. Elle avait acquis l'assurance qui lui manquait naguère. Mais elle semblait souvent perdue dans ses pensées et des lueurs de tristesse passaient, par intermittence, dans son regard.

Le malheur lui allait bien, un malheur indéfinissable, existentiel. Une pinçure dans ma vessie me confirma que j'avais envie d'elle. Emmanuel s'étant absenté un moment, je chuchotai que je la trouvais aussi belle que cette nuit chez Frochon, où nous nous étions tant aimées…

« Ne parle pas de ça, m'interrompit-elle. Rien que d'y penser, j'ai honte. Je ne m'en suis toujours pas remise.

— C'était bien, pourtant. »

Elle planta ses yeux dans les miens et siffla entre ses dents :

« Jamais je ne te pardonnerai… »

Pendant le dîner, il ne fut question que de Napoléon. Quand je lui dis que depuis notre arrivée, au Havre, j'avais eu l'impression que la France se portait beaucoup mieux qu'à mon départ, Emmanuel s'écria :

« Qui faut-il remercier ? Napoléon bien sûr ! Je ne sais pas dans quel état nous serions aujourd'hui s'il n'était pas arrivé pour remettre de l'ordre. Les Français se seraient entretués jusqu'au dernier.

— Jusqu'à l'extinction de l'espèce, soupirai-je. Mais pourquoi les Français sont-ils haineux comme ça ?

— J'ai entendu dire que c'était à cause d'un champignon, répondit Agathe. L'ergot du seigle qui donne le feu de Saint-Antoine : il s'attrape en mangeant du pain, rend agressif et provoque des hallucinations.

— C'est vrai, dis-je. La Révolution française fut une sorte de grande hallucination nationale.

— Les Français ont toujours besoin de sortir du cadre et qu'on leur raconte des histoires. "Il faut les distraire sans arrêt", m'a dit un jour Napoléon. Sinon, ils broient du noir et ils font des bêtises.

— Est-ce pour ça qu'il a fait toutes ces guerres ? »

Emmanuel a réfléchi un moment :

« Je le pense. Il avait tout compris. Napoléon, c'était la

somme de tous les petits napoléons que nous sommes. L'addition de tous les égos de notre pays, une montagne d'égos. C'est ce qui l'a perdu. Mais il était à peine parti que tout le monde le regrettait déjà…

— Il va revenir ?

— Il reviendra souvent dans les siècles futurs. Il nous a fait croire que le soleil tournait autour de la France. C'est quelque chose qui ne s'oublie pas. »

Vers une heure du matin, alors que George W. et Agathe étaient partis se coucher, Emmanuel s'assit à côté de moi sur le canapé. Après avoir passé son bras sur le coussin sur lequel je m'adossais, il murmura :

« L'Amérique t'a bien réussi, Lucile. Tu es splendide.

— Si je comprends où tu veux en venir, autant que tu le saches tout de suite : la cause est perdue. Je suis encore en veuvage. »

Pourquoi le fis-je languir ? Un ancien amour, c'est comme une boîte de biscuits rassis : on déteste l'idée de la jeter et, de temps en temps, on pioche dedans. Mais on a toujours du mal à les finir. Ils ont un goût.

Emmanuel me faisait le même effet. Il était passé, comme on le dit des gâteaux. De plus, j'ai toujours exécré les petits marquis de son espèce, si contents d'eux et ne pensant qu'à leurs jolies gueules ou à leurs petits intérêts. Je me demandais avec honte et horreur comment j'avais pu aimer un type pareil et pourquoi j'étais prête à l'aimer de nouveau, si on peut appeler ça aimer. Parce qu'il était beau gosse ?

Sentant soudain sa main effleurer mon épaule, je me suis dégagée avec un sourire douloureux.

« Tu continues toujours à tuer comme tu respires ? m'a-t-il demandé.

« — Je m'étais arrêtée quand j'avais trouvé le bonheur. Maintenant qu'il est parti, il est possible que je recommence. »

*

Ce soir-là, j'ai eu, sur cette question et sur d'autres, une longue conversation avec Apollon. Pendant que notre fils dormait à côté de moi, dans le même lit, nous avons parlé une grande partie de la nuit, feu mon mari et moi.

Ce n'est pas parce qu'on est mort que l'on cesse d'exister. Je crois n'avoir jamais eu une relation plus profonde avec Apollon qu'à partir du jour où il a rejoint l'autre monde. Je ne lui cachais plus rien et lui disais tout ce qui me passait par la tête.

Il continuait de vivre en moi, il n'y avait rien de changé entre nous. Pour la première fois de ma vie, j'avais peur de mourir : je savais qu'il mourrait pour de bon le jour où je mourrais à mon tour.

38

Conversations avec une tête de mort

Quatre guêpes vrombissaient autour d'un grand pla-teau d'argent posé sur le bureau où étaient disposés des macarons, des madeleines, des pâtes de fruits, un pot de melons confits et un baba au rhum entamé.

Le jour où l'espèce humaine aura disparu de la sur-face de la terre, je crois qu'elle sera remplacée par les guêpes. De toutes les bêtes, ce sont celles qui ont le plus de points communs avec nous, les moindres n'étant pas leur sens de l'organisation et un goût immodéré pour la viande ou le sucre.

Quand l'une des guêpes avait la mauvaise idée de se poser sur une surface lisse, Joseph Fouché l'écrasait d'un coup sec, avec la paume de sa main : l'insecte n'avait même pas le temps de sortir son dard. J'étais fascinée par ce spectacle. Mon hôte attendit d'avoir tué les quatre pour daigner s'intéresser enfin à moi.

« Mon secret, dit-il, c'est la rapidité et la surprise. Rien ne résiste à cette méthode qui a permis de gagner tant de guerres. »

Il me proposa des friandises en poussant le plateau dans ma direction. Sa présence m'avait coupé l'appétit, mais j'acceptai, par politesse, deux pâtes de fruits, à la groseille puis au citron, que j'avalai sans vraiment les mâcher.

Alors qu'à cet instant, je sens la mort me mordre les os, dans mon bureau, à Nantucket, où j'écris ces lignes, je me demande ce qui m'a retenue alors de tuer Joseph Fouché. Sûrement pas la peur qu'il croyait inspirer.

Qu'il fût l'homme qui fit tomber Maximilien de Robespierre en 1794 aurait dû me le rendre sympathique. Mais il incarnait aussi tout ce que je détestais. Le meurtre, le chantage et le mensonge, c'est-à-dire l'exercice du pouvoir dans son infâme pureté, quand tous les moyens sont bons pourvu que l'on parvienne à ses fins.

Son titre de gloire fut d'avoir été, selon les mots de Robespierre, « le chef de la conspiration » qui l'abattit. Sans lui, les Français seraient peut-être à quatre pattes, à l'heure qu'il est, en train de mâcher des racines de pissenlits dans un paysage de collines de cadavres et de mares de sang, surplombé par des guillotines géantes en guise de cathédrales.

C'est pourquoi Fouché ne figurait pas dans mon Livre du Mal. Mais comment oublier qu'il avait appliqué sans pitié en 1793 le décret insensé de la Convention qui visait à détruire la deuxième ville de France (« Lyon fit la guerre à la liberté, Lyon n'est plus ») ? Que pour en finir au plus vite avec les « contre-révolutionnaires », il avait substitué à la guillotine un nouveau mode d'exécution : le mitraillage au canon de groupes de condamnés ?

Sitôt entrée dans le bureau de l'ancien ministre de la Police, j'ai commencé à trembler, ce qui aurait pu passer pour une manifestation de timidité. C'était à cause de ma haine. Je ne portais pas d'arme sur moi mais j'aurais pu assassiner Fouché avec n'importe quoi, par exemple avec un de ses innombrables coupe-papiers rassemblés dans un vase. Je n'en ai pas eu le cran.

À partir de quarante ans, on a le visage que l'on mérite. À cinquante-cinq ans, le sien était une tête de mort. Le teint livide, les dents grises, les orbites enfoncées et les pommettes saillantes, Joseph Fouché, duc d'Otrante et ancien professeur de physique, semblait avoir séché au soleil après qu'on l'eut extrait du cercueil où il aurait été confiné pendant des jours dans un mélange de terre et de vinaigre.

Le grand chœur des historiens nous raconte que cet être méphistophélique aurait trahi tout le monde. Il est vrai que, toujours sur le coup d'après, il soutint chacun de ses maîtres comme la corde le pendu. Était-il déloyal par nature ? Ce n'était pas lui qui changeait mais le vent et Fouché tournait sur lui-même, tour à tour régicide, éradicateur de Lyon, séide de Napoléon, lèche-cul de Bourbon et fourrier d'Orléans.

Fouché a manqué à Robespierre dont il fut le féal et l'amant de la sœur, avant d'ourdir sa chute dans la nuit du 8 au 9 thermidor. Après l'avoir aidé à prendre le pouvoir, il a pareillement manqué à Napoléon qui l'avait anobli et contre lequel il complota bientôt pour se rapprocher de la monarchie restaurée qui finit par le recracher. Fallait-il en conclure pour autant qu'il avait la traîtrise dans le sang ?

Moi, je le trouvais simplement pragmatique, dans le plus pur style politicard. Un jour, Fouché s'est défini ainsi : « Je suis et je serai le serviteur des événements. C'est la victoire ou la défaite qui vont trancher tous les nœuds[1]. » Il y a dans ces mots une immense modestie,

1. Propos rapportés par Paul Barras, Jacobin thermidorien comme Fouché. Commandant de la force armée de Paris, il mit fin à la Terreur

une absence totale de culte de soi, la volonté de se fondre dans la grande histoire du monde.

C'était ce qui l'humanisait. Il ne m'inspira cependant pas confiance quand, après que je lui eus exposé mon affaire, il se leva et s'approcha de moi :

« Quelle sotte vous avez été, ma pauvre fille. Je peux arranger tout ça, mais à une condition : que vous acceptiez de travailler pour moi. »

J'ai laissé passer un silence avant de murmurer sur un ton non dénué d'insolence :

« Il me semblait que vous n'étiez plus ministre de la Police.

— Je le serai jusqu'à ma mort et même après. Ma mission, sur cette terre, est d'avoir un œil derrière chaque trou de serrure et de savoir presque tout sur presque tout le monde. C'est ainsi que j'ai le pouvoir, le vrai, celui qui fait peur. »

Il pointa sur moi ses petits yeux sans couleur et j'eus du mal à soutenir son regard :

« Mes dossiers me disent que vous connaissez les membres de la société du doigt dans l'œil, La Fayette et tutti quanti. Eh bien, vous allez me faire des fiches sur lesquelles vous me rapporterez tout ce qu'ils racontent. Sur l'Empereur, sur le roi, sur moi. Je veux tout savoir. Tout. Les complots, les petits travers, qui voit qui. »

Fouché ne me demanda pas mon avis, il était sûr que je ne pouvais pas refuser. Il avait raison.

« Quand est-ce que je commence ? demandai-je.

en faisant procéder, en 1794, à l'arrestation de Robespierre. *(Note de l'Éditeur.)*

— Tout de suite.

— Et vous ? Quand allez-vous me blanchir ?

— Pas maintenant.

— Le temps presse, insistai-je. Je peux me faire arrêter à tout moment. »

Il haussa les épaules :

« C'est un risque. Je vais vous mettre à l'épreuve pendant quelques semaines. Je sais à qui j'ai affaire et tout me dit que je dois me méfier de vous. Ne me sous-estimez pas, Moïzette. »

À ce mot, j'ai rougi violemment et mes joues m'ont brûlée. Content de son effet, Fouché est retourné s'asseoir à son bureau.

« Je sais tout sur vous, dit-il. Votre surnom, mais je connais aussi la liste de vos amants ou de vos crimes. À propos de ces derniers, permettez-moi de vous dire que tuer n'est pas la solution à tout.

— Je suis d'accord avec vous.

— On ne le dirait pas. J'ai jeté un œil sur votre dossier avant de vous recevoir : vous êtes une malade du couteau. Vous me faites penser à un ami à qui j'ai dit un jour : "Le sang des scélérats est la seule eau lustrale qui puisse apaiser tes mânes[1]."

— C'est une belle phrase.

1. L'ami dont parle Joseph Fouché est Joseph Chalier, un Jacobin dont la rhétorique épuratrice rappelait celle de Marat. Soutenu par les « Sans-Culottes » de Lyon, il tenta de bouter, par l'émeute, les Girondins ou les modérés qui tenaient l'Hôtel de Ville. Condamné à mort par les autorités locales en 1793, il fut exécuté dans des conditions qui en firent un martyr : la guillotine ayant été mal assemblée, le couperet ne le décapita pas du premier coup et le bourreau dut s'y reprendre à plusieurs reprises pour achever son œuvre. *(F.B.)*

— Merci. Mais cette philosophie ne lui a pas réussi. Il en est même mort. Dans la vie, un peu de cynisme ne nuit pas. Il permet de prendre du recul et le recul évite de commettre des bêtises. Vous me suivez ? »

Je hochai la tête avec un air consterné.

« Le cynisme est le commencement de la sagesse, continua-t-il. Dans l'Histoire, il a toujours fait moins de morts que les opinions arrêtées. Je vous conseille d'en faire une cure, ça vous fera beaucoup de bien et ça épargnera des vies humaines.

— Je vais essayer.

— Votre maître aurait été plus cynique, c'est-à-dire moins haineux, il serait encore vivant. Mais Hippolyte Frochon était un imbécile doublé d'un enragé, téméraire et inconscient.

— Je ne le voyais pas du tout comme ça. C'est vous qui l'avez fait tuer ?

— Non. Je ne connais pas le nom du commanditaire, mais c'était certainement quelqu'un du Club des Jacobins que j'ai eu l'honneur de présider et dont Frochon était l'ennemi forcené. Robespierre ou un autre. L'argent, les mœurs, tout y passait : votre maître avait des dossiers sur tout le monde.

— Comme vous.

— Mais moi, c'est naturel, ironisa-t-il. Je suis habilité. »

Il se tournait les pouces en les regardant avec amour. C'était sa promenade du matin.

« Au lieu d'assassiner Frochon, demandai-je, n'aurait-il pas été plus simple de l'envoyer à la guillotine ?

— Il risquait de tout révéler devant le tribunal révolutionnaire qui, pour une fois, sait-on jamais, aurait pu jouer son rôle en lui prêtant l'oreille. Ce dentiste nous a fait beaucoup de mal, vous savez.

— Frochon n'arrêtait pas de soigner les gens, il n'avait pas le temps de faire du mal…

— Détrompez-vous. C'était un oiseau de nuit. Pendant que nous dormions, il levait des lièvres : il enquêtait, fouillait dans nos affaires et cuisinait nos collaborateurs pour qu'ils lui donnent des preuves de nos prévarications. Le vil calomniateur ! Quand on pense que nous étions tous si honnêtes ! »

Contredisant son propos, un grand sourire dentu éclaira la tête de mort. Ses mâchoires claquèrent quand il les referma, et il me demanda :

« Pourquoi me regardez-vous comme ça ? Vous n'avez pas confiance en moi ? »

J'ai marmonné quelques mots incompréhensibles.

« En fait, je suis un couillon, reprit-il. J'ai cru en Robespierre, puis en Napoléon. Vous avez vu dans quel état ils ont laissé la France ? Ce sont eux qui ont trahi leur cause, il fallait s'en débarrasser, c'était une question d'intérêt national.

— Maintenant, vous préférez les royalistes, hasardai-je en levant un sourcil interrogatif.

— Non. Ils n'ont rien appris. Ils ont remis le roi sur le trône mais ça ne leur suffit pas, ils veulent nous replonger aussi dans l'Ancien Régime et la contre-révolution. C'est pourquoi le pays les vomit. »

Et, se redressant, Fouché déclara sur un ton solennel :

« Votre mission consistera à vous mettre dans le sillage et, si possible, dans le lit de Napoléon qui, comme vous le savez peut-être, n'est pas bégueule. Je voudrais savoir s'il compte mettre fin à son exil sur l'île d'Elbe. Il est toujours difficile de saisir ce que ce bougre a dans la tête : il se méfie de tout le monde, y compris de lui-même, mais pas des femmes quand il croit qu'il les possède. Je voudrais être sûr de ses intentions pour avoir le temps de me retourner afin de préparer mon avenir et celui du pays.

— Mais je ne connais pas Napoléon ! Comment vais-je entrer en contact avec lui ?

— Vous arrivez sur l'île et mes agents, qui sont légion sur place, vous prendront en charge avant de vous introduire, si je peux me permettre, auprès de l'Empereur. Après, ce ne sera pas compliqué. Napoléon est un agité de l'anguille et un obsédé de la dentition, ça vous fera au moins deux raisons d'entrer en rapport, et pour la suite je vous dis bonne chance mais comme vous êtes très appétissante, il n'y a rien à craindre… »

Il leva l'index et haussa la voix :

« En échange, je prends l'engagement que tous vos crimes seront effacés ou graciés. La condamnation à mort par contumace pour le meurtre d'un certain Rougemont aussi bien que les accusations concernant deux crimes à Caen. Sans oublier l'assassinat en Virginie. Je ferai disparaître tous les dossiers compromettants. Mais pour ça, il faudra me donner la preuve de votre dévouement à la France…

— Qu'a la France à voir là-dedans ? »

Un sourire dentu figea à nouveau la tête de mort.

« Eh bien, ironisa-t-il, c'est moi, la France. Celle, éternelle, qui s'accommode de toutes les mangeoires, pourvu qu'elles soient pleines. »

Une nouvelle guêpe entra par la fenêtre qu'il avait laissée ouverte à dessein. Puis une autre et une troisième.

La paume en suspens, prête à tuer, il n'avait plus d'yeux que pour elles.

« C'est une année à guêpes, dit-il. Je me régale. »

*

De retour rue du Mail, j'ai annoncé à Agathe que je partais pour l'île d'Elbe le jour même. Heureuse que je dégage, elle n'a pu s'empêcher de glousser de joie :

« Oh ! tu as un rendez-vous avec Napoléon ?

— Je vais faire mon métier : réparer des dents.

— Mais il me semblait que l'Empereur avait de belles dents.

— Je te dirai. »

Agathe a soupiré d'aise quand je lui ai demandé d'assurer la garde de George W. pendant mon absence.

« C'est la moindre des choses, dit-elle en mettant sa main sur l'épaule de mon fils. Ne t'en fais pas pour moi et reste aussi longtemps que tu veux. C'est un ange, ce garçon. Nous nous entendons très bien. »

Quand je leur ai fait mes adieux au pied de la diligence des Messageries nationales qui partait de la rue Notre-Dame-des-Victoires, tout près de chez elle, Agathe avait encore sa main sur l'épaule de George W.

C'est la dernière image que j'emportai d'eux quand la diligence se mit en branle, dans un concert de cris de postillon, de piaffements de chevaux et de tintements de grelots.

39

« *L'Empereur d'Elbe* »

Elbe, 1814.

Neuf jours plus tard, j'arrivai à Cannes. Sur le port, je trouvai un vieux pêcheur noir de soleil, qui, moyennant une forte rétribution, accepta de m'emmener sur l'île d'Elbe.

« Il y a di la tempêti dans l'airi, expliqua-t-il dans un patois plein de *i*.

— Qu'est-ce qui vous permet de le dire ?

— J'ai mal au dos. Quand j'ai mal au dos, c'est tempêti et c'est plus cheri. »

J'étais trop fourbue pour marchander. Contrairement à ce que le pêcheur avait annoncé, nous avons navigué sur une mer plate et laiteuse, les voiles poussées par un vent paresseux qui s'arrêtait souvent pour prendre sa respiration.

Avec le pêcheur, je n'ai pas échangé plus de deux ou trois mots par jour. Quand on vit avec le soleil, il racornit tout, les pensées comme les souvenirs. À moins qu'il ne les brûle. Dieu merci, il y avait sur le bateau un jeune mousse avec qui je pouvais faire un brin de conversation.

Il fallut attendre le dernier jour pour que le vent daignât enfin se lever, c'était le cas de le dire. Quand j'ai débarqué sur l'île d'Elbe, le soleil mou semblait fondu dans une brume bleutée. Un regard m'a suffi pour comprendre que, contrairement à ce que raconte notre Sainte Mère l'Église, le paradis est sur terre, non au ciel, et qu'il nous attend là, quelque part entre la Toscane et la Corse, dans des eaux pleines de baleines et d'hippocampes.

Un bossu à gueule de fouine, penchée sur le côté, est venu m'annoncer, en gardant ses distances, que je devais aller en quarantaine sur un bateau qui mouillait près du port.

« Je suis attendue par les autorités, protestai-je.

— Il n'y a que le général Cambronne qui soit habilité à donner des dérogations. Vous verrez ça avec lui. »

Je me tenais sur le quai avec une malle et deux sacoches quand quelqu'un demanda derrière moi :

« Puis-je vous aider à porter vos bagages ? »

Je me retournai. C'était un petit homme au sourire crispé, qui parlait un français sans accent. Un policier sans doute, mais je n'aurais pu dire pour quelle puissance il travaillait.

« Vos bagages sont lourds, dites-moi. Qu'avez-vous mis dedans ? »

Déjà l'interrogatoire. Il ne perdait pas de temps. Je répondis d'une voix de petite fille innocente :

« Des instruments et des produits de dentisterie. Je viens pour soigner les gens.

— Vous permettez que je regarde ? Ces choses-là m'ont toujours fasciné. »

Je l'ai laissé vérifier que je n'avais pas apporté d'armes pour tuer Napoléon qui régnait en maître après Dieu sur cette petite principauté. L'Aigle déchu avait quand même le cul bordé de beurre, pour reprendre une expression de ma mère. Au lieu d'envoyer moisir dans une geôle humide l'ancien Empereur des Français, ex-roi d'Italie, les Alliés lui avaient offert dans leur grande magnanimité un territoire célestiel qu'il possédait désormais, selon le traité de Fontainebleau, « en toute souveraineté et propriété » avec « deux millions de rentes sur le grand livre de France ».

Napoléon gardait son titre d'Empereur et sa femme, absente, celui d'Impératrice. Il avait même son propre drapeau : une barre rouge en diagonale sur un fond blanc, incrustée de trois abeilles d'or. En contrepartie, il renonçait « pour lui, ses successeurs et descendants, ainsi que pour chacun des membres de sa famille » à toute prétention sur les trônes de France et d'Italie. Les promesses n'engageant que ceux qui les reçoivent, on a connu des abdications plus douloureuses.

Il fallait que Napoléon eût bien des qualités pour être traité aussi royalement par ses ennemis. Les moindres n'étaient pas son charisme et sa popularité. Pour preuve, l'accueil enthousiaste qu'il reçut en arrivant sur l'île d'Elbe, le 4 mai 1814, la foule en délire s'écriant : « Evviva l'imperatore » pendant que, pour lui rendre hommage, les cloches sonnaient, les tambours résonnaient et les canons tonnaient, tandis que tournoyaient dans le vent des milliers de pétales de fleurs.

Quelques semaines plus tôt, l'Empereur donnait ses ordres à l'univers. Il se retrouvait maintenant roi d'une petite île. Il y trouva néanmoins son compte si l'on en juge par les réformes qu'il lança à un rythme effréné. Il ouvrit des routes, développa le commerce, décréta que les propriétaires devaient entretenir leurs latrines et institua un impôt propreté pour lutter contre la saleté des rues elboises.

Il n'arrêtait pas. Que ne lisait-il Épicure qui trouvait son bonheur en regardant une mouche voler avec la Méditerranée en arrière-plan ! Pendant des heures, sur mon bateau de quarantaine, c'était ce que je faisais, à ma façon, en contemplant la mer dans un état proche de l'extase, jusqu'à ce que le général Cambronne vienne me trouver.

Le regard noir sous ses sourcils charbonneux, Pierre Cambronne semblait furieux. Mais c'était son état habituel, ai-je appris plus tard. Il était comme tous ces gens qui sont en colère depuis le jour de leur naissance et qui, sous l'effet d'un feu intérieur, passent leur vie à se consumer. Je crois aussi qu'il se sentait mal dans sa carcasse transpercée par plusieurs balles, notamment aux cuisses, lors des batailles de Craonne et de Bar-sur-Aube, quelques mois plus tôt.

« Depuis l'épidémie de typhus qui a ravagé l'île en 1801, me dit Cambronne, on n'entre plus chez nous comme dans un moulin. Mais vous avez l'air en bonne santé… »

Je lui répondis que ma forme était l'œuvre de l'herboristerie, activité que j'avais exercée, avec la dentisterie, aux États-Unis d'Amérique. Commandant militaire de l'île d'Elbe, le général Cambronne accepta ma proposition d'examiner les dents de sa petite armée de mille cinq cents hommes en échange d'une modique somme. Une heure plus tard, j'avais mes doigts dans la bouche d'un soldat aux gencives scorbutiques quand j'ai entendu derrière moi une voix rauque qui roulait les *r*:

«Alors, c'est elleu, notrrre dentisteu amérrricaneuh ?»

C'était Napoléon, accompagné du général Cambronne et de plusieurs officiers. N'aurais-je pas vu des portraits de lui chez les Espragnac, je l'aurais quand même reconnu : il dégageait une telle autorité en dépit du ridicule de son fort accent corse ou italien, je ne sais, que je courbai spontanément la tête, comme je le fais toujours devant les statues de la Vierge Marie.

«Bienvenoue, dit-il. Il y a trrrop d'hômmes ici et les hômmes m'annuient.»

Il me dévisagea un instant, s'approcha de moi avec une expression de comploteur, puis me glissa à l'oreille :

«Pourriez-vous examiner mes dents ?»

Elles étaient en bon état, mais assez grises, sans doute à cause de sa manie de mâcher des bâtons de réglisse comme celui qu'il avait à la main, à cet instant-là. Il interrompit mon examen d'un geste de la main, puis demanda :

«Elles sont belles, mes dents nesssepâ ? Pour les entrrr-retenir, j'utilise un coure-dents en buis et je me les brosse soingneusement avec un opiat.»

Je hochai la tête quand son œil s'alluma :

«Seriez-vous librrre à dîner ce soir ?»

J'appris plus tard qu'il ne perdait jamais de temps, à la guerre comme en amour. J'attendis un moment avant de donner ma réponse, d'une maladresse insigne :

«Je n'ai rien à refuser à Sa Majesté.

— C'est bouen, c'est bouen.»

Sur quoi, Napoléon s'éloigna avec Cambronne qui revint, quelque temps après, me remettre un mot de sa part :

«Je suis heureux de vous voire ce soir. Je me conta-
teré d'un baisé.

Napoléon.»

Je regrette d'avoir perdu ces lignes manuscrites qui vau-
draient cher aujourd'hui. Elles auraient fait taire la puissante confrérie des amis de Napoléon qui ne manquera
pas de me tomber dessus en prétendant, contre toute
évidence, que l'orthographe de l'Empereur n'était pas
aussi déplorable, alors qu'il avait celle d'un enfant de sept
ans, et je suis gentille, écrivant et parlant un improbable
patagon. Pourquoi faudrait-il que les génies fussent toujours parfaits ?

*

Préparé par Ferdinand, le chef de cuisine de Napoléon, le dîner fut digne des plus grandes tables royales.
Un régal pour mes yeux plutôt que pour mes papilles : ne
mangeant pas de chair morte, je me contentai des accom-
pagnements, il est vrai épatants. Je garde un souvenir
ému de l'entrée : des tranches rôties de courge, d'auber-
gines et de mozzarella, présentées en mille-feuille sur un
coulis de tomates à la menthe.

Dans le domaine gastronomique aussi, Napoléon était
expéditif. Il mâchait à peine sa nourriture, c'était une
perte de temps, et l'engloutissait en s'autocélébrant à
voix haute, comme ces hommes qui croient séduire les
femmes en disant du bien d'eux, prétendant avoir tout
plus grand ou plus beau que les autres. Le jardin, le sabre,
le bicorne, l'avenir, l'intelligence. Grâce notamment au

chambertin dont Totin, le maître d'hôtel, remplissait sans cesse mon verre de cristal, j'étais sous le charme.

L'Empereur était au champagne qu'il se faisait servir dans un grand verre où Totin rajoutait autant d'eau. « C'est ma limonade », s'excusa-t-il en voyant ma mine après qu'il m'en eut fait goûter. À la fin du repas expédié en une vingtaine de minutes, l'Empereur m'a prise par la main et amenée voir les étoiles sur la terrasse.

Depuis le Palazzina dei Mulini, la résidence officielle de l'« Empereur d'Elbe », la vue était à tomber. Presque pleine, la lune avait transformé l'île en un vaste champ de neige au milieu d'une mer d'huile sombre avec des reflets d'argent. Après un moment de silence, Napoléon souffla, les yeux perdus dans le fond du ciel :

« J'ai le cœur qui bat trrrès fuort. Voulez-vous vérifier ?

— Si vous le souhaitez, Majesté. »

Il prit délicatement ma main et la posa sur sa poitrine.

« Sentez-vous quelque chôse ? demanda-t-il.

— Rien.

— Êtes-vous soûrrre ? insista-t-il avec un regard inquiet.

— Tout à fait, Majesté.

— Saperrrelotte ! Même quand je souis trrrès émou, rrrien ne transparaît, comme si mon cœur voulait cacher mes sentiments. C'est quand même étrrrange, nessseâ ?

— C'est le signe d'un grand sang-froid, dis-je sur un ton maternel.

— Essayez encôrrre, mais sous ma chemiseuh. »

Quand ma main a touché sa peau, il s'est brusquement baissé et m'a embrassée avec gloutonnerie avant de m'emmener dans sa chambre.

40

Le chêne, le gland et l'écureuil

Pour reprendre un mot écrit un jour tel quel par l'auto-didacte S.M. Napoléon, personne ne peut me « subso-ner » d'avoir été l'une de ses adoratrices. Je n'en suis que plus à l'aise pour m'inscrire en faux contre une légende absurde prétendant qu'il était petit, gros, moche et même impuissant.

Avec son mètre soixante-huit, Napoléon faisait trois centimètres de plus que Robespierre et, contrairement à la légende, ne souffrait pas de sa taille qui se situait non loin de la moyenne de l'époque. Pour preuve, sur les peintures officielles, l'Empereur s'est souvent fait repré-senter aux côtés de soldats bien plus grands que lui.

Les chroniqueurs rapportent que Napoléon accablait volontiers de sarcasmes les personnes de grande taille. Qu'est-ce que ça prouve ? Qu'il les jalousait et souffrait du complexe dit de Napoléon ? Fadaises ! Comme tous les hommes de pouvoir, l'Empereur se gardait toujours de montrer ses faiblesses. De plus, il aimait se moquer de tout le monde. Des femmes, des curés, des militaires et d'autres catégories de la population.

Qu'il me soit donc permis, à moi qui l'ai connu de près, de déclarer sur l'honneur que S.M. Napoléon était un bel homme, à tout point de vue. Je concède qu'il avait du ventre mais j'aime le ventre, surtout quand l'homme vous laisse, ce qui était son cas, vous ventrouiller le visage ou la bouche dedans. Quant à son double menton, il m'excitait. J'en rêve encore.

Certes, je n'aurais jamais pris pour mari un personnage aussi soûlant qui passait son temps à égoïser[1] : je comprenais que ses épouses le trompassent. Mais c'était un cadeau des dieux, et je pèse mes mots, de partager sa couche dans le temps qu'il vous avait imparti et qui restait toujours bref : il fallait se faire une raison, l'univers l'attendait.

« Vous avez connu boucoup d'hômmes ? »

Il me posa cette question alors que nous étions assis côte à côte sur le bord de son grand lit et qu'il déboutonnait lentement mon corsage, faisant durer le plaisir en adepte d'un principe stupide : l'amour, c'est toujours mieux avant qu'après. Trop occupée à soupirer et à glousser, j'ai tardé à répondre avant de laisser tomber avec un air plus bêtasson qu'ironique :

« J'ai très bien connu mon mari, mais il a été assassiné l'été dernier.

— Mes condoléances, dit l'Empereur sur un ton étrange, comme s'il pensait à autre chose. Ce sont des malheurs comme ça qui font mieux apprrrrécier la vie. »

J'eus droit à un premier baiser. Long en bouche, il était parfumé à l'ail, l'amande, la crème et la confiture de rose, avec un arrière-goût de sang de veau qui retint mes ardeurs. Mais Napoléon ne s'en rendit pas compte.

_____

1. Vieux français, signifie : « Ne parler que de soi. » *(Note de l'Éditeur.)*

En amour aussi, il était toujours dans son ciel et daignait rarement redescendre sur terre.

Après le baiser, Napoléon passa au tutoiement, comme s'il y avait un rapport de cause à effet :

« Dans mes jeunes années, je n'étais qu'un gland. Aprrrès, je suis devenu un chêne et le suis resté à la tête de ma prrrincipautéeuh d'Elbe. Avec touâ, si jolie et si aimable, je n'aspire qu'à rrredevenir un gland[1].

— En ce cas, moi, Majesté, je serai l'écureuil qui vous décortiquera. »

En signe de soumission, je baissai tête. Il adorait que je la baissasse. Nouveau baiser plus profond encore que le précédent et, après, tout s'enchaîna. Ce fut certes l'affaire de quelques minutes, mais j'étais entrée, sinon dans l'Histoire, du moins sur la liste des centaines de maîtresses de Napoléon que ses valets de chambre, Constant puis Marchand, dépassés par les événements, ont été bien incapables, hélas pour la postérité, de tenir à jour[2].

L'Empereur se leva, remit son pantalon et souffla :

« Bon, maintenant, j'ai du travail. On se revoit demain à dîner ?

— Comme vous voudrez, Majesté. »

L'Empereur m'avait fait installer en contrebas, dans une petite maison au cœur de la capitale de l'île d'Elbe,

---

1. On retrouve la métaphore du chêne et du gland dans une tirade amoureuse de l'Empereur à l'adresse de Marie Walewska, l'une de ses grandes passions, tirade rapportée dans *Napoléon et les femmes,* un livre de Frédéric Masson, académicien bonapartologue et bonapartophile, publié en 1894. Ce qui laisse à penser que Napoléon utilisait souvent cette formule avec les femmes qu'il tentait de séduire. *(F.B.)*

2. Dans son livre *Napoléon et les femmes,* Frédéric Masson, qui a identifié cinquante-huit maîtresses du grand homme, ne mentionne pas mon aïeule. *(F.B.)*

Portoferraio, où mes bagages avaient été déposés. Après m'y avoir conduite, le maître d'hôtel accepta de boire avec moi un verre de la bouteille du vin local qui trônait sur la table de cuisine.

Contrairement à moi, il ne s'arrêta pas au premier verre. Au troisième, il me confia qu'il s'étonnait que S.M. Napoléon parût à son affaire dans son empire de poche. Du matin au soir, le vainqueur d'Austerlitz se tuait au travail sans jamais laisser paraître le regret de ses heures de gloire passées.

« Pensez-vous qu'il compte revenir un jour au pouvoir en France ? demandai-je.

— Il m'a dit plusieurs fois le contraire... »

Le lendemain, j'ai été réveillée en fin de matinée par un officier qui m'annonça que le dîner prévu le soir même au palais était annulé et serait transformé en rendez-vous le lendemain, tard dans la soirée.

On a beaucoup dit que Napoléon était timide avec les femmes. Il était surtout mal élevé, voire grossier : s'il nous aimait, et il en donna maintes preuves, il nous respectait à peine plus que des descentes de lit. Il a même fait modifier en notre défaveur certains articles du code civil.

Furieuse, j'aurais derechef quitté l'île d'Elbe si, la veille, ma pêche aux informations avait été plus fructueuse. Mais ce n'était pas le cas : de retour à Paris, je n'aurais rien eu à raconter à Fouché en dehors de l'art napoléonien de la chosette.

Aux yeux de l'Empereur, il y avait deux catégories de femmes. D'un côté, l'aristocratie : Joséphine, Marie-Louise, ses deux épouses successives, et Marie Walewska, sa maîtresse officielle, les deux dernières lui ayant donné chacune un fils. De l'autre, la piétaille qu'il désossait à

346

loisir, destinée à son plaisir, dans des bouges, des tentes ou des palais. Moi, je faisais partie de la piétaille.

J'avais presque deux jours pour préparer ma prochaine nuit avec l'« Empereur d'Elbe ». Il fallait que je trouve les moyens de le faire parler au lieu de me laisser traiter comme un paquet de linge. C'était à ça que je pensais en examinant, l'après-midi, sous un soleil crémeux, les dentures des soldats de la petite armée du général Cambronne.

*

Le lendemain, je sortais de mon bain quand Marchand, le premier valet de chambre de l'Empereur, vint me chercher pour m'emmener au Palazzina dei Mulini. Il me donna tout de suite trois clous de girofle à mâcher : Napoléon, expliqua-t-il, ne supportait pas les mauvaises haleines.

L'Empereur lui avait-il fait une réflexion sur mon haleine de l'avant-veille ? Le valet Marchand me jura que non. Je m'exécutai consciencieusement, même si je détestais le goût âpre et médicamenteux des clous de girofle.

Quand je fus introduite dans sa chambre, Napoléon était assis à son bureau où, à la lueur d'une bougie, il travaillait sur un grand livre de comptes. Il le ferma avec emphase, en poussant un gros soupir :

« Voilà ce que les Alliés ont fait de moi. Un tyrrranneau lôcal condamné à faire toujourrrs plus d'économies : quand tu rrrentreras à Paris, il faut que tu leur dises, aux gens, que notre île n'a quasiment pas de ressourrrceeuhs.

— Quelle honte ! m'exclamai-je. Je ne le dirai pas, je le crierai à la face du monde !

— J'ai quand même des frrrais, il ne faut pas l'oublier. L'État français m'avait promis de me verser une rrrente mais il ne veut plous rien entendre. Il se fiche du traité de Fontainebleau, signé par toutes les grrrandes pouissances européennes. Louis dix-houite est un faquin, il n'a pas de parôle ! »

Il posa sa main sur son crâne avec un air accablé. C'était l'occasion ou jamais de le cuisiner. Après l'avoir embrassé goulûment, je lui demandai :

« N'est-il pas temps de rentrer à Paris pour remettre de l'ordre dans notre pays ?

— J'y songe mais pas pour tout de souite.

— Pourquoi pas maintenant ? Le peuple souffre, il n'en peut plus d'attendre...

— Parce que l'hiver arrrrrive et que l'hiver ne serrrait pas prrrropice à une traversée du pays par ma pitite armée. Surtout que je compte passer par là où on ne m'attend pas. Par les Alpes, par Sistourrron, non, Sissetiroune, pardon... Sis-te-ron.

— Nous avons tous tellement hâte que la France redevienne la France, murmurai-je.

— Je préfère attendre le printemps et la fonte des neiges. Dans quelques mois, les Frrrançais en auront tellement soupé de Louis XVIII et de sa Rrrestôrration qu'ils m'acclameront frrrénétiquement sur le chemin du retour à Parrris. Tu verrras, je serai applaudi par les mêmes qui, à l'aller, avaient crrrié "À mort !" sur mon passageuh ! »

J'avais presque ce que je voulais. Il me fallait encore un détail :

« C'est pour quand, la fin de l'exil ?

— Début avrrril, si je tiens jusque-là. »

Puis il m'entraîna sur son lit, baissa son pantalon et me sauta dessus. Sa besogne faite, il retourna à sa table de travail en se rhabillant à moitié, gardant le cul et les jambes à l'air.

Je me plantai devant lui et dis d'une voix blanche :

« Je rentre demain en France. »

Il me demanda sans lever la tête :

« Quand je serai revenu rrreprendrrre mon empire, ma femme, mon fils et mes biens à Pârrris, où pourrai-je te retrouver ?

— Chez les Espragnac. »

Il grimaça :

« Emmanuel ? Il m'a lâché alors que je lui ai tout donné. Quouelle ingrrrâtitude ! C'est oune frivolet[1], oune saleté, oune frrripouille, oune faux poète, oune haricoteur[2] !

« Méfie-toi, souffla l'Empereur. Bon sang ment rarement. Mauvais sang, jamais. »

Il a poussé un gros soupir en faisant le geste d'épousseter quelque chose :

« Allez... »

Il fallait que je parte. J'aurais tant aimé répondre à ce geste par une méchanceté mais c'était le genre de personnage dont on ne peut vraiment se déprendre et j'enrageais en pensant à toute la chair fraîche qui attendait son tour dans les environs du Palais : la Grecque, la Belina, Lise Bausset et tant d'autres, prêtes à toute convocation, qui pourléchaient l'Empereur d'un amour trop grand pour lui, qu'il ne leur rendrait jamais.

---

1. Vieux français, désigne une personne frivole. *(Note de l'Éditeur.)*
2. Vieux français, signifie « spéculateur ». *(Note de l'Éditeur.)*

41

Les lapins de Fouché

Paris, 1815.

Joseph Fouché m'a reçue dans ses clapiers. Nourrir ses lapins était un rite et un plaisir auxquels il ne dérogeait qu'en cas de crise. Il leur donnait du foin, de l'avoine et des épluchures. Sans parler des pommes les bons jours.

J'aimais les yeux innocents et inquiets des lapins. Des lumières qui dansaient dans les cages, près du grillage, et se réfugiaient dans le noir à la première alerte. Il y en avait au moins une centaine, de tous les âges et de toutes espèces.

Quand j'eus terminé mon récit, Fouché murmura :

« Il y a deux bons moments dans le lapin. Quand on le nourrit et quand on le mange. »

Il me regarda en silence, content de son effet, puis reprit :

« C'est pareil pour le renseignement. Les deux bons moments sont quand on cherche l'information et quand on l'obtient. »

Le regard de Fouché se chargea, soudain, de menace :

« J'espère pour vous que tout ce que vous m'avez rapporté est vrai. Sinon, vous le regretteriez…

— Comment pouvez-vous en douter ? m'étranglai-je.

— Je plaisantais. »

Il donna un coup de poing sur le toit d'un clapier pour manifester sa joie, tandis qu'apparaissait sur son visage un sourire si large qu'il semblait douloureux et que je craignis que ne se détache la mâchoire inférieure de sa tête de mort.

« Vous avez accompli un travail remarquable, dit-il. La date, le trajet du retour de Napoléon, j'ai tout ce qu'il me faut. Il ne nous reste plus qu'à organiser l'accueil...

— Je suis donc quitte avec la justice ?

— Mais la justice n'est pas quitte avec vous, madame. Vous méritez quelque chose de plus que la grâce que je vous ai promise et que le roi vous accordera bientôt : une décoration.

— Une information aussi, insistai-je.

— À condition qu'elle ne concerne pas les intérêts supérieurs du pays.

— Non, il s'agit de mes intérêts supérieurs à moi. Je voudrais savoir qui m'a trahie.

— Un bon policier ne livre jamais ses sources, c'est une règle, mais sans vous donner les miennes, je peux au moins vous laisser lire en toute confidentialité deux ou trois fiches qui vous concernent. À vous de reconnaître l'écriture... »

Il me tendit les fiches et un grand frisson me transperça quand je reconnus l'écriture d'Agathe.

« Ô mon Dieu », murmurai-je, sur le point de défaillir.

Fouché dirigea sur moi son nez pointu comme un pistolet prêt à tirer :

« Ne lui jetez pas la pierre. Agathe a été cueillie pendant les guerres de Vendée et on avait, dans nos dossiers, de quoi la faire guillotiner plusieurs fois. On a préféré la retourner et la mettre à notre service où, avec son mari, elle a fait des prodiges. »

J'ai senti couler des larmes sur mon visage. Fouché les a vues et a fait le geste de les chasser, comme on le fait pour les mouches :

« Par pitié, ne vous mettez pas dans cet état !

— Il y a longtemps, Agathe était ma meilleure amie, vous pouvez comprendre.

— Promettez-moi de ne jamais leur dire ce que vous savez. Les Espragnac me sont très utiles.

— Si vous me le demandez…

— Ce sont des gens qui ont simplement essayé de survivre et, contrairement à vous, ils n'ont jamais tué personne. Je connais votre façon de régler les problèmes, Moïzette. Promettez-moi que vous n'allez pas les assassiner eux aussi. »

J'étais si affligée que j'ai d'abord secoué la tête avant de la hocher :

« J'essaierai de me contrôler.

— Vous n'allez pas essayer, vous allez vous contrôler ! Ne croyez-vous pas que ça commence à bien faire ? En plus de tous ceux que nous n'avons pu répertorier, vous êtes quand même accusée d'avoir commis trois assassinats de personnalités en France et un autre aux États-Unis. C'est la guillotine assurée. »

Il cligna de l'œil, puis murmura sur un ton plein de sous-entendus :

« J'apprécie vos qualités mais je n'aimerais pas avoir vos défauts. Il faudra que vous songiez à vous calmer si vous voulez couler des jours heureux avec votre fils George William.

— Appelez-le George W. Je préfère. »

Il sortit un lapin d'une cage en le tenant d'une main par les oreilles et, du tranchant de l'autre, lui donna un coup sec sur la nuque, le transformant instantanément en une boule de fourrure inerte et molle.

« La vie n'est qu'un ressort que la mort détend, observat-il. Je vais maintenant le donner à la cuisinière pour le déjeuner. J'ai une très bonne recette. Au thym, à l'ail et aux olives. »

*

Ruminer fatigue et pardonner repose. Après la mort d'Apollon, j'avais trouvé une forme de sérénité auprès des Espragnac et nous formions désormais un couple à trois, comme sous la Révolution. George W., notre fils à tous, semblait apprécier la situation.

Souvent, quand nous nous retrouvions tous les deux, Emmanuel me faisait de l'œil. Je repoussais pour le principe sa main promeneuse, prétextant mon veuvage, mais je savais bien qu'un jour ou l'autre je finirais par céder à ses avances. Parce qu'il était toujours aussi beau.

J'avais monté un cabinet de dentisterie, rue des Petits-Champs, tout près de chez eux. Au bout d'un mois, il ne désemplissait pas et je subvenais largement à mes besoins. Quand j'ai annoncé aux Espragnac que j'envisageais de déménager, ce fut un concert de protestations, George W. joignant sa voix à la leur. J'ai cédé et ce fut un grand tort.

Après avoir lâché Napoléon l'année précédente, Emmanuel était déjà revenu de Louis XVIII et de sa pesante Restauration. Le gros roi n'était pas encore podagre mais il avait des crises de goutte qui l'amenaient à se déplacer parfois en chaise mécanique, accompagné d'un domestique appelé le « pousse-fauteuil ». Il était si balourd qu'il ne pouvait pas s'habiller sans l'aide de son valet Giraud, un costaud qui peinait à manipuler cette masse informe et hurlante, pleine de graisse et de souffrances.

Même s'il avait donné de l'air à la presse et à l'économie, c'était comme si Louis XVIII écrasait le pays sous son énorme derrière, qui n'aurait trouvé son équivalent en viande qu'en additionnant les fesses de plusieurs personnes normales. Certes, les affaires reprenaient mais les Français avaient le sentiment que la monarchie nouvelle leur servait la vieille soupe de l'Ancien Régime. Ils rêvaient d'autre chose.

L'hiver n'était pas terminé que l'Histoire, déjà, se remettait en branle : le 1er mars 1815, Napoléon débarqua sur le sol français, à Golfe-Jouan[1], avec mille cent soldats et domestiques. Il entra dans le pays comme dans du beurre, sous les vivats, et rien n'arrêta sa marche vers Paris, annoncée par cette proclamation glorieuse : « L'aigle, avec les couleurs nationales, volera de clocher en clocher jusqu'aux tours de Notre-Dame. »

Ce n'était pas la date que m'avait donnée Napoléon. Avait-il avancé son retour d'un mois pour tromper l'ennemi ? Sans doute n'avait-il pas eu la patience d'attendre : il était à l'étroit sur l'île d'Elbe où l'impératrice et son fils n'étaient pas venus le rejoindre, alors que tardaient à être versés les fonds alloués à sa principauté par le traité de Fontainebleau. Il avait besoin de retrouver les sommets parisiens pour respirer.

1. Orthographe ancienne de Golfe-Juan. *(Note de l'Éditeur.)*

Le pouvoir est une chose étrange qui fascine les hommes alors qu'il concubine avec ce qu'il y a de plus ridicule en eux. La vanité, l'absence totale de dignité. J'en veux pour preuve le chassé-croisé comique de 1815, quand Napoléon revint à Paris dont il était parti, pendant que Louis XVIII s'enfuyait à son tour avant de réapparaître quelques mois plus tard. Huant ceux qu'elle avait applaudis auparavant, la France volage avait-elle gagné au change ? Sans doute si l'on considère que la fébrilité grandiloquente vaut mieux que l'apathie ronchonne.

C'est une chose que l'on observe souvent dans les fêtes de villages, quand quelque chose est réputé impossible, un poids à porter, une cible à faire tomber, il y a toujours un olibrius venu de nulle part qui prétend le réaliser et qui réussit. Cet olibrius, c'était Napoléon Bonaparte.

Anti-Rousseau, l'Empereur avait décidé que l'homme n'était pas bon et il entendait l'asservir en lui donnant de grands projets. Il prétendait tout abolir, les Alpes, les frontières, les verrous. La France s'était couchée et il l'avait fécondée. Depuis, elle gardait la nostalgie de cette servilité. Fût-il mort, elle ne serait jamais débarrassée de lui.

*

À la fin de la première semaine de juin, Fouché envoya un de ses séides à mon cabinet de dentisterie. Un borgne endimanché qui annonça que je devais répondre sans attendre à une convocation du nouveau ministre de la Police de l'Empereur. Après avoir posé sur ma porte l'écriteau «Absente pour la journée», j'expédiai les

355

quelques patients qui restaient pour aller trouver ma tête de mort dans son palais.

C'était un jour où Paris transpirait. Des nuées de pigeons nageaient dans le ciel. Même Fouché suait quand il me reçut dans le jardin de son ministère, où ruisselaient des roses et des marguerites, autour d'une fontaine chantante.

Pendant qu'il me servait un verre de vin coupé d'eau, je lui demandai :

« Comment vont vos lapins ?

— Mieux que Napoléon. Il a beaucoup grossi pendant son exil, son teint est devenu verdâtre et il perd souvent le fil de ses pensées. Une épave qui donne son naufrage en spectacle.

— Mais vous êtes son ministre !

— Son ministre, pas son affidé. Mon devoir, dans l'intérêt de la France, est de contrarier ses projets. Je suis déjà aussi puissant que lui et s'il ne me fait pas pendre ou fusiller, il sera bientôt à mes genoux [1]. »

Il donna un grand coup de poing sur la table, faisant tomber son verre qui roula dans l'herbe et que je ramassai prestement.

« Napoléon sait ce que je pense, reprit-il tandis que je remplissais son verre. Il m'a dit devant témoins qu'il devrait me faire tuer. Je l'ai pris de très haut. Savez-vous ce que je lui ai répondu ? »

Fouché esquissa un sourire :

1. Dès le lendemain de sa nomination, Joseph Fouché écrivit une lettre, où l'on retrouve les mêmes termes, à son ami et homme de confiance Maurice Gaillard. Ce qui rend d'autant plus crédible le compte rendu par mon aïeule de sa conversation avec le ministre de la Police. (F.B.)

« J'ai dit avec un air moqueur : "Sire, je crains de n'être pas de l'avis de Votre Majesté." »

Le rire de la tête de mort s'acheva par un claquement de dents qui me glaça.

« J'ai une mission pour vous, poursuivit-il. Je voudrais que vous me disiez ce que Napoléon a sur le cœur. Son comportement actuel ne lui ressemble pas. Qu'il m'ait nommé à la Police, moi qui le méprise tant, c'est déjà un monde ! Mais depuis son retour d'exil, il laisse tout filer, comme s'il cherchait à faire sortir ses ennemis du bois pour mieux les canarder après. Je pense qu'il a un plan secret. Je voudrais le connaître pour le déjouer.

— Pourquoi me demandez-vous ça à moi ?

— Parce qu'à l'île d'Elbe, vous avez été, si j'ose dire, impériale.

— Qu'aurais-je en échange ?

— Je pourrais demander à mon ami Talleyrand de vous nommer ministre plénipotentiaire à l'ambassade de France aux États-Unis. Une femme à ce poste, je suis sûr que ça plairait dans ce pays qui prétend ne rien faire comme tout le monde.

— Mais là-bas, je suis accusée du meurtre de l'assassin de mon mari, on me pendra !

— D'abord, vous bénéficierez de l'immunité diplomatique. Ensuite, je me fais fort de faire disparaître votre dossier américain : j'ai des accointances là-bas et toutes me disent que c'est tout à fait possible, il suffit de graisser les bonnes pattes. Mon ami Turreau se fera un plaisir de tout arranger. »

Quand j'ai entendu ce nom, j'ai manqué de tourner de l'œil. Fouché s'est approché :

« Est-ce que ça va ? Voulez-vous des sels ?

« — Non, merci. Ce doit être le mélange de vin et de chaleur. »

Il a sorti un mouchoir de sa poche pour essuyer son front, puis s'est rassis.

« J'aimerais voir Turreau, dis-je. Où est-il ?

— Rien de plus simple. Après avoir été longtemps ambassadeur aux États-Unis où il s'est fait oublier, il est revenu chez lui, en Normandie. C'est un homme très ouvert qui gagne à être connu. J'organiserai une rencontre, si vous le souhaitez. Mais en attendant, vous allez monter dans le Nord retrouver Napoléon et son armée dans la diligence que j'ai mise à votre disposition. Sur place, vous demanderez à voir Marchand, le premier valet de chambre de l'Empereur.

— Je le connais.

— Il s'occupera de tout.

— Je pars quand ?

— Sur-le-champ. La France n'attend pas.

— Mais il faut que je prévienne mon fils et les Espragnac !

— Ne vous inquiétez pas. Je m'en charge. »

42

Brève rencontre à Waterloo

Belgique, 1815.

Des armées d'écrivains et d'historiens ont refait la bataille de Waterloo avec un goût extrême pour les détails les plus minuscules. Je m'étonne toujours qu'aucun d'eux n'ait mentionné mon passage à la ferme du Caillou, dans la nuit du 17 au 18 juin 1815.

Certes, je ne portais pas de plumes d'autruche ni de bâton de maréchal. Je n'arborais pas non plus, comme tant de généraux d'Empire, la croix de la Légion d'honneur sur ma poitrine. Je n'étais qu'une femme, jeune qui plus est. Obsédée par les mâles, l'Histoire passe souvent à côté de la féminie[1]. Elle n'a jamais le temps de faire un tour par les cuisines où nous sommes souvent recluses, pour le meilleur et pour le pire.

C'est dans la cuisine de la ferme du Caillou, devant les fourneaux, que j'ai attendu la fin de la réunion de Napoléon avec son état-major. La guerre creusait les panses, il fallait improviser de nouveaux plats. Je me suis rendue utile en faisant bouillir des pommes de terre et quelques

---

1. Vieux français, désigne notamment le domaine des femmes. *(Note de l'Éditeur.)*

gousses d'ail. Je les ai ensuite écrasées avec la moitié d'un maroilles avant de touiller cette purée en rajoutant quelques feuilles d'estragon. En toute modestie, c'était divin : l'Empereur lui-même l'a dit.

« Si j'avais su que c'était la guerre, grognait la fermière, j'aurais fait plus de provisions. »

Aidant à servir la tablée, je fus surprise que l'Empereur ne m'ait pas reconnue. Perdu dans ses songes ou absorbé par le fracas d'eau qui tombait dehors, il ne participait pas à la discussion. Il semblait même au bout du rouleau. Moi aussi. J'avais des excuses.

La guerre n'avait pas été facile à trouver, dans la campagne belge : la diligence avait tourné pendant des heures sur de petites routes glissantes, croisant des soldats incapables de nous orienter, avant de tomber enfin sur un officier qui nous avait mené au quartier général de l'Empereur.

Depuis, j'attendais la convocation. Quand Marchand, le premier valet de chambre, vint enfin me chercher à la cuisine pour m'emmener auprès de Napoléon, il m'a fait un clin d'œil amical.

« Donnez-vous du mal, m'a-t-il glissé à l'oreille. Ce soir, Sa Majesté a vraiment besoin qu'on lui fasse du bien. »

Quand je suis entrée dans sa chambre, Napoléon regardait la pluie par la fenêtre. Il se retourna :

« Tout à l'heure, je crrraignais de me mettre dans l'embarras en te saluant : il m'arrrive de plus en plus souvent d'avoir l'imprrression de connaîtrrre des gens que je n'ai jamais rencontrrrés. Ma vue baisse. »

Il m'a fait signe de retirer mes habits et de m'allonger sur le lit. Quand je fus prête, il m'a contemplée un moment avec un air pénétré avant d'enlever son pantalon et de me rejoindre pour plonger en moi comme dans une eau vivante.

« Si je perds cette bataille, me dit-il, sa besogne achevée, j'irrrais rrrrefairrre ma vie en Amérrriqueuh : j'aurrrais une ferme, une famille, des vaches. »

Il posa un baiser moelleux sur un de mes tétons qui frémit longtemps après qu'il eut retiré ses lèvres.

« Tou m'accompagnirrras en Amérrriqueuh ? demanda-t-il.

— Je suis sûre que vous dites ça à toutes les autres !

— Non. Tou es une des rares perrrsonnes en qui j'ai toutalement confiance. Je vais t'en donner la preuve. »

Il prit une enveloppe sur la table de chevet et me la mit dans la main :

« C'est une grrande preuve de confiance que ji tou fait là. S'il m'aaarrrive quêque chôseuh, il faudra que tou dônnes ces cinq exemplaires de mon testament à des généraux fidèles, tu auras l'embarrrras du choix.

— Pourquoi ne pas leur donner maintenant ?

— Parce que ça risquourrrait de les inquiéter avant la bataille. Déjà qu'ils n'ont pas le môral. »

Il s'approcha et murmura à mon oreille :

« N'en parle jamais à perrrsônneuh. C'est la liste de mes trésors. À n'ouvrrir qu'après ma môrt. »

Je ne comprenais pas :

« De quels trésors s'agit-il ? »

En guise de réponse, l'Empereur souffla sa bougie avant même que j'eusse commencé à me rhabiller.

Innombrables ont été les bêtises proférées sur Napoléon pour expliquer la défaite de Waterloo. Par exemple, on a dit qu'il était saoul. Je m'inscris en faux. Ou bien qu'il souffrait d'une cystite et d'une crise d'hémorroïdes, traitées au laudanum, une préparation à base de pavots, qui l'aurait transformé en légume. Même si, pendant la chosette, il me parut fourbu, l'Empereur ne semblait souffrir d'aucune douleur. Je suis du métier.

Il fallait un coupable qui ne fût pas Napoléon et le maréchal Grouchy avait la tête de l'emploi, un marquis, pair de France et grand aigle de Légion d'honneur. Je récuse toute la littérature qui l'accable : c'était l'Empereur et personne d'autre qui l'avait envoyé loin de Waterloo, avec ses trente-trois mille hommes, à la poursuite des Prussiens. Des troupes qui allaient manquer cruellement aux soldats français engagés sur le champ de bataille.

Mais la défaite de Waterloo ne fut-elle qu'une question d'arithmétique ? Quand il était un génie militaire, l'Empereur savait surprendre l'ennemi et galvaniser ses soldats : ainsi transcendait-il le rapport de forces s'il était défavorable. La vérité est que Napoléon n'était plus Napoléon et que, dans leurs cieux, les dieux avaient baissé les pouces.

C'est l'océan tombé du ciel qui allait abattre Napoléon Bonaparte, comme il avait abattu, onze ans auparavant, Maximilien de Robespierre, empêchant l'« Incorruptible » de lancer la populace à l'assaut de la Convention qui l'avait condamné. Il eut fait beau temps dans les deux cas, le cours de l'Histoire aurait sans doute été changé.

Comme en Russie, Napoléon allait être vaincu par les éléments déchaînés. Désormais incapable de leur résister, comme il l'avait fait à Iéna où il lança son offensive par un épais brouillard, il semblait résigné, voire apathique. D'où son visage démonté pendant que le ciel noir déversait ses flots vengeurs, la nuit de notre dernière rencontre. D'où sa décision, fatale, le matin suivant, de retarder l'offensive contre les troupes anglaises, pour que le terrain s'égoutte : s'il prenait le risque de perdre un temps précieux, c'est parce qu'il craignait, non sans raison, que son armée ne s'embourbe.

Quelques mois après la défaite de Waterloo, j'eus la confirmation du rôle de la pluie en lisant ces lignes dans un excellent livre intitulé *Relation anglaise de la bataille de Waterloo, ou du Mont Saint-Jean*[1], paru dès septembre 1815 à Londres et traduit peu après en français :

« La circonstance de la pluie qui tomba par torrents le 17, fut, je l'avoue, très favorable pour nous. Notre infanterie ayant de bonne heure, ce jour-là, atteint la position qu'elle devait défendre, eut le temps de sécher ses armes, de faire son dîner et de prendre quelque repos pendant la nuit ; au lieu que la plus grande partie de l'armée française dut, pour pouvoir nous attaquer aussitôt qu'elle le fit le matin du 18, marcher presque toute la nuit, ou au moins se mettre en route de si bonne heure ce jour-là, que les troupes devaient être très fatiguées avant de commencer l'action. Le terrain sur lequel il fallait qu'elles avançassent, était bourbeux et glissant ; elles éprouvaient toutes sortes de difficultés pour mettre leurs canons en batterie, là où elles en avaient besoin ; tandis que notre artillerie et notre infanterie étaient déjà à leurs postes respectifs. Ce fut une chance en notre faveur qui, je crois, contribua beaucoup à la défaite de l'ennemi. »

Tout est dit. De retour à Paris après sa déroute, Napoléon lanterna des mois, dans un état proche de la

---

1. Ce livre n'est pas une invention de mon aïeule, j'ai fini par le trouver après de longues recherches. Imprimé chez la veuve Courcier, il a été traduit par le géographe Ambroise Tardieu. *(F.B.)*

prostration, jusqu'à ce que Fouché, devenu l'homme providentiel, lui portât le couteau en le poussant, avec l'aide de La Fayette, à abdiquer sous la pression de la Chambre. Le ministre de la Police aurait préféré qu'un Orléans, la branche régicide, succédât à l'Empereur, mais ce serait un Bourbon. Le même : Louis XVIII remonta sur son trône encore chaud.

Après avoir sauvé la France de la Révolution, de ses tracasseries administratives et de ses exécutions sommaires, Napoléon aurait dû rester tranquille au lieu de s'agiter dans tous les sens, jusqu'en Russie. Il serait encore Empereur. Méditant cette leçon et décidée à me poser, j'envisageais l'avenir avec sérénité, quand plusieurs événements ont bousculé mes projets.

*

Je ne concevais pas la vie sans un homme à portée de main. Inutile de chercher un nouveau grand amour comme avec feu mon Apollon, d'autant qu'il vivait toujours avec moi, sous mon crâne. Mieux valait un amant de fortune, vite fait, bien fait, qui ne me prît pas trop de temps.

Je l'avais trouvé, il était sous la main. Emmanuel Espragnac. Deux ou trois fois par semaine, mon premier amour venait me lutiner à mon cabinet, après la fermeture, et nous rentrions ensuite séparément, la bouche en cœur, à l'appartement de la rue du Mail. Je ne me sentais pas coupable. Après tout, je pouvais considérer que je ne faisais que reprendre mon bien.

Agathe ne voyait rien. Si elle avait su ce que nous faisions dans son dos, elle aurait été bien mal placée pour me faire des reproches. Elle pouvait avoir, de surcroît, la gratitude du bas-ventre : après lui avoir fourni un mari en la personne d'Emmanuel, je lui avais aussi donné un fils de substitution avec George W. dont elle était par ailleurs la préceptrice.

À quinze ans, mon fils avait la beauté de son père, le même maintien puissant, la même démarche altière, et j'observai qu'Agathe portait souvent sur lui des regards empreints de concupiscence. Je ne m'en offusquai pas : j'avais pour elle une étrange indulgence et il ne me déplaisait pas que George W. fût initié aux plaisirs de la vie par une amie qui m'avait été chère, plutôt que par une fille de joie, panier à champignons et à maladies.

Vivant tous les quatre sous le même toit dans une sorte d'équilibre du péché, il me semblait que nous étions quittes. Cette situation aurait pu durer des années si, un soir, George W. ne nous avait pas surpris en train de faire criquon-criquette sur une table, Emmanuel et moi, dans le cabinet de dentisterie.

Nous avions l'amour bruyant. Allongée sur le ventre, je m'agrippais aux contours de la table, de peur de tomber, tellement ça tanguait sous les coups de pioche d'Emmanuel debout. Alors que nous nous approchions de l'apothéose, il poussait, comme à son habitude, des roucoulements de pigeon et moi, de grands râles de chatte. C'est à ce moment que George W. a ouvert la porte.

Cette image, je la garderai toute ma vie : la bouche de mon fils dessinant un oh de surprise. Son visage dévasté. Sa main sur le front puis sur les yeux.

Quand il a vu l'effroi sur mon visage, Emmanuel s'est retourné et a dit à George W. comme il me l'avait dit dans une situation semblable, chez Frochon, vingt ans plus tôt :

« Ne peux-tu pas refermer cette porte ? »

Mon fils ne m'a plus jamais adressé la parole.

*

Pendant des mois, j'ai tenté de renouer les fils avec George W. Quand je lui posais une question, il ne répondait pas. Quand j'essayais d'engager la conversation, il changeait de pièce.

Je suis convaincue qu'il avait tout raconté à Agathe : elle était devenue excessivement aimable, d'une humeur enjouée que troublaient rarement des colères de femme trompée.

« Qu'est-ce qui se passe avec mon fils ? lui demandai-je un jour.

— Je ne sais pas, répondit-elle avec une expression de fausseté. C'est étrange. »

À plusieurs reprises, elle me certifia qu'elle ne connaissait pas les raisons du mutisme de mon fils à mon égard. Je ne doutais pas qu'elle en connaissait les raisons, d'autant moins qu'ils étaient devenus intimes. Baisers volés dans la pénombre d'un couloir, caresses sous la table pendant les repas, ils ne se cachaient pas. Sans parler de stupides crises de fou rire dont je ne connaissais pas la raison.

Ces enfantillages m'étaient insupportables. Je détestais aussi leurs longs séjours en amoureux à Saint-Aubin-sur-Mer où elle avait repris le château familial : Agathe m'avait volé mon fils, il n'y a pas d'autre mot. Je perdais le sommeil et, quand je retrouvais Apollon, la nuit, pour nos discussions nocturnes, il ne m'était d'aucun secours.

Quant à Emmanuel, il était ailleurs, dans ses rêves d'ambitions, comme toujours.

Un jour, j'ai tenté d'avoir une explication avec Agathe. Au bout d'un moment, elle a fini par m'avouer pourquoi elle me détestait :

« Tu m'as violée, Lucile, n'oublie jamais.

— Mais enfin, tu étais consentante ! Si mes souvenirs sont bons, tu as même passé un bon moment ! »

Elle secoua la tête :

« En plus, regarde-toi, tu ris en me parlant de ça. Je ne supporte pas ta façon de rigoler de tout !

— C'est ma nature. Je suis née comme ça.

— J'abomine ta joie malsaine qui survit à tout, aux chagrins, aux deuils, aux crimes de la Révolution, c'en est obscène. Ne pourrais-tu pas pleurer de temps en temps, comme nous tous ? »

Elle avait prononcé ces paroles d'une voix tremblante qui monta soudain dans les aigus :

« C'est cette indifférence que George W. te reproche.

— Que lui as-tu dit pour qu'il ne veuille plus me parler ?

— Rien que tu ne saches déjà mais il t'en veut beaucoup.

— Son attitude reste incompréhensible.

— Non. Il te dira sûrement un jour pourquoi. »

Agathe tomba enceinte. Son ventre pointait déjà sous sa robe quand elle nous annonça la nouvelle, un soir, au début du dîner, avec une espèce d'hystérie dans la voix.

« Qui est le père ? demandai-je.

— La couleur le dira », pouffa-t-elle.

Quand le bébé naquit, la paternité de George W. ne faisait aucun doute. Il était même plus noir que mon fils.

Ils eurent la bonne idée de l'appeler Apollon. Quand ils me l'annoncèrent quelques jours avant l'accouchement, je leur cachai ma joie, de crainte qu'ils ne se ravisassent.

« On aurait dû l'appeler Emmanuel, s'amusait Agathe. Regardez-le bien. Est-ce que ça n'est pas Emmanuel tout craché ? C'est fou ce qu'il lui ressemble, mais en noir ! »

Étais-je condamnée à me gâcher la vie avec ce trio malsain ? La disgrâce de Fouché, frappé par une loi condamnant à l'exil les régicides de 1792, avait ruiné mes projets américains. Mais les événements ont fini par en décider autrement.

À la fin de l'année 1816, j'ai rendu visite à Louis Marie Turreau de Lignières dans l'abbatiale de Conches-en-Ouche qu'il avait achetée à bas prix aux autorités ecclésiastiques pendant la Révolution. La vieille cuisinière étant sourde comme un pot, j'ai dû hurler plusieurs fois mon nom avant qu'elle aille demander au général s'il voulait bien me recevoir. Debout devant une grande cheminée, en train de remuer les braises d'un feu qui vacillait, il s'est à peine retourné et m'a jeté un regard plein de morgue après que je lui eus dit :

« J'avais pour vous une lettre de recommandation de Thomas Jefferson mais je l'ai perdue.

— Je l'ai bien connu. C'était un garçon sympathique mais beaucoup trop naïf. Un grand enfant qui s'emballait facilement. Un Américain.

— Il a fait de grandes choses.

— C'est quand même quelqu'un de beaucoup moins impressionnant que mon ami Fouché qui m'a récemment parlé de vous. Il vous surnomme la justicière et, dans sa bouche, je crains que ce ne soit pas un compliment. »

Louis Marie Turreau m'invita à m'asseoir d'un geste du bras. Il avait une allure de général et des manières d'ambassadeur. Tour à tour aristocrate et hébertiste, bonapartiste et royaliste mais toujours suffisant, il incarnait bien notre époque. Une anguille de charnier. Une page d'Histoire de France.

Je le regardai dans les yeux, puis chuchotai :

« Pensez-vous que justice a été bien rendue pour les enfants de Vendée massacrés par les colonnes infernales qui portaient votre nom ?

— C'est une vieille histoire. J'ai été jugé et acquitté. Il est établi que je n'ai fait qu'appliquer les ordres de la Convention qui me demandait de tout incendier et de tout massacrer. »

Ensuite, le ton est monté, il y a eu des éclats de voix et, soudain, le général Turreau a gardé la bouche grande ouverte comme s'il avait reçu un coup de l'intérieur et il est tombé à la renverse, la tête la première, sur les pierres du sol, avec un bruit de fruit écrasé. Tels sont les faits.

Quand je suis partie, poursuivie par la vieille cuisinière armée d'un balai, il me semblait que le général Turreau était mort, à tout le moins agonisant. Je jure sur la tête de mon petit-fils n'avoir utilisé aucune arme ni instrument contre lui. Il n'a simplement pas supporté que je lui dise la vérité. C'est elle qui l'a tué.

Étant donné la qualité du personnage dont le nom figure sur l'Arc de triomphe, avec ceux de tant de héros, ce fâcheux accident a fait l'objet d'une enquête. Un matin, deux inspecteurs sont venus m'interroger rue du Mail dès potron-minet. Je crois les avoir convaincus de ma bonne foi.

Le lendemain, quand je suis rentrée de mon cabinet

dans la soirée, l'appartement était sens dessus dessous. Sous les yeux d'Agathe et de George W. à qui il avait été interdit de sortir, de peur qu'ils ne donnent l'alerte, une quinzaine de policiers avaient tout fouillé de fond en comble, jusqu'à l'intérieur des pots de farine. Ils recherchaient le testament de Napoléon dont j'étais en possession depuis la veille de la bataille de Waterloo.

Un inspecteur avec des yeux rouges de lapin blanc me demanda où j'avais caché ce document de la plus haute importance pour la sécurité de l'État.

« Le testament de Napoléon ! m'exclamai-je, mais qu'est-ce que c'est encore que cette histoire idiote ? »

Je soupçonnais Marchand, le premier valet de chambre, d'avoir donné le renseignement : il était réputé pour écouter beaucoup aux portes.

« Je crains que la police ne se ridiculise encore », soupirai-je sur un ton grinçant.

En fait, le testament de Napoléon était dans ma petite culotte, avec mes économies. Quand l'inspecteur et deux policiers m'invitèrent à les suivre au commissariat, j'ai pensé que mon compte était bon.

En guise d'au revoir, Agathe et George W. m'ont hurlé dessus : « On ne veut plus te voir ici ! Que le Diable t'emporte ! »

Galants, les policiers m'ont laissée sortir la première de l'appartement. J'ai aussitôt claqué la porte, bloqué la poignée et tourné la clé que j'ai laissée dans la serrure, avant de disparaître dans la nuit froide et sombre de décembre.

Le lendemain, je suis partie pour Le Havre d'où j'ai pris, une semaine plus tard, un bateau pour l'Amérique.

VII

GRANDEUR ET DÉCADENCE
D'UNE MÉDAILLE D'HONNEUR

1816-1876

43

Ces jeunes gens dont
je suis devenue l'enfant

New York, 1816.

À mon arrivée aux États-Unis, j'ai d'abord essayé d'échapper à mon passé, à la police et au souvenir de George W. qui me poursuivait. Plus que l'âge, je crois que c'est la rupture avec mon fils qui m'a donné un visage de vieille folle, terreur des enfants.

Mieux valait éviter les squares. Un jour que je m'étais arrêtée pour prendre l'air dans un jardin public, une volée d'enfants s'était enfuie à ma vue et j'entends encore le cri strident d'une mère en panique. À trente-huit ans, je ressemblais, soudain, à un épouvantail.

Je crois n'avoir eu que de bons sentiments en moi, mais ils étaient rongés par ce chagrin autant que par ma volonté d'en finir avec le Mal partout où je le croisais. Par exemple, je n'ai jamais supporté les pleurs des femmes battues : l'envie me prenait souvent de tuer leurs persécuteurs et il est arrivé que je me lâche.

Je ne le faisais pas exprès : c'était plus fort que moi, j'aimais ça. On ne dira jamais assez le bonheur que l'on ressent quand la justice est passée. La sérénité du devoir accompli. La sensation d'une harmonie retrouvée. Le sentiment d'avoir été utile à quelque chose.

De surcroît, ça peut être amusant. Le plus drôle est l'air surpris, parfois scandalisé, des tocards à qui j'allais mettre du plomb dans la tête au propre comme au figuré. Ils ne comprenaient pas ce qui leur arrivait. Ils me trouvaient incongrue ou saugrenue. Ils auraient toute la mort pour réfléchir aux conséquences de leurs actes.

Je me rappelle l'indignation du personnage endimanché qui, à Manhattan, donnait des coups de pied dans les côtes d'une fille de joie à terre et en sang quand j'ai sorti de mon manteau mon fusil Charleville à canon court et que je l'ai pointé sur lui :

« Vous n'avez pas le droit !

— Pas le droit, ça, c'est la meilleure ! Parce qu'il n'y a que les salauds qui ont le droit de faire du mal ! »

Et j'ai tiré. Ce que je faisais était à peu près aussi intelligent que de vouloir vider l'océan avec une casserole. Mais je ne me lassais pas. Jamais je ne baisserai mes pauvres bras, en tout cas tant qu'ils ne m'auront pas définitivement lâchée.

*

Pour rendre la justice, il faut que je sois en forme. J'ai mis du temps à faire mon deuil de George W. En quatre mois, j'ai adressé au moins une centaine de lettres à mon fils, rue du Mail. Il n'a jamais pris la peine de me répondre.

Pendant la même période, j'allais régulièrement à la messe, je récitais le Notre-Père avant de me coucher et ne manquais jamais de prier le Seigneur, parfois à genoux, en pleine rue, pour lui demander de rendre George W. à mon affection.

Mais le Seigneur ne m'entendait pas. Je me disais qu'il n'en pouvait plus de nous et qu'il avait laissé tomber cette planète. Sans doute préférait-il, comme moi, le cosmos. Au bout de six mois, la vie reprenant ses droits, j'ai décidé que George W. était mort. Pas comme Apollon, toujours présent en moi, non : anéanti, volatilisé, effacé.

J'ai repris le dessus et mon visage a peu à peu retrouvé ses traits d'avant. J'avais assez d'économies pour vivre sans travailler pendant des mois mais j'aurais pris le risque de me faire remarquer par les autorités : pour mieux me fondre dans masse, je déménageais régulièrement et exerçais toutes sortes de petits boulots. Dame pipi, traductrice de formulaires, gardienne de vieux, promeneuse de chiens.

À l'époque, New York était une ville très sûre, du moins quand vous étiez recherché par la police. Les repris de justice y trouvaient tout ce qu'il fallait pour se dissimuler. Des tavernes, des ateliers, des égouts, des entrepôts ou des flots humains qui dévalaient les rues dans un sens, puis dans l'autre, et qu'avalaient ou recrachaient régulièrement de grands immeubles fondus dans ce mélange de grisaille et de brouillard qu'on appelle, là-bas, de l'air.

Je n'étais pas faite pour cette ville qui construisait l'avenir à marche forcée. J'y ai quand même trouvé chaussure à mon pied. Un officier de police d'une cinquantaine d'années avec un regard continuellement embué de bonté et de compassion. Imaginez une barrique pleine de saindoux, dure comme du bois, montée sur deux pattes et surplombée par une moustache très fine de joli cœur : c'était Harry.

Je l'ai rencontré lors d'un contrôle d'identité qui a si bien tourné que j'ai atterri non pas au poste mais dans son lit. Sa femme était décédée en couches quelques semaines plus tôt. Le bébé était trop gros. Elle, trop frêle. Harry ne se remettait pas de leur mort.

Au lit, c'était un prince, incapable, même si on le suppliait, de vous casser les pattes arrière. Je l'ai consolé comme j'ai pu et il m'a demandée en mariage. J'ai refusé. J'aurais pu avoir une vie d'épouse tranquille et me faire oublier. Mais comme j'étais recherchée pour le meurtre de Henry Eggleton, je courais le risque, en me mariant, de me faire repérer et arrêter.

J'avais en France, ai-je prétendu, un époux dont j'étais séparée et je ne pouvais donc me marier une deuxième fois. Mais j'ai accepté la proposition de Harry de m'installer tout de suite avec lui, son chien et ses deux canaris. Je croyais que ce serait une passade, une histoire de quelques mois : elle a duré près de douze ans.

Harry était réglé comme une horloge, toujours levé et couché à la même heure. Il détestait les imprévus. L'amour, par exemple, c'était le dimanche soir, pas un autre jour, et jamais après minuit. Nous sortions très peu : j'avais trop peur de rater mon tour. Dans cette vie répétitive, je ne sentais pas le temps passer.

Je ne l'aimais certes pas autant qu'il m'aimait, mais Harry fut un grand mari qu'il valait mieux avoir dessous que dessus. J'aurais aimé qu'il perdît du poids ou s'engageât dans certaines causes, comme l'abolition de l'esclavage, mais rien ne semblait le concerner vraiment en dehors de nous deux, de son travail, du prochain repas et de nos animaux de compagnie. Si Apollon ne me les avait déjà inculquées, il m'aurait appris la sérénité et la bienveillance, les deux meilleurs agents du bonheur.

J'étais toujours en contact avec Apollon dans son ciel, surtout pendant mes insomnies. Quand je lui ai demandé son avis, comme je le faisais sur à peu près tous les sujets, il a béni notre union. Je savais pourquoi : Harry ne lui ferait jamais d'ombre.

Je remontai une petite affaire de dentisterie, mais en veillant à ce qu'elle ne se développât point, de peur de me faire prendre. C'est pourquoi je me refusais à retourner à Nantucket ou même à écrire à mon amie Élisabeth Lamourette pour lui donner des nouvelles. Autant de craintes qui furent balayées par le général La Fayette quand je le rencontrai à l'occasion de sa tournée triomphale aux États-Unis en 1824 et 1825.

*

J'étais devant la mairie de New York. La Fayette s'y rendait en grande pompe, après que son arrivée en bateau dans la baie eut été saluée par des salves d'artillerie et neuf vaisseaux à vapeur pavoisés. J'ai crié mon nom, alors qu'il montait péniblement le perron en tentant de se frayer un passage au milieu de la foule en délire et des flots de mains tendues vers leur héros :

« Général, c'est moi, Lucile Bradsock ! »

La première fois, il ne m'a pas entendue. Je me suis époumonée :

« LUCIIILE BRAAADSOOCK ! »

Soudain, La Fayette s'est dégagé et dirigé vers moi avec un grand sourire. Il m'avait reconnue.

« Tout va bien ? » s'est-il enquis.

J'ai hurlé, ballottée par la houle de ses acclamateurs :

« Je suis toujours recherchée en France et aux États-Unis.

— Aux États-Unis ? Mais je croyais qu'il n'y avait rien contre vous, dans l'affaire dont vous m'avez parlé…

— Qui vous a dit ça ? »

J'avais crié fort et il a élevé la voix à son tour :

« Les esclaves ne vous ont pas dénoncée et la femme du planteur est morte en apprenant la nouvelle de son assassinat. Personne ne vous accuse. Pas de témoins, pas de charges. C'est Fouché qui me l'a dit : votre dossier est vide. »

J'ai fait un petit malaise. Emporté par le cortège, La Fayette ne s'en est pas rendu compte. Quand je repris connaissance, il était trop tard pour le rattraper.

L'Amérique ne lâcherait plus La Fayette pendant quatorze mois d'effusions et d'embrassades. S'il l'avait voulu, je ne crois pourtant pas qu'il aurait fait une grande carrière dans ce pays dont il semblait le roi. Pour aller loin en politique, il manquait au général un peu de rouerie et de méchanceté, ce que les connaisseurs de la chose appellent de l'habileté ou de l'intelligence.

Le père et la mère de Harry moururent à quelques semaines d'intervalle. Deux inséparables, comme ces perruches à queue courte dont on dit que le survivant expire peu après le décès du conjoint. Nous avons repris leur grosse épicerie-restaurant de Concord, dans le Massachusetts, et acheté la boutique attenante pour la transformer en cabinet de dentisterie.

Maintenant qu'il n'y avait plus rien à craindre, nous nous sommes mariés, Harry et moi. J'avais invité tous mes amis de Nantucket, à commencer par Élisabeth Lamourette qui fut mon témoin, et Anaïs qui décida de me rejoindre au cabinet.

Je remis à Élisabeth le testament de l'Empereur pour qu'elle le cache, à son retour, dans le jardin de ma maison de Nantucket. Sous l'érable, dans une grosse boîte en fer afin qu'il résiste à d'éventuels incendies de la ville. Je reviendrais l'ouvrir au décès de Napoléon pour le transmettre à qui de droit.

Quand l'Empereur est mort à Sainte-Hélène, en 1821, je n'ai pas trouvé le temps d'aller à Nantucket. Impossible d'envoyer Anaïs le chercher, le cabinet était débordé, on travaillait même le dimanche. Après une méchante chute dans l'escalier, Élisabeth Lamourette remontait la pente mais je ne pouvais lui demander de se déplacer. Enfin, je n'avais pas assez confiance dans la poste pour demander à mon amie de m'adresser par courrier le fameux testament.

Le testament est donc resté enseveli dans mon jardin où j'ai fini par l'oublier peu à peu : après tout, Napoléon avait eu tout le temps d'en rédiger un autre entre Waterloo et Sainte-Hélène.

*

Même si je sentais toujours ouverte en moi la plaie laissée par mon fils, je ne peux me ramentevoir sans nostalgie les années Harry. Nous n'avions pas d'enfants mais beaucoup de bêtes. Lui, des chiens et des oiseaux. Moi, des chèvres et des chats.

Il avait la tête dans le ventre. Le dimanche, quand je lui demandais ce qu'on allait faire, il répondait :

« Un gâteau au gingembre. »

Ou bien :

« Des beignets de patates douces. »

Si je vous racontais mes années Harry, chacune tiendrait en une phrase. C'était le signe que nous étions heureux. Après des journées harassantes, j'aimais le sentiment de remettre mon sort à mon homme et aux saisons, à attendre les fins de soirée, un verre de whisky à la main, devant un feu de cheminée ou un coucher de soleil.

J'avais une belle clientèle. C'est ainsi que j'ai souvent soigné les dents d'un ancien étudiant de Harvard au nez en serpe et au menton en galoche, dont la bouche était un nid à caries. Un personnage à l'air dominateur et distingué, que je surnommais le « président ». C'était le fils de l'ancien pasteur unitarien auquel il avait décidé de succéder avant d'abandonner son poste. Il s'appelait Ralph Waldo Emerson.

Il m'impressionnait trop pour que je puisse nouer des relations durables avec lui. Il fallut que j'arrachasse une molaire au jeune Henry David Thoreau, des années plus tard, pour accéder au cercle des transcendantalistes qui avaient décidé d'inventer une nouvelle Amérique en sauvant un honneur bafoué par l'esclavage ou la violence faite aux femmes.

J'approchais de la cinquantaine quand Harry a succombé à un arrêt du cœur. Il était debout dans la cuisine, une poêle à la main, une omelette aux fines herbes dedans, et il a vacillé avant de tomber mort dans mes bras, comme un sac de linge.

Ayant reçu la poêle sur mes orteils, j'ai hurlé de douleur et lâché le corps de Harry qui s'est fracassé le crâne sur le carrelage. Quand on l'a installé dans son cercueil, il avait la tête en sang. C'est là-dessus que se sont fondés mes calomniateurs pour prétendre que j'aurais tué mon deuxième mari.

Sa disparition a ouvert un grand vide dans la maison. Je l'ai comblé en fréquentant tous ces jeunes gens dont je suis peu à peu devenue une disciple. Des êtres purs qui sentaient le bois mouillé des forêts de la Nouvelle-Angleterre.

44

Les conspirateurs de Concord

Massachusetts, 1836.

Il y a un pacte séculaire entre ce coin du Massachusetts et l'histoire de l'Amérique. C'est là que commença, le 19 avril 1775, la guerre d'indépendance des États-Unis, quand un détachement de l'armée régulière britannique marcha sur la ville de Concord pour y reprendre un dépôt de munitions détenu par les rebelles : ils le repoussèrent jusqu'à Boston, en lui infligeant de lourdes pertes.

C'est aussi à Concord que prit son envol, quelques décennies plus tard, le transcendantalisme qui allait changer ma vie et celle de tant de gens. Ce mouvement était porté par toutes sortes de belles personnes : Ralph Waldo Emerson, Henry David Thoreau, Margaret Fuller, Amos Bronson Alcott, sa femme Abigail et sa fille Louisa.

Suivant assidûment les conférences des uns et des autres, j'ai toujours été étonnée de tout comprendre. « Crois en toi », nous adjuraient-ils. Ralph W. Emerson disait que le monde est Dieu et que Dieu est le monde. D'où l'infinitude qui est en chacun de nous. Il ajoutait que les réponses aux questions que l'on se pose sont dans la nature : au lieu d'écouter les prédicateurs ou les penseurs en chambre, il suffit de sortir de chez soi et, par exemple, de se promener en forêt. Quand on est réduit à soi-même, au milieu des fougères et des mousses, Dieu peut enfin circuler en nous.

J'en ai souvent fait l'expérience. Poète dissident et philosophe prophétique, Emerson se définissait comme un « enseignant du gai savoir » : il invitait le monde à s'affranchir des honneurs ou des conformismes, pour se fondre dans l'universel en compagnie d'un brin d'herbe, d'un trèfle qui ouvre ses feuilles comme des bras ou des prairies qui gargouillent de plaisir sous la bruine. La société nous coupant, selon lui, en morceaux, il nous appelait à revenir à l'unité originelle en nous abandonnant à la vie, toujours à recommencer et pleine de surprises.

Je ne voudrais pas qu'Emerson et les autres fussent caricaturés comme apôtres du repli sur soi sous prétexte qu'ils aimaient la nature. Il y avait chez eux une révolte primale contre les injustices commises dans leur pays, notamment contre les Noirs et les Indiens. Elle inspirait l'admiration.

Certes, Emerson éprouvait quelque dédain pour le militantisme ou la chose publique. Mais il s'engagea avec vigueur pour l'abolition de l'esclavage que renforçait la loi inique de 1850[1], donnant obligation à tous les citoyens américains de capturer les esclaves en fuite pour les restituer à leurs propriétaires sudistes. Il reçut chez lui, comme un ami, le célèbre activiste abolitionniste blanc John Brown, qualifié de « fanatique » par Abraham Lincoln.

Pour l'avoir rencontré ce jour-là, je peux certifier que c'était un allumé autant qu'un grand homme qui allait

1. Il s'agit de la « Fugitive slave law ». *(Note de l'Éditeur.)*

jusqu'au bout de ses convictions : il fut arrêté et pendu, peu après, pour avoir attaqué avec un commando un arsenal militaire en Virginie.

Même s'il ne l'a jamais dit ouvertement, Ralph W. Emerson était sur la même ligne que John Brown qui écrivit, prophétique, avant de se faire passer la corde au cou, le 2 décembre 1859, cinq ans avant que l'esclavage fût aboli sur la totalité du territoire américain : « Je suis désormais certain que les grands crimes de ce pays coupable ne seront jamais expiés autrement que dans le sang. Je pense maintenant que je m'étais vainement bercé de l'illusion que ce pourrait être fait sans un grand bain de sang. »

Convaincu que l'esclavage mettait la civilisation en danger, Emerson multiplia les conférences où, avec son beau phrasé et sa voix mélodieuse, il prêchait la guerre : n'était-ce pas la seule solution pour éviter que le rêve américain ne se transformât en cauchemar de servitude ? J'aurais aimé être avec lui quand il plaida sa cause auprès d'Abraham Lincoln qui était, d'après lui, d'un tempérament plutôt blagueur que servaient, paraît-il, des dents d'un blanc éclatant.

Emerson m'a dit qu'ils avaient surtout échangé des banalités et qu'Abraham Lincoln lui était apparu comme un homme tranquille dans un monde agité. Comme on peut le vérifier sur les photos de lui, notamment l'une des plus célèbres, prise par Alexander Gardner en 1863, le président des États-Unis était un très bel homme, malgré sa barbe de prédicateur, et sa bouche montrait de la sensualité. Très courtois, il faisait partie de ces gens qui ont besoin de s'enlaidir, de peur de gêner.

Il y avait une sorte de douceur transcendantaliste chez

cet homme qui disait : « Je suis en faveur des droits des animaux autant que des droits de l'homme. » Nous autres les transcendantalistes de Concord étions des idéalistes, pacifistes et presque toujours végétariens. Mais ça ne nous empêcha pas de devenir tous des va-t-en-guerre, moi la première, devant l'arrogance, la haine et la bêtise des esclavagistes du Sud. Avec eux, je retrouvais en moi la rage de Moïzette.

Henry David Thoreau me plaisait beaucoup : révolté perpétuel et grand prêtre de la « Désobéissance civile[1] », il était considéré comme son fils par Ralph W. Emerson, même si une brouille avait terni un temps leurs relations. C'était un petit homme rustique et cosmique, une sorte de jardinier philosophe, tout à fait mon genre, qui écrivait des livres inspirés. Mais il n'était pas gâté par la nature qui ne lui avait pas rendu l'amour qu'il lui portait : il avait le regard vitreux, un nez de travers et l'expression ahurie du condamné à mort au moment du verdict. Sans parler d'une barbe absurde d'inquisiteur ascétique.

Il ne me démangeait pas vraiment là où je pense. Voulant le protéger contre lui-même, j'aurais sûrement été la femme idéale pour Henry, celle qui aurait pu le déniaiser en lui apprenant les plaisirs de la vie, de la ville et du vin. Hélas, il me préférait les escargots, les grenouilles et les hérons. C'était son choix. Je pensais qu'il finirait par en changer.

Quand on aime, on ne compte pas, mais je dois reconnaître que la différence d'âge était grande entre Henry et moi : quarante ans. C'est peut-être pourquoi

---

1. Titre de son livre le plus célèbre avec son chef-d'œuvre *Walden ou la vie dans les bois*. (*Note de l'Éditeur.*)

quelque chose m'incita longtemps à retarder le moment de me déclarer. J'ai fini par me lancer un dimanche soir, après la cérémonie qu'il organisa à la mairie de Concord, en hommage à John Brown qui venait d'être arrêté : Emerson et Alcott avaient lu des poèmes qui émurent tout le monde.

À la fin de la réunion publique, je proposai à Henry David Thoreau de le raccompagner chez lui. Avec une galanterie qui ne lui était pas coutumière, il tint à me conduire chez moi. L'affaire semblait dans le sac.

N'avait-il pas tout à gagner ? Henry David Thoreau n'était pas un personnage dont une femme normale pouvait tomber amoureuse. C'était un ermite des bois et des étangs : après avoir vécu longtemps seul dans une cabane, retranché de tout, il ne sentait pas la violette et semblait perdu pour la société, toujours en colère contre elle et intéressé surtout par la flore ou la faune. Comme l'a dit Ralph W. Emerson dans son éloge funèbre, quelque temps plus tard, il ne savait que dire non, jamais oui. J'ai attendu d'être devant le pas de la porte pour l'embrasser sur le coin de la bouche.

Thoreau se dégagea, puis marmonna :

« T'as vu ton âge ?

— T'as vu ta gueule ? » ai-je répondu du tac au tac.

Il a souri et nous nous sommes serrés dans les bras comme un frère et une sœur, ce que nous étions un peu. Quand il repartit, j'avais plus de peine pour lui que pour moi. Il était comme tous les misanthropes : sa solitude avait quelque chose de déchirant, il semblait forcer sa nature.

J'en ai fait aisément mon deuil, la politique me prenait la tête : plusieurs États du Sud avaient condamné

Abraham Lincoln, le président élu, avant même qu'il arrive au pouvoir. Une fois en poste, il s'obstina néanmoins, dans un premier temps, à tendre la main aux esclavagistes qui s'empressaient de la mordre.

J'avais été choquée en lisant dans le journal cet engagement de Lincoln dans son discours d'inauguration, le 4 mars 1861 : « Je n'ai aucune intention directe ou indirecte de toucher à l'institution de l'esclavage dans les États où elle existe. » Le nouveau président allait même jusqu'à fermer les yeux sur la loi qui contraignait les États du Nord à rendre les esclaves fugitifs à leurs propriétaires du Sud.

Mais ce n'était pas encore assez pour les esclavagistes. Ils réclamaient au nouveau président qu'il acceptât toujours plus d'empiètements et de concessions. Les États du Sud qui avaient fait sécession voulaient la guerre, ils l'ont eue. Quand elle a éclaté, j'ai demandé à Ralph W. Emerson de prendre soin de mes affaires et de mes bêtes : avec Louisa, la fille d'Alcott, je me suis engagée comme infirmière.

Je serais une infirmière très spéciale, venue du Nord pour casser du Sudiste : c'était la nouvelle façon que j'avais trouvée de venger une fois encore, quarante ans après, la mort d'Apollon.

45

« *Il faut tuer le général Lee !* »

Virginie, 1863.

La guerre de Sécession, c'était Waterloo tous les jours. Un bourbier sous des tonneaux de pluie. Une plaine glauque où nos pieds s'enfonçaient jusqu'aux chevilles. Si je suis restée longtemps sur ce champ de cadavres, c'est pour expier mes péchés : à mes yeux, il n'y avait pas d'autre moyen pour espérer revoir un jour George W. et mon petit-fils.

Je flottais sur la guerre comme un bouchon dans une fosse à purin : je me sentais sale. Je ne regrette pourtant pas de m'être engagée dans l'armée. Après avoir passé quatre ans dans ce cloaque à grelotter de froid, de peur ou de faim, je suis devenue indestructible. Il faut avoir connu l'Enfer pour aimer la vie à la folie.

À plus de quatre-vingts ans, j'ai bien mérité de la nation comme en atteste la Médaille d'honneur, la plus haute distinction militaire des États-Unis, qui m'a été attribuée puis remise en grande pompe par le général Rosecrans. Je l'ai portée avec fierté dans les grandes occasions, avant de me la faire voler un jour dans un voyage en train.

Lors d'une permission, la Médaille fut à l'origine de

l'échange suivant, à la sortie d'un office dominical de Concord :

« Madame, bravo pour cette décoration ! s'exclama une petite grosse à tête de crapaude. Votre mari devait être un sacré héros !

— Parce que tu crois que je porte les médailles de mon mari, pauvre sotte ! C'est la mienne et je ne l'ai pas volée ! »

J'obtins la Médaille d'honneur pour des actions qui n'avaient rien à voir avec l'infirmerie ni la dentisterie. Persuadée que les Sudistes étaient tous des scélérats, j'étais devenue la meilleure tireuse du régiment, la terreur des confédérés que j'allais saigner pendant leur sommeil quand je ne les abattais pas de très loin au fusil.

Il y a eu dans la presse quelques articles relatant mes exploits mais les autorités militaires ont toujours veillé à ce que n'y figurent jamais mon nom ni mon signalement, ni ceux de Goutte-de-Rosée, mon acolyte. Les journaux me surnommaient la Chouette. Je trouvais que ça m'allait bien.

À l'époque, je me sentais très seule. J'avais vécu plusieurs mois de rêve en compagnie de Louisa May Alcott, une compagne épatante malgré l'air ronchon qu'elle affichait sur les photos et qu'accentuait son menton en forme de chaussure. Elle racontait si bien les histoires que je lui conseillai d'en faire un roman. Je lui ai même trouvé le titre de son premier, *Little Women*[1], qui fut l'un des plus grands succès littéraires du siècle.

Nous partagions tout, sauf le lit, encore que l'envie m'en démangeait. Irrésistible était son féminisme quand

---

1. En français, *Les Quatre Filles du docteur March.* *(Note de l'Éditeur.)*

Louisa tenait aux officiers estomaqués des propos du genre : « Lorsqu'on aura gagné la guerre pour libérer les Noirs de l'esclavage, il faudra en faire une autre pour libérer les femmes qui sont des esclaves au foyer. »

Après avoir attrapé la fièvre typhoïde, Louisa May Alcott alla se faire soigner sous de meilleurs cieux et je me suis retrouvée livrée à moi-même, avec mes instruments, mes pansements et le brancard ensanglanté que portaient pour moi deux infirmiers peu causants. Je m'embêtais comme une souris morte. C'est ainsi qu'un jour, en Virginie, germa en moi l'idée d'attaquer au couteau, et non plus à l'artillerie lourde, le fort dont nous faisions sans succès le siège depuis cinq jours.

Je suis allée voir le capitaine :

« Donnez-moi un Indien et je vous arrange ça pendant la nuit. »

Le capitaine s'appropria l'idée qu'il vendit aussitôt au colonel qui nous donna son feu vert et, une nuit, nous voilà bientôt partis, Goutte-de-Rosée et moi, nos poignards à la main, en direction du fort que tenaient une quinzaine de confédérés. Moitié renards, moitié serpents, nous rampâmes dans les herbes jusqu'aux murs en rondins, que nous avons franchis lentement, sans un bruit. Il nous a fallu plus de trois heures pour nettoyer le terrain en tranchant silencieusement les gorges une à une. Quand nous sommes descendus au camp, nous étions couverts de sang comme des bouchers.

Ce fut le début d'une autre vie pour moi, une seconde jeunesse et une nouvelle carrière. Rien n'aurait été possible sans Goutte-de-Rosée qui m'a beaucoup appris, m'entraînant notamment au tir où, malgré mon âge, je fus rapidement une virtuose grâce à mon art de la respiration. Rares étaient les cibles qui m'échappaient.

Goutte-de-Rosée était long et souple comme un serpent indigo, ce tueur et mangeur de crotales, qui n'a jamais fait de mal à un homme. J'avais traduit son nom en français parce que ça sonnait mieux que Dewdrop. Pour s'entendre avec lui, il ne fallait pas avoir peur du silence : c'était un Sioux à peu près aussi loquace qu'un arbre, qui pouvait passer des heures dans la même position, les yeux plissés, à se remplir de soleil et de vent. Un mystique du cosmos. Un disciple de Ralph W. Emerson sans le savoir.

Formant un duo de choc, nous avons enchaîné les faits d'armes jusqu'au jour où je fus convoquée par Ulysses Grant qui, après la victoire à la bataille de Chattanooga, en 1863, avait été promu lieutenant-général par le président Lincoln, avec autorité sur toutes les forces de l'Union.

C'était un rendez-vous auquel ne furent conviés ni Goutte-de-Rosée ni le colonel qui m'accompagna jusqu'à lui. Ulysses Grant voulait me parler seul à seule. J'ai tout de suite compris que c'était important parce que deux grosses barres sur son front indiquaient qu'il réfléchissait, exercice auquel il ne semblait pas rompu.

Le futur président Grant était un ancien beau gosse de petite taille, pas très soigné, au visage ravagé par l'alcool et mangé par une barbe fournie, avec un regard éteint ou illuminé, au gré de son humeur. Du genre à faire peur si on se retrouvait nez à nez avec lui dans un bois, c'était une épave mélancolique, rongée par un remords métaphysique. Il inspirait à la fois la terreur et la compassion.

« Je vous préviens tout de suite, marmonna-t-il. Cette conversation n'a jamais eu lieu.

— Ne vous en faites pas. À mon âge, on sait se taire, général.

— Sinon, sachez que les mesures de rétorsion seront terribles. »

C'est à cause de cette menace que j'ai décidé de publier mon livre après ma mort : Ulysses Grant est toujours président des États-Unis à l'instant où j'écris cette phrase. Même si ce n'est qu'un ivrogne avachi entouré d'affairistes, je sais qu'il peut toujours me nuire.

Sa menace m'avait tellement énervée que j'ai murmuré :

« Vous ne devriez pas parler comme ça à une vieille dame qui a prouvé qu'elle était une patriote. »

Il a essayé de se rattraper :

« J'ai beaucoup d'admiration pour vous. Vous êtes une vraie soldate, madame, l'une des grandes héroïnes de cette guerre. Quel âge avez-vous ?

— Mon âge est tellement grand, plaisantai-je, il y a trop de chiffres, ça change tout le temps, je n'arrive plus à m'en souvenir.

— On n'est jamais vieux quand on est courageux. »

Ulysses Grant laissa passer un silence pour savourer sa formule. Puis il me servit un verre de whisky, avala d'un trait la moitié du sien avec un bruit de veau qui tète, avant de poser sur moi le regard tendre du pilier de bar pour son collègue de boisson :

« Vous savez tuer comme personne, dit-il. D'où vous vient ce talent ?

— De la Révolution française.

— Allons, madame, ne me dites pas que c'était mieux avant, sous la monarchie !

— Sûrement pas. Mais la Révolution a fait sortir des entrailles de la France des choses immondes qu'il fallait éradiquer.

— Quel genre de choses ?

— Tout ce que fabriquent l'envie, l'aigreur, la jalousie. Sans parler de la stupidité et de l'abus de pouvoir. Quand on est en face de ça, général, il n'y a pas le choix, c'est comme un abcès qu'il faut percer et ça se règle au couteau, au fusil ou à la baïonnette. Voilà ce qui a fait de moi une guerrière. »

Le général Grant but une nouvelle et longue goulée de whisky. Il sentait tellement l'alcool que je me suis demandé s'il ne lui arrivait pas de prendre feu quand il fumait l'un de ses vingt cigares quotidiens.

« J'ai un grand projet pour vous », dit-il.

J'ai regardé mes souliers. Pour une fois, ils n'étaient pas crottés mais je les avais mal cirés.

« Un projet qui peut changer le cours de l'Histoire, poursuivit-il. L'assassinat du général Lee. Cet homme est le seul obstacle à la paix. Lui mort, le Sud s'écroulera comme un château de cartes. Vous me direz que ce ne sont pas des méthodes de gentleman, mais dans la guerre, madame, il n'y a pas de gentleman qui tienne. »

Un sourire aux dents gâtées, roussies par le tabac, passa sur son visage et il me donna un dossier sur le général Lee. Des fiches, des notes, des portraits.

« Pour ne pas rater le gibier, dit-il, le chasseur doit bien connaître ses habitudes. »

46

Un cheval nommé Traveller

Pennsylvanie, 1863.

Quand j'eus le général Lee dans ma ligne de mire, quelque chose me dit qu'il ne fallait pas appuyer sur la détente, et je l'ai laissé filer, sur son cheval, dans une forêt de chênes aux feuilles luisantes de contentement.

« Vas-y, murmura Goutte-de-Rosée. Vise la tête, qu'on n'en parle plus. »

Je n'ai pas tiré, et le général Lee a fondu dans la pénombre. Il y avait, chez lui, une espèce de dignité qui me paralysait le doigt. J'ai besoin de haine pour tuer. Même de loin, dans les vapeurs du matin qui montaient de la terre, le chef de l'armée de la Confédération imposait le respect avec sa barbe blanche et son mètre quatre-vingts.

C'était en Pennsylvanie, quelque temps avant la bataille de Gettysburg qui allait faire basculer le cours de la guerre en faveur de l'Union. Nous étions, Goutte-de-Rosée et moi, cachés dans un fouillis de ronces et de cornouillers, non loin de la tente du général Lee. Déguisés en Sudistes, c'est-à-dire en guenilles, nous le suivions depuis quelques jours et c'était la première fois qu'il était passé si près de nous. Nous n'aurions peut-être plus jamais une occasion pareille.

Nous avions prévu de frapper quand le général ferait sa promenade du matin sur son cheval nommé Traveller, une célébrité. De race American Saddlebred, la robe gris clair, tachetée de noir, la crinière et la queue plus foncées, il avait remporté deux fois le premier prix à la foire de Lewisburg, dans sa Virginie natale. Ils faisaient une belle paire, son maître et lui, leurs destins semblaient scellés[1].

À sa façon de caresser le col de Traveller qu'il chevauchait, j'ai tout de suite compris que le général Lee aimait les bêtes. Si bizarre que ça puisse paraître, on sentait chez ce militaire endurci une grande bienveillance envers le monde des vivants. J'ai appris plus tard qu'elle s'étendait jusqu'aux poules. Au début de la guerre, l'une d'elles, destinée à être abattue, s'était réfugiée dans sa tente. Il l'adopta et la baptisa Nellie.

Le général Lee ne pouvait plus se passer de sa poule noire qui lui offrait régulièrement son œuf du petit déjeuner. Peu après notre première et dernière rencontre, alors que son armée battait en retraite, il s'aperçut que Nellie avait disparu. Panique dans les rangs. Il donna à sa colonne l'ordre de s'arrêter, le temps de chercher la précieuse volaille qui fut retrouvée dans une ambulance.

Nellie a fini là où finissent les poules, dans une casserole, après avoir été tuée en 1864 par l'esclave du général

1. Mon aïeule fait probablement allusion au fait que Robert E. Lee est mort en 1870 et Traveller quelques mois plus tard, après avoir attrapé le tétanos en marchant sur un clou. Les ossements du cheval reposent aujourd'hui près de la crypte de la famille Lee, à Lexington, en Virginie. (F.B.)

Lee, William Mack Lee, qui voulait mettre quelque chose sous la dent du grand chef alors que la disette régnait chez les confédérés. Son maître n'apprécia pas l'initiative, mais il avait le ventre si creux qu'il ne cracha pas sur la chair de son ancienne mascotte.

*

J'avais été bien inspirée en décidant d'attendre le retour de chevauchée du général Lee. Alors que, la promenade terminée, il se rapprochait de nous au petit trot, il arrêta soudain son cheval et en descendit pour se soulager dans les fougères. Il était dans la position du bébé accroupi sur le pot, le pantalon défait, quand je l'ai accosté en pointant mon fusil sur lui.

« Les mains en l'air ! » ai-je murmuré.

Il n'a pas obtempéré. J'ai insisté. Il a haussé les épaules :
« Au point où j'en suis… »

Il n'avait pas eu le temps de faire ses besoins. D'où sans doute son air dépité quand il s'est relevé. Après avoir remonté son pantalon, il a laissé tomber avec une expression de défi, en montrant sa poitrine.

« Eh bien, allez-y… Je n'ai pas peur de la mort, je m'en bats même l'œil. »

Il s'est raidi et a pris le dessus en élevant le ton :
« Je n'ai peur que du déshonneur et de l'indignité. Je ne suis pas sûr que ce soit votre cas, quand on connaît les exactions des Yankees. Je vous plains si, comme je pense, vous êtes dans leur camp. »

Pour m'avoir parlé sur ce ton, le général Lee devait penser que je ne tirerais pas sur lui. Il avait raison. J'aurais pu lui répondre que le déshonneur et l'indignité, c'était l'esclavage, mais les mots se sont enlisés dans ma bouche.

Consterné, Goutte-de-Rosée me lançait des regards lourds de reproches mais son arme restait vissée à sa ceinture. Nous étions tous les deux paralysés.

« Je vous plains d'avoir des chefs comme les vôtres, ironisa le général Lee. Dites-leur de ma part qu'il vaut mieux se battre pour une mauvaise cause avec un peu de rigueur morale, que pour une bonne cause sans pitié ni scrupule. Ils déshonorent leur combat. Moi, je veille toujours à donner du panache au mien. Ce qu'il y a de plus dur quand on fait la guerre, c'est de ne pas sombrer dans l'ignominie, de résister aux instincts les plus vils, de garder sa dignité jusqu'au bout. »

C'est sans doute l'un des moments de ma vie où je me suis sentie le plus stupide. Robert E. Lee nous a fait un petit salut avant de remonter sur Traveller qui est reparti au grand trot.

*

Le général Lee était un grand stratège, le militaire le plus fascinant de toute la guerre de Sécession. Si je m'abstiens de le qualifier de génie, c'est seulement pour ne pas ajouter ma voix au chœur des esclavagistes. L'armée des Sudistes était moins nombreuse et beaucoup plus mal équipée que celle des Nordistes. Elle manquait de tout. De fusils, de baïonnettes, de provisions et même de chaussures : beaucoup de soldats confédérés marchaient pieds nus dans des uniformes qui, souvent, étaient en loques.

Des gueux. C'est ainsi que l'on pouvait qualifier les Sudistes qui, fagotés comme l'as de pique, marchaient du pas flottant des somnambules, dans cet état d'hébétation [1] que l'on trouve chez les gens qui n'ont pas mangé depuis des années. Ils faisaient d'autant plus de peine qu'ils se battaient pour défendre un pouvoir stupide, les parlementaires du Congrès de Richmond, leur capitale de pacotille, ne songeant qu'à sauvegarder leurs petits intérêts alors que leur maison était en feu. On a peine à croire que ce fut la défense de ce système qui donnât aux confédérés leur rage de vaincre.

Par quel miracle les va-nu-pieds du Sud ont-ils régulièrement mis en pièces les soldats yankees qui, pourtant, les écrasaient numériquement? D'où leur est venue la force de soulever des montagnes, alors que leur combat était perdu d'avance? La réponse tient en trois lettres: Lee. Le « Renard gris » était un grand homme au service d'un mauvais combat. Mais était-ce vraiment le sien?

Même s'il le pratiquait sans vergogne sur ses domaines, Robert E. Lee n'était pas un croisé de l'esclavage qu'il a défini, un jour, comme un Mal « moral et politique ». De plus, il n'a jamais caché qu'il considérait comme une stupidité la sécession sudiste après l'élection d'Abraham Lincoln à la présidence des États-Unis d'Amérique.

Que sa terre et ses racines aient, hélas, guidé ses pas, cela n'empêchait pas le général virginien d'avoir tout ce qui fait les beaux personnages historiques. L'humilité, le charisme, la niaque, l'absence de cynisme, la capacité à changer de méthode selon le général ennemi qu'il affrontait, la faculté d'envoyer ses soldats « au bon moment et au bon endroit ». Sans parler de sa volonté de toujours

1. Vieux français, synonyme d'hébétude, signifie: « Fatigue des sens ». *(Note de l'Éditeur.)*

protéger la vie de ses hommes, les généraux d'en face considérant souvent leurs soldats comme de la chair à canon.

La vie de ses soldats, Robert E. Lee y tenait comme à la prunelle de ses yeux et ils l'avaient compris. C'est pourquoi ils le vénéraient tant. Il y a peu de cas dans l'Histoire où les vaincus ont eu moins de pertes que les vainqueurs. Ce fut le cas de la guerre de Sécession où trois cent soixante mille personnes sont mortes pour l'Union et deux cent soixante mille pour la Confédération, alors que la première alignait deux fois plus de soldats que la seconde : deux millions deux cent mille contre un million soixante-quatre mille.

*

Je n'ai pas eu de nouvelles d'Ulysses Grant après l'échec de ma tentative d'assassinat contre le général Lee. Mais j'ai cru voir sa main un an plus tard dans la mutation dont je fus l'objet, avec Goutte-de-Rosée, dans l'armée du général Sherman.

Cet homme était une punition. Dans le sillage de William T. Sherman, j'ai assisté aux pires exactions commises, en toute bonne conscience, par le Mal au nom du Bien. J'ai vécu, en Géorgie, dans cette guerre totale qu'on appela la « marche de la mer », quelques-uns des pires moments de ma vie.

47

La marche funèbre
de Sherman vers la mer

Géorgie, 1864.

Si la haine avait un visage, ce serait celui de William T. Sherman, avec ses maxillaires serrés, son regard exalté, son air exaspéré qu'accentuaient ses rides comme des plaies sur son front torturé. Le général ne connaissait, du moins à l'époque, ni doute ni remords.

Il s'adorait : on peut le vérifier sur les portraits où il prend la pose, l'air altier, comme les empereurs romains s'offrant à la postérité par le truchement d'une sculpture. Un fionneur[1] qui faisait son Napoléon, la main dans le gilet, sur l'estomac.

C'était un enfant de la Révolution française, un avatar de Robespierre, Marat ou Turreau, et qui perdait la tête quand il tombait sur un os, semant alors la mort partout sur son chemin. Comme ses maîtres en horreurs, William T. Sherman prenait un tel plaisir à casser les œufs qu'il en avait oublié l'omelette.

Le 11 octobre 1864, depuis Atlanta qu'il contrôlait avec le 20e corps, le général Sherman télégraphia à Ulysses

1. Vieux français, signifie : « Celui qui fait le beau, l'élégant ». *(Note de l'Éditeur.)*

Grant, son commandant en chef, qu'il aimerait « ne faire qu'une ruine du chemin et du pays, depuis Chattanooga jusqu'à Atlanta [...], ravageant tout jusqu'à la mer ».

Il a commis son crime avec préméditation et l'aval des plus hautes autorités de l'Union. Comme le général Grant, le président Lincoln qui suivait de près les opérations militaires était réservé mais il laissa faire William T. Sherman : après la défaite des confédérés à Gettysburg, l'année précédente, il était pressé d'en finir. En pleine campagne pour sa réélection, il s'inquiétait que ses partisans s'interrogeassent sur sa conduite de cette guerre qui traînait en longueur.

Dans *Quatre ans de campagnes à l'armée du Potomac*[1], un livre que je viens de terminer, le général Régis de Trobiand, Français abolitionniste qui s'était engagé dans le 55e régiment de volontaires de New York, décrit ainsi la marche de Sherman à travers la Géorgie et les Caroline du Sud puis du Nord :

« Son armée s'engagea dans les entrailles du Sud, comme une caravane dans le désert ; l'horizon se referma sur elle et pendant un mois le silence se fit sur son sort, jusqu'au jour où elle reparut sur la côte de l'Atlantique. Comme un fleuve de lave, elle avait tout dévoré sur son passage. »

Aristocrate libéral dans la lignée de La Fayette, Régis de Trobiand était peu suspect de sympathies pour les Sudistes qu'il accable de reproches tout au long de son livre. Mais il lui a suffi de quelques mots pour dire l'ignominie de la politique de la terre brûlée du général Sherman. À côté de lui, tous les autres chefs de guerre du

---

1. Librairie internationale, Lacroix et compagnie. *(Note de l'Éditeur.)*

Nord, à commencer par Ulysses Grant, faisaient figure d'agneaux innocents.

*

Si j'ai tant de mal à laisser remonter à ma mémoire mes souvenirs de la marche vers la mer, c'est sans doute parce que, pour la première fois de ma vie, j'étais du côté des bourreaux. Ivres de leur pouvoir et sûrs de leur bon droit, ils saccageaient et massacraient tout sur leur passage.

Cette marche fut comme un immense incendie qui consuma tout, jusqu'à nos consciences. J'avais interdiction de secourir les Sudistes, mais les Nordistes ne me donnaient guère de travail. De temps en temps, ces derniers souffraient néanmoins d'une luxure du poignet à force d'assommer des femmes au maillet ou bien d'une morsure d'enfant qui refusait de se laisser percer à la baïonnette.

Qu'était-il arrivé à l'armée du Nord ? Où était passé notre idéal ? Certes, j'ai occis, pour le principe, plusieurs soldats yankees qui l'avaient trahi en s'acharnant sur des innocents. Mais si j'avais été logique, il aurait fallu que je les tuasse tous : il n'y en avait pas un pour racheter l'autre.

Au lieu d'avoir recours au système de ravitaillement traditionnel, le général Sherman avait innové en instituant un détachement de « fourrageurs » qui permettait à son armée de se nourrir sur la bête en réquisitionnant tout chez l'ennemi : les chevaux, le maïs, les légumes, le bétail, le whisky, les femmes ou les petites filles que ses soldats jugeaient comestibles. Une sorte de pillage organisé qui avait l'avantage de saper davantage le moral des Sudistes.

Le général Sherman avait encore innové en détruisant la force vitale de tous les territoires traversés. Les ponts, les lignes télégraphiques, les voies ferrées, les égreneuses de coton, les moulins ou les fabriques, tout devait disparaître : derrière lui, cet Attila moderne ne laissait rien que des cendres. C'est pourquoi il faisait tout le temps nuit pendant sa marche funèbre. Nous avancions sous des nuages de fumée noire qui formaient sur nous un grand drap mortuaire.

La guerre totale du général Sherman ne m'a pas réussi. En suivant les exterminateurs de son armée en furie, j'ai attrapé toutes les maladies de la terre. Des rhumes, des angines, des otites… L'hiver n'arrangeait rien. Je crois que j'aurais rendu l'âme si Goutte-de-Rosée ne s'était occupé de ma pauvre personne. Mon Indien était tout à la fois ma béquille et ma plaque chauffante. Le jour, il me soutenait quand j'avais du mal à marcher. La nuit, il me laissait dormir tout contre sa poitrine chaude comme une bouillotte.

C'est ainsi qu'a commencé mon histoire avec Goutte-de-Rosée. Je ne l'ai pas vue venir, il me semblait trop beau pour moi. En dépit des rides qui le crevassaient partout, il faisait beaucoup plus jeune que ses soixante-six ans : il avait une souplesse d'anguille, des dents saines, un dos solide et des cheveux corbeau, teints avec une mixture à base de brou de noix.

Goutte-de-Rosée a fait le premier pas, une nuit où j'étais lovée contre lui dans notre couchage. Je n'ai pas senti grand-chose quand il est entré en moi. Mais la marche de Sherman m'avait tellement anéantie que rien n'aurait pu me donner de plaisir.

Avant qu'il me prît, je n'étais que l'ombre de moi-même, comme tous ces gens qui se regrettent déjà de leur vivant, mais le lendemain, j'étais ressuscitée. Il m'a demandé :

« Et si on laissait tomber cette sale guerre ?

— Bonne idée ! »

J'ai exulté pour la première fois depuis l'élection de Lincoln, trois ans plus tôt. L'amour se reconnaît à la jeunesse qu'il vous met dans les veines : grâce à Goutte-de-Rosée, j'avais rajeuni de plusieurs décennies, je n'exagère pas.

*

Avant de prendre la route des Grandes Plaines d'où Goutte-de-Rosée était originaire, nous sommes restés plusieurs mois à Concord, Massachusetts, le temps que passe l'hiver, de vendre ma maison, la vaisselle, les meubles. Sans oublier de donner mes bêtes, de préférence à des transcendantalistes avec lesquels elles ne craignaient rien.

Le jour de notre arrivée, j'ai présenté Goutte-de-Rosée à Ralph W. Emerson qui, après nous avoir fait servir des rafraîchissements, m'a prise à part :

« Je suis heureux de vous voir avec un Indien. C'est le genre de personne qu'il vous fallait. Un poète. »

Pendant que Goutte-de-Rosée était en grande conversation avec sa domestique, Emerson m'a emmenée dans sa bibliothèque où il m'a lu plusieurs passages de *Voyages*, un livre du grand naturaliste américain William Bartram

(1739-1823), l'un des maîtres à penser de Thoreau et de lui-même.

Sillonnant l'Amérique pour étudier la faune et la flore, William Bartram a fréquenté beaucoup d'Indiens qu'il trouvait toujours «justes, honnêtes, généreux et hospitaliers à l'égard des étrangers, attentifs, aimants, affectionnés pour leurs femmes». Pendant les mois qu'il a vécu au milieu de leurs tribus, il n'a jamais vu «le moindre signe de querelle» ni l'un d'eux «battre sa femme ou l'injurier».

«Leur conduite exemplaire» à l'égard des femmes, écrit Bartram, «est une vivante condamnation des nations civilisées.» En plus, contrairement à nous, leurs communautés s'appuient sur des valeurs simples : «générosité, intimité, commerce amical, exempt de contraintes, de cérémonies, de formalités». «Il semble, note-t-il encore, qu'ils n'ont jamais senti la nécessité, ou du moins l'utilité d'associer les passions de l'avarice, de l'ambition, de la cupidité.» C'était un mode de vie assez transcendantaliste. Voilà pourquoi il plaisait tant à Emerson.

À moi aussi. Je me doutais bien que cette vision du peuple indien avait quelque chose d'un conte pour vieux enfants. Mais j'étais sûre qu'elle correspondait aussi à une certaine réalité avant que débarquent sur leur terre ces hordes de Blancs avares, menteurs, ambitieux, cupides.

Qu'avons-nous fait des Indiens ? Pourquoi, sous prétexte de les civiliser, les avons-nous pourris avec l'argent et l'alcool, quand on ne les a pas tués comme des lapins ou à petit feu en leur donnant la vérole ou la coqueluche ? Que s'est-il passé pour que leur population tombe de dix millions au XVe siècle à deux cent cinquante mille au moment où j'écris ce livre, alors que les guerres indiennes ont officiellement fait à peine trente mille morts ? Qui étions-nous pour traiter ces peuples comme de la mauvaise herbe ? Chaque fois que je me pose ces questions, je me remémore les belles paroles de Bartram.

Je partais le cœur léger, ne laissant rien derrière moi, sauf ma maison de Nantucket que je retrouverais un jour, je le savais. Goutte-de-Rosée et moi avions décidé d'aller en train jusqu'à Chicago où nous achèterions des chevaux pour rejoindre les Black Hills, plus à l'ouest, au cœur de l'Amérique. Nous avions attendu le début du printemps pour lever le camp et c'est lors d'un arrêt dans une gare du Michigan que j'ai appris par un journal la capitulation du Sud, signée par Robert E. Lee, le 9 avril 1865, à Appomattox, en Virginie.

Fidèle à lui-même, le général Lee avait défendu ses soldats jusqu'au bout, demandant avec insistance la restitution de leurs chevaux et de leurs mules qui, souvent, étaient leur propriété et qui leur serviraient, de retour au pays, pour les travaux des champs. Quant au commandant en chef des Yankees, Ulysses Grant, même si je ne le porte pas dans mon cœur, la vérité m'oblige à dire qu'il se comporta en homme d'État. « La guerre est finie, annonça-t-il à ses troupes, les rebelles sont de nouveau nos concitoyens et la plus belle expression de notre allégresse après la victoire sera de nous abstenir de toute manifestation. »

À défaut de la guerre, la victoire au moins fut digne.

48

« Rien ne dure longtemps. »

Territoire du Dakota, 1865.

Chez les Sioux, Goutte-de-Rosée est un prénom de fille. Sa mère le lui avait donné parce qu'elle avait déjà eu six garçons dont trois morts en bas âge, et qu'elle n'en voulait plus.

Devant la modestie des parties génitales du nouveau-né, la mère de mon homme décida que c'était une fille et elle l'habilla comme telle, jusqu'à l'âge de douze ans, quand il fut appelé à participer à la traditionnelle initiation à la guerre. Il n'y fit pas d'étincelles.

Goutte-de-Rosée était d'une nature conciliante, incapable d'élever la voix. Une incarnation de l'Indien selon William Bartram, un rêveur vivant à la coule et prenant tout à la venvole[1]. Il était forcément mal à l'aise chez les Sioux dont les deux passions principales étaient la guerre et la chasse au bison. Il ne se sentait surtout pas en phase avec leur devise : « Il est préférable de mourir au champ de bataille que de vivre vieux. »

De surcroît, Goutte-de-Rosée avait du sang cheyenne. Déchiré entre les deux sangs qui battaient en lui, il

---

1. Vieux français, signifie : « À la légère ». *(Note de l'Éditeur.)*

407

supportait mal que les Sioux et les Cheyennes se dispu-
tassent sans cesse les territoires où paissaient les bisons.
C'est pourquoi il partit, un jour, tenter sa chance comme
éclaireur dans l'armée américaine.

Deux ou trois siècles auparavant, les Sioux étaient un
peuple des forêts qui habitait la région des Mille Lacs,
une terre qu'on appelle aujourd'hui le Minnesota, mot
qui, dans leur langue, signifiait « eau bleu clair ». Ils
avaient émigré récemment vers le sud-ouest de l'Amérique pour suivre les troupeaux de bisons et fuir leurs
ennemis héréditaires, les Crees, que les Français avaient
armés de fusils.

Qu'aurait été la vie sans le bison de prairie ? Il pour-
voyait à tout. Le manger sous toutes les formes, frais ou
séché. La peau, tannée, pour les tipis, les sacs, les mocas-
sins. La fourrure, pour les couvertures et les vêtements
d'hiver. Les os pour les outils et les armes. Les tendons
pour les cordes des arcs. Les cornes pour les bols, les
cuillères ou d'autres ustensiles de cuisine. Sans parler de
la graisse ou des bouses pour le chauffage. Avec les Sioux,
rien ne se perdait, pas même les sabots dans lesquels ils
taillaient des clochettes.

Devenus un peuple nomade, les Sioux suivaient désormais à la trace les troupeaux de bisons dans la vallée du
Missouri et une partie du Dakota, après avoir chassé de
leurs nouveaux territoires les Kiowas, les Omahas et les
Cheyennes. C'était toujours quand on croyait les avoir
repérés qu'on les perdait de vue. Ils avaient la bougeotte.
Il paraît que les voyages commencent quand on est
perdu. Nous avons beaucoup voyagé à la recherche de la
famille de Goutte-de-Rosée.

Nous l'avons finalement retrouvée dans un campement de Sioux Dakotas, non loin des Badlands, un ramas de hautes buttes rousses, mangées par l'érosion, qui se dressent comme des moines en robe de bure au milieu d'un monde dont Goutte-de-Rosée semblait connaître chaque espèce d'herbe ou de bête. En fait de famille, il ne lui restait plus qu'une nièce.

Dès notre arrivée, nous fûmes conduits au tipi du grand chef, Hunting Bull, qui nous offrit du tabac avant d'engager la conversation avec mon homme. Même si, ne parlant pas le sioux, je ne comprenais rien, il me semblait, à en juger par le ton, qu'il était très en colère : il n'arrêtait pas de postillonner, à grand renfort de grimaces.

Ce n'était pas après Goutte-de-Rosée qu'il hurlait, mais contre les Blancs, comme mon compagnon me l'apprit par la suite. Ces gens-là n'arrêtaient pas de signer des traités avec les Indiens et n'en respectaient jamais aucun.

Red Cloud, le chef des chefs indiens, avait prédit que tout ça finirait mal : après des années d'escarmouches, prophétisait-il, il faudrait une grande guerre pour en finir avec les fausses promesses des Blancs.

En sortant du tipi, Goutte-de-Rosée m'annonça avec solennité qu'il n'attendrait pas que cette guerre éclate pour venger son dernier frère, tué, d'après Hunting Bull, par des troupes régulières.

*

Quelque temps plus tôt, le frère de Goutte-de-Rosée vivait avec sa femme cheyenne dans un village itinérant de plusieurs centaines de personnes, alors établi à Sand Creek, à l'est des montagnes Rocheuses. Un village que les autorités avaient décidé d'exterminer, alors que flottait au milieu et au-dessus le drapeau américain, censé protéger les Indiens.

Aux premiers coups de feu, beaucoup d'Indiens s'étaient bêtement refugiés autour du drapeau, à l'appel de leur grand chef, Black Kettle, un homme bon et modéré. Qu'ils fussent tous désarmés ne les empêcha pas de se faire tirer dessus par la troupe, les mains levées, la poitrine offerte, à peine le temps de chanter le chant de la mort :

Rien ne dure longtemps
Sauf la terre et les montagnes.

Le massacre de Sand Creek fut perpétré de sang-froid au petit matin du 29 novembre 1864, alors que la plupart des guerriers cheyennes étaient à la chasse, par huit cents soldats et cavaliers américains saouls comme des coings, commandés par le colonel Chivington, un militant anti-esclavagiste, qui avait fait ses armes chez les Yankees au début de la guerre de Sécession. Il y eut entre cent cinquante et deux cents morts, peut-être plus, parmi lesquels beaucoup de femmes et d'enfants. Les Blancs ont fait tout ce qu'ils reprochaient aux Indiens. Les crânes furent scalpés, les corps mutilés et les bijoux de famille exhibés comme des trophées ou des décorations.

Aux officiers qui, avant la tuerie, objectaient que l'attaque d'un campement pacifiste déshonorerait l'armée, John Chivington avait répondu, du haut de son statut de héros yankee : « Maudit soit l'homme qui sympathise avec les Indiens. Je crois qu'il est juste et honorable de tuer les Indiens par tous les moyens sous le Ciel de Dieu. »

Après son expédition, le bourreau de Sand Creek fut

poursuivi et condamné avant de bénéficier de l'amnistie générale qui suivit la guerre de Sécession, tandis que son principal accusateur était assassiné par l'un de ses anciens soldats. Depuis, John Chivington coulait des jours qui, grâce à Dieu, n'étaient pas très heureux. Je donne tous ces détails pour qu'on prenne la mesure des abominations commises contre les Indiens, peuple christique, outragé, martyrisé.

Certes, ils n'étaient pas des anges mais leurs crimes ne furent souvent que des réponses aux attaques ou aux trahisons de ceux qui prétendaient incarner la civilisation. Ils furent ainsi les victimes expiatrices d'un enchaînement infernal où la première faute revint toujours aux Blancs : mensonge-rébellion-extermination.

*

Je me sentais trop lasse et trop vieille pour reprendre le combat contre le Mal. Le soir, dans notre tipi, alors que nous étions couchés l'un contre l'autre, j'ai dit à Goutte-de-Rosée :

« J'aimerais que tu me fasses visiter la région. Il y a tant de belles choses à voir…

— Nous aurons toute la mort pour ça. La guerre m'appelle.

— Mais je croyais qu'on avait fui la guerre.

— Elle est revenue me chercher.

— Et si la cause était perdue ?

— Raison de plus. Je mourrai avec elle ! »

Le bonheur se reconnaît au désarroi qu'il laisse derrière lui quand il part. Nous n'avions rien dit pendant un long moment, puis je me suis exclamée :

411

« Mais ça ne s'arrêtera donc jamais ! N'est-il pas temps de laisser le passé derrière nous ? »

Goutte-de-Rosée eut un rire forcé :

« Et c'est toi qui dis ça !

— J'ai assez donné. Maintenant, je voudrais recevoir et respirer un peu. Me reposer.

— C'est la mort qui est faite pour se reposer, pas la vie. »

La conversation s'est arrêtée là. Le lendemain, nous sommes montés sur nos chevaux chargés de provisions pour partir à la recherche de l'armée que Red Cloud avait levée plus à l'ouest. Le ciel était comme une eau bleue dans laquelle se baignaient toutes sortes d'oiseaux que l'on voyait très distinctement, leurs ailes battant comme des nageoires. En chemin, Goutte-de-Rosée m'en montra plusieurs dont les noms sortaient du grand poème du monde : la tourterelle triste, le bruant sauterelle ou le carouge à épaulettes.

49

De la part de Goutte-de-Rosée

Jusqu'à présent, Goutte-de-Rosée était un personnage bonasse et pacifique, qui portait bien son nom. Du jour au lendemain, il se transforma en guêpe tueuse, l'abdomen frémissant, le dard prêt à bondir. Un guerrier sioux.

Les guêpes solitaires m'ont toujours fait froid dans le dos quand je les vois zigzaguer à la recherche d'une mouche ou d'une araignée, qu'elles ramènent dans leur repaire pour pondre dans la proie l'œuf de leur enfant unique qui la mangera vivante.

Dans notre campement, les guerriers partaient régulièrement comme des guêpes à l'assaut de tous ceux qui avaient eu la malencontreuse idée de s'aventurer sur leurs territoires : les Tuniques bleues, les chercheurs d'or ou les colons avec leurs grappes d'enfants.

Les Sioux revenaient de leurs équipées les mains pleines de sang, au sens propre. Parfois, des fusils, des casseroles, des femmes ou des enfants. C'était le temps de ce qu'on appelait la guerre de Red Cloud.

Après avoir noué une alliance avec les Cheyennes et les Arapahos, Red Cloud, le grand chef des Oglalas Lakotas, avait pris le contrôle de la Powder River Country, une région qui chevauchait les territoires du Wyoming et du

Montana. Une zone proche des Black Hills, d'où les Indiens lançaient leurs raids, et qu'ils avaient érigée, sous sa conduite, en forteresse imprenable.

Red Cloud était une fontaine à banalités mais il faisait impression : toujours tiré à quatre épingles dans ses habits traditionnels de Sioux, il toisait son monde du haut de sa figure d'aristocrate autoproclamé, carbonisée au soleil. Avec sa tête de masque, il s'admirait et on ne pouvait que l'admirer. Grâce à des combattants tout aussi déterminés que Goutte-de-Rosée, il menait sa barque avec talent, repoussant les assauts du général Patrick E. Connor.

Un criminel de guerre récidiviste, ce Connor. En pleine guerre de Sécession, tout en servant la cause des Yankees dans l'Utah, il avait été le grand instigateur, à la tête de son régiment, du massacre de Bear River, en 1863, où plusieurs centaines d'Indiens, y compris des femmes et des enfants, avaient été tués lors de l'attaque de leur campement. D'où sa promotion comme brigadier général, chargé de nettoyer la Powder River Country.

Si j'ai participé à la guerre de Red Cloud, ce fut seulement en tant qu'infirmière, dentiste ou éclaireuse. Je n'ai jamais tiré un coup de fusil. Pendant les expéditions punitives, je restais à l'écart, fagotée comme une Indienne, dressée sur mon petit cheval en haut d'un monticule, et je regardais le spectacle. Dans nos rangs, il y avait toujours de la joie sur les scènes de bataille. Pas chez Goutte-de-Rosée. Quand je l'observais flinguer, scalper, assommer, percer ou découper des Blancs à tour de bras, il ne semblait pas éprouver la même jouissance que moi naguère, exécutant mes sales besognes. Un soir où je lui en faisais la remarque, il m'a répondu :

« La vengeance n'est pas un plaisir. C'est un devoir.

— J'ai mené ma vie pour que tout me soit un plaisir, même les corvées.

— C'est pour ça que tu es beaucoup plus forte que moi, Lucile.

— Non, mais tu m'as vue dans mon vieux sac de peau, bonne pour la bédoule[1]? Je suis déjà morte de mon vivant.

— Les gens comme toi ne meurent jamais. »

Il m'embrassa. Quand on s'embrasse, on a toujours vingt ans. Je n'étais pas à mon affaire pendant ces mois passés à la Powder River Country mais des moments comme ça me faisaient tout oublier. Les cadavres encore vivants qui repoussaient la mort des pieds. Les chevauchées épuisantes dont nous revenions bredouilles. La viande grasse de bison que tout le monde mangeait sauf moi, et qui avait répandu sa mauvaise odeur partout, jusque dans les cheveux des enfants ou les haleines des jeunes filles. Tant que Goutte-de-Rosée restait auprès de moi, je pouvais tout supporter.

Les années succédaient aux années et les massacres aux massacres. J'explosai de joie quand j'appris que Red Cloud avait vengé les victimes de la tuerie de Sand Creek en anéantissant le détachement du capitaine Fetterman, le 21 décembre 1866 : sur les quatre-vingt-un cadavres de Tuniques bleues, ses guerriers s'étaient livrés aux mêmes monstruosités que les soldats du colonel Chivington sur les corps des Indiens morts, deux ans plus tôt.

Red Cloud m'avait à la bonne. De retour de ses expéditions, il me rapportait souvent des petits cadeaux. Des

1. Vieux marseillais, signifie : « Décharge d'ordures ménagères ». *(Note de l'Éditeur.)*

bijoux, des habits, de la vaisselle. Un jour, il m'a offert une perruche ondulée dans sa cage. Seule survivante d'un raid contre des colons, elle appartenait à un pasteur qui traversait la Powder River Country sur son chariot avec sa femme et ses enfants. L'oiseau faisait peine à voir, on aurait dit qu'il s'était retrouvé dans la gueule d'un chat. Je l'ai baptisé « Marie-Antoinette ».

Goutte-de-Rosée et moi passions de temps en temps une soirée avec Red Cloud à partager du tabac, de l'alcool, des sentiments ou des silences. Maintenant que je commençais à parler et à comprendre sa langue, j'avais toujours droit au même discours sur la supériorité spirituelle du modèle sioux qui, selon lui, ne manquerait pas de s'étendre bientôt sur la terre entière.

« Nous gagnerons parce que nous avons la force d'âme, me dit-il un jour. Rien ne peut vaincre la force d'âme. »

Contestant le culte sioux de la bravoure pour la bravoure, j'objectai :

« La force d'âme ne pourra jamais rien contre la fatigue, les machines, les années ou les intempéries.

— Si tu ne crois pas qu'elle mène le monde, tu ne pourras jamais faire partie du peuple sioux. »

Je n'ai pas répondu. Je n'étais qu'une femme, c'est-à-dire pas grand-chose. Quand je n'accompagnais pas mon mari sur le terrain, je l'attendais en brodant ou en perlant avec mes doigts gourds, à moins que je ne tannasse des peaux de bisons ou ne cueillisse des baies et des racines pour le repas du soir.

Je ne me plaindrai pas. J'aimais notre vie à deux, même si, selon les règles en vigueur dans son peuple, Goutte-de-Rosée pouvait m'annoncer qu'il me quittait par un simple roulement de tambour, et que si jamais me prenait l'envie de le tromper, à Dieu ne plaise, je courais le risque de me faire couper le nez. La féminie n'était pas tous les jours à la fête, chez les Sioux : au campement, Olympe de Gouges n'aurait pas décoléré.

Qu'importe puisque nous avions décidé de vieillir ensemble, Goutte-de-Rosée et moi. La Powder River Country n'était certes pas un pays de Cocagne où les oiseaux tombaient tout rôtis. Mon homme étant devenu végétarien pour faire comme moi, nos repas hivernaux étaient frugaux : quand le blizzard sifflait, il fallait se contenter de navets de prairie, de patates sauvages, de groseilles séchées ou de glands grillés.

Livre vivant, Goutte-de-Rosée me racontait la nature, les cerfs, les sauterelles et beaucoup d'autres choses. Raph W. Emerson aurait été fier de moi s'il m'avait vue me fondre avec mon amoureux dans les plaines ou les forêts. Jamais je ne m'étais sentie plus transcendantaliste qu'avec mon Indien, mélangée à la nature, en harmonie avec l'univers.

Souvent, nous passions des nuits à regarder les étoiles. Apollon m'avait appris le bonheur. Harry, la cuisine. Goutte-de-Rosée, le cosmos. Grâce soit rendue à mes trois maris : ils ont fait de moi une femme épanouie.

Certes, Goutte-de-Rosée n'était pas un as de la cabriole mais je me contentais volontiers de ses deux ou trois intrusions annuelles, douces comme des caresses. Je me voyais vivre là jusqu'à ma mort et même encore après, d'autant que Red Cloud avait gagné sa guerre.

Avant que les autorités consentent à confirmer par écrit, en 1868, que les Indiens étaient bien propriétaires des Black Hills, le grand chef posa ses conditions. Il n'était pas question de signer un nouveau traité de paix tant que les Tuniques bleues n'auraient pas évacué les forts. Avant de descendre de sa montagne, il attendrait qu'elles se retirassent de la région.

Quand les troupes de l'U.S. Army se furent exécutées, Red Cloud se rendit à Fort Laramie pour rencontrer le général Sherman venu signer un nouveau traité qu'il jetterait aussitôt dans une corbeille à papier avant de reprendre l'offensive contre le peuple indien.

Je me trouvais en face de lui pendant la discussion sur le traité et rien qu'à regarder le bourreau de la Géorgie faire l'article, je me rongeais les sangs. Surtout que, comme le Diable lui-même, ce scélérat n'était pas dépourvu de charme.

Quelques années auparavant, j'aurais essayé de profiter de l'occasion pour tuer le général Sherman. En faisant traîner son agonie, si possible. Mais après trois ans chez les Sioux, je voulais savourer leur victoire et le regardais avec mépris, comme Red Cloud.

Le grand chef m'avait demandé de venir avec lui pour lire le texte du traité auquel j'ai donné mon imprimatur. On me voit de dos sur une photographie officielle où, sous la tente, il n'y en a que pour les généraux Sherman, Sanborn et Harney. Mais ils ne roulaient pas les épaules : le roi du jour était Red Cloud, emplumé comme jamais.

Le général Sherman s'était engagé à tout et n'importe quoi, y compris à verser des annuités et à livrer des provisions au peuple indien sur une durée de vingt-cinq ans. Mais Red Cloud n'en croyait rien après avoir signé la paix. Les Blancs, me dit-il sur le chemin du retour, ne lui feraient jamais prendre la lune avec les dents : « Ils nous ont fait beaucoup de promesses, plus que je peux m'en souvenir, mais ils ne les ont jamais tenues sauf une : ils nous ont dit qu'ils allaient prendre notre terre et ils l'ont prise. »

*

Goutte-de-Rosée n'était pas venu avec la délégation sioux à Fort Laramie. Au cours de cette année 1868, il s'était absenté souvent et longtemps. Devenu une sorte d'agent itinérant de Red Cloud, il le représentait auprès de toutes les tribus que le grand chef voulait fédérer contre les Blancs : les Sioux, Cheyennes et Arapahos mais aussi les Crows, Kiowas et Comanches.

Au moment de la signature du traité, mon homme était parti au sud, du côté du territoire de l'Oklahoma, prendre langue avec les Cheyennes de Black Kettle. Il n'est pas revenu. J'ai mis plusieurs mois à reconstituer le massacre de Washita River perpétré par les Tuniques bleues, où mon troisième époux a perdu la vie. Personne n'a jamais trouvé son corps qui a dû faire le bonheur des vautours, des coyotes ou des chiens errants, mais j'ai fini par savoir qui l'avait tué et comment.

Les Cheyennes du Sud avaient établi leur campement sur les bords de la Washita, une rivière que l'on dit rouge mais qui est marron et serpente sur un mélange de vase et de sable. C'était novembre, il tombait sur la région une petite neige vicieuse qui mordait les chairs.

Quand il apprit qu'un détachement de Tuniques bleues s'approchait de son village, Black Kettle alla s'en enquérir auprès du général William Hazen qui, depuis son fort, incarnait l'autorité militaire de la région. Échaudé par le massacre de Sand Creek, le grand chef cherchait sa protection mais il essuya une fin de non-recevoir.

Le général fut formel : il était hors de question de déménager le campement pour se rapprocher du fort ou rejoindre un village comanche. Que Black Kettle ne s'affole pas et retourne tranquillement à son village, sur la Washita : aucun mal ne serait fait aux siens.

Après que William Hazen lui eut offert du sucre, du café et du tabac, le grand chef retrouva son peuple à qui il conseilla quand même la plus extrême vigilance pour éviter un nouveau Sand Creek. Bien qu'il fût pacifiste, Black Kettle n'était pas un imbécile : dès que la neige cesserait, annonça-t-il, les soldats attaqueraient.

Le 27 novembre 1868, la neige cessa et les soldats attaquèrent. Le 7ᵉ régiment de cavalerie de George Armstrong Custer accomplit alors la besogne que le général Sheridan lui avait assignée pour en finir avec ces « sauvages » d'Indiens : détruire les villages, les guerriers et les chevaux en épargnant les femmes et les enfants, instruction qui, dans la fièvre du combat, n'était pas facile à respecter.

Les soldats de l'U.S. Army ont tué à peu près cent personnes à Washita River. Parmi elles, des femmes, des enfants et Goutte-de-Rosée, tué d'un seul coup de feu par le général Custer, alors qu'il tentait de défendre Black Kettle et sa femme.

C'est ce que m'a raconté Red Cloud qui le tenait de plusieurs sources, quelques jours avant que je quitte son campement. Un sourire agrandit sa bouche déjà large quand il vit l'effet que son information avait produit sur moi. Un instant auparavant, je me sentais molle et foutimassée[1]. Soudain, je devins une furie. Le chef indien m'avait rendu un fier service en plantant dans mon esprit une graine qui a fini par tout réveiller en moi, jusqu'à ce jour, béni soit-il, de la bataille de Little Big Horn, quand j'ai eu la joie de souffler à Custer agonisant, avant de lui tirer une deuxième fois dessus :

« C'est de la part de Goutte-de-Rosée, l'ami de Black Kettle, en souvenir du massacre de Washita River. »

---

1. Vieux français, signifie : « Ne rien faire, être nonchalant ». *(Note de l'Éditeur.)*

DERNIER CHAPITRE

1876

50

Les jours sont des cadeaux

Nantucket, 1876.

Maintenant que mon histoire touche à sa fin, il est temps de vous dire comment je suis sortie des griffes du commissaire Lambrune dans le train qui m'emmenait des Black Hills vers le Middle West.

« Arrêtez-moi si vous voulez, dis-je, mais auparavant, il faut que j'aille aux toilettes. Sinon, il va y avoir un accident. »

Théodore Lambrune me prit par la manche :

« Je vous accompagne. »

Une fois le wagon traversé, il s'est arrêté :

« Il y a quand même des coïncidences étranges. Le ministre de l'Intérieur qui m'a donné l'ordre de vous ramener, Emmanuel Arago, a écrit un poème charmant sur les toilettes, "Le petit endroit". C'est drôle, non ?

— Je dirais même plus : passionnant ! Et pourquoi m'en veut-il, ce bougre ?

— Depuis des décennies, vous avez tué beaucoup de gens et il veut que justice soit faite.

— Mais je l'ai faite !

— La justice dont vous parlez, c'est la vôtre, pas la

vraie, la grande. Il réclame aussi le testament de Napoléon que vous détenez. »

Quand nous sommes arrivés devant les toilettes, la main du commissaire s'est abattue sur ma perruche et il l'a serrée si fort qu'elle n'était plus qu'un magma de sang et de plumes quand il l'a jetée par terre.

« Je n'aime pas les oiseaux, dit-il. C'est bête et ça fait du bruit. »

J'étais dans l'embrasure, sur le point de fermer la porte des toilettes, quand je suis tombée à la renverse, sur le dos. Le commissaire Lambrune s'est penché sur moi en gémissant :

« Que se passe-t-il ? »

Sans doute songeait-il que j'allais mourir et qu'il ne pourrait pas me ramener en trophée à Paris.

Agenouillé devant moi, Lambrune me tapota les joues. Quand j'ai estimé que la plaisanterie avait assez duré, j'ai claqué la porte des toilettes du pied gauche tandis que je lui enfonçais dans le cou la lame du couteau que je garde toujours caché près des reins. J'avais bien visé. Il saignait comme un cochon qu'on égorge. Je me suis relevée en sang.

« Maintenant, je peux te le dire, murmurai-je. C'est exactement comme ça que j'ai tué ton arrière-grand-père, Maxime Lambrune. »

En tuant Marie-Antoinette, le commissaire m'avait rendu mes forces. Je me suis levée et je l'ai soulevé pour lui mettre la tête dans la cuvette des toilettes afin que le sang s'écoule par le trou d'évacuation. Mais comme il n'arrêtait pas de gigoter, il faisait beaucoup de saletés par terre et sur les murs. N'ayant rien pour l'assommer, il m'a fallu attendre dix minutes pour que la mort commence enfin à faire son œuvre.

Après ça, j'ai ouvert la porte extérieure du wagon. Ne voyant personne, j'ai tiré la carcasse de Théodore Lambrune pour la jeter dehors, sur le bas-côté. Ensuite, je suis retournée aux toilettes où j'ai retiré ma veste couverte de taches de sang, avant de me laver avec soin le visage et les mains.

J'avais beaucoup de chance : personne n'éprouva l'envie de se soulager pendant mon manège et le soir tombait, nous plongeant dans une pénombre que l'éclairage des compartiments ne suffisait pas à chasser.

En sortant des toilettes, j'ai pris le premier siège libre pour n'avoir pas à traverser le wagon. C'était près de mes bagages, ça tombait bien. Je suis restée assise, la tête baissée et le cœur battant, en me faisant toute petite, avant de descendre précipitamment, ma perruche morte dans la poche, à l'arrêt suivant.

*

J'ai retrouvé ma maison de Nantucket dans l'état où je l'avais laissée. Élisabeth Lamourette l'avait entretenue avec amour et j'y ressentais comme autrefois la sensation de croiser sur un bateau au milieu de l'océan, fouettée par la houle et les embruns.

C'était l'une des habitations du centre de Nantucket qui avait survécu au grand incendie de 1846. La petite ville en avait bien rabattu depuis, et ne sentait plus cette odeur de chair brûlée, qui m'incommodait tant naguère : l'industrie baleinière était entrée en déclin pour plusieurs raisons dont la moindre n'était pas l'apparition du gaz comme substitut à l'huile de baleine pour les éclairages publics.

J'ai pleuré. Mes souvenirs avaient dormi si longtemps que je les croyais morts. Or, il me suffisait de regarder un mur, une sculpture ou une commode pour qu'ils se réveillent : c'était comme si je reprenais ma vie avec Apollon. Je le sentais partout, sous mes draps, derrière mon épaule, jusque dans les toilettes. Je croyais même retrouver son odeur dans la salle de bains.

Le matin suivant, j'ai déterré dans le jardin la boîte en fer qui contenait deux exemplaires du testament de Napoléon. En fait de « trésors », c'était la liste de tous les bâtards supposés de l'Empereur. Ils étaient seize. Il y avait de tout. Des nobles, des roturiers, des étrangers. Un Russe et deux Italiennes. Parmi ces personnes figurait un certain Arago. Le nom que Théodore Lambrune m'avait cité quelques jours plus tôt. À côté, il y avait une date, 1812, mais pas de prénom.

Je ne savais que faire de ces documents qui m'avaient causé tant de malheurs. Je décidai de les enterrer à nouveau. Je n'étais pas venue à Nantucket pour chercher les ennuis, mais pour écrire mes Mémoires et mourir, si Dieu voulait bien de moi.

Trois semaines plus tard, j'étais en train de travailler à mon œuvre quand quelqu'un a toqué à la porte. Dans l'embrasure se tenait un vieil homme avec une barbe blanche et crépue, une canne à la main. Une caricature de sage africain.

« George W., enfin, c'est toi ! » bredouillai-je.

Je me suis jetée dans ses bras dans lesquels je suis restée un moment, pantelante, le visage mouillé de larmes.

« Comme je suis heureuse, soupirai-je.

— Il y a erreur, murmura l'autre. Je ne suis pas George W., il est mort depuis longtemps. Je suis Apollon Junior, son fils, c'est-à-dire ton petit-fils. »

Le vieil homme a souri en se dégageant. Il avait l'air attendri et de grandes dents blanches comme Apollon Senior, son grand-père.

« Je suis ton très vieux petit-fils, s'amusa-t-il. Tu as l'air plus jeune que moi, grand-ma.

— Tu es trop gentil. »

Quand je lui ai dit l'âge que je venais d'avoir, Apollon Junior a roulé de grands yeux en secouant la tête :

« Je n'y crois pas.

— Je suis condamnée au porridge avec du sirop d'érable à tous les repas. J'ai perdu presque toutes mes dents et je n'ai plus guère de force dans les bras ou les jambes. La nuit, je ne trouve pas le sommeil mais ça n'est pas grave : bientôt, j'aurai toute la mort pour dormir. La seule chose qui marche, c'est ma tête ! »

Il me regardait avec un mélange d'admiration et de fascination. Le trouvant charmant, je l'ai invité à dormir à la maison. Il n'attendait que ça. Comme habits de rechange, il prendrait ceux de feu mon Apollon, qu'Élisabeth Lamourette avait su préserver des mites. Ils lui allaient bien.

Le premier jour, nous nous sommes raconté nos vies. Après avoir fait fortune dans le commerce transatlantique, Apollon Junior avait transféré du Havre à Boston son entreprise d'import-export, que dirigeaient désormais ses deux fils aînés. Sa cadette demeurait toujours à Paris où elle élevait ses quatre filles et cinq garçons. Quant à la mère de ses trois enfants, elle était décédée

429

l'année précédente. Une épouse discrète dont la mort passa aussi inaperçue que sa vie.

Le deuxième jour, quand je lui ai demandé pourquoi George W. avait rompu avec moi, le visage d'Apollon Junior s'est fermé et il y a eu un long silence. J'ai été chercher la bouteille de brandy que m'avait offerte Martha Washington et, après en avoir bu plusieurs gorgées, il a retrouvé la parole :

« George W., mon père, disait que tu étais une criminelle.

— C'est vrai que j'ai tué beaucoup de gens, mais toujours pour de bonnes raisons. »

Apollon Junior hésita, puis murmura :

« Il disait aussi que tu avais tué mon grand-père, Apollon Senior. »

J'ai tremblé et ouvert la bouche mais aucun son n'en est sorti.

« Depuis quelque temps, reprit-il, je viens souvent ici passer un jour ou deux en espérant que tu seras là et que je pourrais entendre ta version. Je veux savoir, grand-ma. Dis-moi la vérité… »

J'ai déclaré lentement, d'une voix douce :

« Je suis à l'âge où on peut dire la vérité parce qu'on n'a rien à perdre. Ton grand-père a été assassiné par son ancien propriétaire, un affreux esclavagiste…

— Ce n'est pas toi qui l'as tué ? Tu me le jures ?

— Le propriétaire, oui, je l'ai tué, mais pas ton grand-père, non, jamais de la vie ! Je l'aimais tant !

— Je croyais pourtant que… »

L'émotion était trop forte, je me suis levée et j'ai dit d'une voix chevrotante :

« Qui a mis ça dans la tête de ton père ?

430

— Eh bien, maman. Elle disait qu'elle avait des tas de preuves, des témoignages écrits. C'est ça qui a convaincu papa. »

Je me suis effondrée sur mon fauteuil et j'ai laissé passer un moment pour digérer la nouvelle :

« Sans doute Agathe m'en a-t-elle voulu de lui avoir toujours tout pardonné. En plus, j'avais un gros défaut pour elle : ma bonne humeur. Pour moi, chaque jour qui commence est un cadeau. Pour elle, un cauchemar. Quand je prie Dieu, c'est-à-dire le cosmos, je dis : merci. Ta mère, quand elle s'adresse à lui, elle ne sait que se lamenter. Avec tous les geignards dans ce genre, il ne faut pas s'étonner que le Tout-Puissant soit allé se faire voir ailleurs dans l'Univers. »

J'ai caressé ce qui me restait de cheveux :

« Qu'est devenue Agathe ?

— Maman est morte. À quarante-trois ans.

— Désolé, mais cela ne m'étonne pas. Agathe n'était pas faite pour la vie.

— Quel rapport ?

— C'est le bonheur qui fait vivre. Et pardonne-moi de le dire, tout aristocrate qu'elle fut, ta mère a passé sa vie à enrager en regardant avec envie dans l'assiette du voisin. »

En tout cas, Agathe avait bien réussi son fils : c'était le portrait craché de mon Apollon à moi, si franc et sûr de lui, avec un visage rayonnant. Le contraire de George W.

« Ton père non plus, dis-je, n'était pas fait pour le bonheur.

— C'est vrai qu'il divisait le monde en bons et en méchants.

— Et j'étais dans le mauvais camp. Pourquoi n'a-t-il

431

pas pris la main que je lui tendais? Il m'a fait beaucoup souffrir mais je suis passée à autre chose. Je n'allais pas rester à me morfondre, j'ai repris le dessus : la vie est un verger plein de fruits qu'il faut cueillir sans attendre, ils pourrissent tellement vite. »

Le troisième jour, avant de retourner à Boston, Apollon m'a proposé de me donner de l'argent. Je lui ai montré mon entrejambe :

« Tu es adorable mais j'ai tout ce qu'il faut dans ma petite culotte. C'est là que je cache mon trésor, toutes les économies de ma vie ! J'ai assez pour tenir des années. »

*

Deux semaines plus tard, Apollon Junior est revenu avec ses deux fils. Dès qu'ils sont arrivés, je leur ai demandé de me faire sortir de la maison. J'avais envie de voir l'océan.

Depuis quelques jours, je n'osais plus sortir : des vertiges me jetaient régulièrement par terre, je sentais mon heure venir. Mes deux arrière-petits-fils m'ont soutenue bras dessus bras dessous et nous sommes allés regarder les vagues du côté de Shimmo et Shawkemo.

C'était un jour où il faisait blanc sur la terre comme au ciel. L'air était mouillé et on entrait dedans comme dans de la crème. Même s'il était salé, il avait quelque chose d'émollient, de nourrissant. En chemin, Apollon Junior m'a donné le résultat des recherches sur Emmanuel Arago que je lui avais demandées.

Fils de l'astronome François, éphémère chef de l'État pendant la Révolution de 1848, Emmanuel Arago avait été l'un des chefs de file du mouvement qui conduisit à la chute du roi Louis-Philippe. Après avoir disparu du paysage sous le Second Empire, ce républicain revint en force quand la République fut rétablie et devint, à l'Assemblée, l'un des orateurs les plus écoutés de la gauche. Un type bien à tous égards, ancien proche de George Sand, l'une de mes héroïnes, même si je n'avais jamais lu un seul de ses livres.

Pourquoi Emmanuel Arago avait-il lancé, après d'autres, ses chiens contre moi ? Plutôt que ma tête dans le panier du bourreau, ne voulait-il pas obtenir les exemplaires du testament de Napoléon en ma possession et s'en servir pour reprendre l'héritage politique de l'Empereur, devenant ainsi une sorte de Napoléon IV ?

Même s'il tarda à assurer sa descendance officielle, l'Empereur avait rempli l'Europe de rejetons et son aura restait telle qu'il aurait suffi de se prévaloir de sa paternité pour faire une grande carrière en France. D'où la fièvre qui avait saisi tous les bâtards, par ailleurs excités par le mot « trésor », pris au premier degré et trompeté partout par le valet Marchand.

Emmanuel Arago était sans doute le véritable auteur du poème « Le petit endroit », attribué d'abord à tort à Alfred de Musset, l'un des nombreux amants de George Sand. Un chef-d'œuvre de délicatesse, malgré son sujet. Apollon Junior, qui l'avait noté sur un morceau de papier, me le lut avec un sourire qu'il n'arrivait pas à réprimer :

> *Vous qui venez ici dans une humble posture*
> *Débarrasser vos flancs d'un importun fardeau*
> *Veuillez, quand vous aurez soulagé la nature*
> *Et déposé dans l'urne un modeste cadeau*

Épancher dans l'amphore un courant d'onde pure
Puis, sur l'autel fumant, placer pour chapiteau
Le couvercle arrondi dont l'auguste jointure
Aux parfums indiscrets doit servir de tombeau.

Apollon Junior était convaincu que l'auteur d'un tel texte ne pouvait être un adepte du robespierrisme, engeance reconnaissable à sa vanité boursouflée et à son absence totale d'humour.

« Le plaisantin qui a écrit ça, opinai-je, ne peut pas être une mauvaise personne. »

Si le ministre de l'Intérieur était bien le même Arago couché sur le testament de l'Empereur, il avait sans doute été manipulé par des policiers comploteurs, des canailles nostalgiques de la Terreur de 1793, décidées à me faire payer mon passé de tueuse de robespierristes : tout en s'appropriant la preuve de l'impériale filiation de leur champion, ils entendaient me mettre hors d'état de nuire.

Mais j'étais désormais hors d'état de nuire, sans haine et réconciliée avec l'univers, un éternel sourire à la bouche. Je ne le perdis même pas quand, de retour à la maison, Apollon Junior et ses fils ont sorti de leurs valises des cadeaux et un gâteau au chocolat :

« Bon anniversaire !

— Il est passé ! protestai-je.

— Oui, mais on vient d'apprendre la date, et cent ans, excuse-moi, ça se fête ! »

Je hais les anniversaires, en tout cas les miens : ce sont des petites condamnations à mort qui, chaque année, font un peu plus froid dans le dos. Celui-là me semblait cependant moins pénible : un siècle s'était écoulé et un autre commençait, je pensais que j'avais fait mon temps.

Certes, tant que mon cœur battra, j'aurai faim du monde et le défendrai contre la folie des hommes. Mais depuis quelques semaines, j'éprouvais une douce sérénité. La nature est bien faite : la terre et moi allions nous quitter en bonne entente.

La mort est comme une fourche qui fouaille la terre pour en extraire les mottes où se cachent les vermisseaux que nous sommes. Nous passons notre existence à fuir ses dents pointues jusqu'aux jours où nous les attendons tranquillement.

Après tant de bonheurs et de malaventures[1], je me sens enfin prête à retourner chez moi dans le cosmos d'où je viens et où nous retournerons tous, les lacs, les herbes, les chevreuils et les coccinelles, gouttes d'infini et poussières d'étoiles.

Même morte, je sais que je continuerai à vivre.

---

1. Vieux français, désigne les mauvaises rencontres. *(Note de l'Éditeur.)*

Avant-propos   9
Introduction   15

I

LE JOUR OÙ J'AI VU LES SIOUX
HUMILIER L'ARMÉE AMÉRICAINE (1876)

1. Une perruche dans ma poche   21
2. L'homme à la tache de vin   29
3. Ces criminels avaient été des héros   33
4. Ma vie de cocue   40
5. Le poumon sanglant de Little Big Horn   49
6. Deux balles pour Custer   56
7. Les joies du train   66

II

QUAND J'AI DÉCOUVERT QUE LA RÉVOLUTION
FRANÇAISE MANGEAIT SES ENFANTS (1789-1792)

8. Le cœur cuit du vicomte   73
9. Comment je suis devenue dentiste   85

437

10. La dent cariée de Robespierre   92
11. Un baiser à la Lanterne   103
12. Le sac du palais des Tuileries   114
13. Quand la France perdit la tête   129
14. La mort de Louis XVI   140

III

QUAND J'AI COMBATTU LES CHEVALIERS
BLANCS DE LA TERREUR (1793-1794)

15. Les odeurs de la place de la Révolution   151
16. Retour au paradis   160
17. La reine du bistournage   167
18. Les lois du talion   172
19. La vengeance du bénitier   180
20. Le « populicide » des Vendéens   189
21. Mes illusions perdues   201

IV

QUAND J'ÉTAIS NÉGRIÈRE
SUR LE *LIBERTY* (1796-1797)

22. Les chemins du *Liberty*   213
23. Des étoiles dans une mer d'encre   222
24. La chasse à la chair fraîche   228
25. Apollon, mon amour   235
26. Les mutinés du *Liberty*   242
27. Treize Négrons   249
28. Comme une ogresse affamée   255

V

MES CHÂTEAUX DE SABLE
EN AMÉRIQUE (1797-1814)

29. Jours tranquilles à Charlottesville   265
30. Le dentier de George Washington   275
31. Cap sur Nantucket   280
32. George W., mon fils, ce héros   286
33. La joie du monde   295
34. L'enlèvement d'Apollon   297
35. Des bienfaits de la vengeance   304

VI

MES TROIS NUITS AVEC NAPOLÉON (1814-1816)

36. Le héros est fatigué   313
37. Les anciennes amours sont des gâteaux rassis   320
38. Conversations avec une tête de mort   327
39. « L'Empereur d'Elbe »   336
40. Le chêne, le gland et l'écureuil   343
41. Les lapins de Fouché   350
42. Brève rencontre à Waterloo   359

VII

GRANDEUR ET DÉCADENCE
D'UNE MÉDAILLE D'HONNEUR (1816-1876)

43. Ces jeunes gens dont je suis devenue l'enfant   373
44. Les conspirateurs de Concord   382
45. « Il faut tuer le général Lee ! »   388

46. Un cheval nommé Traveller   394
47. La marche funèbre de Sherman vers la mer   400
48. « Rien ne dure longtemps. »   407
49. De la part de Goutte-de-Rosée   413

DERNIER CHAPITRE (1876)

50. Les jours sont des cadeaux   425

Œuvres de Franz-Olivier Giesbert (suite)

LE LESSIVEUR, 2009.
M. LE PRÉSIDENT, 2011.
L'AMOUR EST ÉTERNEL TANT QU'IL DURE, 2014.
CHIRAC, UNE VIE, 2016.

Aux Éditions Fayard

L'ANIMAL EST UNE PERSONNE, 2014.

Aux Éditions Autrement

MANIFESTE POUR LES ANIMAUX (avec des contributions de Boris Cyrulnik, Élisabeth de Fontenay, Michel Onfray, etc.), 2014.

Aux Éditions du Cherche-Midi

LE DICTIONNAIRE D'ANTI-CITATIONS, 2013.

Aux Éditions J'ai Lu

LE JOUR DE GLOIRE EST ARRIVÉ, avec Éric Jourdan, 2007.